Gabi Dallas
Nie weit genug I

Gabi Dallas

Nie weit genug

Der rote Granat

Roman

1. Auflage 2016
© Gabriele Dallas, Marienheide
Coverdesign und Satz: nur | design.text, Münster
Logo ‚Weiße Dakini‘: Max Markus Schröder
Coverfoto: „She stands so strong“ by M. Shaff, San Francisco
(Creative Commons BY-SA)
Porträtfoto Gabi Dallas (S. 378): Mark Hützen
Beratung und Lektorat: Hendrik Heisterberg
Korrektorat: Marion Heisterberg

www.gabi-dallas.com
www.nie-weit-genug.com

Eine wahre Geschichte

Die Entdeckung des Fernwehs

August 1982.

Der Tag hatte sich zum Abschied ganz in graues Tuch gehüllt. Ringsum hingen die Wolken auf dem Asphalt, eins mit dem Nebel, den das Ackerland aushauchte. Wie ein Lastkahn durchpflügte der alte Benz die überflutete Fahrbahn. Auf der Windschutzscheibe quälten sich die Wischer gegen die Sturzbäche hin und her, das monotone Quietschen strapazierte meine Nerven. Ich starrte aus dem Fenster, doch die Bilder, die an mir vorbeischwammen, nahm ich kaum wahr. Fetzen von Joe Jacksons *Steppin' out* drangen zu mir durch, seit Wochen hatten wir darauf abgetanzt, aber jetzt und hier, in der Waschküche zwischen Sauerland und Amsterdam, war der Song verschenkt. Von den Vordersitzen mischten sich ab und zu die Stimmen der Jungs darunter, Jan sagte etwas wie „noch zwanzig Kilometer".

Und obwohl unter dem Bodenblech das Wasser rauschte, der Regen aufs Dach prasselte, hörte ich neben mir doch diese Atemzüge – ein scharfes, unregelmäßiges Zischen, wie aus einem kaputten Ventil. Ich konnte die Angst meiner Mutter fühlen, ein abgrundtiefer, nicht mehr wahrnehmbarer Summton, dessen Schwingungen auf meiner Haut flimmerten. Aber ich achtete nicht darauf, ließ mich diesmal nicht infizieren, sondern konzentrierte mich auf die Scheibenwischer. Hin und her. Hin und her.

Wir hielten an einer Ampel, irgendwo daneben ein Schild, das ein Flugzeug zeigte. Mir zog sich der Magen zusammen. Was hatte ich mir bloß gedacht? Keine feste Reiseroute. Keine Kontaktadressen. Mein Geld würde nicht mal zwei Monate reichen. Gut gemeinte Tipps und Ratschläge hatte ich in den Wind geschlagen – ich wollte nur weg, einfach losziehen, wohin es mich eben verschlug. Eine echte Reise ins Blaue. Schiphols Hallen und Gebäude kamen in Sicht.

Zwei Stunden später wurde mein Flug aufgerufen. Die Jungs drückten mich noch einmal, klopften mir auf die Schulter und überließen mich meiner Mutter. Ich schloss sie in die Arme und gab ihr einen Kuss auf die Wange.

„Mach dir keine Sorgen, Mama. In sechs Monaten bin ich wieder da", flüsterte ich.

Meine Mutter nickte tapfer. „Pass auf dich auf, mein Schatz!"

Ihre Augen glänzten, sie zitterte. Die Gefasstheit, die ihr Lächeln vortäuschen sollte, nahm ich ihr nicht ab. Sie kam mir verletzlich vor, wie ein verängstigtes Kind. Ein vages Gefühl von Schuld meldete sich. Musste ich sie nicht beschützen? War ich nicht für sie verantwortlich?

Etwas bäumte sich in mir auf, doch das Nein blieb mir in der Kehle stecken. Ich musste endlich weg hier, riss mich los, drehte mich um, passierte das Gate und ließ alles hinter mir, den Gang aufrecht, die Augen geradeaus, bis ich mir sicher war, aus ihrem Blickfeld entschwunden zu sein.

Es wimmelte von Geschäftsleuten in Anzügen und polierten Schuhen. Aktentaschen und Zeitungen unterstrichen ihre Bedeutsamkeit. Sie wussten genau, wohin sie wollten, und ich schwamm mit in ihrem zielgerichteten Strom. Mit jedem Schritt schrumpfte mein Heldenmut. Wie der erste Tag im Kindergarten, damals hatte ich auch geglaubt, als Einzige nicht dorthin zu gehören.

Vor der Fensterfront im letzten Wartebereich hockte ein junger Vater neben seinem Sohn und zeigte auf einen Jet bei der Landung. Zwei ältere Ehepaare saßen sich in den Stuhlreihen gegenüber und unterhielten sich. Am anderen Ende der kargen Halle hörte ich jemanden lachen, dort standen drei Leute mit Rucksäcken, ungefähr in meinem Alter. Mein Blick wanderte umher, fand aber niemanden, dem auch nur ein Hauch jener Verlassenheit anzusehen war, die mir ganz sicher auf die Stirn geschrieben stand. Fremde begann hier.

Ein Wechselbad von Erwartungen und Befürchtungen hielt mich in Aufruhr, zum ersten Mal saß ich in einem Flugzeug. Ich strengte mich an, keinen der Notfallhinweise zu verpassen, die die Flugbegleiterin demonstrierte, und zurrte den Sicherheitsgurt fest. Fruchtbonbons wurden verteilt, meine Finger flatterten, als ich in den Korb griff und mir die Süßigkeit in den Mund schob. Ich hatte sie zwischen den Zähnen zermalmt, noch bevor sich der Flieger in Bewegung setzte und auf der Startbahn Fahrt aufnahm. Die völlig neue Erfahrung der enormen Kräfte, die mich in den Sitz pressten, überwältigte mich. Während wir uns langsam in die Lüfte erhoben und der Druck in meinen Ohren von unangenehm zu schmerzhaft überging, hörte ich rings um mich herum das Rascheln von Bonbonpapier. Ich stöhnte, starrte hinunter auf das Meer und hielt mich an seinem Anblick fest. Die Maschine nahm Kurs Richtung Westen, sie würde den halben Globus umrunden, doch meine Gedanken flogen zurück in die Vergangenheit, zum Anfang des Jahres.

Ich hatte gerade mein Philosophiestudium hingeschmissen und war nach Sizilien gereist, um die quälende Frage zu klären, was ich mit meiner Zukunft anfangen sollte. Statt mir eine Antwort zu liefern, hatte die fremdartige sizilianische Erde ein Feuer in mir entfacht, das seitdem nicht mehr zu löschen war. Ich erinnere mich noch genau an den Moment, in dem der Funke zu diesem gefräßigen Brand entzündet worden war: Am Strand von San

Leone, im Süden der Insel, hatten meine Augen den schwarzen Kontinent am Horizont gesucht. Wenn ich nur einen Schimmer der Küste Afrikas hätte einfangen können! In der Dämmerung kämpfte ein Fischerboot in den Wellen. Etwas lag da draußen, zwischen Himmel und Erde, groß und ewig. Hätte ich doch fliegen können, mit eigenen Flügeln, um es zu berühren! Mit roher Unaufhaltsamkeit erwachte mein Hunger nach Leben. Wilde Sehnsucht nach dem Unbekannten. Etwas, das mich immer rufen würde und mir gleichzeitig Angst einflößte.

Zurück in Deutschland war bald klar, dass ich keine Wahl hatte. Mich hielt ein Fieber im Griff, für das es nur eine Heilung gab. Ich musste weg hier. Dringend. Nur wohin? Asien vielleicht? Sri Lanka oder Indien? War Australien spannender? Ich studierte die Seiten meines Atlas wie ein Gourmet die Speisekarte seines Lieblingsrestaurants. All die klangvollen Namen ferner Städte und Länder, Inseln und Gebirgsketten. Ich konnte mich nicht entscheiden, wollte alles sehen, erleben, verschlingen.

Die Würfel fielen im Lady's Inn, jener Disco, die im Kreise der Freunde so etwas wie unser aller Zuhause war. Neben mir lehnte Jan an der Wand und wippte mit zu *Tobacco Road*. Mein Blick fiel auf den Button an seinem abgewetzten Jackett.

„L.A. is the place!", las ich laut. „Erzähl mal! Wie war's da so?" Jans Augen begannen zu leuchten.

„Wahnsinn, ich sag's dir, die Stadt ist gigantisch. Das ist nicht nur Hollywood. Wie locker die Leute da sind. Und das Wetter – Sonne pur!"

„Warst du die ganze Zeit in L.A.?" Ich fragte mich, wie lange ich es wohl zwischen Wolkenkratzern und Straßenkreuzern aushalten würde.

„Ne, zuerst war ich in Vancouver. Kanada ist auch super. Eine Natur haben die da, Mannomann! Bin dann mit dem Greyhound die Küste runter, den Highway One-O-One ..."

Jan hatte die Hände aus den Taschen gezogen und malte den Verlauf der Küstenstraße in die Luft. Mit einem Grinsen, das seine obere Zahnreihe komplett entblößte, schwärmte er weiter, doch ich hörte ihm schon nicht mehr zu.

Kanada! Das war's. Weite und Wildnis. Genau das wollte ich erleben. Und frei sein. Eine Zeitlang. Ein paar Monate nur.

So dachte ich jedenfalls.

Unter uns schob sich Land in den kleinen Ausschnitt, den das Fenster von der Welt freigab. Erst jetzt fiel mir auf, dass ich jedes Zeitgefühl verloren hatte. Flogen wir etwa schon über amerikanischen Boden? War das da unten Kanada oder waren es die Staaten? Das Blut in meinen Adern begann zu kribbeln. Noch eine Zwischenlandung in Toronto, und dann konnte es nicht mehr lange dauern bis zur Ankunft in Vancouver.

Für die letzte Etappe nahm ein junger Mann neben mir Platz. Die Maschine rollte zurück auf die Startbahn und die Motoren heulten auf. Ich schloss die Augen und atmete durch. Wenn wir doch schon oben wären! Jetzt kannte ich die Prozedur und wusste, dass ich sie nicht genoss. Am besten hielt ich die Augen geschlossen. Wir waren jetzt schon ein paar Stunden unterwegs und ich hatte nicht viel geschlafen in der vergangenen Nacht.

Ich musste eingenickt sein, eine heftige Erschütterung riss mich aus dem Schlaf. Das Flugzeug sprang auf und nieder, als rase es auf blanken Felgen über einen frisch gepflügten Acker. Von Panik erfasst fuhr ich hoch und wirbelte herum. In den weit aufgerissenen Augen und bleichen Gesichtern meiner Mitreisenden erkannte ich die gleiche Angst. Schriftzüge leuchteten auf: Fasten your seatbelt. Die Passagiere fuchtelten an ihren Gurten herum, selbst die Stewardessen eilten zu ihren Plätzen. Mehrfach rutschten mir die Enden meines Gurtes aus den feuchten Händen, bevor die Schnalle endlich einrastete. Dann fiel das Flugzeug ins Nichts. Wir wurden aus unseren Sitzen gehoben und hingen in den Riemen. Hysterisches Kreischen hallte durch die Kabine.

Oh nein! Ich will nicht sterben, flehte ich still in mich hinein und krallte meine Finger in die Armlehnen. Saßen wir nicht in einer DC-10? Hatten nicht ein paar Klugscheißer zuhause erzählt, die fielen ständig vom Himmel? Starr vor Angst rechnete ich damit, dass sich jede Sekunde die Schnauze des Fliegers nach unten neigte und wir kopfüber dem Erdboden entgegenstürzten. Stattdessen gab es einen harten Ruck und wir sackten zurück in unsere Sitze. Die Maschine hatte sich wieder gefangen.

„Nur ein Luftloch", meldete sich der junge Mann neben mir. Seine Stimme klang weich und freundlich. Beim Start in Toronto hatte ich ihm ein flüchtiges „Hallo" zugeraunt, ohne wirklich Notiz von ihm zu nehmen. Jetzt wandte ich mich ihm zu und sah ihm zum ersten Mal ins Gesicht.

Nie zuvor war mir jemand mit einem derart verwirrenden Silberblick begegnet. Nicht, dass seine Augen übermäßig schräg gestanden hätten, es war nur der Anflug eines Schielens. Doch genau diese kaum fassbare Andeutung, diese Winzigkeit von Asymmetrie zog mich in den Bann, fesselte mich an den Anblick seines Gesichts.

„Wir sind über den Rocky Mountains, hier gibt es oft Turbulenzen. Ist nicht gefährlich."

Er sprach besonnen, beanspruchte absolute Aufmerksamkeit, war jung, doch etwas an ihm wirkte uralt und vertraut. Ich vergaß die Luftlöcher und Turbulenzen, versuchte, seinen Blick einzufangen und merkte kaum, dass ich mich immer wieder dahinter verlor. Ich fand mich in einer Weite wieder, in der seine Worte wie durch einen Hall verstärkt wurden.

„Wohin geht die Reise?", hörte ich ihn aus der Ferne fragen. „Ein paar Tage Vancouver", antwortete ich mechanisch. „Danach ins Okanagan Valley zur Obsternte. Und später? Mal schauen – Alaska vielleicht?"

„Dann hast du also keinen festen Plan?", fragte er. Genau das war der Punkt. Darum ging es doch bei meiner Reise ins Ungewisse. Ich wollte mir selbst beweisen, dass alles überall vorhanden war, alles zu jedem Zeitpunkt möglich, wenn man nur die Offenheit besaß, diese Fülle an Möglichkeiten auch zu erkennen.

Sein Blick war hellwach, er sah mich forschend an. Wieder glitt ich ab an dem silbrigen Faden, der zwischen uns gespannt zu sein schien – verspürte erneut den Drang zu erkunden, was sich hinter seinen Augen verbarg.

„Du weißt, dass es Orte gibt, wo Mädchen wie du verschwinden und nie wieder auftauchen?" Unbehagen überkam mich, ich versuchte es abzuschütteln.

„Man findet diese Mädchen nicht wieder. Sie werden entführt und in Häuser geschafft, die sie für den Rest ihres Lebens nicht mehr verlassen. Man hält sie gefangen, als Prostituierte, bis zu ihrem Tod." Die Worte schwollen zu einem Grollen an, echoten in meinem Kopf.

„In Kanada?"

„Ich spreche nicht von Kanada. Ich spreche von Ländern tiefer im Süden. Ländern wie Mexiko."

Als führe jemand an den Regler zurück, ebbte der Hall langsam ab. Die Geräusche im Flugzeug wurden wieder klar und scharf. Ich drehte mich zum Fenster und schwieg. Wer war dieser Mensch – oder besser noch, wozu war er im Stande? Was war da eben mit mir geschehen? War es Hypnose gewesen, oder hatte er mit seinen irren Augen in mein Innerstes, mitten in meine Seele geblickt?

13

Und wenn ja, was hatte er gesehen? Was wusste er schon von mir? Wovor meinte er, mich warnen zu müssen? Auf einmal war mir kalt. Ich schlang die Arme um mich, und hielt mich selber fest.

Der Alte

Müde von dem langen Tag lehnte ich die Stirn an die Scheibe und nahm die ersten Bilder der Stadt in mich auf. Die Zeitverschiebung hatte acht zusätzliche Stunden erzeugt, meine Erschöpfung hingegen jede Aufregung aufgezehrt. Auf dem Weg zur Stadtmitte durchkreuzte der Bus ein flackerndes Wechselspiel aus Gebäudeschatten und goldenen Lichtflecken. Menschen drängten sich auf den Bürgersteigen, strebten mir unbekannten Zielen zu. Die meisten waren wohl auf dem Heimweg nach getaner Arbeit. Im Licht der Stunde hatte die Atmosphäre der Stadt etwas Friedliches und Einladendes.

Im Stadtkern angekommen stieg ich aus, legte den Kopf in den Nacken und drehte mich um die eigene Achse. Ich hatte es wahr gemacht, stand tatsächlich hier, mitten in Vancouver, auf kanadischem Asphalt. Nicht Italien oder Frankreich. Nein! Die andere Seite der Welt. Amerikanische Worte flogen vorbei, verloren sich wieder in Motorgeräuschen und dem Hupen der Autos. Die Luft roch nach See und nach Abgasen, eine Windböe fuhr mir in die Haare und zerzauste sie. Alle meine Sinne waren auf Empfang gestellt. Die ersten Schritte in diesem fremden Land – der Beginn meiner Reise! Sollte die Welt ruhig einen Moment still stehen. Wenn ich erst ans Vagabundieren gewöhnt war, würde es anders sein.

Der Anschlussbus zum Stanley Park rollte heran, randvoll mit Leuten, die wohl ebenfalls zu der Jugendherberge wollten. Ich hatte Mühe, über die Rucksäcke und Koffer zu steigen. Es gelang mir, einen Sitzplatz zu ergattern, meine Reisetasche musste ich auf den Schoß nehmen. Nach zwei weiteren Stopps drängten sich auch auf dem Gang Fahrgäste dicht an dicht.

„Wir müssen ja nicht sofort zur Jugendherberge", hörte ich jemanden durch das Stimmengewirr hindurch deutsch reden. „Wie wär's, wenn wir uns erst am Strand den Sonnenuntergang ansehen?"

Zwei Reihen hinter mir erkannte ich die jungen Leute wieder, die mir schon auf dem Amsterdamer Flughafen aufgefallen waren. Eine Frau und zwei Männer. Ich nahm mir ein Herz und sprach die drei über die Köpfe zweier älterer Damen hinweg an. Der Junge, der gesprochen hatte, ging sofort auf mich ein.

„Ja klar, ich hab dich auch gesehen. Besuchst du hier jemanden?" Lebhafte, braune Augen hefteten sich an meinen Blick. Lässig erwiderte ich, dass ich niemanden in Kanada kannte und mich einfach nur sechs Monate treiben lassen wollte.

„Mann, hört sich gut an. Wir haben nur sechs Wochen für Vancouver und Umgebung."

In diesem Moment hielt der Bus, und ich bekam keine Gelegenheit zu antworten. Endstation, die Insassen drängten nach draußen. Ich kam von meinem Sitz hoch, schnappte mir meine Reisetasche und tat es den anderen gleich.

Am Waldrand stand ein großes Gebäude. Das musste die Jugendherberge sein. Nach Jans Beschreibung erstreckte sich der Park dahinter bis hinunter zum Meer. Da stand ich und sah beklommen zu, wie sich die Leute um mich herum entfernten. Die drei jungen Deutschen waren noch damit beschäftigt, ihre Rucksäcke zu schultern. Der kurze Wortwechsel war so unbeschwert verlaufen, dass ich hoffte, noch einmal daran anknüpfen zu können, ohne mich aufzudrängen. Ich schlenderte zu ihnen hinüber und wies mit dem Kinn und einer schlaksigen Handbewegung Richtung Wald.

„Ein Freund von mir war letztes Jahr hier und hat erzählt, dass in dem Wald da viele Leute unter freiem Himmel übernachten. Da werden auch oft Lagerfeuer am Strand gemacht. Soll wohl ganz locker zugehen."

Der Junge, der mir schon im Bus geantwortet hatte, fing sofort Feuer.

„Seht ihr? Das spricht doch wirklich dafür, wenigstens mal einen Blick auf den Strand zu werfen", drängte er seine Freunde. „Das hier sind übrigens Julian und Meike. Ich bin Markus."

Julian nahm Meikes Hand und zog das Mädchen an sich heran.

„Na komm, tun wir ihm den Gefallen", zwinkerte er ihr zu.

Markus fuhr zu mir herum.

„Du kommst doch mit, oder?"

Ich antworte mit einem flüchtigen Nicken. Meine Erleichterung darüber, den ersten Abend nicht allein verbringen zu müssen, ging keinen etwas an.

Beim Anblick des Ozeans fiel jede Erschöpfung von mir ab, als hätte eine unsichtbare Macht den Ballast von meinen Schultern gehoben und mich in einen Zustand von Schwerelosigkeit versetzt. Sand unter den Sohlen lehnte ich an einem der großen, kräftigen Bäume und sah auf die Wasseroberfläche hinaus. Ich stand da, einfach nur ich selbst.

Dort lag in all seiner Weite der Pazifik, dieser Koloss, dieser Gigant. Friedlich schäumten seine Wellen den Strand hinauf, ruhig war er, erhaben und in sich selbst gelöst. Und doch war da etwas wie ein Schmunzeln, als nähme er nichts mehr so recht ernst, spielte sein Spiel mit sich und den Elementen. Mir kamen die Momente seiner Trunkenheit in den Sinn, Momente, in denen all das in ihm hochkochte, was er in seinem uralten Dasein in die Tiefe gezogen hatte und nun im Taumel des Orkans an die

Oberfläche spie. Mit jedem Sturm würde er neue Geheimnisse in sich begraben. Doch wie sehr er auch in Aufruhr geriet, am Ende würden die Zornesfalten in seinem Wassergesicht wieder glatt gestrichen werden. Der Alte würde sich ein Pfeifchen anstecken und den wissenden Blick in die Ferne schweifen lassen.

Das Meer konnte meiner Seele mehr Trost und Zuversicht schenken als so mancher Mensch. Das Rauschen der Wellen, die beruhigende Zuverlässigkeit, mit der die Brandung wieder und wieder den Strand hinaufschnellte. Diese ewige Melodie. Der Geruch von Salz und Tang, der Tanz der Möwen auf den rauen Winden und die Unendlichkeit, in der sich der Horizont verlor. Jede Fremde wurde zum vertrauten Ort.

Ich strich mir eine Haarsträhne aus dem Gesicht.

„Hey, wie heißt du noch mal? Willst du auch was essen?" Markus winkte mich mit einem Hot-Dog-Würstchen heran. Ich löste mich von dem Baum und ging zu den anderen hinüber. Der kurze Moment von Magie war verflogen, doch ich fühlte mich frei wie ein Vogel.

„Marleen! Ich heiße Marleen", sagte ich und nahm das Würstchen dankend entgegen.

Freies Land

Nach dem dürftigen Mahl tauschten wir noch eine Weile unser Halbwissen über British Columbia aus. Die Nacht hielt klammheimlich Einzug, das Gespräch schleppte sich nur noch dahin und kam schließlich in tiefem Schweigen zum Erliegen. Am Himmel zeigte sich nicht eine Wolke, die Temperaturen waren eher drückend als kalt – warum sollten wir Geld für die Übernachtung ausgeben? Julian und Meike bauten sich ein Nest zu zweit, Markus rauchte noch eine letzte Zigarette und ich spähte hinüber zur nächsten Baumgruppe.

„Ich such mir da drüben ein Plätzchen", sagte ich und rappelte meine müden Knochen auf.

„Träumt was Schönes ihr beiden!", rief ich dem Pärchen im Weggehen zu und erhielt Antwort in Form eines genüsslichen Seufzers. Eine Hand tauchte aus den ineinander verknoteten Schlafsäcken auf, fuhr ziellos durch die Luft und sackte wieder in sich zusammen. Wir waren alle restlos geschafft.

Was für ein Tag! Nur wenige Stunden lagen zwischen dem Abschied in Amsterdam und dieser Abendstunde am anderen Ende der Welt. Alles, was mich hier umgab, war anders, als ich es mir ausgemalt hatte. War der Himmel etwa größer und weiter als daheim? Ich schaute nach oben und erkannte den großen Wagen. Wie weit man auch von zuhause entfernt sein mag, die Sterne am Himmel sind immer die gleichen, ging mir durch den Kopf. Gemessen an ihnen, hatte ich mich nur ein winziges Stückchen wegbewegt.

Doch fern war nicht länger fern. Fern war jetzt das Land, das ich am Morgen verlassen hatte. Dort ging das Leben weiter, auch

19

ohne mich. Allein dadurch würde es sich von mir entfremden, jeden Tag etwas mehr. Der Anflug von Einsamkeit fegte wie eine eisige Böe durch mich hindurch. Ich ließ den Nachthimmel nicht los und fand unweit vom großen Wagen das Sternbild des Löwen. Wie von selbst tastete meine Hand nach dem roten Stein, der in schlichten Silberdraht eingefasst an einem Lederbändchen in meinem Ausschnitt hing. Ich besaß ihn erst seit zwei Wochen, er war das Geschenk einer Freundin zu meinem einundzwanzigsten Geburtstag. Mir war, als hörte ich Marions Lachen noch hier.

„Happy birthday, Löwenherz", hatte sie gesagt und mir das Lederband übergestreift. „Dieser Granat soll von jetzt an dein Talisman sein." Sie kannte sich aus mit indianischer Astrologie und erklärte mir, dass mein Steinzeichen Löwe dem Tier-Totem des Störs entsprach, jenem kraftvollen, zähen Fisch, der gegen jedes noch so reißende Gewässer anzuschwimmen vermag.

„Es ist der Stein, der zu dem Stör gehört. Für die Indianer ist er der Hüter der Freundschaft und verleiht dir Kraft, um deine Feinde zu besiegen. Er wird dich auf deiner Reise beschützen."

Ich spürte die kühle Oberfläche des Granats zwischen den Fingerspitzen. Mal sehen ob Du hältst, was Du versprichst, murmelte ich und ließ meine Tasche auf den Boden fallen. Auf kanadischen Boden! War dies nicht das Land, in das die Störe stets zurückkehrten, dachte ich, und fühlte mich seltsam getröstet.

Als ich endlich in meinen Schlafsack verkrochen mit matten Augen zu den Baumkronen hinaufblinzelte, legte sich die Müdigkeit wie eine Decke über mich. Ich glitt hinüber in einen angenehmen Dämmerzustand, irgendwo zwischen Wachen und Schlaf, zwischen Himmel und Erde. In das Rascheln der Blätter über mir mischte sich vom Strand her sanft das Plätschern und Rauschen der Wellen, formte sich zu einer kleinen Nachtmusik. Als sänge mir der Alte ein Lied.

Der Klang einer Männerstimme drang zu mir durch, störte meinen Schlaf. Die Worte kamen auf Englisch, die Stimme war nah. Zu nah!

„Ich für meinen Teil würde nicht hier draußen übernachten", sagte jemand. Ich blinzelte in seine Richtung. Eine schlanke Gestalt mit einem schulterlangen Zopf stand an meinem Fußende. Das Mondlicht bahnte sich einen Weg durch die Baumkronen und warf einen silbrigen Kegel über den Mann. Den Kopf nach vorne geneigt, lagen seine Gesichtszüge im Schatten, ließen sich nur erahnen. Beklemmung erfasste meinen Körper, doch mein Geist schwebte am Nachthimmel, fand den Weg in seine Hülle nicht zurück.

„Hier laufen Typen rum ..., die machen echt irre Sachen ..., schlimme Sachen ..." Er brach den Satz ab und schwieg einen Moment. Wenn er damit die Wirkung der Worte verstärken wollte, dann funktionierte diese Taktik.

„Erst gestern Abend hat's wieder eine erwischt", fuhr er fort.

Ich wand mich in meinem Schlafsack. Es gelang mir, den Oberkörper aufzurichten und mich auf die Ellenbogen zu stützen. Das unangenehme Gefühl schwoll an. Schützend zog ich die Knie vor den Unterleib. Ein Teil meines Verstandes hatte in meinen Kopf zurückgefunden.

Werd wach, Marleen, befahl ich mir selbst und riss meine Augen auf. War das alles ein Traum? Sollte ich mich einfach umdrehen und weiterschlafen?

Der Fremde verharrte noch immer an meinem Fußende und sah auf mich herab. Er war zu dicht an mich herangetreten, bedrängte, verwirrte mich. Was wollte der Kerl eigentlich? Mich warnen oder mir Angst einjagen?

„In dem Wald hier interessiert sich keiner für irgendwen", stellte er nüchtern fest. „Wenn hier eine um Hilfe schreit, kümmert sich kein Schwein darum."

Wieder machte er eine Pause. Doch dann kamen Sätze über seine Lippen, die mich hellwach werden ließen.

„Ist mir auch egal, ob sich hier einer so 'ne Schlampe packt und die hart rannimmt. Ich bin siebenundzwanzig und hab noch nie eine gefickt. Mich hat noch keine rangelassen. Da scheißt man am Ende drauf, ob mit Gewalt oder ohne." Sein Lachen ließ keinen Zweifel daran, dass er meinte, was er sagte, und der fehlende Teil meines Bewusstseins landete hart in meinem Schädel. Ein Stromschlag durchfuhr mich, elektrisierte jede Zelle meines Körpers.

Weg hier, sofort, schoss mir durch den Kopf, doch ich kam nicht hoch. Mein Schlafsack fesselte mich, hielt mich wie eine Zwangsjacke gefangen. Zittrig tastete ich nach dem Reißverschluss. Wo war das verdammte Ding? Da! Ich spürte den Schließer zwischen den Fingern und riss ihn nach unten. Es ging nicht, das Mistding klemmte.

Der Kerl machte einen Schritt auf mich zu und beugte sich über mich. Jetzt konnte ich sein verschlagenes Grinsen erkennen, roch Alkohol und Nikotin.

„Na Bitch, geht er nicht auf? Ich zeig dir mal, wie das geht", lachte er und packte sich in den Schritt. Mit einem Ruck stand sein Hosenstall offen. Er genoss den Moment, grunzte wie ein Tier.

Panik und Ekel schüttelten mich, ich strampelte mir den Schlafsack vom Leib. Kaum hatte ich die Beine frei, sprang ich auf wie eine Furie, riss die Tasche an mich und stolperte los. „Hilfe", entfuhr mir endlich der erlösende Schrei. Ohne den Mann auch nur eine Sekunde aus den Augen zu lassen, rannte ich hinüber zu den anderen, die von dem Vorfall nichts mitbekommen hatten.

„Wo willst du denn hin, Schätzchen?", rief er mir nach. Sein hämisches Lachen dröhnte mir in den Ohren. Über die Schulter sah ich, wie er den Schlafsack aufhob und das Gesicht darin vergrub. Er roch daran, realisierte ich angewidert, reckte seine Nase in die Luft und stieß einen langen Seufzer aus. Dann schleuderte er den

Schlafsack zurück auf den Waldboden, drehte sich um und verschwand in der Schwärze der Nacht. Mit zitternden Knien stand ich da und starrte ihm nach, die Tasche fest an mich gepresst. „Was ist los?", meldete sich Markus schlaftrunken hinter mir. „Mein Schlafsack ... liegt da vorne im Dreck ... du musst ihn holen ...", stammelte ich. Markus kratzte sich verständnislos am Kopf. „Warum holst du ihn nicht selbst?"

„Ich geh da nicht wieder hin, da war grad so ein Spinner ..."

„Warte! Jetzt mal von vorne." Markus kam mühsam auf die Beine. Meine Worte überschlugen sich, als ich erzählte, was passiert war.

„Was für ein Arschloch", raunte Markus. „Den Rest der Nacht rücken wir besser enger zusammen." Dann stapfte er auf Socken los, holte meinen Schlafsack und breitete ihn auf dem Boden aus. Ich legte mich dicht neben ihn. Eine Weile schwiegen wir und ich spürte, wie mein Herzschlag sich beruhigte.

„Keine Angst! Der kommt nicht zurück. Wir sind zu viert, das traut er sich nicht", tröstete Markus mich. Ich war mir nicht sicher, ob ich ihm glauben sollte.

Ein Windstoß fuhr durch die Baumkronen. Vom Meer her hörte ich erneut die Wellen, wie sie den Strand herauf leckten und sich wieder zurückzogen. Ich konzentrierte meine Sinne auf das, was mich umgab. Die warme Nachtluft, die mir über das Gesicht strich, der harzige Duft der Bäume und weit im Hintergrund das Pulsieren der Stadt. Allmählich kehrte Frieden in mir ein, und der Störenfried rückte in die Ferne – bis er endgültig im Nebel des Schlafes verschwand.

„Okanagan Lake? Da willst du hin? Das liegt mitten in der Prärie."
Jemand schaute über meine Schulter auf die Landkarte, die sich

widerspenstig über die Kante des Bistrotischs bog und abzurutschen drohte. Im Reflex langte ich danach und überschwemmte die Prärie mit Cola. Der junge Mann mit wildem Lockenkopf holte den Serviettenständer vom Nachbartisch, und während er die braune Lache abwischte, die sich nördlich vom Okanagan Valley ausbreitete nahm er ohne zu fragen mir gegenüber Platz. Aus den Kopfhörern, die über seinem Nacken baumelten, erklang James Browns Sex Maschine.

„Hi, ich bin Patrick", stellte er sich vor und zeigte erneut auf die Karte. „Da draußen fressen dich die Bären!"

Mich zog es tatsächlich hinaus in Kanadas Weiten. Nur wenige Stunden zuvor hatte ich am Rande des Stanley Parks die Augen aufgeschlagen und war anstelle einer Morgentoilette in den Pazifik gesprungen. Keine Stunde länger hatte ich mich am Rande eines Waldes aufhalten wollen, in dem sich ein Verrückter herumtrieb. Mit einem besonderen Dank an Markus für seine Schützenhilfe, hatte ich mich von den drei Freunden verabschiedet und war meiner Wege gezogen. Das Abenteuer Kanada konnte beginnen.

„Neu hier?", fragte der Lockenkopf und stellte ungeniert sein Glas auf den Tisch.

„Gestern gelandet", antwortete ich knapp.

„Und dann willst du direkt weiter? Ohne die Stadt gesehen zu haben? Was hältst du von einer Führung?"

Wie selbstsicher er auftrat! Ein erfrischend fröhlicher Kerl, der sich nicht leicht in Verlegenheit bringen ließ und dabei nicht mal aufdringlich rüberkam! Dankbar, so kurz nach dem Abschied im Stanley Park Bekanntschaft mit dem nächsten freundlichen Menschen zu machen, nahm ich sein Angebot an. Die Dinge entwickelten sich von selbst – im Nu, wie von Zauberhand. Alles war im Fluss. Ich musste gar nichts dafür tun. Da hatten wir doch den ersten Beweis für meine Theorie.

Patrick nahm mich mit in einen Plattenladen, stellte mir in einer Kneipe seine Musikerfreunde vor, erzählte von geschätzten tausend Plänen, die er für die Zeit nach dem Musikstudium hatte und fragte mich geschickt nach meinem Leben aus. An seiner Seite vergingen die Stunden wie im Flug.

„Mir tun die Füße weh, gehen wir zu mir", schlug er schließlich vor, und als er mein Zögern sah schob er schnell hinterher, dass es sich um eine gemischte Vierer-WG handelte. Wenigstens ansehen konnte ich es mir ja. Kurz darauf lernte ich Monique, Sylvie und Pascal kennen. Ohne viel Aufhebens zu machen, luden sie mich zum gemeinsamen Abendessen ein. Der erste Tag meiner Reise hätte nicht besser verlaufen können.

Auf der Suche nach einem Kaffee traf ich am nächsten Morgen Sylvie und Monique in der Küche an. Als ich hereinkam, presste Sylvie etwas für mich Unverständliches auf Französisch heraus und schob sich aufgewühlt an mir vorbei, ohne mich weiter zu beachten. Daraus wurde ich nicht schlau. Monique zuckte mit den Schultern.

„Mach dir nichts draus, sie ist eifersüchtig. Schließlich bist du letzte Nacht bei Patrick gelandet und nicht sie."

Ich sah Monique stirnrunzelnd an und kehrte ohne Kaffee in Patricks Zimmer zurück, wo ich die Karte von British Columbia auf dem Boden ausbreitete und den Weg zum Okanagan Valley studierte. Ganz bestimmt hatte ich nicht vor, in die Gefühlsdramen anderer Leute verwickelt werden. Und erst recht nicht, mich zu verknallen. Das passte nun wirklich nicht ins Konzept einer Weltenbummlerin.

„Peachland … Summerland … hört sich toll an, oder?"

Patrick saß vornübergebeugt auf der Bettkante und schnürte seine Turnschuhe zu. „Okay, hab's kapiert, du lässt dich nicht aufhalten", nickte er ergeben.

Es war bereits Mittag, als er mich zum Rand der Stadt begleitete. Er schloss mich in die Arme und fragte, ob ich ihn besuchen würde, wenn es mich wiedermal nach Vancouver verschlug. Ohne zu antworten, löste ich mich aus der Umarmung und ging langsam aber unbeirrt zum Ortsausgangsschild. Als ich mich endlich nach ihm umsah, war er verschwunden.

Die Leere, die ich verspürte, war brutal. Ein Gefühl, das mir so vertraut werden sollte, wie das Gewicht meiner Reisetasche, wenn ich sie mir morgens über die Schulter warf. Will man an keinem Ort bleiben, muss man sich den Abschied zum Begleiter machen. Er heftet sich wie ein Schatten an dich, jedes Mal, wenn du einen neuen Menschen kennenlernst. Kommt der Moment, wo du Adieu sagst, kriecht er dir von hinten kalt den Rücken hoch, schnürt dir die Kehle zu, damit du auch ja nichts sagst, nichts bedauerst. Doch gelingt es dir, ihn abzuschütteln, dich schnell zu entfernen, nur nach vorne zu schauen – dann bist du jedes Mal stärker, jedes Mal freier.

An jenem Tag schaffte ich es nicht ins Okanagan Valley. Mir war nicht klar gewesen, wie verlassen Kanadas Straßen jenseits der Stadtgrenzen waren. Anfangs nahmen mich zwei Kanadierinnen mit. Die Frau auf dem Beifahrersitz brachte unter der Last ihres schwergewichtigen Körpers das Fahrzeug in eine bedenkliche Schräglage. Die Beiden tranken Bier, eins nach dem anderen, wurden zunehmend ausgelassener und lauter, bis sie sich bei voller Fahrt gegenseitig wie Bauarbeiter auf die Schultern schlugen und hysterisch kreischten. Nach zwei Stunden hatte die Frau am Steuer mein Vertrauen in ihre Fahrkünste vollends verspielt. Umso dankbarer war ich noch am Leben zu sein, als das seltsame Gespann mich am Straßenrand zurückließ, in eine Nebenstraße einbog und im Hinterland verschwand. Wie weit wir gekommen waren, wusste ich nicht. In Amerika maß man die Entfernung in Meilen, damit war ich nicht vertraut.

Die Welt, die mich hier draußen umgab, hatte nichts mit der städtischen Betriebsamkeit von Vancouver gemeinsam. Die Luft war so klar, dass man meinte, sie trinken zu können. Am Horizont ragten Berge in gigantische Höhen. In das Grün der Wälder, die sich zu ihrem Fuße erstreckten, hatten sich die ersten Tupfer Herbstfeuer gemalt. Die Erde, auf der ich stand, reichte dem Himmel die Hand. Ein Raubvogel zog seine Kreise, ich hörte seine Schreie. Keine Landschaft, die ich in Europa kennengelernt hatte, konnte sich mit dieser majestätischen Weite messen. Kein Haus, kein Mensch – soweit das Auge reichte. Ich jubelte aus vollem Halse. Das also war Kanada! Das war die atemberaubende Schönheit von British Columbia, von der man mir erzählt hatte. Hingerissen holte ich die Kamera hervor, die meine Mutter mir extra für diese Reise geschenkt hatte, und schoss ein paar Fotos.

Stunden später stand ich noch immer an der gleichen Stelle. Meine Euphorie über die Weite des Landes war inzwischen einer bitteren Erkenntnis gewichen: Man hatte mich mutwillig in der Wildnis ausgesetzt. Vier Fahrzeuge waren vorbeigekommen, nicht eines mehr. Der Sommerabend neigte sich dem Ende zu, die Nacht kam. Staub klebte mir auf der Haut, ich war hungrig und müde. Heute würde mich niemand mehr mitnehmen. Mein letzter Proviant bestand aus einem Apfel, einem Sandwich und einer kleinen Flasche Wasser. Ich hatte nicht damit gerechnet, auf halbem Wege stecken zu bleiben.

Kauend sah ich mich in der dämmrigen Landschaft um. Mir war mulmig bei dem Gedanken, hier draußen allein die Nacht zu verbringen. Nicht allzu weit entfernt machte ich eine Gruppe von Bäumen und Sträuchern aus. Dort würde ich mich, vor Scheinwerferlichtern und Tieren verborgen, verkriechen können.

Das Gras reichte mir bis zu den Knien, als ich über die Wiese auf mein Ziel zuhielt.

Im Inneren des Gebüschs war die Luft stickig, doch das dichte Blattwerk spendete ein Gefühl von Schutz. Ich stopfte mir den letzten Bissen in den Mund und schlüpfte aus meiner Jeans. Den Gedanken ans Zähneputzen verwarf ich, der letzte Schluck Wasser war viel zu kostbar in diesem Niemandsland. Als ich schließlich in meinem Schlafsack lag, verbot ich mir jedes weitere Kopfzerbrechen. Welche Alternative hatte ich schon? Die ersten Sterne funkelten über den Baumkronen. Wenig später war ich eingeschlafen.

Am nächsten Morgen weckte mich ein Jucken am Unterarm. Kaum hatte ich mich gekratzt, da juckte es hinterm Ohr, am Hals, im Ausschnitt – einfach überall. Ich hörte ein Surren in der Luft, jenes nervtötende Geräusch, das den stärksten Mann in den Wahnsinn treiben kann. Wie ein wildgewordenes Frettchen kämpfte ich mich hoch und stürmte in Unterwäsche aufs freie Feld. Nicht zu fassen! Mein Oberkörper war von Stichen übersät. Überall wölbten sich fiese rote Beulen auf der Haut. Moskitos!

In Tiefschlaf versunken hatte ich die Nacht mitten unter Blutsaugern verbracht, die sich über jeden freien Flecken Haut hergemacht hatten. Bären gab es hier, Raubkatzen, bestimmt auch Schlangen. Kanadas Weite barg viele Gefahren. Mit allem hatte ich gerechnet. Nur an diese kleinen Mistviecher hatte ich nicht gedacht. Genervt zerrte ich meine Sachen aus dem Gebüsch und stapfte fluchend zum Straßenrand. Als ich dort stand, dämmerte mir, welches Wunder geschehen war. Dass ich so fest schlafen konnte!

Meine gesamte Kindheit hatte ich Nacht für Nacht starr vor Angst im Bett gelegen, unfähig, auch nur ein Auge zuzutun. Lichter erloschen, Türen wurden geschlossen und die letzten Geräusche des Tages verstummten. Wenn die anderen schliefen, lag ich wach. Die Panik vor dem, der sich wieder an mein Bett schleichen würde, hielt meinen Körper im fiebrigen Griff, führte meine Sinne in die Irre. Geister lauerten in den Ecken meines Zimmers, Kobolde schoben ihre unförmigen Hände unter meine Decke und grabschten nach mir. Bis zum Morgengrauen hielt der Horror an. Wenn mich der Schlaf endlich übermannte, folgten mir die Monster in meine Albträume. Tag für Tag war ich ausgelaugt aus dem Bett gekrochen, dankbar, dass die Dunkelheit dem Tageslicht gewichen war.

Hier draußen, allein im Schoß der Wildnis, wo Raubtiere eine reale Bedrohung für Leib und Leben darstellten, hier hatte ich tief und friedlich geschlafen. Nicht mal der aggressive Angriff einer ganzen Flugschar von Moskitos hatte mich wecken können. Wenn es noch so juckte, es war fantastisch – und es gab nur eine Erklärung dafür: Zum ersten Mal spürte ich die Gewissheit, dass dies hier wirklich mein Weg war. Dass ich nur auf diese Weise Frieden mit mir schließen konnte – durch eine Reise ins Unbekannte, mitten hinein in die wundervolle, farbenprächtige Welt, die vor mir lag. Ich musste nur immer weitergehen.

Diesmal hatte ich Glück und brauchte nicht lange zu warten. Ein Truck von titanischer Größe hielt schnaubend neben mir, die Beifahrertür flog mit einem heftigen Tritt auf, und vom Fahrersitz aus durchbohrte mich ein Paar Augen.

„Was machst du denn hier draußen ganz allein?", raunzte ein untersetzter Mann mit derber Stimme. „So ein junges Ding, Mannomann."

Ich stand wie versteinert vor dem Monstrum von Fahrzeug.

„Schwing gefälligst deinen Hintern hier hoch, damit ich dich zurück unter Menschen bringen kann."

Mein Gefühl sagte mir, dass unter der rauen Schale ein vertrauenswürdiger Kerl steckte, also warf ich meine Tasche ins Führerhaus und kletterte zu ihm hoch. An der ersten Truckerstation hielt er an.

„Los, frühstücken! Siehst ziemlich verhungert aus."

Er lud mich zu einer extra großen Portion Rührei mit Speck ein, die ich unter seinen belustigten Blicken in mich hinein schaufelte.

„Und wo genau willst du hin?" Mein Plan mit der Obsternte gefiel ihm.

„Keine Sorge, ich lass dich da an der richtigen Stelle raus. Kenn mich gut aus in der Gegend, komm schließlich ständig da durch." Er selber musste noch weiter Richtung Osten, wo seine Familie wohnte. Es war der Vater in ihm, der mich auf ungehobelte Weise ermahnte, bloß nicht so unvernünftig zu sein.

Im Okanagan Valley war die Hölle los. Rund um den von Bergen eingefassten See hatte die Einheimischen das Erntefieber gepackt. Alles drehte sich um Äpfel, Birnen und Co, man sprach von nichts anderem. Aus dem ganzen Land strömten Helfer herbei. Jung und Alt, Studenten wie Profipflücker, allesamt bereit, einige Wochen Knochenarbeit gegen ein paar lumpige Dollar und das Gefühl, an einem großen Fest teilzunehmen, einzutauschen.

Ich fand meinen Job in Summerland, nichts war leichter als das, nur einmal fragen im erstbesten Geschäft, wo noch Hilfskräfte gesucht würden, und schon brachte man mich zur nächsten Farm.

„Du kommst mit zu den Birnen", bestimmte der Vorarbeiter. „Ich zeig dir, wie der Laden hier läuft!" Auf einer Wiese nahe der Plantage hatten die Pflücker rund um eine Feuerstelle ihr Lager errichtet.

„Kannst dein Zelt dazu stellen. Wenn du keins hast, dann schläfst du unter freiem Himmel."

Es gab einen Waschtrakt mit getrennten Bereichen für Frauen und Männer. Morgens und abends verteilte man Essen an die Erntehelfer. Bezahlt wurde nach der Menge des gepflückten Obstes.

Die Ernte war eine elende Plackerei. Die vielen kleinen Äste der Birnbäume zerkratzten uns Arme und Gesicht. Nach zwei Tagen hatte ich einen Muskelkater, der mich fast bewegungsunfähig machte. Mein Rücken drohte durchzubrechen, ständig fürchtete ich, dass ich nach dem nächsten Bücken nicht mehr hochkam. Ich biss mich durch die Tage.

„Du bist dran, Marlin. Los, komm dir deinen Lohn holen", rief der Vorarbeiter. Wochenabrechnung. Den wohltönenden amerikanischen Akzent im Ohr, mit dem er meinen Namen aussprach, zählte ich die Scheine in der Tüte und war erschreckend schnell damit fertig.

„Na, auch im Lotto gewonnen?", rief mir jemand lachend vom Feuer aus zu. Es war Dom, ein Student aus Vancouver.

„Ob du es glaubst oder nicht, ich bin reich!", flachste ich zurück. Wir, die Studenten und Reisenden, waren die Loser vom Platz. Uns fehlte die Routine, wir hatten kein System, und außerdem gaben sie uns die hohen Bäume, bei denen man nicht ohne Leiter an die Birnen kam. Allein mit dem Rauf und Runter verloren wir wertvolle Zeit. Die Profipflücker machten einen guten Schnitt. Seit Monaten arbeiteten sie sich von einer Ernte zur nächsten durch. Ihre Körper waren gestählt, ihre Hände wussten, was sie zu tun hatten. Als Wanderarbeiter, die jedes Jahr wiederkamen, gaben die Bauern ihnen die besseren Jobs, außerdem arbeiteten sie oft zu zweit oder in Teams.

„Und, ziehst du jetzt ins Hilton?" Dom grinste mich an.

„Blödsinn! Ich werde doch nicht freiwillig auf den Luxus hier verzichten! Halt mir einen Platz am Feuer frei, bin gleich da." So leicht würde ich mich nicht geschlagen geben.

Ich hielt die Ernte durch. Das Leben kostete so gut wie nichts, und jeder mickrige Cent, den ich in Summerland verdiente, würde später nützlich sein.

In den wenigen Wochen, die ich im Okanagan Valley verbrachte, hielt der Herbst Einzug. Die Natur legte ihr tiefgrünes Sommerkleid ab und streifte das erdtönerne über. Die Luft schmeckte nach Beeren, doch der Boden hatte längst alle lebenspendenden Kräfte verzehrt. Immer häufiger fegten kalte Windstöße über das Land, fuhren Mensch und Tier unter Haut und Pelz. Bald würden sie sich in ihre Bauten verkriechen, das Leben draußen zu Eis gefrieren. Schon jetzt rückten wir zum Schlafen näher an die Feuerstelle.

„Dieses Jahr kommt der Schnee früh, das hab ich im Urin." Joe, einer der Profis, warf ein Stück Holz aufs Feuer und puhlte sich mit einem Zahnstocher im Gebiss herum.

„Vielleicht schon Ende September. Dann ist es hier nicht mehr so gemütlich. Ich sag's euch."

Schweigend löffelte ich meine Portion Eintopf und hörte den einfallslosen Gesprächen, zu denen die erschöpften Arbeiter abends noch fähig waren, nicht mehr zu. Ich stellte mir die Landschaft unter einer meterhohen Schneedecke vor. Beißende Kälte und kurze dunkle Tage waren überhaupt nicht mein Ding. Und hier in Kanada war der Winter bestimmt kein Zuckerschlecken. Was wollte ich dann erst in Alaska? Mich fröstelte es.

Süden, es war der Süden, für den mein Herz schlug. Das war schon immer so gewesen. Die Westküste, der Highway 101, San Francisco – Magie ging vom Klang dieser Namen aus.

Wilde Schönheit, Freiheit, Treibenlassen. Das entsprach mir, und nichts anderes! Las der Wind meine Gedanken, dass er nun schärfer wehte? Ich zog mir den Schlafsack, den ich mir über die Schultern gelegt hatte, enger um den Körper.

„Ich glaube, ich weiß, was ich mache", sagte ich mehr zu mir selbst als zu den anderen am Feuer.

„Dann spuck's aus", forderte Dom.

„Wenn wir mit der Ernte fertig sind, dann trampe ich die Küste runter nach San Francisco. Da holt mich der Winter nicht ein."

„So wie du aussiehst, kommst du nicht mal ungeschoren bis Seattle", rief mir Joe über das Feuer hinweg zu. „Glaubst du etwa, die verdammten Rednecks wissen mit naiven, hübschen Dingern wir dir nichts anzufangen? Alleine in der Weltgeschichte rumreisen, dass ich nicht lache. Die halbe verdammte Mafia ist an der Westküste versammelt."

Ich hörte ihn nur noch am Rande, er erreichte mich nicht. Meine Gedanken flogen die Pazifikküste hinunter. Ein neuer Plan war geboren. Das Feuer in mir, das für Ferne und Abenteuer brannte, war wieder entfacht, nahm von mir Besitz, und kein Mensch würde mich von meinem Vorhaben abbringen.

Amerika

Der Fahrer schloss die Türen, warf einen flüchtigen Blick über die Schulter auf die Fahrgäste, und schon rollte der Greyhound vom Gelände der Pacific Central Station und nahm Fahrt Richtung Seattle auf.

Zwei Tage zuvor hatten Dom und ich die abgeernteten Plantagen von Summerland per Anhalter hinter uns gelassen und den Rückweg nach Vancouver angetreten. In einer Pension hatte ich meine von Staub und Dreck erstarrten Klamotten gewaschen, mich startklar für die Weiterreise gemacht und der Versuchung widerstanden, Patrick einen Besuch abzustatten. Der Zielort hieß jetzt San Francisco, dorthin zog es mich mit unsichtbaren Fäden. Vor dem Rückflug nach Deutschland konnte ich immer noch bei ihm vorbeischauen. Der Gedanke, dass es für manche Dinge keine zweite Gelegenheit gab, kam mir nicht mal in den Sinn.

Hinter mir diskutierte ein Mann lautstark über Seattle mit einem Fahrgast, der fünf Sitzreihen vor mir auf der anderen Gangseite saß. Ich drehte mich um und fragte, ob er dort eine günstige Unterkunft kannte, eine Jugendherberge vielleicht.

„Hm, Jugendherberge?", meinte der Mann, zog die Stirn kraus und kratzte sich am Kopf. „Na klar! Zeig ich dir, wenn wir da sind. Jetzt muss ich schlafen. War 'n echt heißes Wochenende!" Damit zog er den Schirm der Baseballkappe runter auf den Nasenrücken und verschränkte die Arme vor der Brust.

„Wir gehen runter zum Hafen", mein Hintermann aus dem Bus zog an mir vorbei und weckte mich aus dem paralysierten Zustand, mit dem ich zwei grell geschminkte, fettleibige Damen anstarrte, die auf Seattles Terminal standen. Er winkte eilig, was so viel hieß wie: Bitte folgen! „Du musst den Fischmarkt sehen. Wir kommen sowieso daran vorbei." Widerspruch duldete er nicht.

Ronny hielt seine Stadt für den großartigsten Ort der Welt. Stellte er Fragen, wartete er die Antwort nicht ab. Im Eilschritt preschte er voraus. Wenn ich ansetzte, von meiner Reise zu berichten, unterbrach er mich, um auf eine Sehenswürdigkeit oder anderes Bedeutsames aufmerksam zu machen. Mehrmals zog er mit dem Arm einen weiten Kreis durch die Luft. „This is Seattle", schwärmte er. Bald hörte ich ihm nicht mehr zu. Wem hechelte ich da eigentlich hinterher?

Ronny war kaum größer als ich. Ein kleiner, recht schlanker Mann, bei dem sich der Ansatz eines Bauches nicht länger unter der Kleidung verbergen ließ. Er war nicht unansehnlich, obwohl seine Gesichtszüge für meinen Geschmack zu glatt waren. Ein quirliger Sonnyboy in den Dreißigern, mit der Ausstrahlung eines zu alt gewordenen Kindes.

„Da vorne gibt's den besten Fisch der Stadt", rief er, deutete auf ein Hafenrestaurant und zerrte mich an den Rand einer Schleuse. „Sieh dir das an! Lachse – auf dem Weg zu ihren Laichgebieten." Zu gern hätte ich dem Kampf der kräftigen Tiere gegen die Stromschnellen zugesehen, aber Ronny drängte weiter. Ehe ich mich versah, saßen wir im nächsten Bus. Außer Atem wischte ich mir den Schweiß von der Stirn.

Ronnys Mundwerk stand nicht still. Ohne Unterbrechung palaverte er vor sich hin.

„Die anderen müssen morgen wieder ran, aber nicht ich, hab noch Urlaub ... Henry und John werden Augen machen ...".

Ich horchte auf. Wer zum Teufel waren Henry und John? Gehörte ihnen die Jugendherberge?

„Henrys Karre ist toll … eine Corvette, knallrot! Die Tage machen wir damit 'ne Spritztour …"

Ich spürte, wie mir das Blut zu Kopf stieg. Wovon redete dieser Ronny? Hatte er meine Frage richtig verstanden? Was ging hier vor?

„Wir sind doch aber auf dem Weg zur Jugendherberge?", hakte ich nach.

„Wirst schon sehen, die Unterbringung ist spitze." Er lehnte sich zurück, und zum ersten Mal seit unserer Ankunft in Seattle verlegte Ronny sich aufs Schweigen.

Der Bus nahm den Weg raus zu den Außenbezirken der Stadt. Starr wie eine Salzsäule saß ich neben diesem Fremden, dem ich ohne jeden Argwohn gefolgt war. Die warnenden Worte des jungen Mannes mit dem Silberblick fielen mir ein, Bilder von verschleppten Mädchen tauchten vor meinem inneren Auge auf. Der Bus fuhr zügig, mir pochte der Puls in den Schläfen.

„Das ist mein Job", meldete sich Ronny in meine beunruhigten Gedanken hinein.

„Was?", erwiderte ich schroff.

„Bus fahren! Ich bin Busfahrer. Der da vorn ist mein Kollege."

Stoßartig entwich mir der Atem, ich kicherte hysterisch los. Ronny sah mit gerunzelter Stirn zu mir rüber.

„Was ist?"

„Nichts, nein! Das … das ist schön … richtig schöner Beruf!", stammelte ich zu laut, zu überschwänglich. Busfahrer verschleppten für gewöhnlich keine Frauen. Unvermittelt hielt der Bus, Ronny rief etwas in Richtung Fahrer und schob mich hinaus. Draußen hielt ich ihn zurück.

„Komm schon!", drängte Ronny über die Schulter.

Ich warf die Arme in die Luft und rührte mich nicht vom Fleck. „Wohin gehen wir?", brüllte ich ihm nach. „Wo ist die verdammte Jugendherberge?"

Ronny blieb stehen und lachte auf. Er zeigte auf die Siedlung hinter sich.

„Dorthin gehen wir", erklärte er mit Nachdruck. „Siehst du den Burschen da vorne? Das ist John, der netteste Kerl von ganz Washington." Ronny wartete ab, bis ich den Mann, der unter einem der Vordächer stand, entdeckt hatte.

„Jetzt komm endlich! Das ist mein Haus. Du bist unser Gast."

Ich hätte mich ohrfeigen können. Ohne Sinn und Verstand war ich einem Wildfremden auf direktem Weg bis vor seine Haustür hinterhergerannt. Ich sah mich um und suchte die Umgebung nach einem Ausweg ab. Wir befanden uns in einer menschenleeren Wohngegend, ein Grundstück grenzte an das nächste. In der Dämmerung waren die schlichten, zweistöckigen Einfamilienhäuser – alle im gleichen Stil gebaut – kaum zu unterscheiden. Niemand war zu sehen, die Haustüren fest verschlossen. Ich saß in der Klemme.

„Der nächste Bus zurück in die Stadt geht erst in einer Stunde", erklärte Ronny, als hätte er meine Gedanken erraten. Ich widerstand dem Impuls, ihn zu beschimpfen und verschränkte trotzig die Arme vor der Brust. Wir standen uns gegenüber wie Gegner beim Tauziehen. Ronny fasste sich ans Kinn und kam schließlich im Schlenderschritt auf mich zu.

„Okay, das war nicht fair. Ich hätte dir sagen sollen, wohin wir fahren. Aber keine Panik, dir passiert nichts." Seine Stimme klang ruhig und freundlich.

„Die Jungs und ich wohnen schon eine ganze Weile zusammen. Wir haben einfach gerne mal Besuch. Das bringt ein bisschen Abwechslung in die Bude." Er klopfte mir kumpelhaft auf die Schulter, und meine Anspannung ließ etwas nach.

„Finde ich super, was du vorhast. Ich wollte auch schon immer mal die Küste runter. Bis L.A. oder so. Toller Plan!"

Er hatte mir also doch zugehört, so desinteressiert und geistesabwesend er auch gewirkt hatte. Ich ließ den Blick über das idyllische Viertel schweifen. Vielleicht war die Einladung nur ein weiterer Beweis für die spontane Gastfreundschaft der Nordamerikaner. Der stämmige Mann stand noch immer im Hauseingang und wartete geduldig.

„Also gut", fasste ich mir ein Herz. Ronnys Miene hellte sich auf. „Hey John, ich hab jemanden mitgebracht!", rief er hinüber zu seinem Freund, Stolz in der Stimme. „Aus Deutschland."

Der gutmütige Ausdruck auf Johns Gesicht beruhigte mich auf Anhieb. Er streckte mir seine kräftige Hand entgegen und stieß mit der anderen die Haustür auf.

„Sie heißt Marlin", hörte ich Ronny hinter mir. Wieder diese fremdartige Aussprache meines Namens.

„Na, dann rein mit dir, Marlin. Henry wird auch gleich da sein", sagte John und wandte sich dann Ronny zu.

„Wir müssen nachher noch zum Flughafen. Ich erklär's dir gleich."

Ronny holte drei Dosen Bier aus der Küche, drückte mir eine in die Hand und redete weiter mit John. Gleichzeitig blätterte er durch die Post, schaltete Musik an und schlüpfte aus den Turnschuhen. Wie verschieden die beiden Männer waren! Der eine stand im Raum wie ein Fels in Brandung. Gelassen beantwortete er alle Fragen, wobei er mich mit einem warmherzigen Lächeln bedachte. Der andere fegte wie ein Irrlicht durch die Etage und schwatze in einer Tour. Wie mochte der Dritte im Bunde sein?

Ronny brachte mich zu einem Zimmer im oberen Stock.

„Die Dusche ist gleich nebenan. Kannst dich noch frisch machen, bevor wir zum Flughafen fahren. Ich hol dich, wenn's losgeht."

Geistesabwesend ließ ich die Reisetasche von der Schulter aufs Bett gleiten und blieb im Raum stehen. Was planten die

Männer? Was gab es um diese Uhrzeit Dringendes am Flughafen zu erledigen? Ronny war doch gerade erst zurück von seinem Trip. Und was hatte ich bei der Aktion verloren? Ich sah mich um. Das Zimmer unterschied sich in jeder Hinsicht von den Räumlichkeiten der Wohngemeinschaft in Vancouver. Die jungen Leute dort hatten meinen deutschen Freunden geähnelt. Ihr Haushalt bestand aus einer schmuddeligen Gemeinschaftsküche, einem mit Postern und Sprüchen tapezierten Klo, und auf den staubigen Fensterbänken führten vertrocknete Zimmerpflanzen ihr trauriges Dasein. Hier hingegen strotzte alles vor Sauberkeit. Mit größter Akkuratesse hatte jemand die Handtücher auf dem frisch gemachten Bett bereitgelegt. Die Bilder an den Wänden stammten aus einem Kunstkalender, man hatte sie zur Dekoration des Gästezimmers eingerahmt.

Ich riskierte einen Blick in den Kleiderschrank. Leer! Nirgendwo lagen persönliche Gegenstände, es gab keine Zettel mit flüchtigen Notizen in den Schubladen, kein Buch mit Eselsohren oder Lesezeichen, nicht mal ein Radio. Der Raum strahlte die unpersönliche Atmosphäre eines Hotelzimmers aus. Das hatte zweifelsohne etwas Gutes. Es bewahrte mich vor dem Gefühl, in die Privatsphäre eines anderen Menschen einzudringen. Von diesem Raum durfte ich ohne Vorbehalte Besitz ergreifen und blieb trotzdem unantastbar. Ich nahm eins der Handtücher vom Stapel und beschloss, duschen zu gehen.

Meine Hand lag noch auf der Klinke, ich hatte die Tür zum Bad schon fast hinter mir zugezogen, als ich im Erdgeschoss eine fremde Männerstimme vernahm.

„… ich mache drei Kreuze, wenn die Kleine erstmal im Flieger sitzt …" Es war ein Hieb in die Magengrube, mir stockte der Atem. Ich stand frisch geduscht im Flur und wagte nicht, dort wegzugehen. Was kam als Nächstes? Unten wurde wieder der Kühlschrank geöffnet, ich hörte das Zischen von Dosen. Eine Weile verharrte ich regungslos, doch das Thema war beendet. Mehr würde ich nicht in Erfahrung bringen. Schließlich huschte ich auf nackten Füßen zurück ins Gästezimmer. Sollte ich mich aus dem Haus stehlen und versuchen, mich zum Stadtzentrum durchzuschlagen?

Die Türglocke wurde geläutet, kurz darauf drangen neue, unbekannte Stimmen zu mir hoch. Wozu versammelten sich all diese Leute hier? Was führten die Männer im Schilde? Ich hatte meine Schuhe noch nicht zugebunden, da klopfte Ronny an die Tür.

„Komm nach unten, Marlin! Es geht los." Die Schritte entfernten sich in der typisch flotten Gangart. Es war zu spät, sich aus dem Staub zu machen.

Im Erdgeschoss hatten sich neben Ronny und John vier weitere Personen eingefunden. Eine Frau mit steifen, blonden Locken, das Gesicht zu einer weinerlichen Miene verzogen, redete auf einen ausgesprochen attraktiven Mann ein. Ein anderer unterhielt sich auf vertraute Weise mit John. Das musste Henry sein. Etwas abseits stand ein etwa fünfzehnjähriges Mädchen. Lange braune Haare fielen ihr in gerader Linie bis zur Taille, sie verbarg ihr Gesicht darin, wie hinter einem Trauerflor. Von den Erwachsenen unbeachtet, verfolgte sie mit traurigen, dunklen Augen die Unterhaltung zwischen der blonden Frau und deren Gegenüber.

„Hey Leute, das ist unser Gast aus Europa", rief Ronny in die Runde. „Sie heißt Marlin und kommt aus Deutschland."

Ich stand noch immer oben auf der Treppe. Die Blicke aller Anwesenden schwenkten zu mir hoch und blieben an mir kleben. Nur Scheinwerferlicht hätte es noch schlimmer machen können. Quer durch den Raum steuerte der Mann, der mit John geredet hatte, auf mich zu und tippte dabei auf seine Armbanduhr.

„Ich will ja nicht ungemütlich sein, aber wir müssen los, wenn wir den Flug nicht verpassen wollen", übertönte er die Gespräche mit einem konspirativen Zwinkern in meine Richtung, und scheuchte alle damit auf. Augenblicklich machte sich Aufbruchsstimmung breit.

„Hi, ich bin Henry", stellte er sich vor. Das Lächeln um seine Mundwinkel zeugte von Zufriedenheit. „Ebenfalls Mitglied dieses verrückten Männerclubs."

Ich bedankte mich bei ihm für das Ablenkungsmanöver und nutzte auf dem Weg nach draußen die Gelegenheit, ihn zu fragen, wer eigentlich auf Reise ging. Henry setzte zur Antwort an.

„Du natürlich! Wer sonst?", kam Ronny ihm lautstark zuvor und grinste. Ich schnappte nach Luft und starrte die Männer an. Ronny prustete los, doch Henry gab ihm mit der flachen Hand einen Klaps auf den Hinterkopf.

„Lass dich nicht ärgern. Das ist typisch Ronny. Siehst du die Kleine da vorne? Sie fliegt nach Alaska."

Die Besonnenheit in Henrys Worten und Ronnys reumütiger Blick verfehlten ihre Wirkung nicht. Jetzt begriff ich die Situation, die bedrohliche Vorstellung von Mädchenentführern kam mir auf einmal lächerlich vor. Ich sah wieder klar. Fast musste ich über mich selbst lachen.

Über Seattle war die Nacht hereingebrochen und hatte die Stadt in ein schillerndes Lichtermeer verwandelt. Gewaltige Leuchtreklamen säumten die Straßen. Wir fuhren an einem turmhohen Cowboy vorbei, der eine Zigarette zwischen den Lippen hielt und echte Rauchwolken ausstieß. All diese Lockmittel, was für eine kitschige Plastikwelt! Seit ich aus dem Greyhound gestiegen war, schwamm ich auf einer unkontrollierbaren Welle. Ich war erst wenige Stunden hier, hatte nur diese flüchtigen Bekanntschaften gemacht, und doch kam es mir vor, als legten die Menschen in diesem Land eine enorme Geschwindigkeit an den Tag. Eine Rasanz, die keine nähere Betrachtung der Dinge zuließ, keine Reflexion dessen, was das Leben zu bieten hatte. Und ich? Ich wurde mitgerissen von diesem Tempo, das nicht meines war. Niemand nahm wirklich Notiz von mir, und trotzdem war ich anwesend. Als sei es die normalste Sache der Welt, eine Fremde von der Straße aufzulesen und sie von Stund an im Schlepptau zu haben, ohne sich darum zu scheren, wer sie eigentlich war. Da entsprach die Lebensart der Kanadier deutlich mehr meinem Naturell. Während das Auto durch die Straßen glitt, ertappte ich mich bei diesen Gedanken und ermahnte mich, etwas dankbarer für die Großzügigkeit zu sein, die man mir entgegenbrachte.

„Warum fliegt das Mädchen nach Alaska?", fragte ich die Männer im Wagen.

„Sie wird dort ein Jahr bei ihrem Onkel verbringen", stieß Ronny hervor, als hätte er nur auf das Thema gewartet. „Die kleine Zicke will nicht akzeptieren, dass ihre Mutter jetzt mit Nick zusammen ist und macht den beiden das Leben schwer. In Alaska wird sie Zeit haben, über ihr Verhalten nachdenken."

War es Ronnys plänkelnder Tonfall oder die Ungeheuerlichkeit der Sache an sich, die mich so sehr empörte, dass es mir beinah körperlichen Schmerz bereitete? Mein Magen verknotete sich, das Blut in meinen Adern begann zu brodeln. So einfach schob man hier ein Kind ab? Wie brachte man einen solchen Verrat an der eigenen Tochter übers Herz? Wieso ließ das alle hier kalt? Wie grausam abgestumpft musste man sein, nicht zu merken, was hier gespielt wurde? Wieder drängte sich mir das scheinheilig leidende Gesicht der Mutter auf, dieses puppenhafte, aufgetakelte Wesen! Oh ja! Mein Zorn nährte sich aus den Tiefen dessen, was ich am eigenen Leib erfahren hatte.

„Ist das hier so üblich? Schickt man seine Kinder hier zur Besserung in die Wildnis?", fragte ich gereizt und wandte mich ab, den Blick aus dem Fenster gerichtet. Zum Teufel mit euren halbgaren Antworten, dachte ich. Zum Teufel mit Amerika? Fettleibige Individuen, schreiende Leuchtreklamen und gefühlskalte, seelenlose Hüllen. Ich dachte nicht daran, mich zu fragen, ob mein Urteil zu streng ausfiel.

Das Flugzeug hatte Verspätung, und die quälende Atmosphäre des bevorstehenden Abschieds zog sich zum Leidwesen aller Beteiligten in die Länge. Wieder und wieder sah ich zu dem Mädchen hinüber. Die Kleine hatte sich völlig in sich selbst zurückgezogen, an einen für uns unerreichbaren Ort in ihrem Inneren. Zu gern hätte ich mich neben sie gesetzt und tröstend den Arm um sie gelegt. Verdammt, sie war doch noch ein Kind. Doch für das Mädchen war ich eine Fremde.

Ronny gesellte sich zu mir und reichte mir einen Gin Tonic.

„Sag mal, wie ist es so in Deutschland?", wollte er wissen. Ich gab mir einen Ruck. Im Grunde ging es mir wie den anderen. Ich war nicht weniger dankbar für alles, was von der angespannten Stimmung ablenkte. Also begann ich zu erzählen, und zum ersten Mal seit unserer Begegnung im Bus hörte Ronny mir aufmerksam zu. Als der Flug des Mädchens endlich aufgerufen wurde, atmeten alle auf – auch sie selbst.

„Jetzt endlich ab ins Steakhaus", freute sich John, nachdem wir nur noch zu viert waren. Ich bemerkte meinen rasenden Hunger und war nun doch froh, dass sie mich mitgenommen hatten. Weit nach Mitternacht kehrten wir zum Haus der drei Männer zurück.

Seattle, so nett es auch war, konnte mich nicht begeistern. Daran änderte nicht einmal die Tatsache etwas, dass Ronny Urlaub hatte und es sich nicht nehmen ließ, mir mit ungebremstem Enthusiasmus die Stadt und ihre hinreißende Umgebung zu zeigen. Seattle war mir zu glatt, zu hip, zu perfekt. Nach meinem fragwürdigen ersten Tag gab ich der Stadt keine zweite Chance. Auch die Partys, die in schöner Regelmäßigkeit im Haushalt der Männer stattfanden, machten es nicht besser. Ich trank mit den Gästen Martini auf Eis und zog an kleinen Joints, die die Runde machten. Mit den Menschen um Ronny und seine Mitbewohner ging es mir wie mit dem Zimmer, das ich bewohnte. Ich fand nichts Persönliches in ihnen, nichts, für das ich mich erwärmen konnte. Wir glitten einfach aneinander ab, ohne einen Eindruck beim anderen zu hinterlassen. Sie gehörten einer anderen Welt an, und in Gedanken hielt ich längst wieder den Daumen in den Wind, träumte von San Francisco.

Eines Nachts klopfte Ronny an meine Tür und fragte lautstark nach, ob ich noch wach sei. Als ich die Tür öffnete, torkelte er geradewegs zu meinem Bett und ließ sich auf die Kante fallen. Dann raufte er sich mit beiden Händen die Haare, bis sie wild abstanden.

„Hab' heute Abend meine Frau getroffen", stammelte er. „Ex-Frau", korrigierte er sich und hob den Zeigefinger vor die Nase, bis er zu schielen begann. Dann breitete er die Arme aus, als wolle er das ganze Haus umfassen und verfiel in einen Singsang: „Home, sweet home!" Der alkoholschwere Schädel fiel ihm auf die Brust und kegelte von dort in den Nacken und zurück.

„Männer ham hier früher nicht gewohnt", lallte Ronny und machte eine Pause. „Sie fehlt mir", jammerte er und kam mit dem Kopf hoch. Glasige Augen sahen mich an, ich erkannte, was sich dahinter verbarg. Seine Zunge war schwer, sein Verstand umnebelt, viel zu heftig schüttelte er den Kopf. Doch das tat nichts zur Sache. Ständig redete er zu laut, übertrieb maßlos, und das

Lachen auf seinem Gesicht wirkte wie eingemeißelt. Aber jetzt war das anders. Selbst wenn er Alkohol dafür brauchte, zum ersten Mal spielte mir dieser ewige Sonnyboy nichts vor, war ein echter Mensch mit Kummer und Nöten. Ronnys Maske hatte einen Riss bekommen, sein oberflächliches Getue war aufgeflogen.

„Ich weiß", sagte ich leise und wartete ab.

„War schon auf'm Weg nach Hause, da hab ich sie in der Stadt getroffen … und auf'n Drink eingeladen." Ronny kicherte, der Zeigefinger ging wieder in die Höhe.

„Weißte was? Sie ist mitgekommen. Das war's erste Mal, dass wir geredet haben, seit sie hier raus ist – die große Frau von Welt. Musste ja unbedingt weg von mir. Musste unbedingt ihr eigenes Leben führen."

Ronny zog beim Reden die Vokale in die Länge. Sein Kopf fiel wieder nach vorn, ich ließ ihm einen Moment Zeit. Als er wieder hochkam, schwankte sein Oberkörper in alle Richtungen.

„Weißte was?", wiederholte er sich, „Sie hat noch nicht mal'n Kerl. Aber jetzt hat sie mitgekriegt, dass du hier bist. Hat mich Sachen gefragt …", unvermittelt unterbrach er sich selbst. „Woher weiß sie das überhaupt?", staunte er an mir vorbei. Seine Augäpfel rollten nach oben und blieben an der Zimmerdecke hängen, als ob sich dort eine neue Galaxie auftun würde. Dann beugte er sich zu mir vor.

„Ich glaub, sie ist eifersüchtig", kicherte er.

Das war der Punkt, an dem ich ihn unterbrach. Ich wollte kein Störenfried in seinem Privatleben sein, machte ich ihm klar. Mit einer Schnelligkeit, die ich ihm in seinem Zustand nicht zuge-traut hätte, packte mich Ronny an den Schultern und riss mich an sich heran. Sein trunkenes Gesicht war jetzt dicht vor mir, ich roch seine Fahne. Er kniff die Augen zusammen, als schmiede er einen raffinierten Plan, und grinste verschlagen: „Soll sie ruhig ein bisschen schmoren!"

Ich wand mich aus seinem Griff und sprang zur Seite. „Hör mir doch zu!", verlangte ich mit lauter, fester Stimme. Ronny klappte den Mund zu und sah zu mir auf, wie ein Schuljunge, der bei einem Streich ertappt worden war.

„Morgen verschwinde ich hier! Ich will nach Kalifornien, und nicht zwischen eure Fronten geraten."

„Da komme ich mit", rief er sofort. „Wir nehmen den Bus nach L.A., hab da Freunde …"

„Stopp! So läuft das nicht Ronny", fuhr ich ihm dazwischen. Ich würde nicht mit dem Bus fahren, sondern trampen. Ich wollte nicht nach L.A., sondern nach San Francisco.

„Ich geh die Dinge anders an als du, Ronny, lasse sie auf mich zukommen – und ich unternehme sie alleine!"

Er runzelte die Stirn. Ein paar Mal öffnete er den Mund und machte ihn direkt wieder zu. Er sah aus wie ein Fisch auf dem Trockenen. Ihm fehlten die Worte.

„Geh zu deiner Ex-Frau, verbring ein paar Tage mit ihr. Hörte sich so an, als hättet ihr euch doch noch was zu sagen." Ich half ihm hoch. „Und jetzt gehst du besser schlafen."

Am nächsten Tag war ich früh auf den Beinen, geweckt vom vertrauten Kribbeln im Bauch vor der Weiterreise. Aber auch das Gefühl der Verlorenheit machte sich bemerkbar – mit jedem Teil, das ich in meine Tasche stopfte, wuchs es an. Um mich herum wurde alles still und öde. Wieder einer dieser Momente im Niemandsland, wenn ich zwischen Fernweh und einer unerklärlichen Sehnsucht nach Heimat schwankte. Neue Orte und Begegnungen würden den Eindruck, keiner Gemeinschaft anzugehören, ausradieren. Inzwischen wusste ich das. Trotzdem war ich in Aufruhr. Wie lange hatte ich mich nicht gefragt, was sich daheim abspielte? Wenn ich mein Zuhause vergaß, wie konnte ich dann erwarten, nicht auch selbst vergessen zu werden? Ob es irgendwann so weit kommen würde, dass ich mich nirgends auf der Welt mehr heimisch und verwurzelt fühlte?

Sei nicht albern, sagte ich mir. Du hast ein Ticket und fliegst in ein paar Monaten zurück.

Trotz seines Katers bestand Ronny darauf, mich mit Henrys Corvette zum ersten Ort südlich von Seattle zu bringen. Er ließ mich an einer Bushaltestelle raus.

„Muss an meinem Job liegen", scherzte er.

Ich dankte ihm für alles. „Viel Glück, Ronny – auch mit deiner Frau."

„Mal sehen", sagte er ruhig und besonnen. Zum ersten Mal kam er mir vor wie ein Mann. Wie jemand, der erst nachdachte, bevor er sprach, der etwas still in sich reifen lassen konnte, ohne ständig vorzugeben, ein anderer zu sein als er selbst. Vielleicht wurde er ja doch noch erwachsen. Mit einem Schwung zog Ronny den Wagen hinüber auf die andere Straßenseite.

„Pass gut auf dich auf!", rief er mir zu, bevor er stadteinwärts davonfuhr.

Am ersten Tag kam ich bis Oregon, dann spielte mir das Wetter übel mit. Ich hatte mich gerade für die Nacht auf einer verwilderten Weide eingerichtet, als die ersten Tropfen auf mein Gesicht klatschten. Lass es schnell vorüberziehen, schickte ich ein Stoßgebet zum Himmel, der prompt seine Schleusen öffnete und eine Sintflut auf mich losließ. Pralle, traubengroße Tropfen prasselten auf mich nieder. Es dauerte nicht lange, da hatte sich mein Schlafsack mit Wasser vollgesogen und klebte schwer an meiner Haut. Zu meinem Glück war es nicht besonders kalt. Ich verdrängte den Anflug von Panik und beschloss, einfach liegen zu bleiben.

Als der Morgen endlich dämmerte, packte ich schlotternd das nasse Zeug zusammen, marschierte bis auf die Knochen durchweicht zum nächsten verschlafenen Nest und war überglücklich, dort einen Waschsalon vorzufinden. Schlafsack, Kleidung, Schuhe und sogar die Reisetasche teilte ich auf zwei Wäschetrockner auf und hockte mich in Unterwäsche davor. Anderthalb Stunden später stand ich frisch gerüstet, mit Sandwich und Kaffee in der Hand, wieder am Straßenrand.

Allein war ich nie. Entlang meines Weges lag der Pazifik. Der Alte begleitete mich die gesamte Strecke, zweitausend Kilometer Richtung Süden. Mal lag er tief unter mir in diesiger Weite. Mal war er zum Greifen nah, ließ seine Wellen Strände hinaufzüngeln, die bis an den Highway reichten. Manchmal verschwand er hinter einer Kurve für eine Weile aus meinem Blickfeld. Jedes Mal war ich froh, wenn ich seine glitzernde Oberfläche wieder durch die schroffen Felsformationen hindurchschimmern sah.

Nie musste ich lange auf die nächste Mitfahrgelegenheit warten. Ein sanfter Wind wehte mich die Küste hinunter. Am dritten Tag erreichte ich den Staat Kalifornien. Als wir südlich von Crecent City durch den Redwood Forest fuhren, hatte ich es plötzlich nicht mehr eilig. Freiwillig ließ ich mich auf dem einsamen Stück Straße absetzen und sprintete geradewegs in den Urwald hinein. Asphalt, Autos, Stimmen und Motorgeräusche – ich ließ die Zivilisation hinter mir zurück und wandelte mit angehaltenem Atem zwischen den Mammutbäumen umher. Ehrfurcht ergriff mich beim majestätischen Anblick der unerschütterlichen Riesen. Zeit verlor hier an Bedeutung, ich fühlte mich wie Alice im Wunderland. Jeder einzelne Baum erzählte eine Geschichte, die hunderte, ja sogar tausend von Jahren zurückreichte. Nichts trieb mich, meine Reise fortzusetzen. Der Abend war mild und trocken. Hätte es einen fantastischeren Ort geben können für eine weitere

Nacht unter freiem Himmel? Auf weiches Moos gebettet sah ich lange zu den Baumkronen hinauf. In schwindelerregender Höhe berührten sie den Himmel und formten ein schützendes Dach. Freiheit, jubelte es in mir, bevor ich einschlief.

Am vierten Morgen hielt ein Pick-up.

„Wir fahren nach Frisco!", rief mir der Mann auf dem Beifahrersitz zu. „Spring auf die Ladefläche!"

Hinterm Führerhäuschen verschanzt sah ich die Landschaft rückwärts an mir vorbeiziehen. Mit jeder Kurve, die wir nahmen, kamen wir dem Ziel näher. Jede Stunde, die verging, schürte meine Ungeduld. Ich scherte mich nicht darum, dass mein Rücken auf der Pritsche all die Schlaglöcher und Unebenheiten zu spüren bekam. Immer öfter blickte ich über die Schulter nach vorne, die Vorfreude wuchs ins Unermessliche.

Und dann tat es sich vor mir auf – das Goldene Tor – wir flogen ihm regelrecht entgegen. Ich sprang auf, hielt mich am Dach des Pick-ups fest und jauchzte vor Freude, als der Wagen auf die Golden Gate Bridge auffuhr. Was für ein unauslöschlicher Augenblick! Unter uns die Bucht von San Francisco. Auf dem Wasser das Glitzern der Nachmittagssonne, der Alte winkte mir mit kleinen übermütigen Wellen zu. Die Stadt meiner Träume lag vor mir, breitete sich imposant unter einem wolkenlos blauen Himmel aus. Fahrtwind wirbelte mir die Haare um den Kopf, zerrte an meiner Jacke – ich war vollkommen hingerissen.

Der Pick-up verließ die Golden Gate Bridge und fuhr Richtung Zentrum. Mit jedem Kilometer verdichtete sich der Verkehr um uns herum. Wir glitten dahin, als befänden wir uns in einem immensen Sog, dem alle Fahrzeuge folgen mussten. San Francisco schickte uns Strahlen von gebündelter Energie entgegen, wie ein gigantischer, gleißender Diamant, ließ sie direkt in meine Glieder fahren.

Im Vorbeifahren las ich die Straßennamen. Eine ganze Weile folgten wir der Market Street, bis der Wagen mehrmals abbog und kurz darauf auf einem Busterminal anhielt. Der Fahrer beugte sich aus dem Fenster und winkte mich zu sich. Ich sprang von der Ladefläche.

„Hier bist du mitten in Frisco", sagte er. „Hast übrigens Glück mit dem Wetter. Normalerweise haben wir Nebel im Oktober." Er blickte um sich, als rechne er damit, dass der besagte Nebel aus einer der Straßenschluchten gekrochen kam.

„Na ja, wirst du schon noch sehen", sagte er, hob die Hand und rauschte davon.

Da stand ich nun auf dem Gelände des Terminals und sah die Busse ankommen und abfahren. Menschen nahmen voneinander Abschied, ein junges Pärchen fiel sich zur Begrüßung in die Arme. Für mich interessierte sich niemand, als wäre ich unsichtbar. Was hatte ich denn erwartet? Dass San Francisco applaudierte, nur weil ich hier eingetroffen war? Die Welle aus Euphorie und Freude, die mich eben noch getragen hatte, verebbte und versickerte spurlos. Meine Tasche lag nehmen mir im Staub, ich zerrte sie an den Rand des Terminals und ließ mich auf eine Bank fallen. Haarsträhnen klebten mir im Gesicht, ich strich sie fort und grübelte. Wie sollte ich jetzt vorgehen? In Gedanken versunken griff ich nach dem Stein in meinem Dekolleté, als mich plötzlich etwas stach. Ich nahm das Lederbändchen mit dem Granat vom Hals und sah mir die Sache genauer an: Die provisorische Aufhängung aus Silberdraht war an einer Stelle gebrochen. Das Geflecht löste sich langsam ab. Da musste ich mir etwas einfallen lassen, sonst würde mir mein Talisman verloren gehen.

Die Stadt der Träume

Wie lange ich dort den Stein in der Hand gesessen hatte, wusste ich später nicht mehr. Mit geschlossenen Augen ließ ich die letzten Tage Revue passieren. Drei Nächte im Freien und kein einziger Anflug von Einsamkeit. Selbst als mich der Regen überrascht und ich bibbernd im durchweichten Schlafsack gelegen hatte, war mir zu jedem Zeitpunkt bewusst gewesen, dass ein neuer Tag anbrechen und die Sonne meine Glieder wieder wärmen würde. Kälte und Wärme hatten mich spüren lassen, dass ich am Leben war. Ich gehörte dazu, wie die Insekten, die unter den Blättern Schutz suchten, wie Vögel, die ihre Köpfe ins Gefieder steckten. Genau wie sie hatte ich dort gekauert und gewusst, dass der Regen früher oder später aufhören musste. Jeder Blick auf den freien Ozean hatte mir bestätigt, dass nichts passieren konnte, nichts von wirklicher Bedeutung war, solange er seine Wellen an dieser Küste brach. Im Urwald war ich zum winzigen Teil eines wunderbaren Ganzen geworden. Inmitten dieser Wiege des Lebens hatten alle bösen Geister mich verlassen.

Jetzt spürte ich, wie mich die überreizte, klebrige Atmosphäre der Stadt in meinen Körper zurückpresste. Wie sie mich abtrennte von der Ganzheit, mit der ich eins geworden war. Staub und Gestank, Lärm und Hektik legten sich wie ein zäher Film auf meine Haut, sperrten mich zurück in die Zelle meines Körpers. Die Welt wurde wieder klein und eng.

Auf der Suche nach Befreiung schlug ich die Augen auf. Vom grellen Sonnenlicht geblendet machte ich die unscharfe Silhouette eines Mannes aus, der Flugblätter verteilte. Im Vorübergehen nahm ihm eine Frau eins der Blätter ab und warf es achtlos fort. Ein Windstoß ergriff das Papier und ließ es vor sich her tanzen, bis es mit der Rückseite nach oben vor mir liegen blieb. Ein gelber Zettel, den der vorbeiziehende Luftzug hob und senkte. Gleich weht er weg, dachte ich träge, doch das Blatt blieb, als ob es mit mir reden wollte. Einem vagen Impuls gehorchend bückte ich mich, hob das Flugblatt auf und las: Old Continent Hostel. 5 $ pro Nacht. Nur für Europäer! Ecke 11th Street / Natoma Street. Darunter war der Weg zu dem Hostel skizziert.

Ich starrte auf den Text, ohne die Bedeutung der Worte zu erfassen. Noch hing ich fest in der Beklemmung, die die Ankunft auf dem Busterminal ausgelöst hatte. Träumte ich etwa? Ich rieb mir das Gesicht. Endlich sickerte die Botschaft zu mir durch, ich richtete mich auf. Das Hostel war nur wenige Häuserblocks entfernt! War das zu fassen? Gab es eine logische Erklärung für meine Glückssträhne? Es hatte wieder funktioniert. Auf meiner Reise kam selbstentstanden alles auf mich zu, was ich benötigte. Vertrauen allein zählte. Ich wischte mir die verschwitzen Hände an den Hosenbeinen ab und stand auf.

Das Haus im viktorianischen Stil war in einem bedauernswerten Zustand und lechzte nach frischem Anstrich. Neben der gewaltigen hölzernen Doppelflügeltür hing ein Schild mit dem Namen des Hostels, von dem Schriftzug platzte ebenfalls der Lack ab. Auf mein Klingeln hin öffnete eine Frau mit schulterlangem, blondem Haar. Sie sah wohlgesinnt an mir herunter und entdeckte den Flyer.

„Hey, Darling, hier bist du richtig. Ich bin Eveline. Komm herein“, winkte sie fröhlich und ließ mich eintreten. Im Korridor des Hauses roch es nach feuchten Teppichen. Ein schales Gemisch aus Kochdünsten, Schweiß und Parfüm hing in der Luft. Durch alles waberte eine Note Hund. Die Erklärung hierfür wurde sogleich geliefert. In einer Nische neben der Eingangstür stand ein schwerer Schreibtisch, unter dem die zottelige Schnauze eines Bouviers hervorlugte, der sich dort zusammengerollt hatte. Er machte keine Anstalten, auf mein Erscheinen zu reagieren. Hinter dem Sekretär saß ein Mann und blätterte durch eine Mappe mit handschriftlichen Notizen. Auf der gesamten Arbeitsfläche stapelten sich Papiere und Ordner, es herrschte heilloses Durcheinander.

„Mein Mann, Tom", stellte Eveline ihn vor. „Er wird dir alles erklären. Wir zwei sind für diesen Laden verantwortlich." Die beiden mochten um die dreißig sein und machten auf Anhieb einen sympathischen Eindruck.

Ich erzählte drauf los, dass ich gerade erst in San Francisco angekommen war und nicht fassen konnte, sofort eine Bleibe gefunden zu haben. Der Mann beugte sich vor und sah mich über den Rand seiner Brille hinweg an

„Eins nach dem anderen, Darling!", bremste er in bedächtigem Ton meinen Feuereifer aus. „Darf ich erstmal deinen Ausweis sehen?"

Tom machte einen zufriedenen Eindruck, als er das grüne Dokument der Bundesrepublik Deutschland durchblätterte und das Visum auf Gültigkeit prüfte.

„Hast Glück! Wir nehmen ausschließlich Leute aus Europa. Wie lange möchtest du bleiben?"

„Kommt darauf an, ob ich einen Job finde", antwortete ich aufrichtig.

„Hast du eine Arbeitserlaubnis?", fragte Tom unverblümt.

Das Blut stieg mir zu Kopf, garantiert leuchtete ich wie eine auf Rot geschaltete Ampel. Auf der Suche nach einer plausiblen Antwort wand ich mich hin und her. Hatte ich mich den falschen Leuten anvertraut? Tom musste mir die Gedanken, die ich abwog, vom Gesicht abgelesen haben. Er schüttelte den Kopf und winkte ab.

„Keine Angst, uns ist es egal, ob du eine offizielle Arbeitsgenehmigung hast oder nicht", sagte er, wobei er das Wort „offiziell", mit den Fingern in Anführungsstriche setzte. „Die kriegst du in den Staaten nicht einfach so. Wir können dir aber ein paar Tipps für die Jobsuche geben. Wir reden morgen darüber." Dann lehnte er sich in den Stuhl zurück und verschränkte die Arme vor der Brust.

„Jetzt zu unserem System. Das da vorne ist die Gemeinschaftsküche", erklärte er und wies mit dem Kinn in Richtung des hinteren Teils der Etage, wo sich ein offener Wohnbereich auftat. Ich sah ein paar Leute darin hantierten. „Versteht sich von selbst, dass du nach dem Kochen dein Zeug wegräumst und saubermachst. Schlafräume und Duschen sind in den oberen Stockwerken. Du kriegst ein Bett in einem Viererzimmer. Schlüssel gibt es nicht, du musst also auf deine Klamotten aufpassen. Neben der Klingel ist ein Zahlenschloss. Du kommst mit einem Code rein, den du dir morgens hier vorn abholst. Alles klar?" Ich nickte eifrig.

„Okay! Da du offensichtlich länger bleiben willst, hast du vielleicht Interesse daran, umsonst hier zu wohnen", fuhr Tom fort. Er nahm die Brille von der Nase und rieb die Gläser mit dem Stoff seines T-Shirts. Ich brachte ein verständnisloses Räuspern hervor. Hatte ich richtig verstanden? Tom sah erneut auf und grinste mich an.

„Wir haben manchmal Jobs für Leute, die das Geld für die Übernachtung sparen möchten. Momentan ist Duschen putzen im Angebot. Denk bis morgen drüber nach. Dann muss ich wissen, ob du es machst." Er schob die Brille zurück auf die Nase, zog die Mappe an sich heran und widmete sich wieder seiner Arbeit. Noch bevor Eveline mich zu meinem Zimmer bringen konnte, hatte ich mich entschieden und rief: „Ich mach's!"

Durch das Fenster des schlauchförmigen Raums drang dämmrig graues Abendlicht. Man sah von dort auf einen trostlosen Hinterhof hinunter. Die spärliche Einrichtung bestand aus zwei Etagenbetten, einem Tisch und zwei Stühlen. An der Decke baumelte eine Glühbirne, auf den Lampenschirm hatte man verzichtet. Von den Wänden löste sich eine altbackene Mustertapete, und in der Luft hing derselbe feuchte Muff wie unten im Haus. Es war perfekt!

Nach meiner Ankunft in San Francisco hatte ich nichts weiter getan, als einen Zettel vom Boden zu fischen und der Skizze darauf zu folgen. Jetzt bot mir der schäbige Raum ein Zuhause, ein Dach über dem Kopf. Davon abgesehen bestand die Aussicht auf einen Job. Hätte es in der Stadt meiner Träume einen besseren Start geben können?

„Such dir eins von denen da aus", hatte Eveline gesagt und auf das Etagenbett neben dem Fenster gezeigt. „Die Vorderen sind belegt."

Allein im Zimmer holte ich Handtuch und Waschzeug hervor und warf meine Tasche mit Schwung auf das obere Bett. Die Duschen befanden sich auf dem Gang. Nach drei Nächten auf feuchten Wiesen und Waldböden hatte ich eine Grundreinigung dringend nötig.

Es war eine Wohltat, den heißen Wasserstrahl auf meinem Nacken zu spüren. Vom klebrigen Dreck der Straße befreit, kletterte ich wenig später auf mein neues Bett. Nur kurz hinlegen, dachte ich, und genoss die weiche Matratze unter meinem geschundenen Rücken. Wohlig räkelte ich mich hin und her. Nur ein kleines Nickerchen, war mein letzter Gedanke, bevor ich hinüberglitt, in einen traumlosen Tiefschlaf.

Abgesehen von den regelmäßigen Atemzügen, die vom anderen Ende des Zimmers zu mir durchdrangen, herrschte Stille im Haus. Erinnerungen kämpften sich aus den Tiefen meines

Unterbewusstseins nach oben – wie Luftbläschen, die an die Wasseroberfläche drängten, um sich dort selbst zu befreien. Bläschen für Bläschen fügte sich das Bild zusammen, bis mir dämmerte, wo ich mich befand. Ich spähte zum Fenster hinaus und entdeckte einen winzigen Fleck blauen Himmels. War das etwa der neue Tag? Hatte ich zwölf Stunden am Stück geschlafen? Mit einem Schlag hellwach setzte ich mich im Bett auf und hatte es auf einmal schrecklich eilig. Auf Zehenspitzen schlich ich durch das Zimmer und sah im Vorbeigehen ein paar dunkle Locken, die sich auf einem Kopfkissen kringelten.

Außer mir war nur Eveline auf den Beinen.

„Hey Darling, wie hast du geschlafen?", fragte sie und schob mir einen Zettel über den Tisch zu. Es handelte sich um den Code des Tages, den ich erst ab neun Uhr abends benötigte. Mein Magen knurrte, die letzte Nahrung hatte ich auf der Ladefläche des Pickups zu mir genommen.

„Falls Tom fragt, ich bin einkaufen", ließ ich Eveline wissen und machte mich auf den Weg zu dem Lebensmittelladen, an dem ich tags zuvor vorbeigekommen war. Vom Hunger getrieben warf ich alles in meinen Korb, was mir in die Quere kam. Toast, Butter, Eier, Käse, Tomaten, Nudeln, Trauben … Zurück im Hostel packte ich die Einkäufe auf dem Esstisch der riesigen Gemeinschaftsküche aus und stellte fest, dass ich Vorrat für eine Kompanie besorgt hatte. Die ersten Mitbewohner machten sich an Kaffeemaschine und Herd zu schaffen. Mit meinem Lebensmittelberg erntete ich amüsierte Blicke.

„Kennt ihr euch schon, Darling?", trat Eveline von hinter mich heran und wies auf zwei Frauen in meinem Alter. Sie saßen in der hintersten Ecke der Küche vor ihren dampfenden Tassen.

„Deine Zimmerkolleginnen!" Die schwarzen Kringellocken kannte ich. Sie zierten ein molliges Gesicht mit verquollenen

Augen. Die Freundin daneben trug einen Pagenschnitt, der für die frühe Tageszeit erstaunlich akkurat saß. Ich stellte das Glas Instantkaffee auf den Tisch.

„Dann sag ich mal guten Tag", meinte ich zu Eveline und ging zu den Mädchen hinüber.

„Ach, du bist das", antwortete der Lockenkopf, als ich mich vorstellte. „Wir haben gestern Abend schon bemerkt, dass jemand bei uns eingezogen ist. Ich bin Brigitte, und sie heißt Cecile. Setz dich."

Nicht nur Namen und Akzent, sondern auch Brigittes markante Konturen verrieten die französische Herkunft der Beiden. Ich versprach, mich zu ihnen zu gesellen, sobald ich mir etwas zu essen gemacht hatte.

Zwei Studenten aus Stuttgart bereiteten Lunchpakete für den Tag vor, schmierten Erdnussbutter auf wabbelige Weißbrote und turmten sie neben einer Packung Muffins übereinander. Ich lernte einen hageren Kerl aus Budapest kennen, der hingebungsvoll Ahornsirup auf seine Pancakes träufelte, von Neil Young schwärmte und mich *New kid in town* nannte.

Zu sehr damit beschäftigt, die Schränke aufzureißen und meine Nase hineinzustecken, hörte ich nur mit einem Ohr zu. Bei meiner Suche nach Geschirr und Besteck stieß ich auf geöffnete Tüten mit Käsemakkaroni, Marshmallows und – auf Beefsnacks! Es schüttelte mich. Seit wann mochten die Lebensmittel schon ihr Dasein im Innern dieser Schränke fristen? Bevor mich die Abscheu oder etwas Lebendiges packen konnte, schlug ich die Tür ganz schnell wieder zu.

Ständig tauchten neue Gesichter in der Küche auf. Ob Schweden, Engländer oder Belgier, jeder sprach kurz mit jedem, und alle waren jung. Eveline begrüßte jeden Einzelnen mit „Hey Darling". Vom Schreibtisch her hoben Tom und der Hund ab und an die Köpfe, manchmal sogar synchron, und blickten schweigend in die Runde. Hier war mein neues Zuhause!

Der letzte Rest von Befangenheit fiel von mir ab. Ich balancierte meinen Teller mit Toastbroten und einen randvollen Kaffeebecher rüber zu den Französinnen. Cecile und Brigitte hatten den Sommer über gejobbt und wollten hier in Kalifornien vor allem drei Dinge tun: am Strand faulenzen, auf Partys gehen und Spaß mit Jungs haben. Seit einer Woche wohnten sie im Hostel und schlugen sich seitdem die Nächte in Bars und Discos um die Ohren.

„Wir würden noch schlafen, wenn heute nicht der Ausflug wäre. Wir fahren ins Napa Valley zur Weinprobe. Komm doch mit!"

Dankend lehnte ich ab. „Mädchen, ich habe einen Job übernommen und sollte mich bei Tom melden", sagte ich und schob mir den Rest Käsetoast in den Mund. „Viel Spaß, wir sehen uns heute Abend."

Meine Verabredung mit den Duschen war aber nicht der einzige Grund, die beiden ohne mich ziehen zu lassen. Mein Ziel hieß heute Haight Street, Heimat aller Hippies und Mekka der Flower-Power-Bewegung. Ich spürte es sofort, als ich mich meinem Ziel näherte. Das gesamte Viertel um die Haight Street war von einem unverwechselbaren Flair beseelt. Kunterbunte Musikcafés, Plattenläden, schillernde Boutiquen reihten sich aneinander. Seite an Seite mit Bars, aus denen der Geruch von Marihuana wehte, verströmten sie das Ambiente der Achtundsechziger. Den letzten Joint hatte ich mit Ronny und Henry geraucht, in einer Umgebung, die absolut nichts mit diesem Ort gemeinsam hatte. Es erstaunte mich kaum noch, dass Gras rauchen in Amerika offenbar zur Tagesordnung gehörte. Anzug- und Krawattenträger machten da keine Ausnahme. Pot war eine willkommene Droge, die das Leben versüßte und auf Partys dazugehörte wie Cocktails und Knabbereien. Man rauchte unauffällige Sticks in der Größe von selbstgedrehten Zigaretten. In Deutschland saß man im Schneidersitz auf Flokatis, man reichte dicke Joints, Wasserpfeifen oder Schillums im Kreis herum und hörte bei Kerzenschein Bob Marley. Kiffen war Sache der Freaks, und im Grunde meines Herzens war ich ein Freak. Ich hatte mich immer als Revoluzzer gefühlt, war bei Ostermärschen mitmarschiert, hatte Häuser besetzt, dem SEK in vorderster Reihe die Stirn geboten. Warum bloß? Hier und jetzt, wo Love, Peace und Happiness alles und jeden durchdrangen, konnte ich mir das nicht mehr erklären. War es mir bei alledem wirklich darum gegangen, der Ungerechtigkeit der Welt zu trotzen? Oder hatte ich am Ende meiner Wut einen politischen Namen verliehen? Die Verletzungen meiner eigenen Seele – hatten sie mich auf die Barrikaden getrieben? Wie immer die Antwort darauf lautete, es war heute nicht mehr von Bedeutung.

Nach einem respektablen Fußmarsch nahm ich die letzten Meter der Hügelkuppe, die zu diesem Ort von Gleichgesinnten führten. Tom hatte mir den Weg auf dem Stadtplan gezeigt. Als ich nach einer Stunde meine Arbeit in den Duschen erledigt hatte, war er als Einziger im Hostel zurückgeblieben. Darauf bedacht, dass ich mein Ziel nicht verfehlte, hatte er nicht den direkten Weg für mich ausgesucht, sondern mich an den Hauptstraßen entlang geschickt. Doch was machte das schon? Die Sonne schien, der Himmel war von einem betörenden Azurblau. Ideale Bedingungen, um San Francisco auf eigene Faust zu erkunden. In meinem höchsteigenen Tempo. Gleichwohl freute ich mich, auf einem Straßenschild die Namen Haight und Ashbury zu entdecken.

Die Haight Street hinunter zu flanieren, von einem Geschäft zum nächsten, faszinierte mich. Ich sah Straßenkünstler und Musiker, farbenprächtige Häuser und Graffitiwelten, schwamm mit im bunten Gemisch der Passanten. Die Straße glich einem Magnet für Glückssucher – und sie mündete in den Golden Gate Park. Ich ließ mich in die grüne Oase hineintreiben und fand ein Plätzchen, wo ich mich in aller Ruhe unter einem Baum ausruhen konnte.

Meine Füße schmerzten, ich zog die Schuhe aus, um sie zu massieren. Keinem klaren Gedanken folgend ließ ich den Blick schweifen. Die Blätter über mir, der tiefblaue Himmel, vorbeiziehende Vögel, die Menschen – und dann, direkt vor mir im Gras etwas Rotes, Vertrautes: Mein Granat! Schnell hob ich ihn auf und umklammerte ihn fest. Das war noch mal gut gegangen, um ein Haar hätte ich ihn verloren. Wäre er mir auf dem Weg hierher vom Hals gefallen, hätte ich es nicht bemerkt. Dabei hast du mir schon so viel Glück gebracht, gestand ich ihm in Gedanken.

Auf dem Rückweg kaufte ich in einer Boutique einen kleinen Lederbeutel und verstaute den Granat darin. Den Beutel befestigte ich an meinem Gürtel und steckte ihn in die Vordertasche meiner Jeans. „Ich passe auf dich auf und du auf mich", murmelte ich und schüttelte sogleich den Kopf. Redete ich jetzt schon mit einem Stein? Ich war doch nicht etwa abergläubisch?

Am späten Nachmittag kehrte ich zum Hostel zurück. Von der Weinprobe beschwipst, kam mir Eveline aus der Küche entgegengewankt.

„Hey darling, ich hab's den anderen schon gesagt. Wir gehen heute Abend zum Tanzen ins Underground. Treffpunkt um zehn vorne."

Nachdem ich meinen ersten Abend in San Francisco verschlafen hatte, sagte ich spontan zu. Gern hätte ich mich vorher ausgeruht, doch daran war nicht zu denken. Ich hatte mich eben auf meinem Bett ausgestreckt, da stürmten Brigitte und Cecile ins Zimmer und plapperten in französischem Singsang um die Wette. Sie waren genauso angesäuselt wie Eveline.

„Um zwei Uhr geht da vorne der letzte Bus. Ich wünsche euch viel Spaß", rief Tom der Gruppe zu und zeigte zur Haltestelle auf der anderen Seite der Haight Street. Er nahm Eveline in den Arm und zog sie mit sich fort.

„Wer Lust hat mitzukommen, wir gehen hier hinein", rief sie uns über die Schulter zu und wies mit dem Kinn auf die Diskothek hinter ihnen. Ich hatte tagsüber genügend Zeit im Alleingang verbracht und schloss mich gerne der Truppe an. Bis auf ein paar, die andere Pläne verfolgten, versammelten sich alle vor dem Eingang. Wir mussten uns ausweisen, um eingelassen zu werden, und ich war froh, im Sommer einundzwanzig geworden zu sein.

Im Inneren empfingen uns grelle, von Disco-Kugeln reflektierte Lichter. Michael Jacksons *Billie Jean*, der größte Hit des Jahres, hämmerte auf uns ein. Der DJ thronte neben dem Eingang auf einem mit Spiegeln versehenen Turm über der Szenerie. Ich kam mir vor wie auf einer Kirmes. Nichts von dem, was ich sah, glich Läden wie dem schummrigen Lady's Inn, die ich aus Deutschland kannte. Im Zentrum des von Säulen gestützten Saals erstreckte sich eine ausgedehnte Tanzfläche, die eine vollständig verspiegelte Wand noch riesenhafter erscheinen ließ. Nicht enden wollende Tresen flankierten die Tanzfläche zu beiden Seiten. Eine Armada von Angestellten war damit beschäftigt, Cocktails zu mischen und zu servieren. Unsere Truppe stürmte auf die freien Barhocker zu. Ich holte mir einen Tequila Sunrise und lehnte mich an eine der Säulen, um den Leuten auf der Tanzfläche zuzusehen.

Mein Gott, wie lange hatte ich nicht mehr getanzt? Auf der gesamten Reise hatte sich bisher keine Gelegenheit geboten. An Platz mangelte es hier nicht. Ein schauriger Kitzel lief mir den Rücken hinunter, fand seinen Weg in die Füße, die wie von selbst zu wippen begannen. Einen kurzen Moment hielt ich mich zurück, dann fuhr der DJ die ersten Klänge von Steve Winwoods

Talking back to the night hoch und mein Drink, an dem ich nur genippt hatte, landete auf dem nächsten Stehtisch. Ich löste mich von der Säule und mischte mich unter das tanzende Volk. Sofort war ich in meinem Element, ließ mich vom Rhythmus über die Tanzfläche treiben, mit geschmeidigen Bewegungen um die anderen Menschen herumwirbeln. Ich schloss die Augen und vergaß alles um mich herum. Einzig die Musik zählte. In einem selbstvergessenen Flug glitt ich schwerelos von einem Stück zum nächsten.

Mein Glas war weggeräumt worden, ich hatte bestimmt eine Stunde durchgetanzt. Mit ausgetrockneter Kehle gesellte ich mich zu Brigitte und Cecile an den Tresen. Sie unterhielten sich angeregt mit zwei Männern und tauschten vielsagende Blicke aus. In dieses Gespräch brauchte ich mich definitiv nicht einzumischen. Verschwitzt, wie ich war, bestellte ich einen neuen Drink, trank gierig und schaute mich dabei im Raum um. Jemand stellte sich neben mich. Er hatte kurze, dunkle Haare und ein gut geschnittenes Gesicht.

„Du tanzt wirklich gerne", sagte er. Sein charmantes Lächeln brachte mich durcheinander.

„Und woran sieht man das?", antwortete ich und ärgerte mich sofort über den bissigen Unterton in meiner Stimme. Ich gehörte nicht zu den Frauen, die sich geschmeichelt entspannten, wenn ein Mann sie ansprach. Im Gegenteil, es machte mich unsicher. In Deutschland mied ich Discos, wo Typen in Bundfaltenhosen Frauen anmachten. Meine Welt war die der Punks und Rocker, die stellten sich nicht mit triefenden Sprüchen auf den Lippen neben einen. Wenn die mit den Hufen scharrten, taten sie es auf derart schnodderige Weise, dass eine ungeschminkte Abfuhr genau die passende Antwort war. Der nette Kerl neben mir gehörte in keine dieser Kategorien. Er trug unspektakulär Jeans und T-Shirt,

seine Haare waren schlichtweg kurz und hatten keine stunden-
lange Fönprozedur hinter sich. Am auffälligsten war jedoch der
offene, intelligente Gesichtsausdruck. Mist, dachte ich. Den hab
ich bestimmt direkt verjagt!

„Na daran, ob jemand gelangweilt in die Runde gafft oder un-
gekünstelt in der Musik aufgeht", lachte er, und ich nutzte meine
Chance, sein strahlendes Lächeln zu erwidern.

„Kommt auf die Musik an, die gespielt wird. Zu ABBA hätte ich
auch nur gaffen können", versuchte ich zu scherzen. Er nickte und
ließ den Blick zur Tanzfläche schweifen. Ich gab mir einen Ruck.

„Was ist mit dir?", fragte ich und drehte mich ihm zu. „Was
hörst du gerne?"

„Ich bin da nicht so festgelegt. Zum Tanzen brauche ich Rhythm
and Soul, alles, wobei ich mitsingen kann. Zum Spaß spiel ich aber
auch in einer Punk-Band." Er lehnte lässig an der Theke, sprach
selbstbewusst und alles in mir entspannte sich. The Police erklang,
er hielt mir die Hand hin und fragte lässig: „De do do do?"

Mir fiel nur eine Antwort ein: „De da da da!", lachte ich und
ließ mich auf die Tanzfläche ziehen.

Später kühlten wir zusammen auf der Dachterrasse ab. Luke war
fünfundzwanzig und stammte aus New York.

„Woher kommst du?", wollte er wissen.

„Deutschland", gestand ich ihm. „Oft verleugne ich meine Herkunft und sage einfach, ich sei Europäerin. Dreizehn Schuljahre
lang hat man uns gepredigt, dass das dritte Reich sich niemals wiederholen dürfe. Jetzt fällt es meiner Generation schwer, sich ohne
Scham mit dem eigenen Land zu identifizieren. Italiener, Franzosen,
Spanier – sie alle sind stolz auf ihr Vaterland. Wir dagegen konnten
dieses ungebrochene Zugehörigkeitsgefühl zum eigenen Land gar
nicht erst entwickeln. Keine Ahnung, ob das gut oder schlecht ist."

„Ich bin Jude", unterbrach Luke schulterzuckend meinen Gedankenfaden. Ich erschrak.

„Hey, mir ist egal, dass du Deutsche bist. Der Holocaust hat vor uns stattgefunden, oder?" Sein Lächeln war echt, Luke stand mir komplett unvoreingenommen gegenüber. Er half mir sogar aus meiner Verunsicherung heraus und lenkte das Gespräch auf die deutsche Literatur, Philosophie und Musik – etwas, das auch ich an meinem Land trotz seiner tiefschwarzen Kapitel respektieren konnte. Viel wichtiger war aber, dass er mir vorurteilslos von Mensch zu Mensch begegnete. Religion und Nationalität waren nicht von Bedeutung.

Ich hatte die Welt um uns herum völlig vergessen, als ich unerwartet ins Diesseits zurückgeholt wurde. Cécile tippte mir auf die Schulter und gab mir ein Zeichen, dass unser Bus gleich fuhr. Die Stunden waren einfach verflogen, verschlungen vom vielen Reden, Lachen und Tanzen. Ich hatte keine Lust, den Abend jetzt abrupt zu beenden. Den Weg zum Hostel schaffte ich auch ein zweites Mal zu Fuß. Cécile musterte Luke unsicher.

„Wie du meinst", beschloss sie mit einem Achselzucken in meine Richtung. „Pass auf dich auf!"

In Lukes Gegenwart fühlte ich mich unbefangen, als wäre ich mit einem alten Freund unterwegs. Für uns endete die Party im Underground erst, als das Licht angeschaltet wurde. Zusammen mit einer Handvoll Gäste, die ebenfalls bis zum Schluss durchgehalten hatten, drängte man uns zum Ausgang. Um vier Uhr morgens standen wir auf der Straße. Die Nachtluft strich kühl über unsere erhitzten Gesichter. Zum ersten Mal seit Stunden schwiegen wir.

„Tja dann", räusperte ich mich und zeigte mit dem Daumen über die Schulter in die Richtung, die ich nehmen musste. Luke machte einen Schritt auf mich zu.

„Komm mit zu mir", forderte er sanft. Mir wurde im Wechsel heiß und kalt.

„Old Continent Hostel, Natoma Street ...", stammelte ich. Das Zittern meiner Stimme klang nach, während ich auf der Stelle tänzelte, „... da muss ich hin."

Luke sah die Straße hinunter. „Kein Taxi in Sicht. Wie kommst du dorthin?", wagte er einen neuen Versuch.

„Das geht schon, ich kenne den Weg."

Erst jetzt ließ Luke die ausgestreckte Hand sinken.

„Sehe ich dich wieder?" In seinen Augen lagen Wehmut und zärtliche Achtung, sie verlangten nach Antwort. Es wurde Zeit, sich loszureißen. Ich hauchte ihm einen Kuss auf die Wange und setzte mich in Bewegung.

„Hab dir gesagt, wo du mich findest", rief ich ihm im Weggehen zu. An der nachsten Kreuzung sah ich mich kurz um. Luke stand noch immer vor der Disco. Er hatte die Arme vor der Brust verschränkt und den Kopf schräg gelegt. Versonnen schaute er mir hinterher. Ich konnte mir ein Lächeln nicht verkneifen und summte *Walking on the moon*.

Am Ende der Haight Street bog ich in die angrenzende Straße ein. Es wurde düster und einsam um mich herum. Ein Frösteln überkam mich, bei Nacht machte die Gegend keinen einladenden Eindruck. Ich beschleunigte meinen Gang, eilte festen Schrittes den Hügel hinunter, der zur Market Street führte. Ein Betrunkener kam mir entgegengetorkelt, bald war er auf meiner Höhe. Ich spannte Schultern und Nacken an. Sollte ich umkehren, wenigstens bis zur nächsten Laterne? Würde ich ihn unnötig provozieren, wenn ich einen Bogen um ihn machte? Kurz entschlossen hielt ich geradeaus. Der Kerl schien mich gar nicht zu sehen, schimpfte unverständliches Zeug vor sich hin. Doch dann schwenkte er herum und stolperte, wie ein angezählter Boxer, in mich hinein. Von der Wucht seines Gewichts mitgerissen, krallte ich die Hände in seine Jacke, kämpfte dagegen an, zu Boden zu gehen, wollte ihn wegstoßen, doch er hielt mich fest. Noch im Straucheln traf mich sein Schlag in die Magenkuhle, hart und beißend fuhr mir der Schmerz durch die Glieder. Ich ließ los, hielt mir den Unterleib, die Luft blieb mir weg und ich ging in die Knie, hörte mich wimmern und röcheln. Es brauchte einen Moment bis der erste erlösende Atemzug in meine Lunge strömte, bis ich in der Lage war, mich aufzurichten und zu begreifen, was geschehen war. Noch stockte mir der Atem. Dann machte sich Panik breit, elektrisierte meine Sinne. Was kam als nächstes? War der Angreifer noch da? Ich wirbelte herum und sah, wie die Gestalt weiter oben den Berg hinaufwankte. Der Mistkerl hatte nicht mal mitbekommen, was er getan hatte. Du mieser Penner, hätte ich ihm am liebsten hinterhergebrüllt. Aber ich verkniff es mir, sparte mir den Atem. Was sollte das schon bringen? Bestimmt nichts Gutes. In der Dunkelheit blitzten weiße Zähne auf.

„Alles in Ordnung?" fragte eine raue Stimme, jemand packte mich am Handgelenk. Wie aus dem Nichts waren zwei Schwarze neben mir aufgetaucht. Wo kamen die her? Bis eben war die Gegend verlassen, die Straße leergefegt gewesen.

„Geht schon wieder, ich bin okay", stotterte ich und spürte mit Entsetzen, wie sich die Hand fester um meinen Unterarm schloss.

„Wo willst du denn hin, so ganz allein?" Der Typ vor mir amüsierte sich, klang hämisch. Es war kein freundliches Lachen, der Mann bleckte die Zähne. Sein Kumpan drängte sich an mich und verströmte einen beißenden Geruch nach Schweiß. Ein Wort nur, ein winziges Zögern, und es war zu spät. Ich musste jetzt handeln! Sofort! Das begriff ich im Bruchteil einer Sekunde und entriss dem Mann meine Hand. Mit der Schnelligkeit und Kraft einer gehetzten Antilope rannte ich los, stürzte den Berg hinunter. Das Überraschungsmoment verschaffte mir einen Vorsprung. Als wüssten sie, dass ich nicht weit kommen würde, verhöhnten die Männer meinen Fluchtversuch. Dann hefteten sie sich an meine Fersen. Dicht hinter mir hörte ich ihre Schuhsohlen hart und schnell auf den Asphalt schlagen. Kamen sie näher oder konnte ich den Abstand aufrecht halten? Ich rannte um mein Leben, wagte nicht, mich umzusehen. Nur nicht langsamer werden. Klack, klack, klack trommelte es hinter mir – dazwischen wilde Beschimpfungen. Die Typen meinten es ernst. Wenn ich ihnen in die Hände fiel, war ich verloren. Das jagte mir eine Höllenangst ein, neues Adrenalin schoss mir ins Blut. ‚Schneller, du musst schneller sein!‘ peitschte ich mich ans Limit. Mein Gott, ich war schnell! Bloß nicht stolpern, bloß nicht stürzen. Die Market Street kam näher. Das Klackern hinter mir auch. Laternenlicht erreichte die Straße, hellte die Dunkelheit auf. Jetzt sah ich Autos, auf der Market Street rollte der Verkehr. Da musste ich hin, bis dorthin musste ich es schaffen. Meine Lunge brannte wie Feuer, der Puls hämmerte in meinen Schläfen. Die Verfolger waren noch immer hinter mir. Gleich würde mich einer zu packen kriegen. Noch wenige Meter, nur noch dieses Stück. Nicht langsamer werden! Den Teufel im Nacken jagte ich um die Ecke, zu einer Furie mutiert. Ein Pärchen sprang auseinander und schimpfte, als ich auf sie zustürmte. Im Fluchtrausch gefangen schoss ich an ihnen vorbei, lief und lief - immer weiter. Den Bürgersteig der belebten Hauptstraße entlang, von einer Kreuzung zur nächsten. Und dann merkte ich es. Das Klacken der Sohlen hatte sich verändert. Es kam von meinen eigenen Schuhen. Nur von ihnen!

Die Überdosis Adrenalin, die meinen Körper vergiftet hatte, drängte nach draußen. Den Kopf in der Kloschussel übergab ich mich wieder und wieder, bis nur noch bittere Galle kam. Meiner letzten Kraft beraubt, ließ ich mich schließlich aufs Hinterteil fallen und blieb auf den kalten Fliesen sitzen. Ein Gemisch aus Schweiß und Tränen lief mir übers Gesicht, ich starrte das Waschbecken an.

Noch im Rennen hatte ich angefangen zu heulen. Wut, Angst, Erleichterung – alles hatte sich mit einem Schlag entladen. Aber ich war weiter gehetzt, hatte den schneidenden Schmerz in meiner Seite ignoriert. Bis hinter diese verschlossene Tür, und es reichte nicht. Die Bestien waren immer noch hinter mir her. Ich biss mir ins Knie, bohrte die Nägel tief ins Fleisch meiner geröteten Arme, bis aufs Blut. Es half nicht.

Eine halbe Stunde später kroch ich nackt und klitschnass aus der Dusche unter die Bettdecke, rollte mich wie ein Embryo zusammen, die Arme fest um die Knie geschlungen. Doch das Beben hörte nicht auf, die Tränen versiegten nicht. Zitternd weinte ich mich in den Schlaf.

Giuliana

Dem Mann floss Speichel aus dem Mund, tropfte in klebrigen Fäden von den Lefzen. Er kam näher, sein Gesicht wurde deutlich, und ich erschrak zutiefst. Im Hintergrund sahen meine Freunde ängstlich zu mir herüber.

„Kommt schnell", winkte ich sie herbei. „Helft mir!"

Der Schrei kostete mich alle Kraft, doch aus meiner Kehle drang nur ein verhalltes Hauchen. Was passierte da vorne? Die Freunde wandten sich um. Sie hauten ab, ließen mich im Stich! Wohin sollte ich fliehen? Meine Beine verwandelten sich in bleierne Pfähle, die Füße klebten fest auf dem erdigen Boden des von Ginster umgebenen Platzes. Über mir erschien jetzt riesenhaft die Fratze meines Peinigers, die Speichelfäden baumelten direkt über mir. Daneben tauchte eine Frau auf, die Hände in die Taille gestemmt. Sie hatte das Gesicht meiner Mutter.

„Hure!", brüllte die Frau. Es donnerte millionenfach von allen Seiten auf mich nieder.

„Ich zerreiß dich in Stücke", knurrte der Drecksköter. Er nahm jetzt die Gestalt einer Bestie an, griff mit haarigen Pranken nach mir. Am Boden festgenagelt wand ich mich in alle Richtungen, riss den Kopf herum, suchte panisch nach einem Ausweg und begriff – es gab kein Entkommen.

„Nein", schrie ich aus Leibeskräften und schoss jäh hoch. Mit angehaltenem Atem starrte ich in den Raum. Sie sind weg, war mein erster Gedanke. Wo bin ich, der zweite.

Der Ginsterplatz war verschwunden, verwirrt sah ich mich um. Ich saß auf einem Bett. Niemand hatte den Schrei gehört, ich war allein in diesem Zimmer. Die Erinnerung rieselte durch und allmählich begriff ich, wo ich mich befand, erkannte die vier Wände wieder. Dies war nicht das kleine Kaff im Sauerland, Deutschland lag auf der anderen Seite der Welt. Es war wieder dieser Traum gewesen. Der Atem entwich mir mit einem Stoß der Erleichterung. Ich ließ mich zurückfallen ins Kissen. Sofort drängte sich der nächste beunruhigende Gedanke auf, die letzte Nacht fiel mir wieder ein. Ein flaues Gefühl attackierte meinen Magen. Albträume waren eine Sache, aber bei Nacht und Nebel durch die Stadt gejagt zu werden... auf Messers Schneide war ich entkommen. Zutiefst beschämt über meinen bodenlosen Leichtsinn warf ich mich auf die Seite.

Das Haus vibrierte vom Klang lebhafter Stimmen. Auf der Treppe und in den Gängen waren Schritte zu hören. Das Licht im Raum hatte die Zartheit verloren, mit der es bei Tagesanbruch durch das Fenster fiel. Sogar die französischen Langschläferinnen waren aus den Betten. Wie viel Uhr mochte es sein? Schlagartig fiel mir mein Job ein. Ich hatte verschlafen, gleich am zweiten Tag. Hoffentlich war Tom nicht verärgert.

Pfeilschnell sprang ich aus dem Bett direkt in meine Klamotten. Auf die Morgentoilette verzichtete ich. Im Flur stieß ich mit anderen Bewohnern zusammen, die vom Frühstück kamen. Meins würde warten müssen, erst war die Arbeit dran. Ich stolperte die Treppe hinunter und rannte auf direktem Weg zur Rezeption.

Tom gab mir den Schlüssel für die Kammer mit den Putzutensilien und schmunzelte in sich hinein. Ein Blick in den Spiegel hinter ihm erklärte wieso. Meine Haare standen in alle Richtungen ab, Abdrücke vom Kissen im Gesicht, die Augen rot geschwollen.

„Spät nachhause gekommen?", zog Tom mich auf. Damit brach der Damm, Tränen schossen mir in die Augen, ich senkte den Kopf.

„Habe ich was Falsches gesagt?", hakte Tom behutsam nach. Ich gab mir einen Ruck und erzählte ihm stockend von der vergangenen Nacht. Der amüsierte Ausdruck wich aus seinem Gesicht. „Bist du verrückt geworden? Allein im Dunkeln in den Straßen herumzurennen? Die Viertel, die du durchquert hast, sind Ghettos. Nach Mitternacht kriechen dort nur Gangster aus den Löchern. Du kannst von Glück reden, es bis hierhin geschafft zu haben." Todernst und frostig war der Klang seiner Stimme, ich wollte im Boden versinken. Als ob mir nicht klar war, dass ich Mist gebaut hatte.

„Passiert nicht nochmal, Tom", stammelte ich. Er sah mich unnachgiebig an.

„Okay, ich nehme dich beim Wort", antwortete er kühl und wandte sich seiner Arbeit zu. Ich schlich davon wie ein geprügelter Hund. Putzen war jetzt genau das Richtige. Damit ließen sich Frust, Wut und Scham zu gleichen Teilen abarbeiten. Eine Strategie, die funktionierte. Nach einer Stunde Schrubben fühlte ich mich besser. Mein angeschossenes Selbstwertgefühl hatte sich zumindest so weit erholt, dass ich mich traute, Tom und Eveline nach ihren Tipps für die Jobsuche zu fragen.

Der Plan hatte auch schon bei anderen Leuten funktioniert. Ich sollte einen Flyer mit Angaben zu meiner Person und meinen Jobvorstellungen entwerfen.

„Die kopierst du und schmeißt sie in die Briefkästen der wohlhabenden Stadtviertel. Du kannst unsere Telefonnummer angeben, aber du handelst auf eigene Kappe. Egal was passiert, wir haben von deiner Jobsuche nichts gewusst, kapiert?" Tom klappte den Stadtplan auf und drehte ihn mir zu. „Da fängst du an!", sagte er und tippte auf den Schriftzug Telegraph Hill.

Eveline und Toms Hilfsbereitschaft rührte mich zutiefst. Bei der Gelegenheit erfuhr ich auch, warum die beiden nur Gäste aus

Europa aufnahmen. Tom zog einen Mundwinkel schräg. „Sagen wir, es ist unser Geschäftskonzept. Wir haben so unsere Erfahrungen." Über den Tisch hinweg sah ich Eveline an. Sie zuckte gleichmütig mit den Schultern.

„Anfangs hatten wir viel Ärger mit Amerikanern. Drogen, Waffen und so weiter. Europäer sind umgänglicher, und wir ziehen angenehme Gäste vor. Manchmal machen wir trotzdem Ausnahmen", erklärte sie. Tom rückte den Stuhl vom Küchentisch ab und stand auf.

„In Sachen Job weißt du, was zu tun ist?", fragte er mit einem ungeduldigen Blick auf seinen überquellenden Schreibtisch. Fast hätte ich ihn gefragt, ob er das von sich auch behaupten konnte.

Das für die Jahreszeit ungewöhnlich schöne Wetter hielt an. Gutgelaunt machte ich mich Morgen für Morgen mit einem Stapel Zettel auf den Weg.

German girl (21) looks for a job!
- Babysitting -
- Housecleaning -
- German lessons -
- Whatever you need! -
Please contact me under telephone number …

Ich bestückte die Briefkästen von Telegraph Hill, lief die Gegend oberhalb von Fisherman's Warf ab und ließ auch Russian Hill nicht aus. Zu gern wäre ich mit einem Cable Car durch die Straßen von San Francisco gefahren, aber sie waren vor kurzem stillgelegt worden. Auf diese Weise lernte ich die Stadt zu Fuß kennen. Nachmittags rastete ich auf dem Heimweg in Chinatown. Der feste Rhythmus gab mir das Gefühl, zu den geschäftigen Bürgern der Stadt zu gehören.

Wenn ich durch die Straßen lief, dachte ich viele Male an Luke.

Mittlerweile bereute ich, ihn nicht nach seiner Telefonnummer gefragt zu haben. Seit meinem Abschied von Patrick war mir niemand begegnet, mit dem ich so gut hatte reden können, wie mit ihm. Luke hatte es mir angetan. In ganz San Francisco war er der einzige Mensch, mit dem ich gerne eine tiefere Freundschaft geschlossen hätte. Vielleicht bestand die Chance, ihn kommendes Wochenende wieder in der Disco anzutreffen? Ob Brigitte und Cecile mich begleiten würden?

In diese Gedanken versunken schloss ich eines Abends abgekämpft die Tür des Old Continent Hostel auf. Ich war noch nicht über die Schwelle getreten, da kam Eveline mit einem vielsagenden Lächeln auf mich zu.

„Post für dich, Darling!", trällerte sie und nahm im Vorbeigehen einen Brief von Toms Schreibtisch.

Wer sollte mir schreiben? Ich konnte mich nicht daran erinnern, jemandem meine Postanschrift in San Francisco gegeben zu haben. Eveline reichte mir den Brief, auf dem mein Name in einer ausdrucksvollen, fremden Handschrift stand. Ich drehte den Umschlag um und las die Adresse des Absenders. Mein Herz machte einen Luftsprung, ein freudiges „Oh", entfuhr mir.

„Hast wohl einen Verehrer in San Francisco?", neckte mich Eveline. Wie oft hatte man mir gesagt, dass mein Gesicht Bände sprach – dass es selbst die kleinste Gefühlsregung verriet? Mit einem schüchternen „Bis dann, Eveline", zog ich mich aus der Affäre.

Das Zimmer war leer, ich atmete erleichtert durch. Ein Blick auf das Bett unter meinem verriet, dass dort im Laufe des Tages jemand eingezogen war. Auf der zerknautschten Decke lagen ein paar Kleidungsstücke zerstreut, die definitiv einer Frau gehörten. Woher die Neue wohl kam? Mit Brigitte und Cecile verstand ich mich gut, allerdings sahen wir uns kaum. Die beiden hielten ihren Partyrhythmus aufrecht. Sie schliefen bis zum Mittag und geisterten nachts durch Bars und Diskotheken. Wenn sie mich drängten mitzukommen, gab ich vor, vom vielen Herumrennen zu müde zu sein. In Wirklichkeit saß mir noch immer der Schock der Verfolgungsjagd in den Knochen. Ich mied Aufregungen und genoss das heimelige Ambiente im verwohnten Hostel, das für mich inzwischen ein echtes Zuhause geworden war. Neulich hatte der junge Ungar im Gemeinschaftsraum Gitarre gespielt und dazu gesungen: *„For those who come to San Francisco, Summertime will be a love-in there"*, und eine Woge von Glücksgefühlen war durch meinen Körper gerauscht. Jetzt hielt ich diesen Brief von Luke in den Händen und tat mich schwer, meine Erregung im Zaum zu halten. Ich schwang mich aufs Bett und riss den Umschlag auf.

Liebe Marlin,

Dich getroffen zu haben ist eine wunderbare Sache. Ich danke Dir dafür, dass Du neulich nachts nicht mit zu mir gekommen bist. In unserer amerikanischen Pick-up-Gesellschaft ist es leicht, jemanden kennenzulernen und mitzunehmen – oder selber einfach mitzugehen. Du hast mir klargemacht, dass das nicht selbstverständlich ist. Ich habe die nächsten Tage ständig an Dich gedacht und würde Dich gerne wiedersehen. Samstag? Bitte sag ja! Ruf mich an!

Luke

Darunter stand seine Telefonnummer. Ich ließ den Brief in den Schoß sinken und lächelte in mich hinein. Hatte mein Nein ihn also doch nicht abgeschreckt. Nicht aus dem Kopf gegangen war ich ihm, er wünschte sich ein Wiedersehen! Ganz bestimmt würde ich ihn anrufen – nur nicht gleich, nicht heute. Es war erst Dienstag. Ein paar Tage sollte er schon auf meine Antwort warten. Voll neuer Energie sang ich auf dem Weg zum Bad: „It was meant to be a holiday, building castles by the sea ...“

Ihre Augen fesselten mich sofort, wie der Sog von abgrundtief dunklen schwarzen Löchern. Das Haar hing der Frau strähnig ins hagere Gesicht. Mit ausgestreckten Beinen saß sie auf dem Bett und fummelte zitterig in einer Pappschachtel auf ihrem Schoß herum. Bei meinem Eintreten klappte sie den Deckel hastig zu und fuhr sich mit den Fingern durch die schwarze Mähne.

„Hi“, kam es gehetzt über ihre Lippen. Ich löste mich von der Tür und ging auf das Etagenbett zu. Die fremde Frau verfolgte jeden meiner Schritte mit skeptischem Blick. Schließlich blieb ich neben ihr stehen und klopfte mit der flachen Hand auf meine Matratze.

„Ich wohne über dir“, beschwichtigte ich. Sie atmete aus und schüttelte freudlos den Kopf.

„Na klar“, zuckte sie mit der Schulter. „Was weiß ich, wer hier reinschneit.“ Sie sah zu mir auf, das Weiß um ihre geweiteten Pupillen war rot geädert.

„Ich bin Giuliana. Mein Freund hat mich, ich meine ... bin noch nicht lange hier.“

Obwohl ich keine Ahnung hatte, wovon sie redete, nickte ich verständig und schwieg. Sollte sie sich erstmal beruhigen. Der Moment peinlicher Stille zog sich in die Länge. Sie nestelte weiterhin an der Pappschachtel herum, ich trat verlegen von einem Fuß auf den anderen. Aus purer Not fragte ich, wo sie herkam.

„Italien! Ich bin Italienerin. Und du? Deutsche, hab ich Recht?“, schoss es aus ihr heraus. Dass man mir meine Nationalität derart augenfällig ansah, machte mich betroffen. Davon war ich nicht ausgegangen. Ihre Finger trommelten einen nervösen Marsch auf der Schachtel. Mit der anderen Hand fuhr sie sich immerfort durchs Haar. Sie atmete schwer. Als ob ein unsichtbares Gewicht auf ihr lastete.

„Willst du rauchen?", kam die Frage übergangslos. Kein Geplänkel, kein überflüssiges Wort – sie kam direkt zur Sache. Nicht die herkömmliche Art, sich kennenzulernen, fand ich. Die Italienerin stand unter Druck, das war nicht zu übersehen. Sie wirkte haltlos und verstört. Gleichzeitig ging ein geheimnisvoller Zauber von ihr aus, der mich in den Bann zog.

„Okay, warum nicht?", nickte ich ihr zu. Ihre verhärteten Züge lockerten sich schlagartig. Zum ersten Mal lächelte sie, was ihrem Gesicht einen jugendlichen Charme verlieh, von dem bisher nicht die geringste Spur zu sehen gewesen war. Sie rückte ein Stück zur Seite.

„Setz dich!", winkte sie mich heran und schnippte den Deckel von der Schachtel. Auf einem Berg von Gras lag ein halbfertiger Joint. Mit geübten Handgriffen vollendete sie ihr Werk, schob sich den Joint zwischen die Lippen und zündete ihn an. Genüsslich zog sie den Rauch in die Lungen und schloss die Augen. Endlich wich die Anspannung aus ihren Schultern. Sie lehnte sich mit dem Rücken an die Wand.

„Heute ist mir die ganze Ladung aus der Tasche gefallen. Mitten auf der Straße", begann sie und hielt mir den Joint hin. „Und dann der Wind … oh Mann. Das ist alles, was ich retten konnte. Plötzlich steht ein alter Schwarzer neben mir und lacht sich halbtot. Heißer Stoff, Mädchen, ganz heißer Stoff", äffte sie die Männerstimme nach. „Lustig, oder?"

Statt einer Antwort gab ich ihr hustend den Joint zurück. Das Gras stieg mir direkt in den Kopf. Komisches Mädchen, dachte ich und wusste nichts zu sagen, wohingegen Giuliana richtig in Fahrt kam.

„Heute ist Vollmond, wird viel los sein in der Stadt. Warum

gehst du nicht aus? Was mich betrifft, ich hab kein Geld, nicht mal für 'nen Drink. Dabei drehe ich durch in dieser miefigen Bude."

Ich sah sie einen Moment schweigend an. Wieso eigentlich nicht? Nach Lukes Brief war ich ohnehin viel zu aufgekratzt, um einen weiteren Abend brav im Hostel zu sitzen. Ich stand auf und griff nach meiner Jacke. Giuliana folgte mir mit ihren Blicken.

„Was ist mit dir?", wandte ich mich ihr zu. „Gehen wir nun los oder nicht? Auf 'nen Drink, oder zwei? Du bist eingeladen. Falls du allerdings vorziehst, hierzubleiben ..." Giuliana brauchte keine zwei Sekunden, um auf die Beine zu kommen.

Die junge Italienerin kannte sich gut aus in San Francisco.

„Letztes Jahr haben mein Freund und ich hier vier Monate verbracht", erzählte sie. „Als wir heute Morgen hier angekommen sind, haben wir uns gestritten. Rob denkt, ich hätte was mit einem anderen Typen. Er war stinksauer. Hat mich zum Hostel gebracht, ein paar Nächte für mich bezahlt und ist abgehauen."

Sie machte eine Pause. Ich beschloss einfach abzuwarten, bis sie fortfuhr. Das hatte sich jetzt schon als sinnvollste Vorgehensweise im Umgang mit dieser Frau erwiesen.

„Ich mach mir Sorgen um Rob. Er nimmt zu viel Heroin."

Abrupt blieb ich stehen. Was für eine Formulierung? Zu viel? Als ob sich das Zeug auf bekömmliche Rationen runterdosieren ließ. Ich sah Giuliana von der Seite an. Na klar, das musste es sein. Die nervös fliegenden Finger, die magere Statur, das unsichtbare Gewicht auf ihren Schultern.

„Und wie steht's um dich?"

Ihre dünnen Arme ruderten durch die Luft, verscheuchten unsichtbare Geister. „Hab's unter Kontrolle. Das Gras macht mich ruhiger. Nach einem Joint schaffe ich es auch ohne den Stoff." Sie marschierte wieder los, für eine Weile verfiel sie in Schweigen.

Ich blieb an ihrer Seite und lauschte dem klackernden Stakkato ihrer Pumps. Wie Kastagnetten, fand ich.

Aus einer Bar drang Bluesmusik auf die Straße hinaus.

„Was meinst du? Gehen wir da rein?", fragte Giuliana. Froh, dass das Schweigen gebrochen war, stimmte ich zu.

Giuliana ließ den Blick durch das Lokal schweifen und riss die Augen auf. „Oh Mann, das glaub ich nicht!"

„Was?", stutzte ich. „Was glaubst du nicht?"

„Sieh dich um! Nur Kerle in dem Laden. Was will uns das sagen?", flüsterte sie und bot mir ihre Handflächen dar, als ob sich darin die Antwort befände. Ich verstand nicht, worauf sie hinaus wollte.

„Du kapierst es wirklich nicht, was? Hier baggert uns heute niemand an, da kannst du Gift drauf nehmen. Das sind alles Schwuchteln."

Ein Blick über die Schulter und mir fiel es wie Schuppen von den Augen. Wie hatte ich so blind sein können? Giuliana kicherte in sich hinein. Der Kellner brachte die beiden Wodka Orange, die wir bestellt hatten, an unseren Tisch. Es war an der Zeit, dass wir uns kennenlernten.

Rob war vor ein paar Jahren in Giulianas Heimatstädtchen in Norditalien aufgetaucht. Ein junger Amerikaner, der geschäftlich dort zu tun hatte. Es war Liebe auf den ersten Blick gewesen. Für Giuliana hatte sofort festgestanden, dass sie mit ihm fortgehen würde.

„Wir sind um die halbe Welt gereist. Immer teure Autos, schicke Hotels, die besten Restaurants …"

„Wohl ziemlich erfolgreich, dein Rob", warf ich ein.

„So kann man es auch nennen. Sagen wir, er kennt die richtigen Leute", lachte Giuliana bitter und kippte den letzten Schluck Wodka runter. „Krieg ich noch einen?", sie hielt mir ihr leeres Glas hin. Dann beugte sie sich vor und winkte mich mit dem Zeigefinger heran.

„Rob hat immer Geld, 'ne Menge sogar!", flüsterte sie, als hätte sie Angst, belauscht zu werden.

„Noch mal dasselbe!", rief ich dem Kellner zu.

Wie viele Drinks wir insgesamt hatten, konnte am Ende keine von uns mehr sagen. Nur dass wir ein paar Stunden in stilvoller Atmosphäre, mit dezenter Musik, zuvorkommender Bedienung und in guter Gesellschaft verbracht hatten. Die besten Voraussetzungen für einen ordentlichen Rausch. Mit einem Mal glitt Giuliana ab, wurde sentimental.

„Dieser Mistkerl hat mich eiskalt abgestellt. Nicht einen lausigen Dollar hat er mir gelassen", jammerte sie.

„Das is echt hart", lallte ich. Meine Zunge hatte Schwierigkeiten, den Fluss meiner wirren Gedanken an Worte zu binden.

„Dann suchst du dir auch 'nen Job. Genau wie ich!", sinnierte ich. Wenn sogar ich mir zutraute, in Frisco Arbeit zu finden, dann sollte es für eine siebenundzwanzigjährige Frau von Welt ein Kinderspiel sein.

„Versuch's wenigstens", ermutigte ich sie, doch Giuliana fuhr mit dem Arm durch die Luft und wischte meinen Vorschlag vom Tisch.

„Erstmal verkauf ich das Gras. Hab nämlich geheime Vorräte", blinzelte sie und legte den Zeigefinger an die Lippen. Mir gefiel die Idee nicht.

„Tu was du willst", winkte ich ab. „Für heute haben wir genug." Ich rief den Kellner und zahlte die Zeche.

Auf dem Weg zurück zum Hostel wankte der Boden unter unseren Füßen wie ein Bootsdeck bei stürmischer See. Wir beide kicherten über unser Stolpern und Straucheln. Die Luft war mild, der Nachthimmel wolkenfrei. Der Vollmond goss silbriges Licht in die Straßenschluchten einer Stadt, die ihre eigene Musik spielte. Eine Komposition aus Motorgeräuschen, Sirenen, isolierten Rufen, fröhlichem Auflachen und erneut dem Kastagnetten-Stakkato. San Francisco bei Nacht. Die Augen verträumt auf den Mond gerichtet, hatte Giuliana sich bei mir eingehakt und summte eine Melodie. Zum ersten Mal auf dieser Reise kam mir das Wort Freundin in den Sinn. Es streifte mein Herz wie ein sanfter Hauch. Eine Freundin! Sie machte mein Glück in der Stadt meiner Träume vollkommen. Wie der letzte Tupfer Farbe eines Malers auf seinem Werk. Kaum wahrnehmbar, für das ungeschulte Auge nicht zu erkennen, doch für die Vollendung unverzichtbar.

Auf leisen Sohlen schlichen wir im Hostel zu unserem Zimmer und hörten schon von draußen unterdrückte Stimmen und Gelächter. Vorsichtig öffneten wir die Tür und spähten durch den Spalt. Cecile und Brigitte waren nicht allein. Zwei junge Männer leisteten ihnen Gesellschaft.

„Da bist du ja!", rief Cecile ein bisschen zu laut. „Und die neue Unbekannte ebenfalls." Die Vier aalten sich auf dem Teppich, in ihrer Mitte leere wie volle Weinflaschen. Das Gelage dauerte eindeutig schon eine ganze Weile an.

„Die sind genauso bekloppt wie wir", prustete ich los. Wie auf Kommando grölten alle aus vollem Hals. „Pscht", machte Brigitte und schielte dabei auf den Finger an ihrer Nasenspitze. Das ließ uns noch lauter johlen. Giuliana gab mir einen Schubs ins Zimmer und zog die Tür hinter sich zu.

Die Jungs hatten sich auf dem Flug von Paris nach San Francisco kennengelernt, und Christophe hatte seinen neuen Bekannten kurzerhand ins Hostel mitgebracht. Die beiden unterschieden sich in jeder Hinsicht. Christophe stammte aus einem Dorf in der Dordogne. Mehr war ihm nicht zu entlocken. Das zerschlissene Jeanshemd hing offen über einer viel zu weiten Cordhose. Die mittelblonden Haare fielen ihm auf die Schultern und umspielten sein sanftes Gesicht. Ein Träumer auf ganzer Linie. Dagegen sah der aufgekratzte Claude aus, als hätte er sich auf dem Weg zu einer Messe und rein zufällig in das runtergewirtschaftete Hostel verirrt. Blütenweißes Hemd, korrekter Haarschnitt, auf Hochglanz polierte Schuhe – Sohn einer angesehenen Anwaltsfamilie. Vom Scheitel bis zur Sohle ganz der Parisien. Trotzdem soff er wie alle anderen. Als Giuliana ein paar Joints in die Runde schickte, hielt er sich auch damit nicht zurück. Irgendwann bemerkte ich, dass es kein Mondlicht mehr war, was da durch unser Fenster schien. Das war meine letzte Erinnerung an die Nacht. Blackout, bis ich die Augen öffnete und der Schmerz brutal zuschlug.

Wie hatte ich es auf mein Bett geschafft? Das Zimmer drehte sich im Kreis, fuhr Karussell mit mir. Schwerfällig richtete ich mich auf. Paukenschläge donnerten gegen meine Schädeldecke. Der Kopfschmerz hatte mich früh genug geweckt, dass ich meinen Job nicht schon wieder verschlief. Vorsichtig hangelte ich mich vom Bett, tastete nach den Tritten auf der Leiter, bis ich Boden unter den Füßen spürte. Auf Zehenspitzen stakste ich über das Beweismaterial unseres nächtlichen Gelages hinweg, vorbei an den Frauen, die ihren Rausch ausschliefen. Ich senkte den Kopf und sah neidisch auf sie hinab. Sofort fingen die Trommeln wild zu schlagen an. Ein Seufzer entfuhr mir, doch Selbstmitleid half jetzt nicht. Ich musste da durch. Wie hieß es – wer feiern kann ...?

Eine Stunde später war die Lage im Zimmer unverändert, bis auf Brigittes Schnarchen, das inzwischen die komatöse Stille durchsägte. Einem Ertrinkenden gleich, der sich ans rettende Ufer schleppt, schaffte ich es auf mein Bett.

Wie auf ein geheimes Kommando kamen wir sechs am späten Nachmittag in der Küche zusammen und umringten die Kaffeemaschine. Wissende Blicke wurden ausgetauscht, allgemeines Stöhnen, damit jeder wusste, dass alle mit Nachwehen zu kämpfen hatten. Doch kaum saßen wir mit gefüllten Tassen am Tisch, kicherte Cecile wieder los.

„Du hättest dich sehen sollen, Christophe. Du sahst echt gut aus mit Lippenstift und Zöpfchen."

Wann war das geschehen? Es kamen noch reihenweise Anekdoten vom Vorabend auf den Tisch, von denen ich mich nur an die Hälfte erinnerte. Etwas lag in der Luft, das es vorher nicht gegeben hatte. Was schweißt schon mehr zusammen, als eine gemeinsam durchzechte Nacht? Unsere Clique war geboren.

An der Rezeption klingelte das Telefon. Eveline winkte mich heran, am anderen Ende der Leitung verlangte man nach mir. Ich nahm den Hörer entgegen, räusperte mich und nannte meinen Namen.

„Spreche ich mit der jungen Frau, die den Flyer geschrieben hat? Wir haben einen Job für Sie auf Telegraph Hill. Schreiben Sie sich die Adresse auf und melden sich morgen Nachmittag um drei an der Pforte. Fragen Sie nach Terence. Ich komme Sie holen und erkläre Ihnen alles!"

Pünktlich war ich vor Ort. Mein Boss in spe schloss die Bürotür auf.

„Marlin, korrekt?", wiederholte er in breitestem amerikanischen Akzent. Ein wenig irritierte es mich, von einem zukünftigen Vorgesetzten beim Vornamen genannt zu werden. Es schien auch selbstverständlich zu sein, ihn anders auszusprechen. Marlin – ja, warum eigentlich nicht? Warum nicht einfach selbst wählen, eine andere zu sein als zuhause? Der Mann ließ mich eintreten und bot mir den Stuhl vor seinem Schreibtisch an.

„Wir verwalten dieses Gebäude", erklärte er, noch bevor er mir gegenüber Platz nahm. „Die Wohneinheiten sind in privatem Besitz. Unsere Aufgabe ist es, sie instand zu halten. Dazu gehört die Reinigung der Appartements, sie werden jede Woche geputzt. Du wirst den Eigentümern nicht begegnen, die meisten wohnen nicht in ihren Wohnungen. Telegraph Hill ist ihre Anlaufstelle, wenn sie sich in San Francisco aufhalten." Er hielt inne und forschte in meinem Gesicht nach einer Reaktion. Ich nickte ihm zu und unterstrich mein Interesse mit einem „Okay!"

„Der Job wird mit fünf Dollar die Stunde bezahlt. An den Wochenenden hast du frei, unter der Woche arbeitest du von zwölf bis sechszehn Uhr. Wenn dir das zusagt, fängst du Montag an." Keine Frage nach einem Visum oder einer Arbeitsgenehmigung. Nichts dergleichen. Es war fantastisch.

„Ich nehme den Job", beeilte ich mich zu sagen. „Und falls Sie mehr Leute brauchen für Ihr Team, ich habe eine Freundin, die ..."

„Auch ein deutsches Mädchen?", unterbrach mich Terence. Die Frage verwirrte mich.

„Nein, sie ist Italienerin."

„Das kannst du vergessen!" Er schüttelte den Kopf. „Von euch Deutschen weiß ich, dass ihr gründlich und zuverlässig arbeitet. Mit Italienern hab ich andere Erfahrungen gemacht." Ich versuchte erst gar nicht, ihn umzustimmen. Es war nichts zu machen.

Giuliana ließ die Absage kalt. Sie verkaufte ihr Gras und gab das Geld im Handumdrehen aus. Rund um die Uhr von einer flatterhaften Nervosität beherrscht, schien sie auf etwas zu warten, worüber sie nicht sprach. Sie derart verloren zu sehen, vertiefte meine Zuneigung zu ihr. Anfangs hatte ich geglaubt, es sei ein Bluff ihres Freundes. Welcher Mensch ließ seine Freundin mittellos im Nirgendwo sitzen? Doch er kam tatsächlich nicht zurück. Die Tage vergingen ohne ein Lebenszeichen von Rob.

„Du musst doch eine Vorstellung haben, wo er von hieraus hin ist", versuchte ich Giuliana zu motivieren, die Sache in die Hand zu nehmen.

„Da gibt es mehr Möglichkeiten, als du dir vorstellen kannst", antwortete sie in einer emotionslosen Weise, die selbst mich entmutigte.

„Wie lange hattet ihr vor, in San Francisco zu bleiben?", bohrte ich dennoch nach.

„Kommt darauf an, wie die Dinge gelaufen wären", kam zur Antwort. Giuliana wich mir in jeder Hinsicht aus, nicht nur was Rob betraf. Um ihr eigenes Leben woben sich ebenfalls viele Geheimnisse. Ich beschloss, meine Verabredung mit Luke für mich zu behalten – als meine kleine Heimlichkeit.

„Wieso hast du Samstag keine Zeit? Was hast du vor?", empörte sich Giuliana.

„Wer weiß das schon?", antwortete ich in mysteriösem Ton und zog die Schultern hoch.

Ein verbeulter VW-Käfer kam die Straße herunter, näherte sich dem Hostel und hielt auf einem Parkplatz. Es war Punkt sieben, das musste er sein. Ich ging los, erkannte die Person hinter dem Steuer und winkte ihm zu. Von allen unbemerkt hatte ich mich nach draußen geschlichen und auf dem Bürgersteig auf Luke gewartet. Als er jetzt mitten auf der Straße ausstieg und auf die andere Seite sprang, um mir die Beifahrertür aufzuhalten, spürte ich, wie meine Handflächen feucht wurden. Eine Sekunde später landete er wie ein frischer Wind hinter dem Steuer und strahlte mich an, genauso frei und offen, wie an dem Abend in der Disco.

„Was hältst du von einem Ausflug in eine Pianobar?", rief er mir fröhlich zu, das Eis brach ohne Widerstand.

Ich war sofort verzaubert, als wir das behagliche Lokal betraten. In der Mitte hing ein imposanter Kronleuchter von der Decke, die Wände hatte man mit antiken Bildern und barockgerahmten Spiegeln versehen. Auf den Tischen, die in geschickter Anordnung getrennt voneinander platziert waren, brannten Kerzen in geschwungenen Haltern. Jeder Gast kam in den Genuss einer intimen Atmosphäre. Am hintersten Ende des Raums stand ein Flügel.

„Bist du Vegetarierin?", fragte Luke, kaum dass wir Platz genommen hatten. Mein Kopfschütteln genügte ihm, um mir die Karte ungeöffnet aus der Hand zu nehmen.

„Vertrau mir!", sagte er mit seinem entwaffnenden Lächeln, bestellte zwei Filet Mignon und eine Flasche vom tiefroten Hauswein, der sich sinnlich und schwer auf meine Zunge legte. Mit verblüffender Mühelosigkeit knüpfte Luke an unsere Unterhaltung von neulich an. Ich erfuhr, dass er Politik studierte, eine soziale Ader hatte und zu meinem Erstaunen Nina Hagen zitieren konnte. Das Essen wurde serviert. Schon nach dem ersten Bissen gab ich Luke Recht. Man hatte uns eine Köstlichkeit kredenzt. Erfreut schenkte er uns Wein nach.

„Auf uns!" Er hob sein Glas, und ich stieß klingend mit ihm an.

Neben dem Studium arbeitete Luke in einem Heim für schwer erziehbare Jugendliche. Er beschrieb mir ihre Wesenszüge und Ticks, und ich fand ihn auf fesselnde Weise lebendig. Wusste er, welche Begeisterung er versprühte, wenn er redete? In seiner Gegenwart verging die Zeit wie im Flug.

Wir waren schon eine Weile mit dem Essen fertig – die Flasche längst geleert und durch Kaffee mit Brandy ersetzt – als die Musik verstummte. Eine junge Frau setzte sich an den Flügel und legte die Hände auf die Tasten. Sie senkte den Kopf, konzentrierte sich kurz und begann zu spielen. Wie von einem unsichtbaren Luftzug erfasst, flogen ihre Finger über die Oktaven. Eine zauberhafte Melodie klang durch den Raum, im Nu gehörte ihr die Aufmerksamkeit der Gäste. Gespräche verstummten, die Leute rückten ihre Stühle zurecht und lauschten dem Spiel der Pianistin.

„Sie ist fantastisch, nicht wahr?", flüsterte Luke mir über den

Tisch hinweg zu. „Manchmal treten wir zusammen hier auf."

Ich lehnte mich erstaunt zurück. „Ich dachte, du grölst in einer Punkband."

„Nur mit meinen ungezogenen Jungs, damit sie Dampf ablassen können."

Ungläubig beugte ich mich zu ihm vor. „Aber hier singst du vor wildfremden Menschen? Ohne Mikro, zu klassischer Musik? Das ist 'ne völlig andere Nummer!"

„Ich stehe eben gern im Rampenlicht." Mit einem Schulterzucken wandte sich Luke wieder der Pianistin zu. Der Kerzenschein flackerte auf seinem Profil. Wie viele Überraschungen hielt dieser Mann für mich bereit?

„Wenn das so ist, dann will ich hören, was du kannst!"

Luke sah mich an und schwieg, es arbeitete in ihm. Es war nicht die Kerze, die jetzt stärker flackerte, sondern ein leichtes Beben unter seiner Haut, das ich sah. Er ließ lange mit einer Reaktion auf sich warten.

„Also gut", sagte er schließlich. „Du hast es nicht anders gewollt. Aber lassen wir ihr erst Zeit für ihr eigenes Programm. Und mir ...", er hob seinen Brandy-Schwenker, „... um mir Mut anzutrinken." Dann verfiel er wieder in andächtiges Schweigen. Fasziniert sah ich ihn von der Seite an und wartete ab, bis er endlich aufstand und sein T-Shirt zurechtzog.

„Das nächste Stück ist für dich", sagte er und ließ mich allein am Tisch zurück. Ich sah ihm hinterher, wie er unaufgeregt auf den Flügel zuging und ein paar Worte mit der Künstlerin wechselte. Sie nickte, wischte sich die Handflächen an den Hosenbeinen ab und legte wieder los. Luke drehte sich um und strahlte mich durch den Raum an. *Ain't no sunshine when she's gone*, begann er zu singen, *It's not warm when she's away* ...

Alles in mir wurde still und gab sich rückhaltlos der Schönheit der Musik hin, die die beiden da vorne in die Welt entließen. Lukes klare, kraftvolle Stimme drang in jeden Winkel des Raums. Gäste, die sich inzwischen wieder ihren Speisen und Gesprächen gewidmet hatten, hoben erneut die Köpfe.

Ich war vollkommen hingerissen. Da stand dieser kleine, schlanke Mann, frei und ungeniert, mit einer Stimme, die nicht dem heiteren Luke gehörte, den ich seit Kurzem kannte. Es war die Stimme eines tiefgründigen, gefühlvollen Menschen, die Stimme einer Persönlichkeit. Sie war es, die mich ganz für ihn öffnete – die Art und Weise, wie er die Worte sang, als kämen sie direkt aus seinem Herzen. Sie hatten eine heilende Wirkung auf mich. Mehr noch.

Wie lange war ich schon allein? Wen hatte ich denn noch an mich herangelassen, seit meine Beziehung zerbrochen war? Ich dachte an Tim – wie groß die Liebe zwischen uns gewesen war. Es hatte nichts genützt. Seine Zärtlichkeit hatte die Dämonen meiner Kindheit aus ihren dunklen Löchern gelockt – und sie hatten mir gezeigt, wozu sie fähig waren. Bei jeder Berührung hatten sie ihre gierigen, klebrigen Finger nach mir ausgestreckt, nach Wunden an geheimen Orten getastet. Sie hatten den Ekel wachgerufen. Leidenschaft war zu Abscheu geworden, Liebe zum Krampf und die Kluft zwischen uns unüberwindbar. Ich war verflucht, unfähig zu unterscheiden zwischen dem Mann, den ich liebte und dem Albtraum, den er heraufbeschwor, wenn er seine Hände nur auf mich legte. Mein eigener Körper war zum Verräter geworden. Aber Scham und Furcht hatten gesiegt. Tim! Weggestoßen hatte ich dich, mein dunkles Geheimnis für mich behalten und tatenlos zugesehen, wie sich die Liebe entfernte. Verletzt und unverstanden.

Mein Blick glitt an Luke herab. Über die Schultern hinunter zu seinen Händen, die gestenreich den Sinn des Songtexts unterstrichen. Wie würde es mit ihm sein? Bot sich mir heute die Chance, etwas zu tun, womit ich bisweilen in meiner Fantasie spielte? Andere Frauen taten es ohne jede Zurückhaltung. Schliefen mit einem Mann, allein wegen seiner erotischen Anziehungskraft. Ohne ihn gleich zu lieben! Es wäre ein Versuch, mich von der Scham zu befreien, angstfrei Lust zu verspüren. Und den Mann dort neben dem Flügel würde ich bestimmt nicht verletzen, für ihn waren One-Night-Stands nichts Neues.

Luke kam zurück an den Tisch und sah mich erwartungsvoll an. Schweigend erwiderte ich seinen Blick, bis es unbehaglich wurde.

„Es hat dir nicht gefallen, stimmt's?" Zum ersten Mal erlebte ich, dass er unsicher wurde.

„Gefallen würde ich es nicht nennen", ließ ich den Kopf abwägend kreisen und Luke noch einen Augenblick länger im Ungewissen. Verstört nahm er Platz.

„Überwältigt – das wäre das richtige Wort. Es war grandios." Sofort glätteten sich die Falten auf seiner Stirn, erleichtert lachte er auf.

„Möchtest du noch etwas trinken?" Er sah sich nach der Bedienung um. Dies war der Moment, auf den ich gewartet hatte. Ich fasste mir ein Herz.

„Ich würde lieber gehen, Luke. Mir ist nach einem Ortswechsel."

„Na klar!", sagte er und winkte den Kellner heran. Als wir kurz darauf das Lokal verließen, schlug mir das Herz bis zum Hals.

„Möchtest du woanders hin oder soll ich dich nachhause bringen?" Luke stand vor mir auf der Straße und wartete meine Antwort ab. Der Moment war gekommen. Jetzt oder nie! Ich holte tief Luft.

„Würdest du mich mitnehmen … zu dir … nach amerikanischer Pick-up-Manier?" Wie eine heiße Quelle sprudelte mir das Blut bis unter die Haarspitzen. Die Worte hingen in der Luft und ließen sich nicht zurücknehmen. Der Moment zog sich in die Länge, kam mir ewig vor. Nun war es an ihm, mich hinzuhalten. Vergiss es! Vergiss sofort, was ich gesagt habe, flehte ich still in mich hinein. Da trat er auf mich zu, strich mir zärtlich über die Wange und nahm mich in die Arme.

„Okay", flüsterte er mir behutsam ins Ohr. „Gehen wir!"

Lukes Abschiedskuss kribbelte noch auf meinen Lippen. Ganz in Momentaufnahmen der vergangenen Nacht versunken, öffnete ich die Tür.

„Wo bist du gewesen? Kommst du jetzt erst nachhause? Warum hast du nichts gesagt?", prasselte ein Bombardement von Fragen auf mich nieder. Die gesamte Clique hockte in unserem Zimmer, und alle versuchten gleichzeitig, mir eine Antwort zu entlocken. Ich dachte nicht im Traum daran, mein Geheimnis preiszugeben. Giuliana blitzte mich finster an, erkennbar unzufrieden über mein Schweigen.

„Sehr schick!", meldete sich Claude aus dem Hintergrund, mit einem Fingerzeig auf das Herrenhemd, das ich lässig über der Jeans trug. Luke hatte es mir nach dem Duschen um die Schultern gelegt.

Mit den Worten: „Nur geliehen", hatte er mich vielsagend angelächelt und mir die nassen Haare hinters Ohr gestrichen. Jetzt spürte ich, wie mir die Röte ins Gesicht stieg.

„Warum hängt ihr am helllichten Tag in der Bude rum?", versuchte ich abzulenken. „Da draußen scheint die Sonne."

Christophe zog ein Frisbee hinterm Rücken hervor und hielt es wie ein aus dem Hut gezaubertes Kaninchen in die Luft.

„Wir haben auf dich gewartet, copine", grinste er.

„Auf zum Golden Gate Park!", rief Brigitte und sprang auf.

„Nichts wie los", stimmte ich ein. Noch aufgewühlt von der letzten Nacht tat es gut, den Nachmittag mit den anderen zu verbringen. Aus der coolen Nummer war nichts geworden, dazu waren wir zu zärtlich miteinander umgegangen.

„Treffen wir uns Mittwoch?", hatte Luke gefragt, und mir war ein Stein vom Herzen gefallen, dass er es nicht bei einer Nacht belassen wollte. Verknall' dich bloß nicht, beschwor ich mich selbst. Frisbee spielen mit den anderen, abhängen und rauchen im Park war jetzt genau das Richtige. Und morgen hatte ich anderes zu tun.

„Das ist Ann, deine Chefin ", stellte Terence mir die korpulente Frau vor. Sie musterte mich von Kopf bis Fuß und spielte dabei Tamburin mit ihrem reich bestückten Schlüsselbund.

„Ann teilt die Mädchen für die Arbeit ein."

„Lass gut sein, Terence!" Die Frau schob sich in den Vordergrund und legte mir die Hand auf die Schulter. Der herb-warme Klang ihrer Stimme imponierte mir.

„Ich nehme die Kleine dann mal mit. Wir kriegen das schon hin."

Es war mein erster Arbeitstag in Telegraph Hill. Ann drückte mir den Wochenplan in die Hand, man hatte mir zwei Appartements pro Tag zugeteilt.

„Für eine Wohnung hast du zwei Stunden. Damit kommst du locker hin", erklärte sie und schloss einen Kellerraum auf, in dem ein Arsenal von Eimern, Wischern, Staubsaugern, Tüchern und Putzmitteln untergebracht war. Ann packte von jedem etwas in einen Wagen und platzierte einen Stapel frischer Handtücher oben drauf.

„Bei Dienstantritt meldest du dich bei mir. Danach holst du dir hier das Putzzeug und die Schlüssel ab." Sie schob den vollgepackten Wagen zu mir rüber. Ich folgte ihr mit den Utensilien zum Aufzug. Die erste Wohnung lag im siebten Stock.

Auf dem Weg nach oben verschränkte Ann die Arme vor der

Brust. „Bist noch nicht lange in den Staaten, was?" ließ sie nüchtern fallen. Ich kam nicht dazu, ihr zu antworten.

Meine neue Vorgesetzte schloss die Wohnungstür auf. „Bitte schön", sagte sie und ließ mich vorangehen. Ich warf einen Blick in Bad und Küche. Jeder Gegenstand war mit einer Akkuratesse angeordnet, die nur Ausstellungsstücken in Museen gebührte. Nirgends lag ein winziges Körnchen Staub herum.

„Was soll ich hier putzen?" Ich drehte mich verwundert zu Ann um. Sie lachte, wobei ihr fülliger Busen bebte.

„Ich sag doch, das schaffst du spielend in der Zeit. Und dass eins klar ist, Mädchen: Egal, wie sauber die Hütte ist, du wischt Staub, auch wenn du keinen siehst. Du putzt das Bad, selbst wenn es wochenlang von keiner Menschenseele betreten wurde. Und die Handtücher wechselst du ebenfalls, ob benutzt oder nicht. Wir wollen uns doch nicht selber überflüssig machen!" Ihr raues Lachen dröhnte wie eine Basstrommel in ihrem Brustkorb. „Bis nachher, Honey", rief sie gut gelaunt und überließ mich meiner Aufgabe.

Wenn die Spielregeln so lauteten, sollte es mir Recht sein. Den Rücken schuftete ich mir bei diesem Job jedenfalls nicht krumm. Ich schlenderte hinüber ins Wohnzimmer und blieb ergriffen vor der Fensterfront stehen, die sich über die gesamte Wand erstreckte. Der Blick auf die Bucht von San Francisco, als sähe man vom Himmel herab. Fern unter mir machte ich eine Insel aus. Das musste Alcatraz sein. Welch bizarrer Kontrast zu all dieser Weite – und zu dem überbordenden Luxus hier auf dem Hügel. The Rock! Unüberwindbare Mauern. Türen, hart zugeschlagen und verriegelt – sogar hinter Al Capone, dem König der Gangster. Für wie viele hatten sie sich nie wieder aufgetan? Für wie viele hatte die Welt hinter den Gittern jede Weite verloren? Unwiederbringlich! Ein Schaudern überlief mich.

Ich schüttelte es mit dem Gedanken ab, dass es dort unten keine Gefangenen mehr gab.

„Dann fangen wir mal an", murmelte ich und holte den Walkman hervor, den Claude mir für die Arbeit geliehen hatte. Mit eingelegter Kassette warf ich mich aufs Sofa. *Hey there, people, I'm Bobby Brown,* sang Frank Zappa.

Ein Adieu und ein Stich in die Seite

San Francisco hatte mich in jeder Hinsicht reich beschenkt. Der Job, ein Zuhause, die Clique, und allen voran Giuliana und Luke. In gewisser Weise führte ich hier so etwas wie ein Doppelleben. Mit Luke traf ich mich inzwischen regelmäßig. Oft verbrachte ich die Nacht bei ihm, doch sobald ich im Hostel auftauchte, nahm mich Giuliana für sich in Anspruch. Sie war die Freundin, mit der ich die Straßen von San Francisco unsicher machte, und Luke – ja, was war er eigentlich für mich? Ich wusste es nicht, nur dass mir diese beiden Menschen ungeheuer wichtig geworden waren. Also teilte ich mich zwischen ihnen auf. Mit Luke wollte ich alles einfach laufen lassen, absolut unverbindlich. Doch mit jedem Mal, wenn wir uns trafen, wurde das Zusammensein inniger. Jedes Mal fiel mir der Abschied schwerer, vermisste ich ihn heftiger, an den Tagen, an denen wir uns nicht sahen. Das mit uns war längst keine flüchtige Bekanntschaft mehr.

Luke sprach nicht darüber, was er dachte oder empfand. Er ging zärtlich mit mir um, doch wenn er von heißen Nächten mit Frauen vor mir erzählte, versetzte es mir einen Stich. Ob ich für ihn auch nur ein erotisches Abenteuer war? Ob er über mich bald genauso reden würde? Es sollte mir doch eigentlich egal sein, ich hatte nichts anderes gewollt. Nur dass die Sache einen Haken hatte – ein One-Night-Stand lief nicht über Wochen. Zum Glück brachten mich meine fünf Freunde immer wieder auf andere Gedanken.

Eines Nachmittags traf ich Claude nach der Arbeit in der Küche an. Noch aufgedrehter als üblich zog er ein Heft Zig-Zag-Blättchen aus der Hemdstasche.

„Sieh dir das Logo an", sagte er und hielt mir das Päckchen unter die Nase, auf dem ein bärtiger Männerkopf mit Mütze abgebildet war. „Den lasse ich mir gleich tätowieren." Er riss den Ausschnitt seines Hemdes auseinander und tippte sich auf die linke Brust. „Hier hin." Genauso hätte sich ein Vierjähriger aufgeführt. Ich verkniff mir das Lachen.

„Das muss ich mir ansehen. Da komme ich mit", entschied ich spontan. Zwanzig Minuten später standen wir vor einer Wand mit flammenden Herzen, Drachen, Rosen, Totenköpfen, nackten Damen, Tigern … Aus dem Hinterzimmer drang unterdrücktes Stöhnen. Claude trat von einem Fuß auf den anderen. „Hörst du das?", fragte er leicht panisch. „Tut bestimmt höllisch weh!"

Ein Mann mit borstigem roten Haar trat hinter dem Vorhang hervor, der als Raumteiler diente. Unter der offenen Lederweste trug er seinen großflächig tätowierten Oberkörper zur Schau. Ich sah keinen Zentimeter Haut, der noch nicht für ein Motiv hergehalten hatte.

„Zwanzig Minuten, dann kümmere ich mich um euch. Hier, falls ihr noch nicht wisst, was es werden soll." Er drückte uns einen Katalog in die Hand und verschwand hinter dem Vorhang. Claude zupfte an meinem Ellbogen. Ihm standen Schweißperlen auf der Stirn.

„Los! Lass uns abhauen! Ich blas die Sache ab."

„Wie kommt es denn zu diesem Sinneswandel?" stutzte ich. „Du warst doch eben noch Feuer und Flamme?" Angsterfüllt starrte er mich an.

„Oh Claude, du traust dich nicht. Gib's zu."

Er legte den Zeigefinger auf die Lippen. „Muss doch nicht

gleich jeder wissen!", zischte er und zählte auf: „Ich hab Angst vor Spritzen, beim Blutabnehmen falle ich in Ohnmacht – und das hier führt direkt zum Tod!"

Claude hätte Comedian werden sollen, sein theatralisches Spektakel war formvollendet. Nur, dass er nicht spielte. Er war tatsächlich so. Die kleinste Angelegenheit wurde für ihn sofort zur großen Sache. Was auch geschah, Claude riss die Augen weit auf, ob überrascht, entsetzt oder erfreut. Alles empörte oder begeisterte ihn über das normale Maß hinaus, und er brachte das mit ausladender Gestik und überspannter Mimik zum Ausdruck. Franzose eben – vom Scheitel bis zur Sohle.

„Wenn du jetzt kneifst, bereust du es später", wand ich ein, doch er ließ sich nicht beruhigen. Aus einem plötzlichen Impuls heraus nahm ich ihm den Katalog aus der Hand.

„Weißt du was? Ich zeig dir, wie's geht. Und wehe, du drückst dich danach immer noch!" Mir war nie zuvor in den Sinn gekommen, mich tätowieren zu lassen. Etwas Kleines, Unauffälliges, dachte ich. Als ich kurz darauf dem Mann hinter den Vorhang folgte, sah Claude mir hinterher, als ob dort der elektrische Stuhl auf mich wartete.

„Diese Stelle ist viel schmerzempfindlicher als die Schulter", presste Claude durch die Zähne und tastete überaus behutsam über das Pflaster auf seiner Brust.

„Das ist keine Schusswunde, Claude", nahm ich ihn hoch. Er benahm sich wie der Held des Tages, dabei hatte er dem armen Tätowierer die Hölle heißgemacht. Gewimmert wie ein altes Weib hatte er und alle zwei Minuten gefragt, wie lange es noch dauerte.

Wir saßen auf der Feuerleiter vor unserem Zimmer und hörten Peter Framptons *Do you feel like We do.* Den Kassettenrecorder hatte Claude uns besorgt. Er trieb ständig irgendwelche Dinge und Informationen auf. Wo und wie er daran kam, überstieg unsere Vorstellungskraft.

„Unglaublich, oder? Die Gitarre singt den Text", rief er begeistert. Übergangslos legte er die Stirn in Falten.

„Giuliana macht alle heiß auf Mexiko. Christophe hält es hier nicht mehr, und bei den Mädchen dauert es auch nicht mehr lange." Er legte eine Pause ein, was ungewöhnlich für ihn war. „Wenn hier alle die Zelte abbrechen, flieg ich zurück nach Paris. Zu meiner Freundin." Ich horchte auf. Bisher hatte er seine Freundin nie erwähnt.

„Wir haben uns gestritten. Deshalb bin ich überhaupt abgehauen. Gestern kam ein Brief. Sie will, dass wir uns noch 'ne Chance geben."

Eine Weile sah ich ihn schweigend an. Kein behaglicher Gedanke, ohne die Clique hier zurückzubleiben. Seit unserem ersten gemeinsamen Gelage waren wir im Grunde unzertrennlich. Zwar war der Konsum von Alkohol und Rauchbarem rasant gestiegen, ein klassisches Cliquensyndrom. Christophe kiffte schon nach dem Frühstück, sein Kopf war praktisch nie rauschfrei. Auch Claude war an jede Menge Stoff gewohnt – von Giuliana ganz zu schweigen. Brigitte und Cecile ließen sich mitreißen. Man sah ihnen die Strapazen des uferlosen Lebensstils an. Mir ging es nicht viel anders. Ständig zogen wir um die Häuser. Im Gegensatz zu meinen Freunden musste ich früh raus. Ich hatte sie oft um die Extrastunden Schlaf beneidet. Doch wie würde es sein, wenn fremde Leute in den Betten lagen? Wenn es nicht mehr Giuliana war, die unter mir schlief. Von plötzlicher Sehnsucht nach meiner Freundin erfasst, drückte ich Claude die Schulter und kletterte zurück ins Zimmer.

„Du solltest nachhause fliegen!", ermutigte ich ihn.

Wo trieb sich nur Giuliana rum? Normalerweise nahm sie mich

in Beschlag, sobald ich von der Arbeit kam. Sie war so hilflos ohne ihren Rob. Verglichen mit meiner flattrigen Freundin fühlte ich mich, wie ein Fels in der Brandung. In mir lebte etwas Mächtiges, das ihr in jeder Hinsicht fehlte. Ich war mir sicher: Sollte ein Orkan über uns hinwegfegen, ich würde ihn überstehen, doch sie würde in Stücke gerissen. Ein dunkler Schatten haftete an ihr. Etwas, das sie nicht mehr sie selbst sein ließ. Es brachte sie auf Raten um.

Giuliana las Bücher über Drogen und fand in den finstersten Ecken der Stadt, was sie brauchte. Ich begleitete sie auf ihren Streifzügen, folgte ihr in jeden Rausch – als ob ich sie damit beschützen könnte. Es war das Heillose, Verruchte an ihr, was mich fesselte. Nie kam ich auf den Gedanken, mich selbst verlieren zu können. Ich war fähig, mich treiben zu lassen ohne unterzugehen. Die Reise hatte meinen Glauben gestärkt, dass ich alles überleben konnte. Ein fataler Glaube.

Luke bedachte die beiden winzigen Schmetterlinge auf meinem Schulterblatt mit einem flüchtigen Blick: „Hat was von Wald Disney." Ich fand das wenig schmeichelhaft. Zumindest besaß ich jetzt etwas, das mich immer an San Francisco erinnern würde.

„Hast du das nicht schon längst?", fragte er und forschte in meinen Augen nach einer Antwort. Diesen Blick bekam ich in letzter Zeit öfter zu sehen. Es war nur eine Frage der Zeit, wann er die Worte aussprach, die sich dahinter verbargen.

Luke dachte viel über die Zukunft nach. Am Ende seines Studiums hatte er erkannt, dass es nicht die Politik sondern die Arbeit mit den Jugendlichen war, die er liebte. Ich bewunderte ihn für seine Reife und Ernsthaftigkeit, doch sobald es um mich ging, wich ich seinen Fragen aus.

„Du kannst nicht ewig unterwegs sein und anderer Leute Wohnungen putzen. Was hast du vor mit deinem Leben?", wiederholte

Luke sich. Oft genug schon hatte ich ihm gesagt, dass ich es nicht wusste. Ideen, ja – die hatte ich wohl. Zu viele geisterten mir im Kopf herum. Zehn Leben würden nicht ausreichen, um sie alle wahrzumachen. Und dennoch hatte ich Angst, dass mir nichts von dem gelang. Luke sollte endlich aufhören, darauf herumzureiten.

Im Hostel herrschte ein ständiges Kommen und Gehen, täglich wechselten die Bewohner. Beim Anblick meiner Freundinnen unter all den neuen Gesichtern im Gemeinschaftsraum flammte ein warmes Gefühl von Vertrautheit in mir auf. Ich schob mich an den Fremden vorbei und ließ mich neben Cecile und Brigitte aufs Sofa fallen.

„Bin völlig erledigt", stöhnte ich.

„Hör doch auf", knuffte mich Brigitte. „Du hast dich doch wieder zu Tode gelangweilt." In dem Moment stürmte Claude um die Ecke und zeigte uns mit glühenden Augen seine jüngste Errungenschaft.

„Was sagt ihr dazu?", rief er. „Ich brauche doch Fotos von uns für zuhause." Auf seinen Handflächen thronte eine Polaroid Kamera. Claude hatte sofort unsere Aufmerksamkeit, der kleine Kasten wanderte von einer zur nächsten. Cecile visierte mich durch die Linse an. Ich warf mich in Pose, zog einen Schmollmund und zwängte meine Hände in die Taschen meiner Jeans. Darin fühlte ich etwas, das nicht dorthinein gehörte.

„Ach herrje", stöhnte ich und zog den Schlüssel mit der Nummer 403 hervor. „Den hab ich versehentlich eingesteckt."

In Claudes Augen blitzte Neugier auf. „Gehört der zu dem Haus, in dem du saubermachst?" Suchend sah er sich um. „Wo sind Christophe und Giuliana? Ich hätte da eine Idee."

Zwei Stunden später war die gesamte Clique unterwegs nach Telegraph Hill, zum Fotoshooting in einer Luxussuite. Irgendwie war es den anderen gelungen, mich zu dieser Schnapsidee zu überreden. Sie hatten einfach alle gleichzeitig auf mich eingeredet und jedes Gegenargument im Keim erstickt. Vor allen Dingen wollte ich kein Spielverderber sein. Ich hoffte, die Sache würde schnell und glimpflich über die Bühne gehen. Doch als Claude und Christophe in einem Laden verschwanden, um Bier zu kaufen, beschlich mich eine ungute Ahnung.

„Ich bin nicht sicher, ob die uns überhaupt ins Haus lassen", rief ich. Meine Freunde schenkten meinem Einwand keine Beachtung. Stattdessen hörte ich hinter mir das vertraute Klackern von Giulianas Absätzen näherkommen, selbst jetzt, wo das Wetter schlechter wurde, trug sie immer noch Pumps. Sie schob sich an meine Seite und legte mir den Arm um die Schulter. „Ich hab was von dem Zeug dabei, das wir gestern Abend besorgt haben", tuschelte sie mir ins Ohr. Sei's drum, dachte ich und warf meine Bedenken über Bord. Wir sechs zusammen, wir konnten doch gar nicht anders.

„Ihr müsst am Hintereingang warten", rief ich in die Runde. „Ich lass euch durch die Tiefgarage rein."

Der gutmütige Mikel an der Pforte kaufte mir die Geschichte ab, dass ich mein Portemonnaie im Geräteraum vergessen hatte. „Wenn es dort nicht liegt, schau ich kurz oben in der Wohnung nach, okay. Dauert nicht lange." Bevor ich im Aufzug verschwand, sah ich nochmal hinüber zur Pforte. Mikel war wieder ganz in sein Buch vertieft, wahrscheinlich hatte er mich in fünf Minuten vergessen. Mit Kribbeln im Bauch fuhr ich hinab in das Kellergeschoss, um meine Freunde ins Haus zu lassen.

„Wow, Wahnsinn", kreischte Cecilie, als ich vier Stockwerke höher die Wohnung aufschloss. Die beiden Französinnen fegten an mir vorbei durch die Zimmer und ließen vor lauter Euphorie nichts an seinem Platz. Dagegen bewegte sich Giuliana wie eine Raubkatze auf die Fensterfront zu und sah von dort auf die Bucht hinunter, wo die ersten Lichter des Abends auf dem Wasser funkelten. Wie selbstverständlich steckte sie sich eine Zigarette an, die Tüte mit dem Gras landete auf dem Wohnzimmertisch.

„Das ist super, genau da stellen wir uns auf", rief Claude mir von hinten über die Schulter. Christophe hatte inzwischen die Anlage aufgedreht und suchte im Radio nach einem passenden Sender. Ob Mikel uns vier Stockwerke tiefer hören konnte?

„Leute, wir müssen alles genauso verlassen wie es war", startete ich einen letzten Versuch, da stürmten Cecile und Brigitte an mir vorbei und rissen mich mit aufs Sofa. Claude schoss das erste Foto, die Kamera spukte das Bild aus, und wir umringten ihn, um zuzusehen, wie wir darauf langsam Konturen annahmen.

„Jetzt vor dem Fenster", kommandierte Claude, der sich in der Rolle des Fotografen gefiel und uns für immer neue Motive durch die Wohnung scheuchte: Im Kreis auf dem Teppich liegend, wild tanzend vor den Lautsprechern … Die ganze Zeit wurde geraucht, gekifft und getrunken. Auf dem Wohnzimmertisch sammelten sich Fotos, Zigarettenkippen, Jointstummel und leere Dosen. Wir posierten gerade wieder auf dem Sofa, mit einer Brigitte, die als Diva quer über uns lag, als die Wohnungstür aufflog. Der Schein einer Taschenlampe flackerte durch den ohnehin hell erleuchteten Korridor.

„Sie sind hier, Terence", hörte ich Mikel rufen. Keine zwei Sekunden später stürmte mein Chef ins Zimmer, hinter ihm erschien der breite Pförtner in der Tür. Terence blieb vor uns stehen. Er starrte auf den Wohnzimmertisch und dann in jedes unserer Gesichter. Als er mich ansah, blitzte es in seinen Augen bedrohlich auf.

„Du bist gefeuert", keuchte er. „Mikel! Schmeiß die Saubande raus! Sofort, oder ich hol die Polizei."

„Wird langsam ungemütlich in Frisco, oder? Ich bin bald hier weg." Christophe hatte Recht. Der berühmte dichte Nebel hing nun doch über der Stadt, die Sonne hatte einen anderen Ort gewählt, auf den sie scheinen konnte. Unglücklicherweise hatte sie die Unbeschwertheit der ersten Wochen mitgenommen.

Wir standen am Tresen einer Disco. Christophe beugte sich zu mir vor und brüllte, damit ich ihn durch die Musik hindurch verstand.

„Die Mädchen buchen ihren Flug um. Wir treffen uns in Mexiko. Giuliana kommt auch nach." Das saß! Ich war einfach davon ausgegangen, dass Giuliana hier blieb. Dabei hatte sie ständig von Puerto Escondido geschwärmt, von diesem sagenumwobenen Treffpunkt der Tramps. Jedes Mal, wenn ich mit Luke verabredet war, hatte sie sich beeilt, von Mexiko zu erzählen.

„Willst du hier etwa Wurzeln schlagen? Du ahnst ja nicht, was du verpasst. Der Strand, das Klima, das ganze Ambiente ..."

„Komm doch mit!", rief Christophe, bevor er mit Gläsern beladen zu unserem Tisch hinüberschlenderte. Ich blieb am Tresen stehen. Unsere Gemeinschaft zerfiel, mein Visum lief ab, und ich hatte nicht die geringste Ahnung, was ich tun sollte. Bei der Vorstellung, allein zurückzubleiben, kroch es eiskalt an mir hoch.

„Probier mal, ist was Besonderes!", sprach mich jemand an. Neben mir lehnte ein Schwarzer und hielt mir einen Joint hin. Gedankenverloren nahm ich das Ding entgegen. Es schmeckte anders als Gras, ich nahm einen zweiten Zug, bevor ich den Joint zurückreichte und nach meinen Bier griff. Ein paar Sekunden, nicht länger, dann spürte ich es schon. Ein Kribbeln im Körper, Strom, der mich vom Kopf hinunter zu den Füßen durchlief. Arme und Beine fühlten sich taub an, wie Fremdkörper. Ruckartig riss ich mich zur Tanzfläche herum. Das Blut in meinen Adern begann zu sieden, zischte glutheiß durch meine Glieder. Lichter flackerten jäh im Raum auf, oder waren das etwa Blitze in meinem Kopf? Meine Füße marschierten los, stolperten auf die Tanzfläche, der Rest von mir folgte wie ferngesteuert. Wohin mit dieser Überdosis Energie? Ich bewegte mich schnell und schneller, fegte an erbosten Gesichtern entlang, empörtes Kreischen echote in meinen Ohren, ich wollte still halten, doch die Raserei steigerte sich. Von weit her meldete sich Scham über meine rabiate Motorik, doch ich hatte es nicht im Griff. Mein Körper gehorchte einer fremden Macht. Auf einmal packten mich resolute Hände und zogen mich von den Menschen weg. Französische Wortfetzen sausten durch den Sturm in meinem Kopf. Ich steckte im Zentrum einer Windhose fest. Schreie, Farben, Fratzen, jaulende Töne – alles kreiste wild um mich herum.

„Wir müssen sie an die Luft bringen", schrie Giuliana, die Hände zerrten mich aus dem Lokal. Dann riss der Film.

Jemand flößte mir Wasser ein, der Schluckreflex holte mich zurück aus dem schwarzen Loch, in das ich gefallen war. Mein verwirrter Geist tauchte aus nebulösen Tiefen Richtung Oberfläche, schwerfällig kam ich zur Besinnung, erkannte dicht vor mir das besorgte Gesicht meiner Freundin. Die Jungs hielten mich noch immer an den Armen, kalte Nachtluft wehte mir über die Stirn und klarte meinen Kopf auf. Doch das Rasen im Körper ließ nicht nach.

„Ein Typ da drinnen … ich dachte, es wäre Gras!", keuchte ich und versuchte, das Zittern unter Kontrolle zu kriegen. Vergebens!

„Garantiert Angel Dust, davon flippt man völlig aus. Ich habe mal von einem gehört, der sich den Arm halb abgeschnitten hat." Das kam von Christophe.

„Mieses Schwein!", schimpfte Claude und winkte ein Taxi heran. „Bringen wir sie nach Hause!"

Auf der Heimfahrt herrschte Schweigen, der Vorfall hatte allen die Laune verdorben.

Ich tat kein Auge zu in dieser Nacht. Es dauerte ewig, bis das Flattern sich endlich beruhigte. Langsam hatte auch ich die Nase voll von San Francisco.

Ein Stechen in der Lebergegend bereitete mir seit Tagen starke Schmerzen. Kam vermutlich von dem Sauzeug, das ich geraucht hatte, redete ich mir ein. Mein Körper brauchte Bettruhe, damit kam die Sache wieder in Ordnung.

„Ich koch dir unten einen Tee", sagte Giuliana und verließ den Raum. Gequält sah ich zum Fenster hinaus. Draußen regnete es, meine Stimmung sank auf den Nullpunkt. Vielleicht sollte ich Giuliana auf ihre Pläne ansprechen und herausfinden, ob es stimmte, was Christophe gesagt hatte.

„Klar, zuerst Mexiko und danach Guatemala", gestand sie kurz darauf schnippisch. „Laue Nächte unterm Sternenhimmel ... ach, ich vergaß, das interessiert dich ja nicht."

Ich ließ mich stöhnend ins Kissen zurückfallen. Das Letzte, was ich brauchte, war ein Streit mit meiner Freundin.

„Wie willst du es ohne Geld nach Mexiko schaffen, Giuliana? Wann suchst du dir endlich einen Job?"

„Wer sagt, dass ich kein Geld habe. In ein paar Tagen ..." Sie brach jäh ab. „Egal, das erfährst du früh genug."

„Hat das mit dem deutschen Chemiestudenten zu tun, mit dem du dich in letzter Zeit herumtreibst?", keuchte ich.

„Keine Zeit, bin verabredet", rief Giuliana und warf ihre Jacke über. „Werd du erstmal gesund."

Allein auf meinem Krankenlager marterte das Reißen meinen Körper und meine Gefühle. Was, wenn Giuliana tatsächlich hier abhaute? Ich war so sicher gewesen, dass sie noch immer auf Rob wartete. Mir konnte sie nichts vormachen – oder etwa doch?

Im Morgengrauen riss mich der Schmerz aus dem Schlaf und

nahm mir die Luft zum Atmen. Kalter Schweiß perlte mir von der Stirn. Mir war sofort klar, dass ich etwas unternehmen musste. Geräuschlos zog ich mich an und stahl mich aus dem Haus.

Der Gehweg war menschenleer, gekrümmt ging ich los. „Krankenhaus, brauche ein Krankenhaus", jammerte ich in mich hinein und bog um die nächste Ecke. Vom Ende der Straße her sah ich eine Gestalt in wippenden Bewegungen auf mich zukommen.

„Bitte nicht", flehte ich still. Mit einem Schlag saß mir die Angst wieder im Nacken. Heute hätte ich keine Chance zu entkommen, nicht in meinem Zustand.

Ich sah den Mann deutlicher, schätzte ihn auf Mitte zwanzig. Ein großgewachsener, schlanker Typ mit dunkler Hautfarbe. Die mit Stofffetzen geflickten Klamotten flatterten ihm lose um die knochigen Glieder. Über der Schulter hing eine Jutetasche. Der Mann schritt swingend voran und schnippte mit dem Fingern. Ich blieb stehen, atmete durch und versuchte Kräften zu sammeln. Am besten ließ ich ihn einfach vorbeigehen. Weit gefehlt! Auf gleicher Höhe mit mir angekommen, riss er die Arme in die Höhe, lachte mich übers ganze Gesicht an und rief überschwänglich: „Good morning, sunshine!"

„Lass mich in Ruhe", zischte ich und eilte davon. Mit zwei, drei federnden Schritten war er bei mir, heftete sich an meine Seite.

„So schlecht gelaunt am frühen Morgen? Sieh doch, da vorne geht die Sonne auf, ein wunderschöner Tag bricht an!", redete er auf mich ein. Ich kniff die Augen zusammen. So ein Spinner hatte mir gerade noch gefehlt.

„Was ich brauche, ist ein Arzt. Lass mich in Ruhe mit deinem happy sunshine Gequatsche!"

Das Lächeln auf seinem Gesicht erstarb. Toll gemacht Marleen, dachte ich. Jetzt ist er sauer. Aber der Mann sah mich teilnahmsvoll an und fasste sich ans Kinn.

„Ich bringe dich ins Krankenhaus", entschied er spontan. „Alles wird gut. Luis wird dir helfen!"

Wortlos winkte ich ab und schritt mit gesenktem Kopf voran. Luis blieb an meiner Seite. Zum Reden fehlte mir die Luft, ich schwieg stur in mich hinein. Doch der schlaksige Kerl spornte mich in einem fort an, nicht aufzugeben. Zuweilen stützte er meinen Ellbogen, wenn die Krämpfe zu heftig wurden. Die Morgensonne schien uns ins Gesicht. Luis blieb stehen.

„Lass die Sonne in dich hinein! So wie ich!" Er schob das Kinn himmelwärts und riss den Mund auf. Ich begriff nicht warum, doch ich schloss die Augen und tat es ihm gleich.

„Die Sonnenstrahlen gleiten in deinen Körper und heilen dich", hörte ich Luis beschwörende Stimme an meinem Ohr. Tränen liefen mir übers Gesicht. Wie verzweifelt musste ich sein, mitten auf der Straße der Sonne die Zunge herauszustrecken? Auf Anweisung eines durchgeknallten Spinners!

Wir brauchten zwei Stunden bis zum Krankenhaus. Trotz der frühen Morgenstunde wimmelte es in der Ambulanz von Menschen. Luis besorgte mir einen Sitzplatz, zog aus dem Spender eine Wartenummer und drückte sie mir in die Hand.

„Goodbye sunshine. Alles wird gut", wiederholte er zum soundsovielten Mal, bevor er mich verließ.

Gegen Mittag war mein Durchhaltevermögen aufgezehrt. Ich hatte zig Formulare ausgefüllt und mich erfolglos in etliche Warteschlangen eingereiht. Das Einzige, was ich von einem Arzt zu sehen bekommen hatte, war ein wehender, weißer Kittel, der hinter Aufzugtüren verschwand. Meine Schmerzen kümmerten niemanden. Erledigt nahm ich den Bus zurück und besorgte mir in einer Apotheke Schmerztabletten. Ganz kurz erwog ich, Luke anzurufen und ihn um Hilfe zu bitten, doch etwas hielt mich davon ab. Unter dem Einfluss der Tabletten schlief ich den

Nachmittag und die Nacht durch.

Körperlich ging es mir am nächsten Morgen etwas besser, aber mit San Francisco war ich fertig. Was hielt mich hier noch? Ich sah wieder vor mir, wie Claude den Packen Fotos zusammengerafft, Christophe blitzschnell das Gras eingesteckt und Giuliana die Kamera an sich genommen hatte, bevor uns Terence hochkant aus dem Haus geworfen hatte. Zeit, eine Entscheidung zu treffen, dachte ich, und blieb trotzdem unentschlossen vor dem Telefon stehen. Mehrmals nahm ich Anlauf, und zog den Finger ebenso oft von der Drehscheibe zurück. Wie lange ich es auch hinauszögerte, mir blieb dieser Anruf nicht erspart. Ich fasste mir ein Herz und wählte Lukes Nummer. „Sehen wir uns morgen? Am üblichen Treffpunkt? Um drei."

Nichts von dem, was ich mir zurechtgelegt hatte, kam mir über die Lippen, als wir durch den Park spazierten. Luke war genauso schweigsam wie ich. Was beschäftigte ihn? Schließlich blieb er stehen und ergriff meine Hände.

„Gehen wir was trinken. Ich muss mit dir reden", entschied er und schlug den Weg zu unserem Stammcafé auf der Haight Street ein.

„Warum bist du so unruhig?", fragte ich, als wir uns gegenübersaßen. In Wirklichkeit ahnte ich längst, was er mir mitzuteilen hatte. Luke atmete tief durch.

„Du weißt, was für ein Leben ich führe", begann er. „Möglichst unkompliziert, ohne feste Bindung." Ich hörte ihm gespannt zu, schwebte zwischen Bangen und Hoffen. Wenn er mir jetzt sagte, dass in seinem Leben alles so bleiben sollte, wie es war, nahm er mir die Entscheidung ab. Der Gedanke hatte einen bitteren Beigeschmack.

„Das war auch genau mein Ding. Bisher. Aber so will ich es

jetzt nicht mehr." Luke legte eine Pause ein, und mir wurde flau zumute. Das Gespräch entwickelte sich in die falsche Richtung.

„Wenn ich mit dir zusammen bin, fühle ich mich frei, bin ganz ich selbst. Ich hatte vergessen, wie das ist. Tiefe Gefühle wollte ich nicht mehr empfinden." Luke sah mich mit seinen warmen, braunen Augen an. Es schnürte mir das Herz zusammen.

„Ich frage mich jeden Tag, wann es vorbei ist, wann du gehst. Aber ich will dich nicht verlieren! Ich möchte dich etwas fragen und habe höllisch Angst vor der Antwort." Ich hielt den Atem an und riss mich los von seinem Blick. Besser, er sagte jetzt nichts mehr!

„Pack deine Sachen und zieh zu mir, Marlin. Wir kümmern uns gemeinsam um dein Visum. Vielleicht hast du Lust, dir die Uni anzusehen, du fängst ein Studium an? Ich weiß auch noch nicht, wie es funktionieren soll. Lass es uns versuchen."

Ich war wie gelähmt. Ausgerechnet heute machte er mir dieses Angebot! Einen winzigen Moment lang war ich versucht, ja zu sagen. Als ob ich nicht schon selbst mit ähnlichen Gedanken gespielt hätte! Die Vorstellung, mit ihm zusammenzuleben, hier in dieser Stadt, hatte etwas Verlockendes. Aber was würde aus den Abenteuern, von denen ich träumte? Oder schlimmer noch! Was, wenn ich es plötzlich nicht mehr ertrug, das Bett mit ihm zu teilen? Wenn auch seine Hände das alte Grauen wach riefen? Dann wäre ich gefangen, wie der berühmte Vogel im Käfig. Ich hatte keine Wahl.

„Luke, sieh mich an! Ich bin auf Reisen", versuchte ich, standhaft zu bleiben. „Vielleicht verlasse ich die Stadt schon bald. In vier Monaten flieg ich nachhause. Ich habe dich genauso gern, wie du mich. Mehr als ich je wollte, aber – das mit uns, es hat keine Zukunft!"

Luke ließ sich in die Stuhllehne zurückfallen, seine Augen irrten durch den Raum, fieberten einer Lösung hinterher. Dann sprang er jählings auf.

„Hör zu! Ich besorge uns Wein, wir gehen zu mir und reden in Ruhe. Denk einfach darüber nach. Ich habe dich überrumpelt, das war nicht fair. Warte hier, ich bin gleich zurück."

Er stürmte hinaus ins Freie. Mir war speiübel. Was jetzt kam, kannte ich gut. Nichts Schönes, nichts, was unserer gemeinsamen Zeit gerecht wurde. Er würde kämpfen, würde klammern! Und ich? Ich würde ihn dafür hassen. Es nahm mir den Atem, wenn man versuchte, mich zu halten. Ich fühlte mich wie ein Tier in der Falle. Wozu Schatten auf all das Schöne werfen, das wir zusammen erlebt hatten? Wozu Narben, die eine hässliche Trennung hinterließ? Ich zog meinen Kajalstift aus der Jacke und schrieb auf eine Serviette: „Luke – kein Abschied, keine Tränen! Unsere gemeinsame Zeit war wunderschön, wird niemals in Vergessenheit geraten. Leb wohl."

Ich hinterließ meinen Abschiedsbrief bei der Kellnerin, zahlte die Rechnung und hatte es mit einem Mal furchtbar eilig. Die Tür des Cafés fiel hinter mir zu. Ein bleischweres Gewicht legte sich auf meine Brust. Ich stand auf der Straße und spürte, wie der Schmerz mich langsam betäubte. Zweifel wehten durch mich hindurch. Was tat ich da eigentlich? Und doch setzte ich mich in Bewegung, erst langsam, dann schneller. Ich hastete zu einer Nische und versteckte mich zwischen den Häusern. Es dauerte nicht lange, dann sah ich ihn. Luke kam zurück und verschwand mit einer Tüte im Café, nur um kurz darauf die Tür aufzureißen und verstört wieder herauszuspringen. Die Serviette in der Hand suchte er den Gehweg ab, machte unentschlossene Schritte in beide Richtungen, las noch einmal die Botschaft auf dem kleinen, weißen Papierfetzen und ließ dann matt die Arme hängen. Ich erstickte fast an Traurigkeit, presste mir die Hand vor den Mund, um nicht laut zu schluchzen. Wäre ich dem Impuls meines Herzens gefolgt, ich wäre zu ihm gelaufen, hätte den Zettel gegriffen und vor seinen Augen zerrissen.

Doch was mich zurückhielt, war stärker. Ich hatte diese dunkle Macht schon oft zu spüren bekommen. Sie lebte tief in meinem Inneren, besaß die Gewalt zu zerstören, was immer ich liebte. Warf die Elemente meines Lebens in die Luft, wann immer sie sich zu ordnen versuchten, und hinterließ nur Chaos. Der Zerstörer siegte auch dieses Mal. Ein letzter Blick, dann riss ich mich los. Wenn er jetzt den Bus nach Hause nahm, blieb mir nicht viel Zeit, ihm zuvorzukommen. Ich rannte los.

„Falls Luke anruft, ich bin abgereist", keuchte ich mit erstickter Stimme. „Sag das auch Tom. Und bitte Eveline, keine Fragen."

Ich stürmte auf unser Zimmer, knallte die Tür hinter mir zu und warf mich aufs Bett. Unter der Decke verkrochen nahm ich Abschied von Luke. Ich nahm Abschied von einer Möglichkeit und hielt nichts zurück. Später im Leben fragte ich mich manchmal, wie mein Leben verlaufen wäre, wenn ich diese eine Entscheidung anders getroffen hätte. Wenn ich der Eingebung, die mich in jenem Café überkommen hatte, nicht gefolgt wäre.

Giuliana breitete eine Decke auf dem Rasen aus und kniete sich hin. Sie reckte den Hals und sah sich um, ob die Luft rein war. Dann zog sie ein Tütchen aus ihrer Handtasche.

„Darf ich vorstellen: MDA – die Wahnsinns-Liebesdroge." Giuliana hatte mir anvertraut, dass sie und Rob sich schon vor Wochen mit dem Chemiestudent aus Deutschland verabredet hatten, der extra nach Frisco gekommen war, um im eingeschworenen Kreis Drogen zu entwickeln. MDA war etwas, an dem er mitgewirkt hatte.

„Hände auf Leute, lasst die Pillen nicht fallen. Ich hab für jeden nur eine dabei." Wir drängten uns um Giuliana wie Welpen ums

Muttertier. Dabei war mir gar nicht nach Trip zumute. Erst am Morgen hatte ich mich mit Schmerztabletten vollgepumpt. Ich war hier, weil ich das Alleinsein nicht ertrug. Seit mit Luke Schluss war, brauchte ich die Gesellschaft der anderen wie die Luft zum Atmen. „Das wird dir nicht schaden. Ist mein Abschiedsgeschenk an die vier."

Die ganze Clique redete von Abschied. Claude hatte seinen Rückflug nach Paris gebucht, Christophes Taschen waren gepackt, und die Mädchen wollten ihm bald schon folgen. Nur Giuliana hielt sich bedeckt, wann sie los wollte.

„Runter damit, Leute", gab sie das Kommando.

Ich starrte auf die kleine bunte Pille in meiner Hand. Zumindest auf diesen Trip konnte ich die anderen begleiten, dachte ich und warf das Ding ein.

Voller Enthusiasmus breitete Giuliana die Karte von Mexiko aus und beugte sich darüber. Ihr Finger fuhr die Pazifikküste hinunter und tippte auf einen kleinen Punkt tief im Süden.

„Hier, Puerto Escondido. Da müsst ihr alle hin. Ich komme zu Weihnachten nach. Das wird ein Fest!" Warum zitterten ihre Hände? Warum klang ihre Stimme so aufgekratzt? Giuliana sah zu mir auf, als hätte sie meine Zweifel gehört.

„Kannst du ruhig glauben, wir alle treffen uns dort. Christophe, Brigitte, Cecile – und ich", betonte sie mit Nachdruck. Sie bohrte ihre dunklen Augen in mich hinein, bevor sie wieder auf die Karte hinuntersah.

„Und hier, bei Puerto Angel", schwärmte sie. „Weißer Sand, gigantische Wellen. Die Indios nennen den Ort Zipolite, den Strand des Todes. Leute, wenn morgens der Dunst aus den Palmenwäldern steigt ..."

Mein Blick hungerte auf der Karte die Strecke nach Süden hinunter, derart verlockend war das Bild, das Giulianas Beschreibung vor meinen Augen entstehen ließ. Die Vorstellung allein verdrängte die depressive Verstimmung der vergangenen Tage. Mexiko, warum zögerte ich noch? Was hielt mich zurück? Etwa Angst, dass das Geld nicht reichte? Sonne, Süden, der Ozean. Hatte die Stadt mich vergessen lassen, wie sehr ich das liebte? Das Feuer flackerte wieder auf, das ungeduldige Kribbeln im Bauch, wenn ein neuer Ort mich rief. Wie gut es tat, das zu spüren. Es stimmte, ich musste hier weg. Musste mich nur in Bewegung setzen, dann würde alles wieder gut.

„Okay, ich mach es, ich komme mit", entschied ich im Bruchteil einer Sekunde. „Fünfhundert Dollar in Reiseschecks werden wohl reichen."

„Du hast American Express?", horchte Giuliana auf. „Die verdoppelst du in Mexiko, meldest sie gestohlen und löst die alten Schecks zusammen mit den neuen ein. Das passiert da jeden Tag."

Ich lehnte mich auf die Ellbogen und sah mich zufrieden um. Cecile lächelte versonnen, sie war an einem anderen Ort. In den Gesichtern der Jungs erkannte ich denselben glückseligen Ausdruck. Das MDA tat seine Wirkung, auch ich spürte es.

Die Welt um uns herum weitete sich aus. Pulsschlag um Pulsschlag warf sie ihre Begrenzungen ab und leuchtete in einem neuen Glanz. Lichtstrahlen verließen mein Herz, bahnten sich ihren Weg ins Universum und spürten mitfühlend jedes lebendige Wesen auf. In mir entfaltete sich das unwiderstehliche Verlangen, sie alle – Mensch wie Tier – an dem tiefen Glück, das mich erfüllte, teilhaben zu lassen. Die Arme weit ausgebreitet lag ich auf dem Rücken und spürte, wie mein Körper mit der Erde verschmolz, während mein Geist sich gen Himmel davonstahl.

Wir alle wurden an diesem Nachmittag wieder ganz Kind – spielten Fangen, lachten, umarmten uns. Als wir endlich Richtung Haight Street aufbrachen, trat Giuliana von hinten zwischen

Christophe und mich und legte ihre Arme über unsere Schultern.

„Ihr beide, ihr geht zusammen nach Mexiko. Wenn Christophe mit dir reist, passiert dir nichts beim Trampen", nickte sie mir zu. Ich lachte kurz auf. Was sollte dieses mütterliche Gerede? Von Seattle hatte ich es auch allein bis hierher geschafft.

„Nein, ich mein's ernst", drängte Giuliana. „Bin mal in der Schweiz getrampt. Als der Typ mich rauslassen sollte, hat er die Türen verriegelt. Ich habe wild um mich getreten und konnte eben noch durchs Fenster entkommen." Christophe und ich kicherten los.

„Das ist kein Märchen!", rief sie entrüstet und wandte sich Christophe zu. „Du bringst sie sicher nach Puerto Escondido! Ich möchte euch dort unten wohlbehalten wiedersehen." Es klang beinahe wie ein Befehl. Als sollte ich mich irgendwann daran erinnern, mit welchem Nachdruck uns Giuliana gerade auf diese Route geschickt hatte.

Mexiko

Ein Blick auf Christophes angespannte Nackenmuskeln verriet, wie unwohl er sich in seiner Haut fühlte. Dean am Steuer machte keinen Hehl aus seiner homosexuellen Neigung. Er bedachte Christophe mit begierigen Blicken, wann immer er die Fahrbahn kurz aus den Augen lassen konnte. Insgeheim dankte ich meinem Reisegefährten. Sein seidiges, halblanges Haar und die femininen Gesichtszüge hatten mich in die komfortable Lage gebracht, auf der Rückbank eines Vans gen Süden zu rauschen. San Francisco lag schon ein gutes Stück hinter uns. Sieben intensive Wochen, vor allem, was die Zeit mit Luke betraf. Ich bekam sein Lachen, den warmen Glanz seiner Augen, seine Berührungen nicht aus dem Sinn. Wie es ihm wohl ging? Gewissensbisse schnürten einen Knoten in meiner Brust. Doch je weiter wir fuhren, je größer der Abstand wurde, umso mehr verblassten die Bilder in meinem Kopf. Die Straße hatte mich wieder, ich war in meinem Element. Der Alte freute sich, mich zu sehen.

Dean schob eine Kassette ins Tapedeck und drehte die Musik auf. „Heute Abend gehe ich zu einer Party in Malibu. Hast du Lust mitzukommen?", rief er Christophe zu. „Frauen sind da unerwünscht!", zwinkerte er mir flüchtig über die Schulter zu und trommelte auf dem Lenkrad herum, wippte im Rhythmus mit und knabberte an seiner Lippe. Dabei ließ er Christophe nicht aus den Augen, doch als von dem keine Antwort kam beugte sich der blasse, schlanke Mann zu ihm herüber.

It's gonna take a lot to drag me away from you, sang er Christophe an und legte ihm die Hand aufs Knie. Mein Freund vor mir erstarrte zur Salzsäule. Es reichte! Christophe hatte die Situation

113

lang genug ertragen, Zeit, ihm zur Hilfe zu eilen. Ich lehnte mich vor, schlang meinen Arm um ihn und sah den jungen Kalifornier mit gespieltem Bedauern an. „Wenn ich nicht mit auf die tolle Party darf, dann lasse ich meinen Freund auch nicht."

Christophe drehte sein Gesicht zu mir. Sein Mund stand offen, ich konnte sein Gehirn arbeiten hören.

„Oder willst du mich heute Nacht etwa allein lassen, Baby?"

„Nein", keuchte er jetzt, „auf keinen Fall. Baby."

Dean reckte sein Kinn vor und schaltete die Musik aus. Den Rest der Fahrt über schwiegen wir.

Los Angeles wurde für uns eine Durchgangsstation. Zwar liefen wir auf dem Sunset Boulevard ein Stück über den Walk of Fame, um ein paar der Sterne gesehen zu haben, die für Hollywoods Prominenz in den Asphalt gestürzt waren. Doch damit hatte sich unser Interesse an der Stadt erschöpft. Die Nacht verbrachten wir in einem erschwinglichen Hotel, am darauffolgenden Morgen nahmen wir den ersten Greyhound nach San Diego. Mexiko hatte seinen Lockruf ausgesandt.

Auf halber Strecke setzte das Reißen in der Seite wieder ein. Seit Tagen erhöhte ich die Dosis an Tabletten. Jetzt fielen die letzten vier aus der Plastikdose in meine Hand, ich spülte sie mit einem Schluck hinunter, prompt wurde mir übel. Den Kampf gegen den Brechreiz gewann ich und behielt die Tabletten bei mir. Trotzdem wurde die Qual unerträglich. Mein Atem ging schwer, kalter Schweiß stand mir auf der Stirn, die Medikamente blieben wirkungslos. In diesem Zustand durfte ich nicht weiterreisen, ich brauchte dringend einen Arzt.

„Sie werden ein paar Tage in der Stadt bleiben müssen. Sie haben die Gonorrhoe." Verständnislos sah ich den Arzt an. Die Assistentin neben ihm ließ mich nicht aus den Augen.

„Wissen Sie, was die Diagnose bedeutet?", forschte sie, ihre Stimme klang mitfühlend. Alarmiert hielt ich den Atem an. Der Arzt übernahm wieder das Reden.

„Wir haben ein großes Problem mit Geschlechtskrankheiten in Kalifornien. Eine davon ist die Gonorrhoe. Viele sagen auch Tripper."

Tripper? Das kannte ich nur vom Hörensagen. Aber das war doch etwas, was man sich in Rotlichtvierteln einfing. Wieso ich? Wie sollte ich daran gekommen sein? Hier lag ein Irrtum vor. Ich hatte nur mit Luke Sex gehabt, und wir hatten uns geschützt. Das stimmte doch? Obwohl? Da war dieses eine Mal ... Mit dem Begreifen setzte der Schock ein, ich bekam es mit der Angst zu tun.

„Das hätte gefährlich für Sie werden können", hörte ich den Arzt sagen. „... und nicht nur für Sie!"

Der Schlag ins Gesicht war brutal. Das war einfach nicht fair. Es gab nur eine Möglichkeit, nur ein einziges Mal war kein Kondom zur Hand gewesen. Meine romantischen Gefühle für Luke lösten sich in blauen Dunst auf. Wie konnte er mir das antun? Er, mit dem ich beinah mein Leben hatte verbringen wollen ...

In den nächsten beiden Tagen schleuste man mir Unmengen von Antibiotika ins Gesäß. Mit zusammengebissenen Zähnen lag ich auf dem Bauch, ließ die entwürdigende Behandlung über mich ergehen und klagte mich in meinem Katzenjammer selbst an. Wieso nur hatte ich mich nicht besser geschützt? Jetzt wurde ich bestraft wie eine Hure für meinen Leichtsinn - und für mein Vertrauen. Die Gewissensbisse Luke gegenüber wichen dem bitteren Gefühl, betrogen und verraten worden zu sein. In den drei Tagen der Tortur durchliefen meine zärtlichen Empfindungen eine Metamorphose, verwandelten sich zuerst in blanke Wut, dann in Frust und schließlich in Gleichgültigkeit. Ich schrieb Luke eine Postkarte:

„Vielen Dank für Dein umwerfendes Abschiedsgeschenk. Geh zum Arzt, bevor Du noch mehr Frauen ansteckst!"

Ich brauchte ein paar Tage, um wieder auf die Beine zu kommen. Christophe versorgte mich bei seinen Ausflügen in die Stadt mit Essen, doch er wurde auch zusehends ungeduldiger.

„In Mexiko haue ich mich erst mal eine Woche an den Strand", stöhnte er und legte eine Schachtel mit Pizza auf meiner Decke ab. Vom Bett aus beobachtete ich ihn. Ohne mich eines Blickes zu würdigen, schlurfte er im Zimmer hin und her. Ich war froh, dass er mich nicht allein hier zurückgelassen hatte, doch die Warterei musste ein Ende haben.

„Morgen können wir weiterfahren", beschloss ich. Christophe atmete auf und lächelte endlich wieder.

Abends begegneten wir im Flur des Gästehauses einem Pärchen aus Deutschland. Die beiden Sannyasin trugen orange Kleidung und Perlenketten mit dem Foto ihres Gurus um den Hals. Gerade zurück aus Mexiko waren sie auf dem Weg nach Oregon, wo ihr Guru Bhagwan ein großes Stück Land für sich und seine Anhänger gekauft hatte.

„Warum stehen wir hier auf dem Flur herum? Kommt doch mit in unser Zimmer", luden sie uns ein.

Uli und Bernd schwärmten von Mexiko, und das steigerte unsere Vorfreude auf das Land, das wir schon bald sehen würden. Yucatan und Campeche, die ganze Gegend dort versprühe eine spirituelle Energie. San Cristobal de las Casas und Palenque, das Reich der Indios, die uralten Pyramiden, das müssten wir uns unbedingt ansehen.

Bernd holte ein Tarotspiel hervor. Karten, die uns die Zukunft verraten sollten, waren mir ebenso fremd wie die indischen Gewänder des deutschen Ehepaars. Trotzdem fand ich es irgendwie spannend. Wie hätte ich wagen können, den Aberglauben anderer Leute zu verspotten? Schließlich trug ich zum Schutz einen Stein in der Hosentasche.

„Stell im Geiste deine Frage", sagte Bernd und wartete einen Moment. Dann deckte er die zentrale Karte auf. Er schob sie zu mir herüber, direkt unter meine Augen und schwieg. Sie zeigte den Vollmond, zwei Hunde heulten ihn an.

„Gib Acht, wohin du deine Schritte setzt! Etwas lauert auf dich." Bernd saß mir kerzengerade gegenüber und sprach ernst. Nach jedem Satz machte er eine bedeutungsschwere Pause. „Es will dich verletzten. Deine innere Stimme versucht, dich zu warnen. Vertraue deiner Intuition! Aber setze auch deinen klaren Verstand ein. Hinterfrage die Menschen, mit denen du dich umgibst."

Drei Paar Augen waren auf mich gerichtet und starrten mich an. Es war totenstill im Raum geworden. Erwartete man von mir etwa eine Antwort? Ich hob die Karte auf und sah sie mir genauer an. Eine Warnung? War das möglich? Etwas rührte sich in mir, eine vage Erinnerung. Wer noch hatte mich gewarnt auf dieser Reise? Wo war das gewesen? Dann fiel es mir wieder ein. Mein Herz setzte für einen Schlag aus. Im Flugzeug! Der Mann mit dem Silberblick! „Länder wie Mexiko", hatte er gesagt. Auf einmal gruselte es mich, ich stand auf und überließ die drei ihrem Budenzauber.

An der Grenze gab man uns ein Visum für zwei Monate. Wir nahmen den Bus von Tijuana nach La Paz. Eintausend Kilometer durch staubige Wüste, die ich die meiste Zeit im Schlaf verbrachte. Von La Paz setzten wir mit der Fähre über nach Mazatlán, aber auch dort hielten wir uns nicht lange auf. Nach der Zeit in San Francisco hatten wir beide genug von der Geschäftigkeit in großen Städten. Wir wollten raus in die Natur, Strand und Meer ohne Hotelkomplexe im Nacken genießen. Per Anhalter fuhren wir weiter nach San Blas, einem kleinen Ort an der Pazifikküste.

Von Kopf bis Fuß mit Staub paniert erreichten wir den hübschen Touristenort und sprangen von der Ladefläche des Pick-ups, der uns das letzte Stück Weg bis zum Marktplatz mitgenommen hatte. Noch bevor wir uns bei dem Fahrer bedanken konnten, stieg der kleine, kräftige Mexikaner aus und kam auf uns zu. Ein freundliches Lächeln umspielte seinen Mund, Lachfalten gruben sich tief in die sonnengegerbte Haut. Er kratzte sich am Kinn, auf dem ein stoppeliger Dreitagebart spross.

„Hola niños! Sucht ihr eine Unterkunft?" In ganz passablem Englisch stellte er sich vor. Jaime lebte in einem nahegelegenen Dorf direkt am Strand und arbeitete dort als Fischer.

„Du, woher kommst du?", wollte er von mir wissen, und als ich ihm erzählte, dass Christophe aus Frankreich und ich aus Deutschland sei, ging ein Strahlen über sein Gesicht.

„Hab ich's mir doch gedacht. In unserem Dorf lebt ein deutsches Mädchen. Sie ist eine Künstlerin", schwärmte Jaime und zeichnete mit einem imaginären Pinsel Figuren in die Luft. „Sie malt Bilder für eine Ausstellung in Hamburgo. Du solltest sie kennenlernen", nickte er mir zu und tippte mit dem Finger in meine Richtung.

„Das mit der Unterkunft, was wollten Sie sagen?", fragte ich den Mann.

„Oh ja", erinnerte er sich. „Wir haben Cabañas, direkt am Meer. Sehr romantisch!" Der Blick, mit dem er uns bedachte, sprach Bände.

„Also, wir beide hier – wir sind nur Freunde", beeilte ich mich, ihn aufzuklären. „Aber trotzdem! Christophe, was meinst du? Sollen wir es uns mal ansehen?"

„Klar", sagte mein Kumpel, der bis dahin noch kein Wort gesprochen hatte.

Jaime kratzte sich am Kopf. „Gut, dann wartet auf mich. Ich nehme euch mit, wenn ich hier fertig bin." Ich hätte laut losjubeln können. Es lief mal wieder alles wie am Schnürchen.

Jaime musste noch ein paar Erledigungen machen, und wir nutzten die Zeit für einen Snack aus eisgekühltem Limettensaft und gefüllten Teigtaschen. Von der Barterrasse aus sahen wir dem gemütlichen Treiben im Ort zu. Die Sonne brannte mit voller Kraft auf den von kleinen Boutiquen umsäumten Dorfplatz. Wie sehr sich diese Szene doch vom Stadtleben in Nordamerika unterschied. Überall unterhielten sich die Menschen, in ihren markanten Gesichtern blitzten schwarze Augen, dunkles Haar wehte im Wind. Frauen in weiten, farbenfrohen Kleidern feilschten mit amerikanischen Touristen, die sich unter das Volk mischten, um Ponchos, Strohhüte, Schmuck und mexikanische Stoffe zu ergattern. Mit unserer Ankunft im Süden hatten wir eine andere Kultur betreten. Ich brannte darauf, diese neue, exotische Welt kennenzulernen. Die Sonne tat mir gut, ich spürte, wie die Kraft in meinen Körper zurückkehrte. Rundum zufrieden lehnte ich mich zurück in meinen Stuhl und genoss den Augenblick.

Jaimes Fischerdorf lag etwa zehn Minuten von San Blas entfernt. Der Pick-up durchkreuzte den winzigen Ortskern, an den sich die schlichten Häuser der Einwohner schmiegten, und fuhr hinunter zum Meer. Der Alte ließ seine sanften Wogen in verlässlicher Gleichmäßigkeit den von Palmen begrenzten Strand hinauflecken, er benetzte den weißen Sand mit perlender Gischt und zog sie wieder zurück. Eine leichte Brise kühlte unsere überhitzte Haut.

„Da vorne, das sind die Cabañas", sagte Jaime und zeigte auf eine Handvoll Hütten, die etwas abgelegen und doch nicht allzu weit entfernt zwischen den Palmen standen. Die perfekte Idylle, wie im Paradies.

„Ich glaube, hier kann ich's aushalten!", meldete sich Christophe verträumt neben mir. Wie recht er damit hatte! Jaime nickte uns stolz zu.

„Si, es muy bonito aqui, verdad! Beate, das deutsche Mädchen, sie kommt jeden Tag hierher. Zum Schwimmen!"

Eine kleine, alte Frau, mit der Statur einer Kugel trat aus dem Schatten des windschiefen Hauses hervor und trocknete sich die Hände an ihrer Schürze ab. Bei Jaimes Anblick lief ein Lachen über ihr runzeliges Gesicht und enthüllte Lücken in ihrem Gebiss. Er begrüßte sie fröhlich und wechselte ein paar Sätze auf Spanisch mit ihr.

„Mit Maria müsst ihr den Preis verhandeln, ihr gehören die Cabañas. Und das Restaurant hier auch", fügte er hinzu. Ich staunte nicht schlecht. Die Baracke sollte ein Restaurant sein?

„Sie spricht kein Englisch, wisst ihr. Ich übersetze für euch."

Maria wollte fünf Dollar pro Nacht. Das Lachen wich ihr nicht aus dem Gesicht, als sie uns ihre Hand mit weit auseinander gespreizten Fingern entgegenstreckte. Christophe und ich waren uns einig. Da gab es nichts zu verhandeln. Die alte Frau holte aus ihrer Rocktasche einen Schlüssel hervor und drückte ihn Jaime unter einem Schwall von Worten in die Hand. Dann klopfte sie ihm auf die Schulter, winkte uns zu und kehrte zurück ins Haus.

„Ich hatte heute Morgen eine Meeresschildkröte im Netz. Maria kocht daraus eine Suppe für das Abendessen. Die beste Schildkrötensuppe der Welt, lasst euch das bloß nicht entgehen."

Außer zwei harten Pritschen besaß die kleine Cabaña keine weiteren Einrichtungsstücke. Es handelte sich schlichtweg um ein Bett mit einem Strohdach über dem Kopf. Zwischen den Hütten stand ein Badehäuschen mit nur einer Dusche und Toilette, was aber völlig ausreichte, weil wir die einzigen Gäste waren. Ich zog meinen Bikini an und rannte hinunter zum Meer. Meine Haut hatte seit Monaten weder Sonne noch den leisesten

Windhauch zu spüren bekommen, es war ein fantastisches Gefühl. Mit wenigen Sätzen stürzte ich mich in die warmen Fluten und tauchte unter den Wellen hindurch, schnellte hoch und ließ mich auf den Rücken fallen. Was für ein Genuss! Urlaub pur! Keine Putzeimer, keine dreckigen Duschen, keine Schmerzen – ich war von allem befreit. In dem Moment landete Christophe mit einer beeindruckenden Arschbombe neben mir. Ich stürzte mich auf ihn und drückte ihn unter Wasser, er tauchte ab und zog mich am Bein in die Tiefe. Wir lieferten uns eine erbitterte Wasserschlacht und schluckten jede Menge Salzwasser, bis wir schließlich hustend an den Strand krochen. Alle Viere von uns gestreckt, ließen wir uns in den nassen Sand fallen und lachten uns an. In Situationen wie dieser entstand eine erstaunliche Unbefangenheit und Nähe zwischen Christophe und mir. Wenn es ums Spielen ging, erwachte er aus seiner Lethargie und tauchte aus dem Nebel auf, in dem sein Geist oft tagelang versunken schien. Wo war er mit seinen Gedanken? Interessierte ihn überhaupt irgendein Mensch? Verliebte er sich jemals, konnte er wütend werden? Ich wusste es nicht. Im Spiel aber wurde Christophe lebendig, bewegte sich schnell, sah mit wachen Augen in die Welt und nicht einfach nur durch mich hindurch. In diesen Augenblicken war er für mich wie ein Bruder und es fiel mir nicht schwer, ihn aufrichtig gern zu haben. Ob er mehr für mich empfand? Ich hatte keine Ahnung und sah zum Himmel hinauf. Was tat es schon zur Sache? Kein Mensch weit und breit, der Strand und das Meer gehörten uns allein. Wenn das nicht genügte?

Abends saßen wir an unsere Hütte gelehnt auf dem Boden und sahen dem Sonnenuntergang zu. Der Abendhimmel flammte feurig rot auf und nahm, sobald die Sonne im Meer versunken war, in einem kaum greifbaren Wandlungsprozess alle Farben eines hauchzarten Regenbogens an. Die ersten Sterne zeigten sich am Firmament.

Schließlich durchbrach Christophe die andächtige Stille, mit der wir das Szenario verfolgten: „Ob die Suppe schon fertig ist?"

Maria hievte soeben einen riesigen Eisentopf auf den Tisch, als wir uns der Gesellschaft näherten. Um die lange Tafel vor ihrem Haus hatten sich an die zwanzig Leute versammelt, und mittendrin saß Jaime. Als er sah, wie wir zögernd stehenblieben, winkte er uns freudestrahlend heran und bot uns die leeren Stühle ihm gegenüber an. Mit einem verlegenen „Hola", nahmen wir in der Runde Platz.

Maria wischte sich mit der Schürze den Schweiß von der Stirn, lüftete den Deckel und ließ die Dunstwolke entweichen. Ein herrlicher Duft verteilte sich über der Tafel, die Gäste stöhnten genüsslich auf. Alle Blicke waren auf den Topf gerichtet. Die Chefin des Abends sonnte sich in der Anerkennung, die ihr zuteilwurde, sie stand wie ein kleiner, runder Fels am Tisch und verteilte Suppe, immer darauf bedacht, dass auch jeder genug vom Schildkrötenfleisch bekam. Wein wurde ausgeschenkt, die Gläser erhoben und ein feierliches Salud ausgesprochen. Ringsum begannen die anderen, sich über ihre Suppe herzumachen, doch ich tat mich schwer. Die Vorstellung, ein sagenumwobenes, wunderbares Lebewesen zu essen, mit dem ich – spätestens seit ich „Momo", gelesen hatte – Langmut und Weitblick verband, empfand ich als zutiefst frevelhaft. Doch die Zusammenkunft der Dorfbewohner glich beinah einem Ritual, das Essen abzulehnen hätte bestimmt Marias Ehre verletzt. Knackige Gemüsestücke schwammen in meinem Teller. Ich gab mir einen Ruck und probierte von dem heißen Sud. Welch ein Fest für die Sinne, was für ein nie gekannter Geschmack! Die himmlische Köstlichkeit ergoss sich über Zunge und Gaumen, ich hielt die Augen geschlossen und genoss jeden

Tropfen, der meine Kehle hinunter rann. Als ich sie wieder aufschlug, strahlte mich Jaime über den Tisch hinweg an. „Probiere von dem Fleisch!", forderte er mich auf.

Ich fischte ein Stück aus der Suppe, es zerging wie nichts auf meiner Zunge. Nie wieder im Leben wollte ich Schildkröte essen, leistete ich einen stummen Eid, nur dieses eine Mal ohne Skrupel in diesem göttlichen Hochgenuss schwelgen dürfen.

Die Stimmung am Tisch war fröhlich, jeder hielt ein Schwätzchen mit jedem. An Jaimes Seite saß Raúl, von Kindheit an sein bester Freund. Ich schätzte die beiden auf Anfang vierzig. Raúl fertigte Schmuck aus Silberdraht und Edelsteinen, den er auf dem Markt verkaufte. „Kommt euch ansehen, was ich mache", sagte er, doch so wie er mich ansah hatte ich den Eindruck, dass die Einladung in erster Linie mir galt.

Auch Jaime erzählte von seiner Arbeit. Wenn er als Hochseefischer auf Fang ging, blieb er oft tagelang auf See und kehrte erst zurück, wenn der Kahn randvoll mit Fischen war. Bei Vollmond fuhr er raus zu den Islas Marías und ging auf Haifischjagd. Er lud uns ein, beim nächsten Törn dabei zu sein. Christophe war sofort begeistert, doch ich hielt mich mit der Antwort zurück. Bis zum Vollmond waren es noch fast zwei Wochen. Der kleine Ausflug zu der sechzig Meilen entfernten Inselgruppe würde bestimmt drei oder vier Tage dauern. So weit wollte ich mich nicht festlegen. Ich hatte gerade erst begonnen, im Hier und Jetzt zu leben.

Unbekümmert ließ ich den Blick über den Strand zum Nachthimmel hinaufgleiten. Mitten aus einem Meer von Sternen stach Kassiopeia heraus und leuchtete wie die Krone einer Himmelskönigin. Ob der Geist der getöteten Schildkröte dort oben am Himmel schwebte? Ob er die Zukunft voraussagen und mich warnen könnte, wenn ich Gefahr lief, in die Fänge grauer Mächte zu geraten? Wie Momo? Ich hatte wohl zu viel Wein getrunken!

Was sollte mich hier schon bedrohen? Wie um meine Gedanken Lügen zu strafen, schwenkte mein Blick zu der feinen, strahlenden Sichel des Mondes. Sie lag fast auf dem Rücken. Selbst der Mond ist hier relaxter als bei uns, ging mir durch den Kopf.

Es war noch früh, als ich am nächsten Morgen vor unsere Hütte trat. Eine Frau machte Dehnübungen am Strand. Kurz darauf glitt sie ins Wasser und zog gleichmäßige Bahnen am Ufer entlang. Das musste Beate sein, ich beschloss, sie abzupassen, sobald sie mit dem Training fertig war. Als sie schließlich aus dem Wasser stieg und sich abtrocknete, lief ich auf sie zu. Ihre blauen Augen blickten mir klar und abschätzend entgegen, ich erkannte ein herbes, aber gleichermaßen charmantes Gesicht. Beate warf sich das Handtuch über und strich sich die nassen Haare aus der hohen Stirn. Noch während ich auf sie zuging, stellte ich mich ihr vor und verriet, dass Jaime mir von ihr erzählt hatte.

„Ach ja, der liebe Jaime", lachte sie verschmitzt. Sie breitete ihr Handtuch im Sand aus und ließ sich darauf nieder. „Ist gar nicht so einfach, ihn sich vom Hals zu halten."

Unschlüssig blieb ich stehen. Auf die Ellbogen gestützt blinzelte Beate zu mir hoch. „Komm! Setz dich", winkte sie mich heran, das Gesicht der Sonne entgegengestreckt.

Es war nicht der erste Winter, den sie im Ausland verbrachte, um eine Ausstellung vorzubereiten.

„Ich brauche Exotik", erklärte sie mit einer weitschweifenden Geste über die Landschaft. „Natur, die vor Lebenskraft strotzt – und Ruhe. Dann läuft alles wie von selbst." Anscheinend war sie viel professioneller, als ich geglaubt hatte.

„Du solltest dich in Acht nehmen", warnte sie mich. „Diese Mexikaner können ganz schön hartnäckig sein, wenn es um uns Frauen aus dem hohen Norden geht." Raúls schmachtende Blicke vom Vorabend kamen mir wieder in den Sinn. Warum nur hatte ich die Männer nicht in dem Glauben gelassen, Christophes Freundin zu sein?

Es dauerte auch nicht lange, dann stand Beate wieder auf und zog sich an. „Die Arbeit ruft. Ohne Disziplin geht gar nichts. Komm mich morgen besuchen", lud sie mich ein, während sie ihr Handtuch zusammenrollte. „Sagen wir gegen drei? Frag einfach die Leute im Dorf nach mir."

Für kleines Geld bekamen Christophe und ich bei Maria mit Bohnen gefüllte Tortillas und Orangensaft zum Frühstück. Anschließend statteten wir Raúl den versprochenen Besuch ab. Ein Strahlen ging über sein Gesicht, als er uns vor seiner Tür stehen sah. Mir blieb nicht verborgen, wie er blitzschnell den Blick an mir heruntergleiten ließ. Durch einen dunklen, mit Töpfen und Pfannen behangenen Raum, in dem die Luft nach Rauch roch, gelangte man auf einen kleinen Innenhof. In der Mitte stand ein von Steinen, Drähten, Werkzeugen und diversen Schachteln überbordender Tisch: Raúls Arbeitsplatz. Ich hatte damit gerechnet, dass er uns sofort seine Arbeiten zeigen würde, doch er führte uns zu einer Sitzecke in einer Nische der Hofmauer. Wir nahmen auf Baststühlen Platz, eine umgedrehte Orangenkiste diente als Tisch.

Die Männer tranken Bier, und Raúl reichte Christophe einen Joint, damit der sich von der Qualität des Grases überzeugen konnte, das abgepackt für ihn auf dem Tisch bereit lag. Darum ging es also bei diesem Besuch. Gleich würde mein Kumpel wieder hinter seinem glasigen Blick verschwinden. Da konnte ich genauso gut selbst an der Tüte ziehen.

Ich sah mich um und sog das südländische Flair in mich auf. Eine Mauer umgab den kleinen Hof, aus ihren Rissen und Spalten sprossen Gewächse, die mir völlig fremd waren. Manche von ihnen umschlangen mit ihren dicken, sattgrünen Blättern den nächstbesten Halt. Andere reckten sich mit weit geöffneten, schillernden Blüten dem Himmel entgegen. Die Farben leuchteten mit einer Strahlkraft, die ich nirgends sonst je gesehen hatte. Sie gehörte hierhin, in den Süden. Nicht nur den Pflanzen, auch den Mauern und Pflastersteinen, sogar dem Staub, der alles bedeckte, wohnte dieser ganz eigene farbige Schimmer inne. Mexikanisch eben!

Raúl zog ein Bündel aus seiner Hosentasche und breite auf der Kiste vor uns ein buntes Meer glitzernder Steine aus. Sie leuchteten in den unterschiedlichsten Schattierungen, von bernsteinfarbenem Goldgelb über sanfte Rot-Orangetöne, bis hin zu einem satten erdigen Braun.

„Opale! Wir haben hier große Vorkommen davon, ihr könnt sie günstig bekommen", setzte Raúl an. „Es ist der perfekte Handel. In Frankreich und Deutschland macht ihr damit fünffachen Gewinn."

Christophe steckte die Plastiktüte mit dem frisch erstandenen, stark duftenden Marihuana in seine Jeanstasche und winkte ab. Auch ich schüttelte den Kopf, holte aber den Granat hervor und zeigte ihn Raúl.

„Der hier reist schon die ganze Zeit mit mir."

„Ein schöner Stein", meinte Raúl und untersuchte den Granat mit prüfendem Blick. „Da könnte ich was draus machen. Wie viel willst du dafür haben?"

Schnell nahm ich ihm das leuchtend rote Juwel aus der Hand und legte ihn zurück in den Lederbeutel. „Das ist mein Talisman. Der ist nicht zu verkaufen!" Raúl zog kritisch die Stirn in Falten. „Einen Talisman versteckt man doch nicht in der Hosentasche! Schau ihn dir an! Den solltest du um den Hals tragen, damit er wirken kann. Hier, dicht an deinem Herzen." Er streckte seine

Hand, um mir ins Dekolleté zu tippen, doch ich wich zurück und verschränkte die Arme vor der Brust. Raúl zog die Schultern hoch und mimte das Unschuldslamm.

„Hey, ich mach eine neue Fassung für deinen Stein, und eine Halskette dazu. Lass ihn mir hier. In ein paar Tagen holst du dir dein Geschenk bei mir ab, guapa." Ich konnte mir nur zu gut vorstellen, welche Gegenleistung Raúl vor Augen hatte. Dankend lehnte ich ab, der Lederbeutel sei praktischer.

„Du wirst ihn verlieren, deinen Talisman. Wirst du schon noch sehen", prophezeite Raúl in leicht gereiztem Ton und zeigte uns dann seine Arbeiten. Hübsche Armbänder, Ohrringe, Anhänger, filigran aus feinem Silberdraht gefertigt, in jedes Stück dezent Edelsteine eingearbeitet. Farben, immer wieder diese Farben. Wohin man auch schaute.

Christophe, der die Sprache in der Schule gelernt hatte, versuchte sich im Gespräch mit Raúl auf Spanisch. Die beiden hätten gerne noch Stunden mit Rauchen und Trinken verbracht, doch ich drängte zum Gehen. Beim Abschied lud Raúl uns ein, am Wochenende zum Feiern mit nach San Blas zu kommen. „Beate wird auch da sein", beeilte er sich mir zu sagen. „Zum Tanzen kommt sie immer mit."

Das Quartier der jungen Malerin hatte etwas Verwunschenes. Von der hölzernen Terrasse aus sah man über das freie Land hinter der Dorfgrenze hinaus. Die breite Flügeltür stand offen.

„Jemand zuhause?", rief ich ins Innere.

„Ja, komm nur rein!", schallte es aus dem hinteren Zimmer.

Ich betrat die Wohnung und sah mich um. Fenster und Türen zeigten nach Süden und sorgten für helles, freundliches Licht. Die Einrichtung war spärlich. Klapprige Stühle, abgewetzte Tische und Kisten, wackelige Regale. Doch die Atmosphäre, die hier herrschte, war umwerfend. Wohin man auch sah, überall Bilder. Sie lehnten an den Wänden, standen auf Stühlen, sogar auf dem Kühlschrank – und mitten im Zimmer eine Staffelei mit dem unfertigen Werk, an dem die Künstlerin gerade arbeitete. Daneben lag eine Palette mit Farben und Pinseln.

Die Bilder entführten in einen magischen botanischen Garten. Pflanzen über Pflanzen, Blumen in allen erdenklichen Farben und Formen. Kolibris streckten ihre langen Schnäbel in weit geöffnete Kelche, ein Schmetterling suchte aus dem Schatten eines Blattes seinen Weg ins Sonnenlicht, Tautropfen fielen zu Boden. Ein Mikrokosmos unter der Lupe. Die Darstellungen waren so real, dass man meinte, das Wasser plätschern hören oder in den kühlen Schatten kriechen zu können. Ich beugte mich vor, die Künstlerin hatte kein noch so kleines Detail vergessen.

„Ich hab doch gesagt, ich brauche nur Natur!", meldete sich die Frauenstimme aus dem Hintergrund. Eine Hand in die Taille gestemmt, lehnte Beate im Türrahmen und beobachtete mich. Ihr Blick strotzte vor Selbstbewusstsein.

„Die sind toll! Ich … also wirklich …" Mir fehlten die Worte. Beate löste sich von der Tür und kam auf mich zu.

„Es gibt zwei gute Gründe, den Winter über nicht in Deutschland zu bleiben. Erstens, das Leben ist günstiger, selbst mit Miete für die Wohnung in Hamburg. Und zweitens wüsste ich nicht, wo ich sonst solche Motive finden sollte im Winter."

„Und dem Sauwetter entkommst du auch", stimmte ich zu. Beate räumte einen Stuhl frei und steckte sich eine Zigarette an.

„Setz dich. Ich hol uns was zu trinken."

Kurz darauf kam sie zurück und hielt zwei Gläser mit einer goldgelben Flüssigkeit in den Händen. Es klopfte am Wohnungseingang, Jaime stand in der Tür.

„Ich fahre nach San Blas. Brauchst du irgendetwas von dort?", druckste er herum. Beate reichte mir das Getränk und zog an ihrer Zigarette.

„Sehr lieb von dir, Jaime", stieß sie den Rauch in seine Richtung aus. „Wie immer brauche ich nichts!"

Jaime nickte verschämt. „Dann bis Freitag. Um acht Uhr am Dorfplatz. Ich fahre uns rüber." Beate hob das Kinn, ein Blick von ihr genügte, um Jaime in die Flucht zu schlagen. Wieder allein stießen wir miteinander an, gierig trank ich mein Glas halb leer. Eisgekühlter Maracujasaft, eine himmlische Erfrischung.

„Pass vor den mexikanischen Männern auf", ermahnte sie mich erneut. „Immer schön nüchtern bleiben, sonst geht es dir noch wie Melanie mit ihrem Enrico." Wer war Melanie? Ich hörte den Namen zum ersten Mal. Lebte etwa noch ein deutsches Mädchen im Ort?

„Hat man dir noch nicht von ihr erzählt? Freitag wirst du sie kennenlernen." Beate rollte die Augen zur Decke. „Wird ein Erlebnis der anderen Art."

Als ich am frühen Abend die Wohnung verließ, war ich tief beeindruckt von dieser taffen, jungen Frau. Nur fünf Jahre älter als ich wusste sie genau, was sie wollte. Ob ich eines Tages genauso überzeugend ganz ich selbst sein würde? Ich dachte an Giuliana, die sogar ein Jahr älter war als Beate und doch weit entfernt von dieser Reife. Befand ich mich irgendwo dazwischen? Giuliana! So ruchlos und lasterhaft sie auch war, ich vermisste sie. Vielleicht gerade deshalb. Beate war perfekt, fast beklemmend perfekt. Ein Gefühl von Wertlosigkeit flackerte in ihrer Gegenwart in mir auf, und das tat weh. Umso mehr freute ich mich, Christophe vor unserer Cabaña anzutreffen. Auch ihm fehlte es an Perfektion, doch das störte ihn keineswegs. Vielleicht machte ihn gerade das so liebenswert.

Er hatte den Nachmittag bei Raúl verbracht. „Du wirst Freitag ganz schön in Deckung gehen müssen", feixte er, als ich näher kam. „Der Kerl ist besessen von dir. Hat was von großer Liebe erzählt, wollte absolut alles über dich wissen."

„Und du hast dich hoffentlich zurückgehalten."

„Wie man's nimmt", flachste Christophe, warf mir sein Frisbee zu und kam auf die Beine. Ich fing es auf und bestrafte ihn mit einem harten, gezielten Wurf auf seinen Oberkörper. Er stolperte rückwärts wie ein angeschossener Krieger.

„Na warte", rief er und beförderte die Scheibe im weiten Bogen auf den Strand hinaus. Ich stürmte los, sprang und verpasste das Frisbee knapp. Hinter mir kam Christophe lachend angerannt. Wie junge Hunde tollten wir im Sand herum, bis es zu dunkel wurde, um weiterzuspielen. Er kiffte zu viel, war oft träge und langweilig. Manchmal ging er mir auf die Nerven – aber hier war Christophe mein einziger Freund.

Beate hatte die Diskothek in San Blas ganz treffend beschrieben. Alles fand unter freiem Himmel statt. Tische und Stühle standen unter Strohschirmen. Bunte Lampions und Lichterketten beleuchteten das Terrain, überall brannten Windlichter. Auch über der Tanzfläche hing ein Dach aus Stroh. Schon von weitem hörten wir die Musik, *Do you really want to hurt me*. Beate und ich schnippten mit den Fingern.

Jaime übernahm wie immer die Rolle des Organisators und lotste uns an einen Tisch, der Platz genug für alle bot. Schon während der Fahrt hatte Raúl sich in meine Nähe gedrängt. Jetzt ergatterte er den freien Stuhl neben mir. Sollte er doch! Ich war zum Tanzen hier, nicht zum Rumsitzen.

Wir bestellten Tequila für die drei Mexikaner, Coco-Loco für Christophe, Piña Colada für Melanie und mich. Nur Beate begnügte sich mit Cola, sehr zu Jaimes Leidwesen. „El alcohol es el diablo", rief sie in die Runde.

Raúl zog einen Joint aus seinem Hemd und reichte ihn mir. Ich sah unbehaglich um mich.

„No hay problema!" Er beugte sich vor und gab mir Feuer.

„Keine Polizei in Sicht." Aus den Boxen schallte jetzt *Stir It Up*. Noch einen Song still zu sitzen, hielt ich nicht aus. Ich gab Raúl den Joint zurück und stand auf. Immer schön auf zwei und vier swingte ich zur Tanzfläche, Beate schob sich mit auf das Parkett. Wo konnte ein Reggae seine Magie besser entfalten als unter einem Dach aus Stroh?

Nach ein paar Songs kehrten wir zurück an den Tisch. Ich stillte meinen Durst mit dem Cocktail, der inzwischen an meinem Platz stand, sog die milchige Flüssigkeit durch den Strohhalm ein, ohne mich daran zu stören, dass Ananassaft und Kokoscreme die Durchschlagkraft des Rums verharmlosten. Es trank sich wie ein Milchshake, und die Vitamine würden dem THC bestimmt entgegenwirken.

„Vorsicht, diablo", mahnte Beate ein weiteres Mal.

„Lass uns weitertanzen", rief ich zurück und wir stürmten wieder auf die Tanzfläche.

Erst viel später kam ich mit Melanie ins Gespräch. Es stimmte, sie lebte hier mit ihrem Freund, aber ich bereute meine Frage sofort. Melanie wechselte im Sekundentakt zwischen seliger Verzückung und Empörung. Sie schwärmte mir vor, wie heißblütig Enrico sie umworben hatte, ganz anders als die langweiligen deutschen Männer. Nur immer diese Eifersucht, Szenen über Szenen. Ach, sein romantischer Heiratsantrag, Enrico war ja jetzt ihr Verlobter. Am liebsten würde er sie wegsperren, sie war doch kein Haustier ... Melanie redete ohne Punkt und Komma, und ich registrierte am Rande Beates amüsiertes Lächeln.

„Ich werde in Deutschland als Model arbeiten. Enrico darf nicht wissen, dass ich im Frühling hier weg bin", raunte Melanie mir zu, und ich verschluckte mich an meinem Cocktail. Dem dritten! Raúl hatte fleißig nachbestellt.

„Ich denk, du bist verlobt, wieso willst zurück nach Deutschland", stieß ich hervor. Keine zwei Meter entfernt unterhielt sich Enrico mit Jaime.

„Nicht so laut", zischte Melanie. „Der flippt doch total aus. Du verstehst wohl nichts von mexikanischen Machos?"

Mir ging eine ganze Reihe von Kommentaren durch den Kopf, doch ich widerstand dem Impuls, sie zu äußern. Sollte dieses selbstverliebte Wesen tun, wonach ihm der Sinn stand. Beate warf mir einen dieser Hab-ich-dir-zu-viel-versprochen-Blicke zu.

Welch ein Kontrast! Dort Klarheit, Reife, messerscharfe Intelligenz. Und hier? Einfältigkeit, Schwatzsucht und Hochmut. Dabei war Melanie nicht einmal die herausragende Schönheit, für die sich hielt. Unter ihrem Sommerkleid zeichneten sich recht imposante Kurven ab, doch ihr Gesicht war fade und das aschblonde Haar dünn und ohne Glanz. Ganz der Typ Barbiepuppe.

„Ist er nicht süß!", himmelte Melanie gerade wieder ihren wohlgestalteten Verlobten an. Das war nicht länger zu ertragen. Mit Fluchtgedanken im Kopf stand ich auf, und sofort wurde mir schwindlig. Der dritte Cocktail tat seine Wirkung, ich wankte zum nächstbesten Pfeiler. Noch während ich gegen das Schwinden meines Gleichgewichtsinns ankämpfte, schwebte Melanie mit wogendem Hüftschwung an mir vorbei auf die Tanzfläche. Sie drehte sich verführerisch um die eigene Achse, hob aufreizend die Arme über den Kopf und ließ zu, dass sich ein einheimisches Alphamännchen an sie herantanzte. Wenn das mal gut ging!

Auf der Heimfahrt hatte ich meine liebe Not, mir Raúl vom Hals zu halten. Wie eine Katze hatte er sich auf die Lauer gelegt, glaubte mich nun in der Falle. Seine Hände waren überall. Auf der Suche nach Hilfe krabbelte ich auf der Ladefläche zu Beate. „Ich hab dir gesagt, du sollst die Finger vom Alkohol lassen." Beate klang wie Frau Oberstudienrätin. „Bin ich hier denn nur von Verrückten umgeben?" Neben ihr stritten sich Enrico und Melanie. Der junge Mexikaner ließ eine Tirade von Beschimpfungen auf seine Verlobte los. Melanie schrie zurück, zog ihre Stola enger um die Schulter und rückte von ihm ab. Enrico packte sie hart am Arm und zog sie mit einem Ruck zurück an seine Seite.

„Hey!", rief ich entrüstet, doch noch bevor ich mehr sagen konnte, fuhr Melanie mir dazwischen.

„Halt dich da raus. Das geht dich nichts an." Verstört kroch ich zurück. Christophe saß neben Raúl, aber von meinem Kumpel war keine Unterstützung zu erwarten. Er starrte betäubt in den Nachthimmel. Raúl hörte nicht auf, mich zu begrabschen. Ich wehrte mich mit Händen und Füßen, trat und schlug wütend um mich, doch das amüsierte ihn nur. Was bildete der Typ sich eigentlich ein? Nie wieder Piña Colada dachte ich, als ich es schließlich mit dem restlos weggetretenen Christophe in unsere Cabaña schaffte.

Wind wehte durch die luftigen Kleider, Röcke und Blusen aus leichtem Leinenstoff. Mir war der Stand schon am Tag unserer Ankunft aufgefallen. Inkamuster mit bunten Streifen und Rauten leuchteten in kraftvollen Farben. Wochenmarkt in San Blas, die Gelegenheit, mir endlich ein paar Sommerkleider zuzulegen. Mit den Pullis und Jeans in meiner Reisetasche konnte ich bei den tropischen Temperaturen nicht mehr viel anfangen. Christophe leistete Raúl an seinem Schmuckstand Gesellschaft, während ich meine Einkäufe tätigte.

Ich wählte ein Kleid, einen dunkelblauen Leinenrock mit Stickereien und Fransen am Saum, dazu ein passendes Top. Die Kleidungsstücke saßen wie angegossen, und ich gefiel mir gut darin. Die wenigen Tage am Strand hatten meine Haut schon jetzt braun gefärbt, in zwei Wochen würde ich schwarz sein. Die starken Farben brachten meinen Teint gut zur Geltung. Mit der Verkäuferin feilschte ich um den Preis und erstand schließlich ein zweites Top anstelle eines Nachlasses. Mein neues Kleid behielt ich direkt an. An einem Lederwarenstand kaufte ich Gürtel nebst Gürteltasche für meine Wertsachen. Das ließ sich locker über dem Kleid tragen. Jetzt fehlten nur noch die passenden Schuhe zur sommerlichen Ausstattung. Ich fand einen Stand, wo neben Ponchos und Sombreros auch Schuhwerk angeboten wurde. Sandalen würden zwar nett zu dem Sommerkleid aussehen, eigneten sich aber nicht für allzu lange Fußmärsche. Also wählte ich ein paar Mokassins aus feinem Leder, kunstvoll mit Perlen besetzt. Der Indio hinter dem Stand tippte mit unbewegter Miene auf das Preisschild. Hier wurde nicht gehandelt, ich bezahlte, was er verlangte. Auch die Mokassins zog ich nicht mehr aus. Es fühlte sich toll an, endlich Sommerkleidung zu tragen.

Von den Essensständen wehte ein verlockender Duft über den Marktplatz. Ich kaufte eine mit Hähnchenfleisch, Avocado und Salat gefüllte Maistasche und ließ sie mit extrascharfer Chilisoße würzen. Mein Mund brannte wie Feuer, als ich Christophe bei Raúl abholte.

„Können wir los? Ich bin hier fertig", drängte ich und sog zum Kühlen Luft durch meine geschürzten Lippen. Meine Wut auf Raúl war noch nicht verraucht, und von Christophe, der sich noch immer täglich mit ihm herumtrieb, hätte ich mehr Solidarität erwartet.

Kurz vor dem Dorfausgang sprach uns ein untersetzter Mexikaner an. Er musterte mich von Kopf bis Fuß und wandte sich Christophe zu. „Gringo, how much for the ass?"

Seine Aussprache war miserabel, er wies mit dem Kinn auf mich. Schockiert über seine Dreistigkeit schnappte ich nach

Luft. Neben mir forderte Christophe die hässliche Gestalt auf, sich zu wiederholen. Der Mann lachte fies, ich starrte auf seine dreckigen, angefressenen Zähne. Ekel und Abscheu vermischten sich mit kalter Wut.

„Wieviel für den Arsch, hab ich gesagt!" zischte er. Mir wurde schlecht vor Zorn, ich hätte kotzen können.

„Tu doch was!", drängte ich Christophe, doch der rätselte noch immer, was der Mexikaner von ihm wollte. Verschlafener Trottel! Es war zum Schreien! Im mir steigerte sich der Zorn zu Raserei. Ich machte einen Schritt auf den Dreckskerl zu und winkte ihn heran.

„Na, komm schon! Komm her! Ich sag dir wieviel!", presste ich durch die Zähne und klatschte mir mit der flachen Hand auf den Hintern. Der Jähzorn machte mich unerschrocken. Ich schäumte über, meine Faust war geballt, um ein Haar hätte ich zugeschlagen, mitten in seine primitive Fresse. Ich wusste, womit ich ihn noch härter treffen würde.

Der Kerl reckte tatsächlich den Hals, um zu hören, was ich zu sagen hatte. Wie aus einem Vulkan brach die Verachtung aus den Abgründen meiner Seele heraus. Mit ganzer Kraft spuckte ich ihn an, traf ihn mitten ins Gesicht. Der Mexikaner torkelte zurück, riss entsetzt die Augen auf. Blitzschnell packte ich den verwirrten Christophe am Hemdsärmel und zog ihn fort.

„Weg hier!", rief ich und lief los. Christophe stolperte mir nach, hinter uns die wilden Flüche und Verwünschungen des gedemütigten Mexikaners. Er machte keine Anstalten uns zu folgen. Ich hatte das Arschloch genau da getroffen, wo es am heftigsten schmerzte – in seinem Machostolz. Doch der Trost war schwach, ich fühlte mich besudelt und entwürdigt. Wieder einmal. Es machte mich wütend und traurig zugleich. Während des gesamten Weges zurück zu unserem Dorf sprach ich kein einziges Wort mit Christophe.

Nach dem Vorfall wurde ich die Beklemmung nicht mehr los – und schon gar nicht die dreckigen Gefühle, die Raúl und der fiese Kerl von der Straße auf meiner Haut, in meinem Bauch hinterlassen hatten. Getrieben und in mich selbst eingekapselt marschierte ich stundenlang den Strand auf und ab. Der Ekel war wieder da – und die Einsamkeit auch. Selbst hier, in diesem kleinen Dorf am Pazifik. Wie weit musste ich laufen, um dem zu entkommen? War die andere Seite der Welt nicht weit genug? Ich sehnte mich nach menschlicher Nähe und ertrug doch niemanden. Beate brauchte ich die Sache nicht zu erzählen, mich gar nicht erst ihren missbilligenden Blicken auszusetzen. Woher sollte sie auch wissen, wie es wirklich in mir aussah? Melanie? Wahrscheinlich hätte sie den Angriff als Kompliment verbucht, wenn er ihr gegolten hätte. Und Christophe, mein ewig lethargischer Kumpel, nicht einmal er hatte sich schützend vor mich gestellt. Danke für San Diego – aber der Rest war mehr als schlapp. Ich hielt es nicht länger aus in einer Hütte mit ihm. Was hatte ich hier noch zu suchen? Meine Gedanken kreisten darum, einfach abzuhauen.

„Mach doch!", ermutigte mich der Alte. „Wenn schon einsam, dann doch wenigstens allein!" Ich dachte an Giuliana, sie hätte mich verstanden. Wie es wohl sein würde, sie in Südmexiko wiederzusehen?

Christophe stieß die Tür zur Cabaña auf. Ich saß auf der Pritsche, zu meinen Füßen die gepackte Tasche.

„Hab Jaime getroffen, in drei Tagen geht's los zum Haifischfang", rief er fröhlich. Dann fiel sein Blick auf die Tasche. Ich stand auf und teilte ihm meinen Entschluss mit. Er würde allein mit den Fischern rausfahren müssen, ich machte mich auf den Weg nach Mexiko City, um von dort nach Puerto Escondido weiterzufahren. „Vielleicht sind die Mädchen schon da. Ich hab's Giuliana versprochen!"

Christophe ließ die Schultern sacken. „Wegen Giuliana lässt du dir den Törn entgehen? Hast du nie gemerkt, wie skrupellos sie ist – immer nur auf ihren Vorteil aus. Dich hat sie auch nur benutzt." Ich schnappte meine Tasche und schob mich an ihm vorbei zum Ausgang.

„Ist gut, Christophe. Ich will einfach eine Weile alleine sein. Viel Spaß auf dem Schiff. Wir sehen uns dann." Ich klopfte ihm auf die Schulter und machte mich auf den Weg zum Dorf, um dort auf Wiedersehen zu sagen.

Thierry

Knarrend fiel die schwere Holztür mit dem verschnörkelten Profil ins Schloss. Ich lehnte mich mit dem Rücken dagegen und atmete tief durch, die Luft im Raum roch säuerlich. Angewidert schüttelte ich mich und nahm das ungastliche Zimmer in Augenschein. Mir gegenüber stand ein Doppelbett an der Wand, das eiserne Gestell hatte Rost angesetzt. Darüber bröckelte der Stuck von der Decke, und an den Wänden blätterte der Putz großflächig ab. Das Fenster hatte die Größe einer Schießscharte, es fiel kaum Licht ins Zimmer. Dafür drangen Lärm und Gestank von der Straße herein. Über den abgetretenen, welligen PVC-Boden huschte ein Schatten und verschwand unter dem mächtigen Kleiderschrank. Eine fette Kakerlake, bestimmt nicht die einzige, die hier herumkroch. Ich schüttelte mich erneut, stieß mich von der Tür ab und ging auf den Plastikvorhang zu, hinter dem sich das Bad befand. Das ursprünglich weiße Porzellan der Toilette hatte eine uringelbe Tönung angenommen, der Kitt in den Fliesenfugen war speckig schwarz und an den Rändern des Duschvorhangs hatte sich Schimmel gebildet. Wann war hier das letzte Mal geputzt worden? Ich drehte die Dusche auf und wartete ab, bis sie aufhörte, rostiges Wasser zu spucken und der Wasserstrahl klar wurde.

Als ich mich auf das Bett setzte, sank ich tief ein. Die Matratze federte durch, und der ausgediente Eisenrahmen ächzte unter meinem Gewicht. Ob ich mit Flöhen rechnen musste? Ein Seufzer entfuhr mir. Was hatte ich denn erwartet? Das hier war sicher die billigste Unterkunft der ganzen Stadt. Wenigstens lag sie zentrumsnah.

Nach stundenlanger Busfahrt war ich in Mexiko D.F. angekommen und auf der Suche nach einem Quartier eine Weile durch die Straßen geirrt. Der Schriftzug war mir sofort ins Auge gefallen. Großspurig nannte sich der alte, marode Kasten Hotel Monte Carlo, und schon von außen war klar, dass es sich bei dem Namen nur um Selbstironie handeln konnte. Doch vom tiefen Wunsch beseelt, hinter verschlossenen Türen meine Ruhe zu finden, war ich direkt darauf zugesteuert. Der Empfang verlief wortkarg und kühl, nach wenigen Minuten hielt ich den Schlüssel für ein Zimmer im ersten Stock in der Hand und durfte sicher sein, dass mir hier niemand ein umständliches Gespräch in einer Sprache aufzwang, die ich nicht verstand. Die kühle Anonymität kam mir gerade recht, aber die Trostlosigkeit des Zimmers war niederschmetternd. Ich dachte an Christophe, der in diesem Moment mit Jaime auf dem Dorfplatz saß und sich mit ihm über die anstehende Fahrt aufs Meer unterhielt. Am Abend kamen die Menschen dort immer zusammen und hielten ein Schwätzchen. Neid keimte in mir auf. Was tat ich hier? Wovor war ich weggerannt? Ich hatte mich wieder einmal selbst überholt. Du bist müde, redete ich mir gut zu. Das kennst du doch schon. Geh duschen! Morgen sieht die Welt wieder anders aus.

In meinen Schlafsack verkrochen – mit der Decke ging in nicht auf Tuchfühlung – saß ich auf dem Bett und aß Sandwiches, die ich auf dem Weg hierher an einem Imbiss erstanden hatte. Durchs Fenster drang der Pulsschlag der Metropole, Motorgeräusche heulten auf und klangen ein Stück weiter wieder ab. Irgendwo in der Nähe lachte eine Frau schrill und gereizt. Sollte die Nacht ruhig in den Straßen der Stadt zum Leben erwachen. Sollte sie dort ihre Geschichten schreiben. Von unspektakulären Menschen, die Abend für Abend nachhause gingen und Türen hinter sich schlossen, an die nie jemand klopfte. Oder von obskuren Gestalten, für die der Tag erst begann, wenn die Sonne schlafen ging. All das interessierte mich nicht. Mexiko City konnte warten. Was ich brauchte, war eine Nacht tiefen, erholsamen Schlafes.

Die alte Frau nannte dem Mann hinter der Vitrine ihre Bestellung, mein Blick hing gefesselt an dem Hexenhaar, das widerspenstig auf ihrem Kinn spross. Der Verkäufer reichte ihr über die Theke einen Salat aus Ananas, Papaya, Mango und Passionsfrucht, auf Joghurt und mit Nüssen und Honig gekrönt. Mir lief das Wasser im Mund zusammen, genau das wollte ich auch, und einen Ananassaft dazu. Die saftige Süße ließ mich mein deprimierendes Mahl vom Vorabend vergessen, und mit den Vitaminen kehrten auch die Lebensgeister in meinen Körper und mein Gemüt zurück. Was konnte es Schlechtes in einem Land geben, in dem man solche Köstlichkeiten zum Frühstück bekam? Ob es Christophe auf dem Fischerboot wirklich besser ging? Ich war bereit für die City.

In den kommenden Tagen lief ich die Hauptstadt zu Fuß ab, konnte mich nicht satt sehen am sonnigen Farbenspiel der sandsteinernen Gebäude, die das historische Zentrum der Stadt dominierten. Die Kathedrale von Mexiko oder der Palacio de Bellas Artes, sie ließen die vergangenen Jahrhunderte Gegenwart werden. Die Stadt war auf einem Tal alter Seen gebaut, und ich meinte, den Geist aller Kulturen, die je auf diesem Stück Erde gelebt hatten, spüren zu können.

Ich vergaß Christophe, Beate und die anderen. Wie in den ersten Tagen in San Francisco, als ich dort allein durch die Straßen gelaufen war, spürte ich den Kern meiner eigenen Persönlichkeit, der sich oft restlos auflöste, wenn ich mit anderen Menschen zusammen war. Das Alleinsein war wie eine Reinigung von Drogentrips, Trennung, Krankheit und Demütigung. Ich spürte mich selbst, spürte das Feuer wieder, das mich auf diese Reise geschickt hatte – genoss es – und wusste, dass es mich bald weitertreiben würde.

Bei einem Ausflug zu den schneebedeckten Zwillingsvulkanen im Osten der Stadt erzählte der Reiseführer die aztekische Sage, der zufolge Popocatépetl ein Söldner des Königs gewesen war und Iztaccíhuatl seine geliebte Prinzessin. Als sich die Prinzessin das Leben nahm, weil sie Popocatépetl im Krieg gefallen glaubte, legte er nach seiner triumphalen Heimkehr ihren Leichnam auf einen Berg und wachte seitdem mit seiner rauchenden Fackel an ihrer Seite. Ich sah zu den Gipfeln hinauf und meinte den Krieger dort oben zu sehen. Der Kern in mir glühte wie die flüssige Lava im Inneren der Vulkane, wie die Fackel in der Hand des Soldaten.

Auf dem Rückweg war ich im Bus von mexikanischen Schulmädchen umgeben, die mich verstohlen musterten. Um ein paar Worte mit ihnen zu wechseln, wischte ich mir den Schweiß von der Stirn und sagte: „Estoy caliente!" Ich erntete schallendes Gelächter. Was war so komisch an diesen zwei Worten? Ein junger Student beugte sich zu mir vor. „Tengo calor", erklärte er. „Was Sie meinten, heißt tengo calor. Estoy caliente bedeutet: Ich bin heiß." Jetzt musste auch ich lachen. Energisch schüttelte ich den Kopf und beteuerte: „No estoy caliente!" Die Mädchen waren nicht mehr zu halten, schlugen sich auf die Schultern, schnatterten durcheinander, und ich kicherte mit. Wann hatte ich zuletzt so befreit gelacht? Mit wem hatte ich mich wie ein Schulmädchen gefühlt? Mit Giuliana natürlich.

Abends fragte ich mich, was mich davon abhielt, nach Puerto Escondido zu fahren. Hatte ich Angst, dort niemanden anzutreffen? Morgen für Morgen beschloss ich, noch einen Tag länger zu bleiben. Ein Tag mehr für Giuliana, den Beweis zu liefern, dass unsere Freundschaft ihr genauso wichtig war wie mir. Mit diesen Gedanken im Kopf ließ ich mich durch die Zona Rosa treiben.

Schwere Wandteppiche säumten einen Torbogen, darüber hing eine Maske aus Holz. Sie stellte eine aztekische Frau mit Kopfschmuck dar. Durch den dunklen Gang gelangte man zum Eingang des Geschäfts, und noch während ich darauf zuhielt, änderte sich die Atmosphäre. Der Lärm des Stadtviertels rückte in den Hintergrund, majestätische Ruhe kehrte ein, kühle Luft umfing mich. Der Gang senkte sich leicht, und auf den wenigen Metern hörte ich nur, wie meine Füße in den weichen Lederschuhen sanft über den Boden tasteten. Als wäre ich durch eine geheime Pforte in eine andere Welt gelangt, blieb ich im Eingang stehen und hielt den Atem an. Vom Tageslicht völlig abgeschirmt lag vor mir ein Raum, der in seinem erhabenen Glanz an die Grabkammer einer Königin erinnerte. Sanftes, warmes Licht ging allein von den wenigen Lampen und Leuchtern aus, die in regelmäßigen Abständen entlang der erdfarbenen Wände angebracht waren und geheimnisvolle Schatten auf Darstellungen von Gottheiten und Tieren warfen. Tönerne Gefäße, Steinfiguren, Keramiken und Schmuckstücke reihten sich auf Tischen und Truhen hintereinander auf, bewacht von furchteinflößenden Masken und lebensgroßen Puppen in traditionellen Kostümen. Ich war in eine Schatzkammer der Indios geraten.

„Sprechen Sie deutsch?", fragte die gebrochene Stimme einer alten Frau in die Stille hinein. Ich fuhr herum und sah mich suchend um. Hinter einem Jugendstilschreibtisch saß ein uraltes Weib und sah mich freundlich an. Nur die wachen Augen und ihr Lächeln verrieten, dass sie noch am Leben war und nicht schon selbst zu einer der unbewegten Figuren in ihrem Laden erstarrt. Wortlos machte ich einen Schritt auf sie zu. Die alte Dame stand auf und mühte sich hinter dem Schreibtisch hervor. Sie war klein und zart, zerbrechlich, wie aus Porzellan, das lange, schlohweiße Haar zu einem großen Knoten am Hinterkopf aufgetürmt. Sie trug ein altertümliches Kleid, das bis auf den Boden reichte. Die eng anliegenden Ärmel waren am Saum mit Rüschen besetzt, die auf ihre knorrigen Hände fielen. Aufgestützt auf einen Krückstock schien ihr Körper schon nicht mehr in diese Welt zu gehören, und dennoch kam sie sicheren Schrittes auf mich zu.

„Dann reden wir deutsch, Kindchen, das macht es einfacher. Woher kommen Sie?" Trotz des hohen Alters umgab die Alte eine Ausstrahlung von scharfsinniger Klugheit, wenn nicht gar Weisheit, und zäher Lebenskraft. Ich gab ihr bereitwillig Auskunft.

„Gehen wir dorthinüber!", lud sie mich ein und schritt voran zu einem Kanapee. „Wir haben früher einmal in Heidelberg gelebt. Mein Mann und ich sind neununddreißig aus Hitlers Deutschland geflohen", begann sie, während sie zittrig in die Knie ging und sich setzte. Bestürzt blieb ich vor der alten Jüdin stehen und starrte sie entgeistert an. War es mir sonst schon unangenehm, mich im Ausland als Deutsche erkennen zu geben, so war dieser Moment bislang unübertroffen. Die Alte schaute zu mir hoch und lachte bitter auf.

„Ihr Deutsche! So guckt ihr immer, wenn ihr mitkriegt, wen ihr vor euch habt! Und bei den Nazis funkelt noch dazu der alte Hass in den Augen. Die sähen uns immer noch lieber in der Gaskammer." Die Schamesröte stieg mir ins Gesicht, ich setzte zum Sprechen an, doch meine Stimme versagte ihren Dienst. „Es tut mir leid", drang es gequält aus meiner Kehle. Die Alte hob die Hand und winkte ab.

„Lassen Sie es gut sein, Kindchen. Das kann niemand ungeschehen machen. Ich freue mich, dass die alte Teufelsbrut langsam ausstirbt, während ich immer noch lebe. Nun setzen Sie sich schon zur mir", forderte sie mich resolut auf, und ich löste mich aus meiner Starre.

„Wissen Sie, ich bin in Deutschland groß geworden. Zu Zeiten

Rosa Luxemburgs war ich eine junge Frau, und später habe ich die Weimarer Republik miterlebt. Ob Sie es glauben oder nicht, es waren deutsche Freunde, die ihr Leben riskierten, um uns zur Flucht zu verhelfen. Kindchen, wir können nie wissen, welcher Mensch für uns Schicksal spielt", sagte sie bedeutungsschwer und wandte ihr Gesicht ab. Ihr entrückter Blick glitt in die Ferne, zurück in eine andere Zeit ihres uralten Lebens. Mir stellten sich die Härchen auf den Armen auf, ich musste schlucken.

„Und dann sind Sie hierhergekommen?", fragte ich leise. Ihr Blick ruhte weiter an jenem fernen Ort.

„Wir sind damals über Russland und Sibirien nach Alaska geflohen. Ich kann Ihnen das nicht alles erzählen, das führt zu weit. Wir sind gereist und gereist, und am Ende sind wir hier gelandet. Da wurde es höchste Zeit, wieder sesshaft zu werden. Mit fast sechzig." Ich versuchte die Zahlen und Jahrzehnte zu ordnen und kam zu keinem Ergebnis.

„Darf ich fragen, wie alt Sie sind?" Die Alte wandte sich mir wieder zu, ihr Geist war in die Gegenwart zurückgekehrt.

„In meinem Alter ist man nicht mehr allzu eitel, Fräulein", zwinkerte sie mir zu. „Ich bin zweiundneunzig Jahre alt." Sie kam mir vor wie eine seltene Kostbarkeit, die zudem noch über Humor verfügte. In mir rührte sich ein zärtliches Gefühl. Aber auch sie schien das Zusammensein mit mir und die Unterhaltung in ihrer Muttersprache zu genießen.

Die alte Jüdin erzählte, wie sie mit ihrem Mann, der begeisterter Ethnologe gewesen war, das Geschäft gegründet hatte. Wie sie den Süden und Osten des Landes bereist hatten, immer auf der Suche nach neuen Schätzen. Doch ihr Mann war vor langer Zeit gestorben, und sie selbst hatte die Stadt seit dem nicht mehr verlassen.

„Was haben Sie vor, Kindchen?", fragte sie ohne Umschweife.

„Werden Sie weiterreisen?" Ich erzählte, dass ich mich bald mit Freunden in Puerto Escondido treffen würde.

„Das ist wunderbar, Kindchen, dann kommen Sie in den Süden." Sie stemmte sich mit dem Stock auf die Beine, ging hinüber zum Schreibtisch, schrieb dort etwas auf und kam zu mir zurück.

„Das sind Adressen von Händlern", sagte sie und reichte mir das Papier. „Wenn Sie dort vorbeikommen, bringen Sie mir doch bitte ein paar Stücke für meinen Laden mit. Ich werde Sie gut bezahlen, Kindchen." Mein Blick flog über die Gegenstände im Raum. Ich gab zu bedenken, dass ich mich mit solchen Dingen nicht auskannte.

„Das ist nicht nötig, ich gebe Ihnen meine Visitenkarte. Die Händler wissen, was ich brauchen kann, und die Preise sind fair. Man kennt mich schon lange."

Sie legte mir ihr Kärtchen in die Hände und nickte mir aufmunternd zu. „Antiquitätenhandel Eva Stein", las ich leise und erhob mich wie von selbst. Es drängte mich, diesen Gefilden der Vergangenheit zu entkommen, ich brachte es nicht übers Herz, der alten Dame etwas zu versprechen, was ich nicht halten konnte.

Das Kärtchen in der Hand trat ich ins Freie, hinter mir schloss sich die geheimnisvolle Pforte. Der Lärm der Stadt schwoll wieder an, das grelle Sonnenlicht schmerzte in den Augen und die Wirklichkeit hatte mich wieder. Zu laut, zu schrill kam sie mir vor. Mit einem Mal hatte ich genug von Mexiko City.

Ab Oaxaca nahm der Anteil an indigener Bevölkerung zu, eine unsichtbare Grenze durchzog das Land. Von hier an befand man sich auf dem Boden längst erloschener Indiokulturen, das Unheil Europa war über sie hinweggefegt und hatte ihre Welt in Schutt und Asche gelegt. Heute, Jahrhunderte später, blieb nur Verachtung und Entwurzelung auf der einen, Arroganz und vermeintliche Überlegenheit auf der anderen Seite. Ob es wohl jemals Versöhnung und Gerechtigkeit geben würde? Ein kleiner Teil der Indios hauste in Städten und gehörte nirgendwo hin. Die meisten aber lebten in Bergdörfern und kamen nur in die Stadt, um ihre Waren auf dem Markt zu verkaufen. Ich saß im Bus nach Puerto Escondido und wusste nicht, ob es Würde, Geringschätzung oder Vereinsamung war, was ich in den Gesichtern der Menschen auf der Straße las. Vielleicht alles zusammen?

Meine Gedanken reisten mir voraus und hielten mich wach. Die Nacht über brannten in der Ferne Feuer auf den Bergen. War Giuliana auch auf dem Weg hierher? Womöglich zusammen mit Cecile und Brigitte? Der Abschied von Christophe und mir hatte sie damals nicht traurig gestimmt. Niemand war mehr von einem Wiedersehen zu Weihnachten überzeugt gewesen als Giuliana. Warum also diese Zweifel? Vielleicht war sie längst da? Mein Herz schlug schneller, bei diesem Gedanken.

Im Morgengrauen schlängelte sich der Bus Serpentine um Serpentine von den Bergen hinunter, und dann bot sich uns offene Sicht auf den Ozean. Ein dichter Schleier stieg aus den Palmenwäldern, die die Küste säumten, doch dahinter erstreckte sich tiefes Blau bis in die Unendlichkeit hinein. Jetzt offenbarte der Alte das ganze Ausmaß seiner verschwenderischen Weite. Die Mexikaner im Bus ließ der Anblick unberührt, aber mir war zumute, als führen wir aus himmlischen Höhen hinunter in ein Paradies auf Erden. Eben jenes Paradies, von dem Giuliana geschwärmt hatte.

Meine Hoffnung, die Freundinnen am vereinbarten Treffpunkt anzutreffen, wurde schnell zerschlagen. Der Mann an der Rezeption der Cabañas schüttelte den Kopf. Bisher war niemand bei ihm eingetroffen, auf den meine Beschreibung passte, ironischerweise hatte gerade ich unser Ziel als erste erreicht. Die Ausstattung der

Hütten war ebenso karg wie bei Maria. Allerdings kostete die Übernachtung doppelt so viel, und man hörte seine Nachbarn in den angrenzenden Häuschen.

Puerto Escondido bereitete sich mit ganzer Kraft auf den weihnachtlichen Ansturm vor. Die Einwohner richteten Zimmer zur Vermietung in ihren Häusern ein und stellten Schilder auf die Straßen. Vor den Boutiquen und Restaurants hielten LKWs, Waren wurden säcke- und kistenweise in Lagerräume geschleppt. Der Strom der Reisenden, die nahezu stündlich im Ort eintrafen, riss nicht ab. Rucksacktouristen aus aller Welt trotteten durch die Straßen und die Zahl der freien Quartiere wurde knapper. Bald machte ich mir Sorgen, dass kein Dach über dem Kopf für meine Freunde übrig blieb.

Die Tage des Wartens verbrachte ich am Strand. Wieder und wieder setzte ich mich im Sand auf und sah hinunter zum Ortskern, doch nie erschienen dort die Silhouetten meiner Freunde. Als ich eines Morgens auf der Terrasse frühstückte, entdeckte ich am Ufer eine junge Frau und verschluckte mich an meinem Café con leche. Es war Melanie, die sich vergeblich bemühte, einen Handstand zustande zu bringen. Hin- und hergerissen zwischen dem Gedanken, ob sich eine Begegnung mit ihr vermeiden ließ und der Tatsache, dass ich des Wartens überdrüssig war, stand ich schließlich auf und stapfte zu ihr hinunter. Melanie landete eben mit voller Wucht auf den Knien, als ich vor ihr stehen blieb.

„Was soll das werden, wenn's fertig ist?" Melanie sah verblüfft auf und bot einen Anblick von bestrickender Einfältigkeit. Dann kam sie auf die Beine und fiel mir überschwänglich in die Arme.

„Da bist du ja, ich hab dich schon gesucht, bin nämlich weggelaufen." Schon bereute ich, mich nicht heimlich davon geschlichen zu haben. Was war aus der großen Liebe geworden? Hatte Melanie keine Angst, dass Enrico sie finden würde, aufbrausend wie er war?

„Quatsch, ich fliege Anfang Januar nach Hause. Foto-Shooting! Jetzt bringe ich meine Figur in Form." Sie warf ihr langes, blondes Haar nach hinten und strich sich über die Taille. Stirnrunzelnd musterte ich ihren untrainierten Körper. Gesunde Selbsteinschätzung gehörte nicht zu Melanies Stärken.

„Mit den Verrenkungen da? Das tut schon beim Hinsehen weh."

„Kannst du das etwa besser?", fragte Melanie pikiert.

„Na, ich denke schon! Pass mal auf." Ich nahm Anlauf und sprang mit Leichtigkeit eine Radwende und zwei Flickflacks. Melanie staunte mit offenem Mund, ich konnte mir das Lachen kaum verkneifen.

„Woher kannst du das?"

„Zehn Jahre Leistungsturnen, die halbe Kindheit an den Geräten", sagte ich leichthin. „Also mach das nicht nach, sonst brichst du dir noch deinen hübschen Hals." Stattdessen zeigte ich ihr ein paar Übungen für Bauch und Po. Während sich Melanie neben mir abstrampelte, sah ich aufs Meer hinaus. Die Wellen waren heute besonders hoch. Ein Surfer glitt hunderte von Metern im Tunnel einer einzigen Welle dahin, bevor sie schließlich über ihm einbrach. Wie geschmeidig seine Bewegungen waren – und wie viele Gesichter mein alter Freund der Ozean doch hatte.

„Christophe ist auch hier", keuchte Melanie. „Wir sind zusammen gekommen." Ich warf einen Blick auf sie. Sie hatte die Hände im Nacken verschränkt und nickte kräftig mit dem Kopf. Ein hoffnungsloser Fall, was sie da trieb hatte nichts mit Sit-ups zu tun. Ich schüttelte den Kopf. „Und das sagst du erst jetzt?" Mit einem: „Wir sehen uns später", sprang ich auf und ließ Melanie allein.

„Ich habe in meinem ganzen Leben noch nie so gekotzt", jammerte Christophe mit schmerzverzerrtem Gesicht. „Sei bloß froh, dass du nicht mit auf dem Kahn warst. Erst drei Tage lang die

Schaukelei, dann die toten Fische. Der Gestank, das viele Blut, alles voller Dreck und Schleim!"

„Das ist ja widerlich!", kreischte Melanie.

„Aber du hast es wahrgemacht", munterte ich ihn auf und war nun endgültig sicher, nichts versäumt zu haben. Ich freute mich, dass Christophe hier war, der Groll auf ihn war verflogen. Unsere Freundschaft schrieb langsam Geschichte. Nur wo zum Teufel blieben die Mädchen?

Keine zwei Tage später trafen Brigitte und Cecile am Ort ein.

„Da kommen sie", rief Christophe und zeigte auf zwei Gestalten, die mit geschulterten Rucksäcken auf die Cabañas zuhielten. Ich sprang hoch, riss dabei fast den Tisch um und stürmte ihnen entgegen. Wir fielen uns in die Arme und plapperten vor Aufregung alle durcheinander. Tausend Fragen hingen in der Luft, von denen keine einzige so schnell beantwortet werden konnte. Brigitte schirmte ihre Augen mit der Hand und sah an mir vorbei.

„Ist das da vorne etwa Christophe?", rief sie übermütig.

„Mais bien sûr, c'est lui!", winkte Cecile ihm aufgeregt zu.

„Was ist mit Giuliana? Wisst ihr wann sie ankommt?", drängte ich. Die Mädchen tauschten fragende Blicke aus und zuckten mit den Schultern. „Wir dachten, sie wäre längst hier, zusammen mit ihrem Freund."

Ihr Freund? Welcher Freund? War Rob zurückgekommen? Brigitte stöhnte kurz auf. „Hör zu, ich will erst den Rucksack loswerden. Dann erzählen wir alles."

Am Tag nach unserer Abreise war Rob im Hostel aufgetaucht. Er hatte Giulianas Rechnung bezahlt, und sie war mit ihm verschwunden, ohne sich zu verabschieden oder eine Nachricht zu hinterlassen. Die anderen hatten sie auf dem Weg nach Mexiko geglaubt.

149

„Hab doch gesagt, man kann ihr nicht trauen", sagte Christophe und stellte sein Bier hart auf den Tisch. Ich zuckte zusammen. Cecile fuhr fort.

Claude war nach Paris zurückgekehrt, ohne die Clique war Frisco einfach nicht mehr dasselbe gewesen. „Und dann dieser Nebel!"

„Auf die Wiedervereinigung", rief Christophe und riss sein Glas in Höhe. Alle stießen miteinander an, keiner merkte, wie leer ich mich fühlte.

Am Ende des Strandes erhob sich eine Felsformation. Der Tag war stürmisch und die Wellen brachen sich hart an dem Gestein. Gischt stob zornig in die Höhe. Ich stand am Ufer und warf Steine in das tosende Wassers. Seit Tagen kam ich hierher und suchte an dieser einsamsten Stelle des Strandes nach Antworten. Warum hatte meine Freundin mich an diesen Ort geschickt, wenn sie nie vorgehabt hatte, selbst zu kommen? Und wenn sich ihre Pläne geändert hatten, wieso hatte sie keine Nachricht hinterlassen, sondern sich heimlich davon gestohlen? Den ganzen weiten Weg hierher hatte mich eine düstere Ahnung begleitet, doch ich hatte die Stimme ignoriert. Jetzt aber brachte ich sie nicht mehr zum Schweigen. „Siehst du, sie hat dich an der Nase herumgeführt, und du hast keine Ahnung warum!" Tief in meinem Inneren wusste ich, dass ich Giuliana nie wiedersehen würde. Der Mann, der ihr Leben bestimmte, war zurück, und jetzt zählten wieder seine Pläne. Wie schwach Frauen doch sein konnten! Das kannte ich nur zu gut.

Die anderen sahen mich verständnislos an, wenn ich loszog und erst nach Stunden zurückkehrte. Ich durchblickte ja selbst kaum, warum mich die Sache derart deprimierte. Mir stand der Sinn nun mal nicht nach Gesellschaft. Was zählte Freundschaft überhaupt? Loyalität? Oder gar Liebe? Am Ende war sich doch jeder der Nächste, im Grunde war jeder allein. Nicht mal die kraftvolle Sonne des Südens konnte mich das vergessen lassen. Und so wanderte ich den Strand entlang und nahm Abschied. Nicht nur von Giuliana. Ich streifte durch die Dünen, und ging immer weiter, bis zum Horizont – bis der Kummer nachließ – ganz allmählich. Schließlich ließ ich die Traurigkeit dort, zog sie aus, wie ein altes Kleid, hängte sie an die Felsen und kehrte zurück in den Kreis der Freunde. Sie nahmen mich wieder in ihre Mitte, ohne Fragen zu stellen, und ohne zu merken, dass ich verändert war.

Es passierte während des Frühstücks. Brigitte verpasste Cecile einen Seitenhieb und machte sie auf jemanden aufmerksam. Ich folgte ihrem Wink und schaute über die Schulter. Mein unbedachter Blick fiel ins Uferlose und verlor sich in einem Paar smaragdgrün schimmernder Augen. Wasser perlte aus seinem blauschwarzen Haar und lief ihm über das ernste, fast schon verschlossene Gesicht. Wie Alain Delon, schoss mir durch den Kopf – oder wie der Sohn von Alain Delon. Er ging dicht an unserem Tisch entlang und grüßte mit einem flüchtigen „Salut". Ein Windhauch streifte mich, dort wo er uns passierte, die Härchen auf meiner Haut stellten sich auf. Ich sah ihm hinterher. Das Kichern der Mädchen holte mich aus dem kurzen Moment der Hypnose zurück.

Die beiden hatten ihn am Abend zuvor in der Disco kennengelernt. „Sie ist in seinem Bett gelandet", gab Brigitte freizügig Auskunft und Cecile lief rot an. Entgeistert sah ich zwischen den Mädchen hin und her. Salut? Das war alles? Mehr hatte er nicht zu sagen? Brigitte schien meine Gedanken zu lesen.

„Wir waren betrunken. Keiner von uns weiß noch, wer was gesagt oder getan hat."

„Mein Gott, wäre mir das peinlich", rutschte es mir heraus, ich bereute die Worte sofort. „Eben, mir auch", brachte Cecile endlich die Lippen auseinander. „Aber ich glaub, ich hab mich verknallt."

Jemand stellte sich hinter mich, ich spürte die Wärme seines Körpers durch mein Sommerkleid hindurch. Das Prickeln auf meiner Haut verriet, dass er es war. Kam er, um mich anzusprechen? War dies der ersehnte Moment? Ich konnte dem Drang, mich umzudrehen, nicht widerstehen. Als sich unsere Blicke trafen begann mein verräterisches Herz schneller zu schlagen. Ich wandte mich wieder der Tanzfläche zu und heftete meine Augen an das blondgelockte, gazellengleiche Wesen, das sich dort grazil um die eigene Achse drehte. Er trat noch ein Stück näher an mich heran, sein Atem ging dicht an meinem Ohr, und das versetzte mich in helle Aufregung. So nah wie jetzt waren wir uns noch nie gekommen. Die hauchdünne Schicht Luft zwischen uns begann zu knistern.

„Armilia, sie ist wunderschön, nicht wahr?", flüsterte er. Ich presste meinen Rücken fester an den Pfeiler hinter mir, Unmut mischte sich unter meine Nervosität. Ein Kompliment an eine andere Frau waren die ersten Worte, die er an mich richtete? „Bitte! Nur zu!" sagte ich und gab den Weg zur Tanzfläche frei.

Keine drei Tage waren seit unserer ersten Begegnung vergangen. Inzwischen hatte er der völlig zerknirschten Cecile erklärt, dass die gemeinsame Nacht ein einmaliger Ausrutscher war. Cecile tat mir leid, aber innerlich hatte ich aufgeatmet. Er lief mir ständig über den Weg und suchte Blickkontakt. Seine grünen Augen sahen mich noch an, wenn ich mich nachts auf meiner Pritsche hin und her warf. Sein Lächeln war zurückhaltend, und keiner von uns hatte es fertiggebracht, den anderen anzusprechen. War die blonde Schönheit der Grund dafür?

„Ich bin nicht lebensmüde. Sie wird von ihrem italienischen Ehemann streng bewacht." Er wies auf die andere Seite des Raums, wo sich zwei Männer an einem Tisch unterhielten, der eine ebenso blond und attraktiv wie das Gazellenwesen.

„Der braucht sich nicht hinter ihr zu verstecken", antwortete ich ein wenig gereizt, weil sich das wortkarge Gespräch noch immer um die bildschöne Frau vor uns drehte.

„Das stimmt. ... du übrigens auch nicht", sagte der junge Franzose. Unruhig verlagerte ich das Gewicht auf das andere Bein und schaffte es nicht, seinem Blick standzuhalten.

Endlich stellte sich Thierry mir vor. „Ich weiß, wer du bist", rutschte es mir heraus. Das Blut schoss mir ins Gesicht, als ich zugab, dass ich über Cecile und ihn Bescheid wusste. Thierry schaute weg und trank von seinem Bier. Der Schluck schien bitter zu schmecken.

„Ich weiß nicht, wie das passieren konnte. So was mache ich sonst nicht." Rechtfertigte er sich etwa vor mir? Im Grunde ging mich die Sache nichts an.

„Du hast ihr weh getan", antwortete ich kleinlaut. Thierry kippte hastig noch mehr Bier hinunter.

„Ich kann es nicht ungeschehen machen", presste er hervor und senkte den Kopf. „Ich meine ... hätte ich dich eher getroffen ... keine Ahnung ... nur einen Tag eher ..." Er verstummte. Keiner von uns wagte, den anderen anzusehen. Wir kannten uns doch gar nicht, und trotzdem war die Anziehung zwischen uns fast unerträglich. Jedes Wort konnte falsch, zu viel gesprochen sein. Thierry wippte unruhig auf seinen Füßen. Er hatte genauso Angst wie ich. Die starken Adern an seinem Hals pulsierten. Behutsam legte ich meine Hand auf seinen Arm und nannte meinen Namen. Als er sein Gesicht wieder zu mir drehte, flimmerte es in seinen Augen.

Die Mokassins in meinen Händen, tänzelte ich barfuß an Thierrys Seite über die staubige Straße und den Strand. Ob er die Nacht mit mir verbringen wollte, so wie mit Cecile? Er begleitete mich bis vor meine Tür und blieb dort stehen.

„Bonne nuit, coco belle oeuil", sagte er und strich mir zärtlich mit dem Handrücken über die Wange.

„Was bedeutet das?", fragte ich mit erstickter Stimme.

„Gute Nacht – und dass du schöne Augen hast."

Die Zärtlichkeit in seinen Worten trieb mir Tränen in die Augen. Was wir füreinander empfanden, lag in unseren Blicken, im Strahlen auf unseren Gesichtern, im Duft des anderen, den wir einatmeten. Langsam öffnete ich die Tür hinter mir und schlüpfte hinein.

„Fait des beaux reves!", hörte ich Thierry draußen flüstern, und presste meinen Körper gegen die Wand, die uns trennte. Was hatte er gesagt?

„Mach schöne Träume!" Seine Schritte entfernten sich, und ich war glücklich darüber. Selbst wenn ich kein Auge zu tat für den Rest dieser Nacht, ich wusste, ihm ging es genauso. Ich war nicht wirklich allein in meiner Hütte. Morgen würde ich ihn wiedersehen. Etwas war geschehen, was ich in dieser Tiefe schon lange nicht mehr erlebt hatte. Ich war verliebt, mit Haut und Haar. „Danke Giuliana! Für Puerto Escondido", flüsterte ich leise.

Das dunkle Geheimnis

Wasser umflutete unsere Körper, sprudelte über uns hinweg. Sand kribbelte auf der Haut, die Brandung strömte gurgelnd ins Meer zurück. Wir hielten uns an den Händen, ließen uns willenlos mitreißen und von den stürmischen Wellen, die in regelmäßigen Abständen über uns hinwegbrausten, durcheinander wirbeln. Der Alte wusste wohl nicht so recht, was er von uns zu halten hatte. Er zog und zerrte an uns herum, presste uns zusammen und riss uns wieder auseinander. Wir leisteten ihm keinen Widerstand. Meine Zweifel, was ich im Süden von Mexiko verloren hatte, waren wie weggewischt. Ein Blick von Thierry, und ich bekam meine Antwort. Er war der Mensch, nach dem ich gesucht hatte, meine zweite Hälfte. Keine fünf Minuten hielt ich es ohne ihn aus, in seinen Armen kannte ich keine Einsamkeit. Er machte mich vollständig, meine Zeit als Einzelkämpfer war vorbei. Thierry schnippte mir einen Spritzer Wasser ins Gesicht und sprang auf.

„Komm, die anderen vermissen uns sicher schon." Ich ließ mich von ihm hochziehen. Arm in Arm schlenderten wir zurück zu den Jungs, die ein Stück weiter im Sand saßen.

Thierry war zwei Wochen zuvor in Mexiko angekommen, auf der Flucht vor dem bretonischen Winter, wie er sagte. An seinem ersten Abend in der Hauptstadt hatte er zwei junge Mexikaner kennengelernt und sie überredet, mitzukommen an die Küste. Cayetano und Flavio, die in einer Autowerkstatt arbeiteten, hatten kurzerhand Urlaub eingereicht. Die Jungs waren noch keine zwanzig Jahre alt und in ihrer unkomplizierten Art voller Bewunderung für Thierry. In der kurzen Zeit, die sie ihn kannten, hatten sie ihn zu ihrem Anführer ernannt – und als die Freundin ihres Helden wurde ich von ihnen wie eine Prinzessin behandelt. Thierry mit Cayetano und Flavio zu teilen, fiel mir nicht schwer. Doch das galt auch für Ricardo, ihn mochte ich für sein besonnenes, zurückhaltendes Wesen. Thierry und die Jungs hatten sich im Bus nach Puerto Escondido mit ihm angefreundet. Genau wie sie war Ricardo auf dem Weg in den Urlaub. Er studierte Betriebswirtschaft, sein Englisch war tadellos, und dank ihm war es auf einmal möglich gewesen, richtige Gespräche miteinander zu führen. Inzwischen waren die Vier unzertrennlich, sie hatten sich sogar eine Cabaña geteilt, bis Thierry zu mir umgesiedelt war.

Nur ein Wehrmutstropfen trübte mein Glück. Seit ich mit Thierry zusammen war, hatten meine Freunde sich von mir abgewandt. Anfangs hatte mich ein schlechtes Gewissen Cecile gegenüber geplagt, sie tat mir leid, doch meine Erklärungsversuche führten zu nichts. Cecile wollte einfach nicht begreifen, dass Thierry kein Interesse an ihr hatte und ich nicht der Grund dafür war.

Auf der Terrasse hörte ich die Mädchen am Nachbartisch schwatzen, in der Disco liefen wir uns über den Weg, und am Strand sah ich sie in der Ferne, wo Melanie die Übungen machte, die ich ihr gezeigt hatte und die Aufmerksamkeit der Männer auf sich zog. Melanie nahm jetzt meinen Platz in der Clique ein, es kränkte mich, dass ich so leicht zu ersetzen war. Erst Giuliana, und jetzt auch noch die anderen! Sogar Christophe mied den Kontakt mit mir. Doch wenn sie glaubten, ich würde Thierry deshalb aufgeben, dann täuschten sie sich gewaltig. Das mit uns war Bestimmung.

Nichts war geblieben von der gemeinsamen Zeit in San Francisco – jedenfalls nicht für mich. Ich trotzte den Anflügen von Melancholie. Keimte Traurigkeit auf, sah ich schnell hinüber zu

Thierry, griff nach seiner Hand, und schon ging es mir besser. Er war jetzt mein neues Kapitel Leben. Allein das zählte. Auch wenn ich mich manchmal fragte, woher er gekommen war, wer er eigentlich war.

Ich hatte mein Handtuch zum Trocknen in die Cabaña gebracht. Am Ende des engen Durchgangs zwischen den Häuschen öffnete sich eine Tür. Der Mann, der dort ins Freie trat, war kein anderer als Thierry, mit einem Scherz verabschiedete er sich von Vincenzo. Das machte mich stutzig. Niemand ging bei Vincenzo ein und aus. Zwar kannte jeder im Ort den zwei Meter großen Italiener mit der scharf geschnittenen Hakennase. Früher oder später musste man auf ihn aufmerksam werden, wie er lässig durch die Gassen flanierte, das schlichte Silberkreuz um seinen Hals zwischen den Fingern rieb, mit den Einwohnern Spanisch sprach und ihnen ein Lächeln entlockte. Doch sein Charme täuschte nicht darüber hinweg, dass Vincenzo längst nicht jedermanns Freund war. Niemand drang unter seine Oberfläche, an der alles wie Wasser auf einem Ölfilm abzuperlen schien.

Das galt nicht nur für ihn. Im Geheimen kam man überein, dass die drei Italiener einem anderen Daseinsbereich entstammen mussten. Einer Welt von vollkommener Schönheit, Sorglosigkeit – doch vor allen Dingen absoluter Unantastbarkeit. Ging Armilia den Strand entlang, glaubte jeder, dort einen Engel zu sehen, umgeben von einem Heiligenschein. Man hielt gebührenden Abstand. Mario sonnte sich im Glanz seiner blondgelockten Venus, dabei war er selbst weitaus attraktiver als so mancher Star aus Hollywood. Er war der einzige Mensch, zu dem Vincenzo echtes Vertrauen zu haben schien. Mario gegenüber zeigte Vincenzo eine Seite seiner Persönlichkeit, die sonst niemand zu Gesicht bekam. Mehrmals hatte ich die beiden Männer aus der Ferne miteinander reden sehen. Vincenzos unverfängliches Gewinnerlächeln wich dann einem Ausdruck konzentrierter Ernsthaftigkeit. Mario war der Einzige, den er auf Augenhöhe behandelte. Was also hatte Thierry in Vincenzos Hütte verloren? Er hatte nie erwähnt, den Italiener zu kennen.

„Den kennt doch jeder!", wich Thierry mir aus und überhörte geflissentlich den Einwand, dass Vincenzo beileibe nicht jeden in seine Cabaña ließ. Stattdessen zog er mich zur Seite und sah sich um.

„Das habe ich gewollt", sagte er und hielt mir eine kleine Plastiktüte unter die Nase.

„Los, verdrücken wir uns! Nur du und ich."

Von Cayetano und Flavio unbemerkt entkamen wir dem Treiben rund um die Cabañas. Wir liefen hinunter zum Strand und wanderten am Ufer entlang Richtung Süden. Zum ersten Mal kam mir in den Sinn, dass Thierry mich auf geheimnisvolle Weise an Giuliana erinnerte. Ich kannte ihn jetzt seit einer Woche. Genau wie sie war er rastlos und überraschte mit Kontakten, von denen ich nichts geahnt hatte. Er wusste jederzeit, wo es Gras zu kaufen gab und spannte die Jungs für die Besorgung ein. Und genau wie Giuliana wurde er nervös, sobald sein Vorrat zur Neige ging.

Thierry kletterte mir voran die Felsen hinauf. Seit Tagen stahlen wir uns Abend für Abend davon, um dort oben einen Moment der Zweisamkeit zu genießen. Der Ort war von berückender Schönheit. Unter uns rauschten die Wellen auf die Küste zu, am Horizont würde bald die Sonne untergehen. Thierry setzte sich auf eine Felsplatte und zog mich zu sich hinunter. Er schlang seine Arme um mich. Mit dem Rücken an ihn gelehnt, spürte ich die Stoppeln seines Dreitagebarts in der Halsbeuge, das leichte Kratzen auf meiner sonnengereizten Haut. Schweigend saßen wir dort und sahen nach Westen. Er war mir so nah in diesem

Moment, ich war mir sicher, noch nie so geliebt zu haben. Eine Woche erst, doch mein Herz gehörte ganz ihm.

„Siehst du den kleinen Strand da unten?", flüsterte Thierry mir ins Ohr. Auf der anderen Seite der Anhöhe tat sich eine Bucht auf. Ein einsames Fleckchen Erde, umgeben von steilen Felsen. Um dorthin zu gelangen, musste man die abschüssige Wand hinunterklettern.

„Ein geniales Liebesnest, findest du nicht?" Die Vorstellung, an einem solchen Platz mit ihm allein zu sein, fernab von allen Menschen, berauschte mich. Ich hob den Kopf und suchte mit geschlossenen Augen seine Lippen. Im Kuss schob Thierry mir etwas in den Mund. Es schmeckte bitter, trocken und staubig.

„Was ist das?" Ich rückte von ihm ab.

„Pilze", sagte er und hielt mir die geöffnete Hand hin. Darin lagen kleine, braune Kappen, manche hatten Stiele.

„Von Vincenzo. Er kann auch Peyote besorgen. Meskalin, hörst du?" Thierry rollte die Hütchen auf der Hand hin und her, untersuchte sie neugierig und aß davon.

„Nimm du", hielt er mir den Rest hin. Ich ließ den Blick über das Paradies schweifen, das uns umgab. Carlos Castaneda kam mir in den Sinn. Wohlig schmiegte ich mich wieder an Thierry und griff zu.

Das Bild der untergehenden Sonne vor uns entrückte die Welt. Einem unsichtbaren Sog folgend begab sie sich auf eine traumverlorene Ebene. Wir sprachen kein Wort, ich hatte keine Vorstellung von dem, was Thierry sah oder empfand. Aus den Spalten und Rissen des felsigen Gesteins zu meinen Füßen stemmten sich winzige Pflanzen in die abendliche Luft, reckten die Hälse, entfalteten ihre Blätter und streckten mir gähnend ihre Elfengesichter entgegen. Fast hätte ich mich zu ihnen hinunter gebeugt, um zu hören, ob sie mit mir sprachen. War ich in eins von Beates Bildern geraten? Befand ich mich etwa in einem Märchenland? War ich Gulliver und die zwergenhafte Welt dort unten Liliput? Ich glitt wie in Trance aus Thierrys Umarmung und sank seitwärts hinab. Käfer, Fliegen, Spinnen, Echsen – überall krabbelte es. Niedliche Kerlchen auf der Suche nach Nahrung und Unterschlupf. Wie hatte ich diesen Mikrokosmos übersehen können, wo er doch unentwegt in nächster Nähe existierte – so wundersam nah? Zum ersten Mal flog mein hochtrabender Geist nicht ins Weite, Ferne, Uferlose. Thierry zog mich zurück in seine Arme.

„Geht es dir gut?", fragte er sanft. Der Kopf taumelte mir auf dem Hals und fiel in den Nacken. Über mir sah ich das Funkeln der Sterne.

„Mir geht es fabelhaft", schwärmte ich, nahm sein Gesicht und gab ihm einen Kuss.

„Und ich hab Hunger!", erwiderte Thierry und ließ damit die romantische Blase zerplatzen, in der ich geschwebt hatte. Ich setzte mich auf und sah mich um. Die Nacht war über uns hereingebrochen. Wo war die Zeit geblieben?

Auf dem Weg zurück explodierten am Ufer Tausende von Lichtern an unseren Füßen. Meeresleuchten! Ich riss mir die Kleider vom Leib, warf sie in den Sand und stürmte in das funkelnde Nass.

„Komm rein, Thierry! Im Meer sind Sterne", rief ich übermütig und versuchte die glitzernden Teilchen zu fangen. Er hatte T-Shirt und Hose schon ausgezogen und kam auf mich zu gerannt. Ich warf mich in seine Arme, zog ihn unter Wasser und schlang ihm ein Bein um die Taille. Um uns herum entfachte der Alte ein gigantisches, nie gesehenes Feuerwerk.

„Spiel mit mir, Thierry", keuchte ich, als wir kurz auftauchten. Ich drängte mich näher an ihn heran. Seine Hände glitten über meinen nackten Körper, es prickelte auf der Haut. Behutsam hob er mich hoch, legte mich rücklings auf die Wasseroberfläche und hielt meine Hüften. Der Ozean begann zu kochen, als er mich an sich zog. Die Beine um seinen Körper geklammert versank ich im Rausch der Sinne, bis der Alte uns wie ein verknotetes Menschenpaket an den Strand spülte.

„Jetzt hab ich noch mehr Hunger", lachte Thierry und kam auf die Beine. Er hob unsere Sachen auf und warf mir das Kleid zu. Ich war noch nicht fertig angezogen, da zerrte er mich schon hinter sich her. Wir rannten auf die Lichter von Puerto Escondido zu, doch als die ersten Stimmen zu uns durchdrangen, hielt ich ihn zurück.

„Warte. Hol du dir was zu essen. Ich kann da nicht hin", rief ich und setzte mich in den Sand. In meiner Verfassung war ich nicht im Stande, mich unters Volk zu mischen. Thierry blieb unschlüssig neben mir stehen.

„Alles in Ordnung?", wollte er wissen.

„Na klar. Mir geht es prima", ermutigte ich ihn. „Bring mir ein Bier mit."

Dort am Strand hatte die Zeit für mich jede Bedeutung verloren. Alles war Jetzt. Ein zartes, in klares Mondlicht getauchtes Jetzt. Die Baumkronen des Palmenwaldes wiegten sich im Wind, winkten mich heran. Magisch angezogen stand ich auf und ging darauf zu. Meine Füße hatten in ihren Schuhen die Farbe von Sand und Erde angenommen. Der Wald öffnete seine Tore und ich glitt hinein, einer Tänzerin gleich. Hörte ich da Musik in den Zweigen über mir? Gigantische Aloe-vera-Pflanzen wucherten in den Erhebungen zwischen den Palmen. Kakteen trugen pralle, rote Früchte. Der Boden war lückenlos mit saftigen Blättern bedeckt. Behutsam streichelte ich die Gewächse. Blumen, Büsche und Stauden bäumten sich vor mir auf und baten zum Tanz. Das

Orchester schwoll an, der Wald begann, sich im Takt zu drehen. Die gesamte vor Lebenskraft strotzende Flora setzte zum Reigen an. Hatte ich die Tür zum Garten Eden aufgestoßen? Was mir begegnete, begrüßte mich mit offenen Armen, war mir freundlich gesonnen. In gleitenden Bewegungen tanzte ich tiefer hinein in die grüne Oase, tanzte durch sie hindurch. Ich war berauscht von einer Pflanzenwelt, die mich in das Geheimnis ihres nächtlichen Spiels einweihte. Eine Weile trieb ich dahin, bis der Wald mich auf den Strand zurück stupste. Mit einer Verbeugung bedankte ich mich und machte mich auf den Weg zu meinem Platz am Wasser.

Der Umriss eines Mannes tauchte im Dunkeln auf. Er begann zu laufen, rannte auf mich zu. Ich hörte meinen Namen durch den Nachthimmel hallen. Der Mann rief nach mir. Ich kannte die Stimme. Thierry? Was machte er hier? War er etwa schon zurück? Außer Atem erreichte er mich.

„Wo bist du gewesen? Ich habe dich überall gesucht. Du warst verschwunden!", rief er aufgebracht. Verständnislos sah ich ihn an. Da packte er mich schnaubend und vergrub sein Gesicht in meinen Haaren. Er hielt mich fest, als wolle er mich nie wieder loslassen.

„Ich hab's mit der Angst zu tun gekriegt. Dachte, du wärst noch mal ins Wasser", keuchte er. „Ich such dich seit über einer Stunde."

Überrascht schob ich ihn von mir und erkannte die Anspannung in seinem Gesicht. Mir war das Ganze nicht länger als zehn Minuten vorgekommen. Thierry sah mich ernst an, ich rechnete mit Vorwürfen. Doch er zauste mir zärtlich an den Haaren und lachte. „Was immer wir in Zukunft einschmeißen, du kriegst die Hälfte!"

Meine Haut, seit Wochen von Salz und Sonne strapaziert, war von einer dünnen Schicht mehlig weißer Schuppen überzogen und gierte nach Pflege. Ich nahm den Glastiegel, den ich am

Morgen auf dem Markt erstanden hatte, griff hinein und begann meinen Körper mit der weißen Masse zu massieren. Fasziniert beobachtete ich, wie das Kokosöl unter den kreisenden Bewegungen schmolz, in die trockene Hautschicht eindrang und eine dunkelbraune Tönung zum Vorschein brachte. In dem Moment wurde die Tür aufgerissen und Thierry stürmte herein. Mit zittrigen Fingern schob er den Riegel vor und fuhr herum, die Augen angstvoll aufgerissen.

„Was ist passiert?" Erstaunt stellte ich das Öl auf den Boden. Thierry löste sich von der Tür. Wie ein Tiger im Käfig ging er im Raum auf und ab, ohne ein Wort zu sagen. Schweißperlen standen ihm auf der Stirn. Ich wartete einen Moment und verfolgte von der Pritsche aus seine Bewegungen. Bisher hatte es Thierry nie kalt gelassen, mich nackt zu sehen. Jetzt nahm er von meinem frisch geölten Körper nicht die geringste Notiz. Das ließ nichts Gutes ahnen. Ich stand auf, griff nach dem Handtuch und wickelte mich darin ein. Mit zwei Schritten war ich bei ihm. Sanft aber unnachgiebig hielt ich ihn an den Schultern, doch es gelang mir nicht, seinen Blick zu fixieren. Fieberhaft tastete er alle Winkel der Cabaña ab, als sei er auf der Suche nach einem Schlupfloch, durch das er entkommen konnte.

„Hey, rede mit mir, was ist los?", drängte ich. Thierry sah mich Hilfe suchend an. Sogar ein Blinder hätte erkannt, dass er mit der Entscheidung rang, meine Frage zu beantworten oder nicht.

„Thierry, bitte!", insistierte ich und schüttelte ihn sachte.

„Ich kann dir das nicht sagen", zischte er und wand sich aus meinem Griff. „Nicht hier!"

Ein Teil seiner Panik sprang auf mich über. Die Lage war anscheinend kritischer, als ich dachte. Ich ließ das Handtuch fallen und warf mir das Kleid über.

„Dann da, wo du reden kannst", wisperte ich und schlüpfte

neben der Tür in die Mokassins. „Ich will wissen, was hier vorgeht." Entschlossen griff ich nach dem Riegel, aber Thierry schob mich zur Seite.

„Warte! Lass mich erst nachsehen!" Mein Freund streckte den Kopf durch die Tür und schaute verstohlen nach rechts und links. Auf sein Zeichen, dass die Luft rein war, folgte ich ihm hinaus in die Nacht, die Nerven zum Zerreißen gespannt.

Wir hasteten durch entlegene Gassen, in denen kaum ein Mensch unterwegs war. Thierry hielt den Blick hartnäckig auf den Boden gerichtet. Am Ortsrand angekommen schlugen wir in einen Feldweg ein, marschierten ein Stück in die freie Natur hinaus. Unter einem Feigenbaum machte er endlich Halt. Wir standen uns gegenüber, hart atmend und mit unbewegten Mienen. Auge in Auge mit ihm stemmte ich die Hände in die Taille, doch Thierry schwieg verbissen.

„Man könnte meinen, dir wär der Teufel auf den Fersen", keuchte ich. „Oder warum kriegst du den Mund nicht auf?"

Zum ersten Mal verspürte ich Wut auf ihn, und das machte mich traurig. Thierry ließ die Schultern sacken.

„Okay, okay!", presste er heraus und raufte sich die Haare. „Es ist jemand im Ort, dem ich nicht über den Weg laufen will. Er heißt Silvano. Ich kenne den Typ aus einem Hotel in der Schweiz."

Regungslos stand ich da und brachte die losen Enden seiner Botschaft nicht zusammen. Etwas gefror in mir und ließ mich frösteln. Fragen überschlugen sich in meinem Kopf, und doch betäubte mich die eigene Verständnislosigkeit.

„Was hat das zu bedeuten?", brachte ich mit erstickter Stimme hervor. Thierry schluckte, suchte nach Worten. Endlich machte er einen Schritt auf mich zu und ergriff mit einem Räuspern meine Hand.

„Das ist lange vorbei. Schwör, dass du nie darüber redest, wenn ich es dir erzähle? Du bringst mich sonst in Teufels Küche." Ich hielt den Atem an.

„Schwör es!", drängte Thierry und ich merkte, wie ich die Lippen öffnete, um mein Wort zu geben.

Es war jedes Mal derselbe Auftrag gewesen. Thierry erhielt eine Nachricht und holte daraufhin in Lorient den Koffer aus einem Schließfach. Damit setzte er sich in den Zug, fuhr in die Schweiz und übergab ihn dort einem Kontaktmann. Was sich darin befand, erfuhr er nie. Thierry war schlau genug gewesen, keine Fragen zu stellen. Es war leicht verdientes Geld, das man ihm im Austausch gegen den Koffer in einem Umschlag überreichte. Der Mann, den er in dem Schweizer Hotel regelmäßig getroffen hatte, um den Deal über die Bühne zu bringen, war jener Silvano. Eines Tages war auf dem Bahnhof in Zürich eine Truppe Polizeibeamter auf Thierry zu marschiert. Je näher sie kamen, umso sicherer war er sich, dass sie es auf ihn abgesehen hatten. Um ein Haar hätte er den Koffer weggeworfen und wäre abgehauen. Da nahmen die Beamten in letzter Sekunde die Treppe, die zu den anderen Gleisen hinunterführte und waren aus Thierrys Blickfeld verschwunden.

„Die Sache ist mir zu heiß geworden. Ich hab alle Hebel in Bewegung gesetzt, um aus der Nummer rauszukommen", beteuerte er. „Die haben mich von der Leine gelassen. Wehe, ich mache ihnen Ärger – das war die Drohung, die Silvano mir ausrichtete." Thierry ließ meine Hand los, ging unruhig vor dem Feigenbaum auf und ab.

„Verstehst du jetzt?", fragte er gereizt. „Wenn du dich verquatscht, bin ich erledigt." Mir stellten sich die Nackenhaare auf. Alle Wut verflog, ich hatte nur noch Augen für meinen Freund in Not. Als ich ihn in die Arme schloss, spürte ich, wie schwer er atmete. Die Geister seiner Vergangenheit hatten ihn eingeholt. Ich war entschlossen, ihn nicht im Stich zu lassen.

„Keine Ahnung, ob der Typ auf der Suche nach mir ist", sinnierte Thierry an meiner Schulter. „Glaub nicht, dass er mich gesehen hat."

„Wir hauen ab, das ist doch klar", rief ich aufgeregt. „Wenn du willst, heute noch!" Thierry lachte bitter und sah mich mitleidig an.

„Wenn der hinter mir her ist, findet er mich. Egal, wo ich mich verstecke", schüttelte er den Kopf. „Ich muss rauskriegen, ob ich derjenige bin, auf den er es abgesehen hat. Dazu muss ich in der Nähe bleiben."

Das Herz schlug mir bis zum Hals, in mir tobte ein Widerstreit der Gefühle. Jetzt wusste ich um Thierrys dunkles Geheimnis, und ein Teil von mir wünschte sich, ich hätte es nie erfahren. Es war, als wäre ich mit wenigen Worten über eine unsichtbare Linie in eine gefährliche Zone gezogen worden, aus der es kein Zurück gab. Die Last der Mitwisserschaft machte sich bemerkbar. Der andere Teil von mir war entwaffnet. Thierry hatte sich mit seinem Bekenntnis komplett in meine Hände begeben, sich mir regelrecht ausgeliefert. Auf einmal ergab alles einen Sinn. Die anhaltende Ruhelosigkeit – Thierrys Vergangenheit war der Grund. Wie belastend musste es sein, wenn ständig eine schwarze Wolke der Bedrohung über einem hing? Kannte ich das nicht allzu gut, wenn auch aus anderen Gründen? Ich sah meinem Freund ins Gesicht. Wellen von Zärtlichkeit durchfluteten mich.

„Thierry, ich werde dich nicht verraten", flüsterte ich und machte eine Pause. „Niemals …, weil ich dich liebe", vollendete ich den Satz mit Worten, die ich seit einer Ewigkeit zu keinem Menschen mehr gesagt hatte.

Noch in derselben Nacht schmiedeten wir einen Plan. Die Idee kam von Thierry. „Der kleine Strand hinter den Felsen, dahin könnten wir uns verdrücken", schlug er vor. „Wir nehmen alles mit, jeder wird glauben, dass wir abgereist sind."

Das Liebesnest! Ich hatte nichts dagegen, mich ein paar Tage mit Thierry dort unter freiem Himmel zu verstecken. Eine romantische Vorstellung, ein bisschen wie Bonnie und Clyde auf der Flucht. Allerdings hatte ich keine Ahnung, wie Thierry es anstellen wollte, von dort aus ein Auge auf Silvano zu werfen.

„Das erledigen die Jungs." Der Traum von der Robinson Crusoe Idylle zerplatzte. „Die sind doch ganz scharf darauf, mit uns Weihnachten zu feiern." In Thierrys Kopf nahm das Vorhaben konkrete Formen an. „Wir schlagen mehrere Fliegen mit einer Klappe. Sie holen Nachschub, wenn uns der Proviant ausgeht, bei der Gelegenheit finden sie heraus, ob sich Silvano noch hier aufhält, und nebenbei besorgen sie uns Gras", zählte er auf. Es war wieder einer der Momente, in denen Thierry mich an Giuliana erinnerte. Auch sie hatte nie Skrupel gehabt, andere Menschen für ihre Zwecke zu benutzen. Mich beschlich ein ungutes Gefühl, als würde ich von einem Sog erfasst, aus dem es kein Entrinnen gab. Alles ging so schnell. Ich hatte den Schock über Thierrys Geschichte noch nicht verdaut. Ob in dem Koffer Drogen gewesen waren? Harte Drogen? Waren Menschen zu Schaden gekommen, vielleicht sogar umgekommen? Stellte Thierry sich nie diese Fragen? Wie ging er mit der Ungewissheit um? Die Gedanken ließen mir keine Ruhe, ich konnte sie einfach nicht für mich behalten und sprach Thierry darauf an. Schlagartig verhärteten sich seine Züge.

„Putain de merde", brauste er auf. „Es war ein gottverdammter Fehler, ich hätte es dir nie erzählen dürfen. Du kommst damit nicht klar." Thierry schob sich dicht an mich heran, ich erschrak vor der Härte in seinen Augen.

„Kein Wort mehr über die Sache mit der Mafia", zischte er und ballte die Fäuste. „Oder du hast mich zum letzten Mal gesehen." Ein Schauer lief mir über den Rücken. Welche Kälte schlug mir da entgegen?

Jemand schob die Tür zu unserer Cabaña auf. Im Dunkel der Nacht zeichnete sich eine Silhouette ab, das Gesicht lag im Schatten. Stahl sich einer der Jungs klammheimlich in unsere Cabaña? Thierry schlief tief und fest, ich lag wie gelähmt neben ihm und ließ den Eindringling nicht aus den Augen. Auf leisen Sohlen schlich er heran und betrat den Raum. Noch immer konnte ich sein Gesicht nicht erkennen, doch sein Körper war der eines erwachsenen Mannes. Der Fremde hob den Arm, jetzt sah ich die Pistole. Sie war auf Thierry gerichtet – und auf mich. Der Schrei blieb mir in der Kehle stecken, ich brachte keinen Laut hervor. Dann ein ohrenbetäubender Knall. Die Kugel schoss aus ihrem Lauf und schnellte auf uns zu, verblüfft verfolgte ich ihre Flugbahn. Sie flog in Zeitlupe. Wen von uns würde sie töten? Reichte die Zeit, um sich auf die Seite zu werfen? Der Versuch missglückte, wir hingen fest, waren aneinander gekettet. Aus den Tiefen meiner Kehle löste sich ein Wimmern, ich riss die Augen auf. Starr und keuchend saß ich im Bett. Die Tür war fest verschlossen, der Riegel vorgeschoben. Da war niemand vor unserem Bett, bis auf Thierrys ruhigen Atem herrschte Stille im Raum.

Langsam legte ich mich zurück auf die Pritsche und starrte an die Decke. Thierry schlief tatsächlich. Der Anflug von Panik ebbte ab, doch die Beklommenheit blieb. Was hatte der Albtraum zu bedeuten? Ich wälzte mich von einer Seite auf die andere, immer darauf bedacht, Thierry nicht zu wecken. Er musste jetzt nicht mitbekommen, wie aufgewühlt ich war. Doch je länger ich neben ihm lag, umso geräuschvoller dröhnte sein Atem in meinen

Ohren, umso lauter schwoll der Gedankenlärm an. Was tust du hier neben diesem Mann? Mit wem treibst du dich herum? Bald fand ich es unerträglich. Warum nur nahm ich mir die ganze Sache derart zu Herzen? Thierry raubte sie nicht den Schlaf – im Gegenteil. Er hatte inzwischen seinen Arm über mich gelegt und sich an mich geschmiegt. Ich löste mich aus seiner Umarmung und stand auf. Nahezu lautlos zog ich mich an und schlüpfte hinaus ins Freie.

Milde Luft umfing mich, ich nahm einen tiefen Zug, und etwas von der eben noch empfundenen Enge in meiner Brust löste sich. Die Nacht war sternenklar, und vom silbrigen Licht des Vollmonds erhellt wirkten Dorf und Strand friedlich. Ich ging los, quer durch die Cabañas und entlang des Ufers, bis ich das Ortszentrum erreichte. Von dort führte der Weg einen Hügel hinauf. Die Augen fest auf das gleißende Gestirn gerichtet, nahm ich den Anstieg. Oben angekommen ließ ich meinen Blick über das schlafende Dorf schweifen. Still und verträumt lag es dort unten, doch die Zweifel regten sich noch immer in mir. War dieser Frieden trügerisch? So verliebt Thierry und ich auch waren, ein Schatten hatte sich über unser Glück gelegt, binnen weniger Stunden. Wut keimte in mir auf. War ich wirklich bereit, bei einem Menschen zu bleiben, dessen Vergangenheit in dunkle, undurchsichtige Kreise reichte? Wie gefährlich konnte das werden? War es nicht besser, ich riss mich jetzt von ihm los, wo wir erst kurze Zeit zusammen waren? Doch was galt dann mein Versprechen? In der Ferne heulte ein Hund auf. Die unheilvolle Ahnung hielt mich im Griff.

Gedankenverloren bewegte ich mich weiter, achtete nicht auf meine Schritte und fand mich schließlich in einem unbekannten Teil des Ortes wieder. Wie von unsichtbaren Schnüren gezogen war ich dem Mond gefolgt. Links von mir führte eine Gasse in ein Viertel, wo nur noch wenige Häuser standen. Ich hatte den äußersten Rand des Ortes erreicht. Kein Mensch weit und breit. Alles schlief. Vor mir lag, vom Mondlicht geflutet und von mächtigen Bäumen umgeben, ein Gehöft. Ich hielt darauf zu, doch als ich mich dem Hof näherte, heulte der Hund ein zweites Mal auf – jetzt in unmittelbarer Nähe. Bevor ich mich versah, hatte er seine Artgenossen aus ihrem hellhörigen Schlummer geweckt. Aus allen Winkeln des abgelegenen Viertels gellte aggressives Knurren und Gebell. Und dann sah ich sie kommen! Von überall her kamen sie zusammen, eine wutentbrannte Meute hetzte wild kläffend auf mich zu. Zehn Hunde bestimmt, ich bekam es mit der Angst zu tun. Reflexartig griff ich nach dem Beutel an meinem Gürtel und spürte den harten, kantigen Granat darin. „Der kann dir jetzt auch nicht helfen!", schoss es mir durch den Kopf, dennoch ließ ich den Stein nicht los. Ich stand da, selbst wie versteinert, unfähig, mich vom Fleck zu rühren. Das Herz schlug mir bis zum Hals. „Die riechen deine Angst! Die Viecher wittern es!"

Was hielt die Hunde noch zurück? Würden sie mich gleich in Stücke reißen? „Nicht bewegen", riet mir mein Instinkt. Ruhig stehen zu bleiben, war meine einzige Chance. Wie durch ein Wunder funktionierte es. Als verliefe eine Grenze im Staub, die nicht überquert werden durfte, verharrte das Rudel am Rande des Gehöfts – nah genug, dass ich die hochgezogenen Lefzen, die aufgerichteten Nackenhaare und die gefletschten Zähne erkennen konnte.

„Oh Gott, lass sie nicht näher kommen", flehte ich den Himmel an und sah nach oben. Die Erinnerung kam schlagartig, dieses Bild hatte ich schon einmal gesehen. Dort oben die klare, strahlende Scheibe des Vollmondes. Hier unten die brodelnde Meute. Es war die Szene auf einer Tarotkarte, ein Mann in San Diego hatte sie mir über den Tisch hinweg zugeschoben.

„Hinterfrage die Menschen, mit denen du dich umgibst!" Mir wurde speiübel vor Furcht, das Blut gefror mir in den Adern. Konnte man da noch von Zufall reden? Ausgerechnet heute, inmitten all meiner Zweifel, fand ich mich in genau dieser Situation wieder?

„Wo warst du?", fragte Thierry benommen, als ich mich neben ihn legte, und gab mir einen Kuss auf die Stirn. Bevor ich etwas sagen konnte, war er wieder eingenickt.

Das Bild auf dem Hügel stand mir noch immer vor Augen. Ein paar Mal hatte einer der Hunde einen Angriff vorgetäuscht, war jedoch in den Schutz der Meute zurückgekehrt, ohne sich an mich heranzuwagen. Schließlich hatten sie das Interesse an mir verloren. Ein Hund nach dem anderen war zu seinem Schlafplatz zurückgetrottet. Am Ende hatte ich allein dort gestanden, zitternd wie Espenlaub. Und dann war ich losgerannt, hatte Hof, Mond und Meute den Rücken zugekehrt und war geflohen als ginge es um mein Leben.

Ich zog den Schlafsack hoch bis zum Kinn. Im Gegensatz zu vorher hatten die Nähe von Thierrys Körper und die verlässliche Regelmäßigkeit seiner Atemzüge nun eine beruhigende Wirkung auf mich. Mein Puls wurde langsamer, und schließlich schlug mein Herz wieder in seinem normalen Takt. Ganz allmählich kam Ordnung in meine aufgewühlten Gedanken. Alles musste purer Zufall sein. Hunde – wo gab es die nicht in Mexiko? Der Albtraum, meine Zweifel und dann noch der Vollmond! All das hatte mich an die Tarotkarte denken lassen. Jetzt kam mir diese Vorstellung geradezu lächerlich vor.

Ich hatte geglaubt, Cayetano und Flavio würden sich lieber ins Nachtleben von Puerto Escondido stürzen, als zwei Verliebte an einen einsamen Strand zu begleiten. Doch weit gefehlt. Die Jungs begeisterten sich sofort für unseren Plan. Nur Ricardo zog es vor, die Weihnachtstage mit ein paar Studenten aus Mexiko City zu verbringen, die er im Ort kennengelernt hatte.

Die Sonne stand schon im Zenit und brannte erbarmungslos, als wir uns zu viert auf den Weg zu der kleinen Bucht machten, Taschen und Rucksäcke zum Bersten mit Proviant und Kochutensilien gefüllt. Cayetano, Flavio und ich hatten vormittags alles Notwendige besorgt, Thierry war im Schutz der Cabaña geblieben.

Mühselig erklommen wir den Felskamm mit dem schweren Gepäck auf den Schultern. Noch schwieriger gestaltete sich allerdings der Abstieg auf der anderen Seite, wo kein Pfad nach unten führte. Hier war klettern angesagt. Einer nach dem anderen hangelten wir uns über Vorsprünge ohne Griff und Tritt die steile Wand hinunter und reichten uns gegenseitig die Gepäckstücke an. Jetzt verstand ich, warum sich keine Menschenseele an diesen Strand verirrte. Unerwünschten Besuch hatten wir hier nicht zu befürchten.

„Warum haben wir uns eigentlich kein Boot besorgt?", keuchte ich. „Zu spät!", sagte Thierry und zeigte auf die andere Seite des Strandes. „Da hinten sieht es gut aus!" Eine Felsgruppe ragte dort meterhoch aus dem Sand, der einzige Sichtschutz, den die Bucht zu bieten hatte. Schweißgebadet und mit glühenden Köpfen stapften wir durch den heißen Sand darauf zu. Flavio verstaute die Lebensmittel und Getränke in der Mitte des Steinkreises, wo es kühl und schattig war. Thierry und ich warfen unsere Taschen und Schlafsäcke hinter die Felsen. Hier konnte man uns nicht einmal vom höchsten Punkt des Felskammes aus sehen, an dem wir so oft abends gesessen hatten.

„Wer kommt mit ins Wasser?", rief ich und riss mir die Kleider vom Leib.

Cayetano stand am Ufer und ließ den Blick sehnsüchtig über die glitzernde Oberfläche des Meeres schweifen. Nur bis zu den Knöcheln, weiter wagte er sich nicht ins Wasser. Wir anderen tobten in den Wellen, die auf unsere frisch eroberte Bucht zu rollten.

„Vén aqui, Cayetano", rief ich und freute mich an meinen jüngst erworbenen Spanischkenntnissen. „El aqua está muy bien." Flavio schüttelte wild mit dem Kopf, in seinem Protest tauchten Worte wie: gefährlich und kann nicht schwimmen auf.

„Er kann was nicht?", rief ich und robbte mich an Flavio heran.

„Cayetano – no swim, no swim!", gestikulierte Flavio und ließ sich wild strampelnd unter Wasser sinken. Mit der erstbesten Welle würde sein Kumpel untergehen wie ein Stein. Fassungslos starrte ich Flavio an, für mich war Schwimmen die natürlichste Sache der Welt. Nie wäre mir in den Sinn gekommen, dass es erwachsene Menschen gab, die sich nicht aus eigener Kraft über Wasser halten konnten. Ich fasste einen Entschluss und kraulte zurück ans Ufer.

„Mach das nochmal. Das sah gut aus." Vom Wasser aus kommentierte Thierry meine Froschbewegungen. Es hatte mich viel Überredungskunst gekostet, Cayetano davon zu überzeugen, dass auch er schwimmen lernen konnte. Die Trockenübungen an Land machte er jedenfalls schon mal mit.

„Du kommst auch noch dran", flachste ich zurück. „Mir dir hab ich nachher ganz andere Übungen vor."

„Ich freu mich schon", jubelte Thierry und legte sich von der Vorstellung überwältigt mit dem Rücken aufs Wasser. Flavio schaute entgeistert zwischen uns hin und her, Cayetano näherte sich dem Ufer wie ein scheues Tier, und ich beschloss, meine Aufmerksamkeit wieder ihm zu widmen, statt meinem verwegenen Freund.

Abends machten wir ein Feuer mit dem Treibholz, das sich ringsum am Rand der Bucht angesammelt hatte und dort trocken lagerte. Wir kochten Polenta, wärmten dazu eine Dose roter Bohnen auf und hielten uns für echte Überlebenskünstler. Flavio holte Dosenbier aus einer Tüte, die wir zum Kühlen ins Wasser gelegt und mit einer Schnur an den Felsen festgezurrt hatten. Cayetano schaute mit verklärten Augen aufs Meer hinaus, es war unschwer zu erkennen, wovon er träumte. Seine anfängliche Zurückhaltung hatte er schnell überwunden und sich schon nach einer halben Stunde ins knietiefe Wasser gewagt. Er hatte sich mit dem Ungeheuer Ozean angefreundet – und der Alte war überaus behutsam mit ihm umgegangen.

Thierry lächelte mich stolz über das Feuer hinweg an. Die Flammen erhellten sein Gesicht, das Grün in seinen Augen begann zu flackern. Ich strich mir die Haare zurück und hauchte ihm einen Kuss zu. Seine schwungvoll geformten Lippen öffneten sich einen winzigen Spalt, Begehren lag in seinen Zügen. Als sein Blick tiefer glitt und sich an mein Dekolleté heftete, wurde mir abwechselnd heiß und kalt. Das Knistern in der Luft kam nicht nur von den Holzscheiten im Feuer.

Ich schnappte mir die leeren Blechschalen und Löffel und trug sie zum Spülen ans Ufer. Flavio gesellte sich zu mir. Er ließ Sand durch seine Hand rieseln. „Arena", sagte er, ich sprach ihm nach. Er nahm einen Löffel: „Cuchara". Dann zeigte er zu seinem Freund, ahmte Schwimmzüge nach und riss die Augen auf. „Cayetano – nadar." Wir kicherten beide los. Ich sah zum Himmel hinauf und atmete tief durch. Das hier war die perfekte Definition von Glück. Als wir ans Feuer zurückkamen, hielt Thierry einen Beutel in die Luft. „Überraschung!"

Meskalin, allerbeste Qualität, und von Thierry als Weihnachtsgeschenk gedacht. „Give me five", rief Flavio, sprang über das

Feuer und klatsche mit Cayetano ab. Die beiden kannten weder Kritik noch Zurückhaltung. Im Gegenteil – Thierry stieg täglich höher in ihrer Achtung. Ihm hatten sie schließlich dieses aufregende Abenteuer zu verdanken. Bereitwillig ließen sie sich von Thierry das Pulver verabreichen und kämpften jeder für sich gegen den Brechreiz an.

Thierry stand auf und kam zu mir herüber. „Jetzt du, mon trésor", nannte er mich mit samtweicher Stimme seinen Schatz.

„Warte", hielt ich ihn zurück. „Woher hast du das Zeug?" Thierry warf einen flüchtigen Blick hinüber zu den Jungs.

„Ich war heute Morgen kurz bei Vincenzo. Wo ist das Problem?" Betroffen sah ich zu Boden. Hatten wir nicht vereinbart, dass er in der Cabaña blieb, damit ihn niemand zu Gesicht bekam? Wie sollte ich ihm erklären, dass mir sein Kontakt zu dem Italiener unheimlich war?

„Was?", drängte Thierry. Seine Stimme klang fünfzehn Grad kälter als Sekunden zuvor.

„Dieser Vincenzo, ich meine, er weiß doch aber nicht, wo wir sind?"

„Natürlich nicht!", zischte Thierry. „Das hier hat nichts damit zu tun!" Er schüttelte den Beutel.

„Ist gut, Thierry", versuchte ich, ihn zu beschwichtigen. Wir hatten einen wunderbaren Tag verbracht, ich wollte nicht schon wieder mit ihm streiten und knuffte ihn in die Seite: „Na los, her mit dem Zeug." Die Frage, ob unser Versteck auffliegen könnte, schluckte ich zusammen mit dem Pulver runter. Beides schmeckte bitter.

Als die Wirkung der Droge einsetzte verflüchtigten sich meine Zweifel. An ihre Stelle traten Leichtigkeit und tief empfundenes Glück – tiefer noch als zuvor. Wir lehnten uns aneinander und beobachteten die Jungs, wie sie auf dem Rücken lagen und hypnotisiert in den Nachthimmel starrten. Thierry legte seine Hand auf mein Knie und ließ sie höher gleiten. Ich kam auf die Beine und zog ihn mit mir.

„Buenas noches, muchachos", flüsterte ich Flavio und Cayetano zu, während Thierry mir willig hinter die Felsen folgte. Von den beiden kam keine Reaktion.

Die Hochstimmung hielt in den nächsten Tagen an, wie ein nicht enden wollender Traum. Vier Spielgefährten, die an einem kleinen Strand am Pazifik den Rest der Welt vergaßen. Wenn wir morgens nüchtern die Augen aufschlugen und aus unseren Schlafsäcken krochen, verteilte Thierry zum Frühstück ein paar Teelöffel Meskalin, und der Trip ging weiter. Die psychedelische Wirkung war sanfter als die der Pilze. Weder veränderten die Dinge ihre Form noch fingen sie an, sich zu bewegen. Nur die Farben wurden intensiver und alles, einfach alles strahlte diese unglaubliche Unbekümmertheit aus.

Am dritten Tag musste Cayetano, der inzwischen ein paar ganz passable Schwimmzüge zustande brachte, einen herben Rückschlag einstecken. Eine Welle erwischte ihn und spülte ihn wie ein Stück Strandgut ans Ufer. Hustend und spuckend kroch er an Land. Von da an betrachtete Cayetano den Alten als hungriges Raubtier, zu dem er leichtsinnigerweise Vertrauen gefasst hatte. Wie sehr ich mich auch bemühte, er ließ sich nicht mehr dazu bewegen, ins Wasser zu gehen. Seine Laune sank in den Keller und verschlechterte sich von Tag zu Tag.

Dagegen vermissten Thierry und ich schmerzlich ein wenig Privatsphäre. Unsere Hände suchten den Körper des anderen, sooft wir ins Wasser gingen. Wenn wir uns gegenseitig mit Öl einrieben und uns dabei unsere Sehnsüchte ins Ohr flüsterten, glitten sie an die geheimen Stellen, die wir inzwischen so gut voneinander kannten. Von dem höchst spannenden Spiel, das wir miteinander trieben, bekamen die beiden jungen Mexikaner nichts mit.

Jeden Abend entfachten wir ein Feuer. Das Flackern der Flammen, der südliche Sternenhimmel mit seiner spektakulären Leuchtkraft, das Licht des abnehmenden Mondes, der sich auf dem Wasser spiegelte – all das faszinierte uns derart, dass wir oft in stundenlanges Schweigen verfielen. Wir befanden uns in einem Zustand vollkommener Sorglosigkeit. Die Uhren hatten aufgehört zu ticken.

Endlich kam der heiß ersehnte Moment, wir schickten Flavio und Cayetano in den Ort, um frische Lebensmittel und Getränke zu besorgen. Kaum waren sie hinter der Bergkuppe verschwunden, da löste Thierry den Knoten meines Bikinis und schob seine Hand unter die Stofffälmchen, die nun lose über meinem Busen baumelten. Er stand dicht hinter mir. Den heißen Atem im Nacken, spürte ich seine Erregung und presste mich an ihn. Dann drehte ich mich zu ihm um und funkelte ihn auffordernd an. Es galt, keine Zeit zu verlieren. Wir hatten viel nachzuholen.

Am Nachmittag, wir lagen selig und noch immer nackt im Sand hinter den Felsen, wurden wir durch ein Motorgeräusch aufgeschreckt. Ein kleines Boot mit Außenborder umschiffte die Klippe und steuerte direkt auf uns zu. In Windeseile schlüpfen wir in unsere Badesachen und blickten dem Boot besorgt entgegen. Auf die Entfernung machten wir drei Personen aus. Wer konnte das sein? War unser Versteck verraten worden? Wir lebten hier seit Tagen selbstvergessen vor uns hin, aber jetzt loderte die Panik wieder auf. Erst als das Boot näher kam, erkannten wir unsere Freunde. An der Pinne saß Ricardo. Er lenkte das Boot auf den Strand. Die beiden Jungs sprangen mit Leichtigkeit an Land, aber dem ungelenkigen jungen Studenten gelang es nur mit Müh und

Not, aus dem Boot zu steigen, ohne ins Wasser zu fallen. Die Kletterpartie über die Felsen hätte er vermutlich nicht geschafft.

„Flavio sagt, der Mann, nach dem du gefragt hast, ist noch da." Ricardo sah Thierry mit hochgezogener Augenbraue an und wartete auf eine Antwort. Thierry schwieg. „Wirst schon wissen, was das zu bedeuten hat." War da ein Unterton von Misstrauen in Ricardos Stimme, oder bildete ich mir das nur ein?

Ricardo erzählte, dass in Puerto Escondido inzwischen die Hölle los war. Am Tag war der Strand von Menschen überfüllt, und in den Nächten wurde in Kneipen und Diskotheken wild gefeiert. Flavio und besonders Cayetano, der inzwischen immer öfter über Langeweile klagte, fingen Feuer, und als Ricardo sich vor Einbruch der Dunkelheit auf den Rückweg machte, begleiteten die beiden ihn ins Dorf. Von da an pendelten alle drei regelmäßig mit dem Boot zwischen unserer Bucht und dem Ort hin und her.

Endlich hatten Thierry und ich alle Zeit der Welt für uns. Wir verbrachten Stunden damit, unsere Körper zu erforschen. Ob stürmisch oder sanft, langsam oder getrieben, wir probierten alles aus. Lag es an unserer Nacktheit in freier Natur, dass wir so hemmungslos miteinander umgingen? An der warmen Luft, die über unsere sonnengewärmte Haut strich, dass wir nie genug voneinander bekamen? Als wären wir die ersten Menschen auf dieser Welt, ohne Scham und ohne jeden Ekel. Wie Thierry mich auch anfasste, ich war wie Wachs in seinen Händen, und ihm ging es nicht anders mit mir.

Dann wieder lagen wir lange nebeneinander und sprachen kaum ein Wort. Die Gesichter einander dicht zugewandt, gestanden wir uns die Tiefe unserer Liebe allein durch die Blicke, mit denen wir uns bedachten.

„T'es tellement belle", flüsterte Thierry einmal und strich mit dem Finger die Linien meines Gesichts nach. Ich rührte mich nicht von der Stelle.

„Dein Lachen, dein Körper, damit ließe sich viel Geld verdienen", sagte er wie beiläufig. Ich fand die Bemerkung irritierend, verstand nicht, was er meinte. Aber ich schwieg.

Eines Nachmittags erzählte Thierry von seiner Familie und von den Freunden in seiner Heimat.

„Ewen und Bruno fahren zur See. Im Juli hatten sie Landurlaub, und wir sind runter nach Marokko Haschisch schmuggeln. Coco, eine Freundin von uns, hat die ganze Ladung verkauft." Thierry lächelte versonnen. „Alle sind scharf auf Coco, aber sie wartet auf ihren Marcel, der bestimmt noch ein paar Jahre absitzen muss. Coco ist cool, genauso wie Julienne. Die traut sich was beim Dealen …" Thierry lachte laut auf. „Manchmal vielleicht ein bisschen zu viel. Einmal konnte sie gerade noch durchs Autofenster abhauen, als die sie schon hatten. Unfassbar. Irgendwie rettet sie immer ihren schönen Hintern."

Ich wandte mich von ihm ab und sah aufs Meer hinaus. Thierrys Bewunderung für andere Frauen kränkte mich. Mit solch beeindruckenden Fähigkeiten im Dealen konnte ich nun wirklich nicht mithalten. Ich erfuhr von einem krummen Ding nach dem anderen. Thierry sprach darüber, als sei es die normalste Sache der Welt. Ein bisschen fühlte ich mich tatsächlich wie Bonnie an der Seite von Clyde. Dabei erschöpfte sich meine eigene Liste mit kriminellen Vergehen schnell. Als Kind hatte ich mit meinen Brüdern ein paar Süßigkeiten im Laden an der Ecke geklaut. Ein anderes Mal hatten wir vom Hinterhof des Postgebäudes einen Kasten Leergut mitgehen lassen. Sogar das hatte mich um den Schlaf gebracht, ich war mir sicher gewesen, dafür hinter Gittern zu landen.

Der Tag neigte sich dem Abend zu, die ersten Sterne zeigten sich am Himmel. Thierry erzählte noch immer von seiner Familie und dem Süden der Bretagne, wo er aufgewachsen war. Ich sah die raue, felsige Küste vor mir, hörte das Geschrei von Möwen. Sogar Thierrys Traum, eines Tages ein Boot zu besitzen und damit die Welt zu umsegeln, träumte ich bald mit ihm. Vielleicht waren es diese Träume von einem Leben im Süden, von Reisen rund um den Planeten, was uns am meisten verband.

Je länger Thierry erzählte, umso mehr zog sich etwas schmerzhaft in mir zusammen. Ich war beinah neidisch auf seine Verbundenheit mit der Bretagne. Wie stand es um mich, um meine Heimat? Auch für mich gab es ein Stück Erde, wo ich Kind gewesen war. Und doch hatte ich seit Wochen nicht mehr an zuhause gedacht. Dabei war Weihnachten! Alle kamen jetzt im Sauerland zusammen – die Familien und die Freunde. Ja, meine Freunde trafen sich jetzt, kamen aus ihren Studienorten nachhause. Georg und Jan, die mich nach Amsterdam gebracht hatten. Udo, bei dem ich die letzten Wochen vor dem Abflug gewohnt hatte. Und Marion, von ihr hatte ich den Granat. Ich wusste genau, wo sie sich alle aufhielten, wie es dort aussah, was sie trieben. Und doch – ich fühlte mich durch und durch heimatlos, wie herausgerissen aus dieser Gemeinschaft. Gehörte ich überhaupt noch dazu? Wie weit hatte ich mich entfernt, wie weit der Wind mich geweht? Wohin war ich gedriftet? Inzwischen war es dunkel geworden, von plötzlicher Unruhe getrieben stand ich auf und suchte den Himmel ab. Den Kopf in den Nacken gelegt lief ich am Strand auf und ab. „Was ist mit dir?", rief Thierry mir zu.

„Der große Wagen. Ich suche den großen Wagen. Ich kann ihn nicht finden. Er ist weg, Thierry!", antwortete ich bestürzt. Der große Wagen war verschwunden. Mein letztes Band zur Heimat war zerrissen.

„Meine Güte, nur noch zehn Tage, mein Visum läuft ab, ich muss zurück in die Staaten." Sylvester war vorbei, das Meskalin aufgebraucht, unsere Köpfe wieder klar – und Silvano immer noch im Ort, meistens in Gesellschaft von Vincenzo und Mario. Der Blick in meinen Reisepass hatte mich auf den Boden der Tatsachen zurückgebracht. Ich konnte es mir nicht leisten, hier noch mehr Zeit zu vertrödeln. Thierry war mit wenigen Schritten bei mir.

„Wovon redest du da? Dann lässt du dein Visum eben verlängern. Ich habe keine Lust auf die Staaten. Mir schwebt Guatemala vor."

„Und wie soll das gehen? Mein Geld wird dafür nicht reichen", gab ich zu bedenken. Ich würde wohl kaum in Mexiko oder Guatemala einen Job als Putzfrau finden.

„Es gibt leichtere Möglichkeiten, an Geld zu kommen." Das war Thierrys Meinung zu dem Thema.

Auf einmal fiel es mir wieder ein. Giuliana hatte davon gesprochen, wie man seine Reiseschecks verdoppeln konnte. Kein Problem sollte das sein. Ein paar hundert Dollar hatte ich noch zurückgehalten, für die Rückreise nach Kanada. Was Thierry wohl davon halten würde?

„Das ist die Lösung", rief er begeistert. „Du musst so schnell wie möglich nach Mexiko City. Deinen Pass meldest du auch gestohlen, der bringt zusätzliches Geld auf dem Schwarzmarkt ein. Und ein neues Visum kriegst du dann auch."

Mein Magen zog sich zusammen, ich biss mir auf die Lippe. Es war ein Gedanke gewesen, nur so dahin geredet – vielleicht, um neben Clyde ein bisschen mehr wie Bonny zu wirken. Ich hatte nicht im Traum daran gedacht, die Sache wirklich durchzuziehen. Doch Thierry schmiedete bereits einen Plan, er legte einen Weg für mich fest. Einen Weg, der nach Mexiko City führte, und wenn ich ihn recht verstand, allein.

Unter Gaunern

„Sieh mich nicht so traurig an. Sobald hier alles geklärt ist, komme ich nach." Thierry löste sich aus meiner Umarmung, schob mich sanft aber bestimmt von sich und reichte mir meine Tasche. Mehr als ein gequältes Lächeln brachte ich nicht zustande. Während ich hinter Flavio und Cayetano die Stufen in den Bus hinaufstieg, presste ich die Lippen zusammen, damit mir nicht doch noch die Befürchtungen herausrutschten, die mich plagten. Der Abschied von Thierry fiel mir nicht nur deshalb schwer, weil wir eine Weile ohne einander auskommen mussten. Mit dem, was ich in Mexiko City tun sollte, machte ich mich strafbar. In welche kriminelle Kreise würde ich dadurch geraten? Schwarzmarkt? Was wusste ich schon davon? In diesen Dingen war ich grün hinter den Ohren und auf mich allein gestellt. Ich hatte keine Ahnung, wie ich die Sache angehen sollte.

Noch mehr Sorgen machte ich mir aber um Thierry. Vor zwei Tagen waren wir aus unserem Refugium in den Ort zurückgekehrt und als erstem diesem Silvano in die Arme gelaufen. Ich schüttelte mich bei der Erinnerung an die Begegnung. Ein kleiner, gedrungener Mann mit eiskalten Augen und freudlosem Lächeln. Er hatte Thierry seelenruhig angesehen und ihn beinah gelangweilt gegrüßt, so als wolle er sagen: „Ich weiß doch längst, dass du hier bist, hab nur auf dich gewartet." Seitdem war es zu keinem weiteren Zusammentreffen gekommen. Thierry hielt das für ein gutes Zeichen, aber ich traute dem Mann so ziemlich alles zu. Wenn es nach mir gegangen wäre, säße Thierry jetzt neben mir im Bus nach Mexiko City, doch er hatte sich in den Kopf gesetzt herauszufinden, was Silvano hier zu suchen hatte. Thierry wollte der Sache auf den Grund gehen und sie ein für alle Mal aus der Welt schaffen, und dabei wollte er mich nicht in seiner Nähe haben. „Er soll denken, du wärst nur eine flüchtige Bekanntschaft gewesen. Du kümmerst dich um deine Angelegenheiten und ich mich um meine." Wohl oder übel spielte ich mit. Bestenfalls war in ein paar Tagen alles überstanden.

Am Morgen hatte ich mir ein Herz gefasst und war auf Cecile und Brigitte zugegangen. Wir hatten so viel Spaß miteinander gehabt, bevor es zu diesem eisigen Schweigen gekommen war, ich wünschte mir zum Abschied eine Versöhnung. Das Nachtleben hatte den Mädchen ganz schön zugesetzt, in den letzten Tagen trieben sie sich ständig mit zwei jungen Italienern herum. Ich fragte mich, ob es nicht besser für sie wäre, bald nachhause zu fliegen. Als ich mich am Strand neben sie hockte, um auf Wiedersehen zu sagen, entstand ein Moment peinlicher Stille, ich war nah dran, meinen Entschluss zu bereuen.

„Und den da lässt du uns hier?", hatte Cecile schließlich mit einem Wink Richtung Thierry gefragt und mich frech angelächelt. Das Eis war gebrochen.

„Frieden", bettelte ich mit einem Kloß im Hals.

„Frieden", kam es wie aus einem Munde von den Mädchen zurück. Zwei Sekunden später lagen wir uns in den Armen, lachten erleichtert auf und gestanden uns gegenseitig ein, wie albern wir uns doch verhalten hatten.

Melanie war nach Deutschland zurück geflogen. Christophe hingegen hatte sich auf den Weg nach Guatemala gemacht. Das trübte augenblicklich meine Freude. Zu gerne hätte ich mich auch mit dem Freund ausgesöhnt, der das längste Stück des Wegs mit mir zusammen gereist war. Zu spät! Diese Chance war vertan. Als ich mich von den Madchen losriss, hatte ich Tränen in den Augen.

Ein echter Trost war, dass Flavio und Cayetano auch nachhause mussten und ich die Reise nach Mexico City nicht alleine antrat. Flavio hatte mir sogar angeboten, bei ihm zu wohnen. Mir war ein Stein vom Herzen gefallen, die erfrischend unkomplizierte Gesellschaft der Jungs tat mir gut. Den beiden würde es schon noch gelingen, mich auf andere Gedanken zu bringen. Wie es wohl sein würde bei Flavio? Lebte er allein, oder erwartete mich eine mexikanische Familie mit vielen neugierigen Kindern, die mich mit großen, schwarzen Knopfaugen ansehen würden? Ich rutschte durch auf den freien Platz am Fenster, klappte die Scheibe hoch und schob meinen Kopf hinaus. Thierry stand neben Ricardo und kam nun lässig zu mir geschlendert. Die Hände in die Taschen vergraben, lächelte er zuversichtlich. Woher nahm er nur diese Gelassenheit?

„Also, wir sehen uns dann bei Flavio." Ich gab mich gefasst, wollte zum Abschied kein schwaches Bild abgeben. „So schnell wie möglich", nickte Thierry und war ganz die Ruhe selbst. Vielleicht machte ich mir einfach zu viele Sorgen. Der Bus fuhr an, wir hauchten uns eine Kusshand zu, ich ließ ihn nicht aus den Augen. Thierry wurde kleiner und der Abstand zwischen uns größer. Nach der ersten Kurve war er aus meinem Blickfeld verschwunden.

Ich drehte mich um und sah nach vorne, sah Mexiko City entgegen, und allem, was mich dort erwartete.

„… und Sie sind wirklich sicher, dass man Ihnen den Pass und die Schecks auf der Fahrt hierher gestohlen hat?", wiederholte der Polizeibeamte in einwandfreiem Englisch. Er beugte sich über den Schreibtisch und schrieb ein paar Notizen auf. Ich wand mich auf meinem Stuhl und hegte den Verdacht, dass er die Frage nicht zum letzten Mal gestellt hatte.

„Ich wüsste nicht, wo sonst!", log ich erneut und hörte selber das Zittern in meiner Stimme. Schon jetzt bereute ich, dass ich mich auf die Sache eingelassen hatte. Lügen war nicht meine Stärke, und ich hatte gerade erst damit begonnen.

„Und Sie sind sich ganz sicher, dass es nicht der junge Mann war, bei dem Sie jetzt wohnen?" Der Beamte hob den Kopf und sah mir ins Gesicht. Forschte er darin etwa nach der Wahrheit? Wenn ich eins nicht hatte, dann ein Poker Face. Doch auf diese Frage konnte ich mit Inbrunst und aus voller Überzeugung antworten. Für Flavio legte ich meine Hand ins Feuer. Der Polizist lachte spöttisch auf, ich hätte gerne gefragt, was er so lustig fand.

„Na, Sie müssen es ja wissen", gab er zurück. Jetzt war ich mir sicher. Der Mann glaubte mir kein Wort.

„Unterschreiben Sie hier, die Kopie brauchen Sie, wenn Sie die Schecks bei American Express gestohlen melden. Die Sache wird geprüft, und Sie bekommen innerhalb von vierundzwanzig Stunden neue Schecks. Aber das wissen Sie sicher schon", erwähnte er noch wie beiläufig und zog wissend die Augenbrauen hoch. „Das mit dem Pass kann ein paar Tage dauern. Falls Ihnen doch noch etwas einfällt, rufen Sie an."

Mit weichen Knien verließ ich das Präsidium und trat ins Freie. Der erste Schritt war getan. Ab jetzt gab es kein Zurück. Alles, was folgte, würde noch viel unangenehmer werden. Und ich musste ohne Thierrys Unterstützung da durch.

Bei American Express war man auf Fälle wie mich eingestellt, hier lief alles routinemäßig ohne große Worte ab. Eine Dame nahm den Polizeibericht und meine Daten entgegen und bestellte mich für den nächsten Tag wieder in ihr Büro. Auf dem Weg zur Deutschen Botschaft starrte ich von meinem Platz im Bus hinaus auf die Straßen und konnte kaum glauben, dass mir die Hässlichkeit dieser Stadt bei meinem ersten Besuch derart verborgen geblieben war. Alles hier kam mir trostlos vor. Von

Flavios Wohnung angefangen, sofern der große, dunkle Bunker diese Bezeichnung überhaupt verdiente. Es gab keine schwarzen Knopfaugen, dafür aber Bierdosen, die eine zweite Laufbahn als Aschenbecher eingeschlagen hatten, schimmliges Geschirr, das sich im Spülbecken stapelte und einen Tisch, der sich bog unter einem Müllberg aus Zeitschriften, Werkzeugen, gebrauchten Tassen und leeren Sardinendosen, in denen Insekten einen qualvollen Tod gestorben waren. Cayetano hatte kurzerhand beschlossen, sich ebenfalls bei Flavio einzuquartieren. So liebenswert die beiden auch waren, Thierry hatte mich zwei unreifen Teenagern anvertraut. Er fehlte mir so sehr, und auch ein ernstes Gespräch mit dem Alten hätte ich dringend gebraucht.

In der Deutschen Botschaft ging mir meine Geschichte schon etwas leichter über die Lippen. Auch Lügen war wohl eine Frage der Routine.

„Sie müssen uns Passfotos bringen", meinte der freundliche, junge Mann, nachdem der bürokratische Teil erledigt war, und erklärte mir, wo ich Fotos machen lassen konnte. „Seien Sie froh, dass nicht mehr passiert ist, bei der Kriminalität in diesem Land. Sie sind doch nicht etwa allein unterwegs?" Er gab mir ein provisorisches Dokument, mit dem ich mich ausweisen konnte. Ich schüttelte den Kopf und schaute weg. Die aufrichtige Sorge in seinem Gesicht, diese unschuldige Gutgläubigkeit in seinen Augen, beschämten mich. Er hegte nicht den geringsten Verdacht, kam mir durch und durch unverdorben vor. Und ich mir so dreckig. War ich dabei, mich in einen durchtriebenen, schlechten Menschen zu verwandeln? Oder trat jetzt eine dunkle, verdorbene Seite von mir ans Licht, die es im Geheimen schon immer gegeben hatte?

„Das wird schon wieder, nur ein bisschen Geduld", sagte mein Landsmann. „In zehn Tagen bekommen Sie Ihren neuen Pass."

Zehn Tage! Das war ein Schock. Zwei, drei Tage, damit hatte ich gerechnet – aber zehn? So lange sollte ich unter dieser Smogglocke zum Warten verdammt sein? Dabei ging mir jetzt schon die Puste aus. Dieses Drecksloch von Metropole. Mir blieb nicht mehr viel Zeit bis zu meinem Rückflug. Was, wenn ich es nicht rechtzeitig nach Vancouver schaffte? Ich musste dringend mit Thierry darüber reden.

Die Mexikaner stellten mir ein Visum für sechs Wochen aus, es sollte später auf meinen neuen Pass zu übertragen werden. Nach all diesen Behördengängen war ich restlos erledigt, das miese Gefühl im Bauch blieb mir auch auf dem Weg zurück zu Flavios Wohnung treu. Als ich in seinem Stadtviertel aus dem Bus stieg, kaufte ich im Laden um die Ecke eine Flasche Tequila und beschloss, mich mit den Jungs nach Strich und Faden zu betrinken. Von wegen Gangsterbraut!

Die Dinge wollten sich beim besten Willen nicht so entwickeln, wie ich es mir erhofft hatte. Ich rannte nun schon seit Tagen durch Mexico Citys Märkte und Einkaufsstraßen, ohne Aussicht auf Erfolg. Wer immer behauptet hatte, es wäre ein Kinderspiel, die Schecks loszuwerden, hatte mich glattweg belogen. Die Geschäftsleute und Ladenbesitzer der Stadt waren nicht so leicht hinters Licht zu führen. Ein Anlauf nach dem anderen scheiterte, niemand war gewillt, Reiseschecks zu akzeptieren.

Ich bewegte mich durch einen Markstand und heuchelte Interesse an den Hängematten vor. „Wieviel kosten die hier", fragte ich den Verkäufer und legte meine Hand auf eine der Matten.

„Die großen fünfundzwanzig, die kleinen fünfzehn Dollar. Für zwei auf einmal gibt es zehn Prozent Rabatt." Die Arme auf dem Rücken verschränkt behielt der Mann mich im Auge. Ich ließ die Matte los, entfernte mich ein Stück und uberflog das Angebot.

Taschen, Portemonnaies, Gürtel. Ich hob eins nach dem anderen auf und legte es wieder zurück. Gelangweilt ließ ich den Blick über den Marktplatz schweifen. Erst dann schlenderte ich zurück zu den Matten. „Also gut, ich nehme die Kleine hier", wählte ich ein Exemplar mit gelben und blauen Streifen aus und zog einen fünfzig Dollar Scheck aus meiner Gürteltasche.

„Vergiss es", schüttelte der Mann den Kopf. „Ich nehme nur Bares."

Ich gab noch nicht auf und hielt ihm den Scheck hin. „Sie können mir das Wechselgeld ruhig in Pesos rausgeben."

„Lös den Scheck ein, dann kannst du wiederkommen!"

„Pah", entfuhr es mir schnippisch, ich zuckte mit den Schultern. „Dann kaufe ich mir eben woanders eine Hängematte."

„Träum weiter, Chica.", sagte der Mann und ließ mich stehen. Ich wusste, dass ich verloren hatte, stopfte den Scheck zurück in die Gürteltasche und kapitulierte.

Abend für Abend kehrte ich zu Flavios Wohnung zurück, und nicht einmal war es mir geglückt, auch nur einen einzigen Scheck unters Volk zu bringen. Wie zum Teufel sollte ich sie dann erst alle loswerden? Ich wusste mir keinen Rat. Die Jungs konnten mir auch nicht weiterhelfen. Mittlerweile hatte ich sämtliche Boutiquen und Marktviertel abgeklappert, die Cayetano mir aufgelistet hatte.

Frustriert ließ ich mich auf das speckige Sofa fallen. Flavio drückte mir eben ein Bier in die Hand, als es an der Tür klopfte. Er verdrehte die Augen. In der Nachbarschaft hatte es sich wie ein Lauffeuer herumgesprochen, dass ein deutsches Mädchen bei ihm wohnte. Jetzt tauchten ständig Freunde und Bekannte unter fadenscheinigen Vorwänden vor seiner Tür auf, und das ging ihm mächtig auf die Nerven. So interessiert die Männer waren, umso abweisender verhielten sich die Frauen, sei es, weil es als unsittlich galt, wenn eine unverheiratete Frau mit Männern den

Haushalt teilte oder einfach nur, weil ich zum Gesprächsthema Nummer eins avanciert war. Auch in einer Millionenstadt war ein Stadtviertel eben nur ein Stadtviertel, um nicht zu sagen, ein Dorf. An der Tür wurde jetzt energischer geklopft, Flavio machte keine Anstalten, nachzusehen, wer da draußen stand.

„Bitte Flavio!", flehte ich und richtete ich mich auf, „was, wenn es Thierry ist?" Flavio fluchte irgendetwas Derbes und öffnete die Tür einen Spalt breit, schimpfte erneut und schlüpfte nach draußen. Von dort drang jetzt ein heftiger Wortwechsel auf Spanisch herein. Niedergeschlagen sackte ich wieder in mich zusammen, meine Laune sank auf den Nullpunkt. Eine Woche war ich jetzt hier und noch immer kein Lebenszeichen von Thierry. Wo blieb der Kerl nur? Ich sehnte mich nach ihm, brauchte dringend seine Unterstützung bei meinem hoffnungslosen Unterfangen. Gleichzeitig verwünschte ich ihn dafür, dass er mich zu dieser ganzen Sache angestiftet hatte. Sollte er doch mal zeigen, wie er es anstellen würde, die Schecks loszuwerden. Wut war immer noch besser als Angst – und Angst überkam mich, sobald ich mir ausmalte, dass Thierry in Schwierigkeiten steckte. Jeden Tag wurde die Angst größer, erschien mir diese Erklärung plausibler. Hinzu kam, dass ich mir inzwischen ein ganzes Spektrum an grässlichen Möglichkeiten ausgemalt hatte, was Thierry passiert sein könnte. Ausgeraubt, mit Drogen verhaftet, Autounfall, ertrunken ... nichts hielt ich für unmöglich. Außer, dass er mich hier einfach sitzen gelassen hatte.

Als ich endlich meinen neuen Pass in den Händen hielt, stand mein Entschluss längst fest. Wir hatten Mitte Januar, noch fünf Wochen, dann ging in Vancouver mein Flieger zurück nach Deutschland. Ich musste Thierry suchen, musste zurück nach Puerto Escondido. Wenn ich ihn nicht bald fand, wer konnte dann schon sagen, wann ich ihn überhaupt wiedersehen würde?

Stürmisch blies der Wind über den Strand, wirbelte Sand auf und peitschte ihn vor sich her. Der Alte riss das Maul weit auf und brüllte das Land an, als wolle er allen Unrat, alles Verderbte hinwegfegen von Mexikos Küste. Die Wellen türmten sich haushoch auf und rollten mit ungebremster Kraft auf den Uferstreifen zu. Nur ein paar verwegene Surfer nahmen den Kampf mit den brodelnden Wassermassen auf, ansonsten war der Strand menschenleer. Ich kniff die Augen zusammen und hielt auf die Cabañas zu, die langsam in Sichtweite rückten. Über ihren Dächern bogen sich die Palmen bedrohlich tief. Gegen den Wind gestemmt erkämpfte ich mir das letzte Stück Weg, doch als ich die Terrasse betrat, überwältigte mich die Trostlosigkeit.

Nichts erinnerte an das kunterbunte Treiben, das hier um die Weihnachtszeit und den Jahreswechsel geherrscht hatte. Kein Mensch saß an den Tischen, die Stühle waren an die Seite geräumt und übereinander gestapelt worden. War dies derselbe Ort, den ich zwei Wochen zuvor verlassen hatte? Szenen von sonnigen, glücklichen Stunden drängten sich mir auf und bildeten einen niederschmetternden Kontrast zu dem, was ich vor Augen hatte. Thierry lachend am Strand, wie er mit gefüllten Händen auf mich zu lief und Wasser über meinen erhitzten Körper spritzte. Das Bild verblasste in den Nebeln meiner Ungewissheit. Gab es hier überhaupt noch irgendetwas für mich zu finden?

Hinter dem Tresen stand ein kleiner Junge, das Kinn auf die Ablage geschoben. Ich hatte ihn oft hier gesehen, es handelte sich um den jüngsten Sohn von Señor Rodriguez, dem Besitzer der Cabañas. Als ich an ihn herantrat sah er mit großen, schwarzen Augen zu mir auf.

„Hola niño! Tu padre? Está aquí?", fragte ich den Kleinen nach seinem Vater und hievte meine Tasche auf den Tresen. Der Junge hielt stumm den Blick auf mich gerichtet, bohrte den Finger in die Nase und schüttelte verlegen den Kopf. Ein Seufzer entfuhr mir, ich sah mich unschlüssig um. Wie lange sein Vater wohl wegbleiben würde? Was sollte ich tun? Ich hatte mich beeilt, hierher zu kommen. Von meiner Sorge um Thierry angesteckt, hätten Cayetano und Flavio mich gerne begleitet, doch das ließ ihre Arbeit nicht zu. Außerdem musste jemand da sein, wenn Thierry plötzlich vor Flavios Tür stand. In Oaxaca hatte ich den Anschlussbus nach Puerto Escondido genommen. Wie schon bei meinem ersten Stopp in der Stadt hatte mich auch dieses Mal die Hoffnung auf ein Wiedersehen weitergetrieben, ich war wie gefangen zwischen Hoffen und Bangen. Doch jetzt ließen sich die Fragen, die mich seit Tagen quälten, nicht länger aufschieben. Wenn Thierry immer noch hier war, warum hatte er dann sein Versprechen, nach Mexiko City zu kommen, nicht eingehalten? Und fand ich ihn nicht – was dann? Allein der Gedanke versetzte mich in helle Panik und machte es mir unmöglich, hier untätig herumzustehen.

Ich wandte mich wieder dem Jungen zu und beugte mich zu ihm hinunter. Mit den wenigen Brocken Spanisch, die mir zur Verfügung standen, versuchte ich, ihm begreiflich zu machen, dass ich nur kurz in den Ort gehen und so lange meine Tasche bei ihm unterstellen würde.

„Comprendes?", fragte ich behutsam. Der Junge hing noch immer wie gefesselt mit diesen großen, feuchten Augen an mir und sagte kein einziges Wort. Ich bezweifelte, dass er mich verstanden hatte. „Pass gut darauf auf?", sagte ich und klopfte auf meine Tasche. Ich löste mich mit einem Ruck vom Tresen und marschierte zurück zum Ortskern, von Wind und Ungeduld in gleichem Maße getrieben.

Überall, in jedem Laden und in jedem Lokal, wo Thierry und ich uns zusammen blicken lassen hatten, wurde ich freundlich begrüßt. Man erinnerte sich an den dunkelhaarigen jungen Mann, der so oft an meiner Seite gewesen war. Weiterhelfen konnte mir allerdings niemand. Stattdessen erntete ich mitleidige Blicke. Keiner konnte sich entsinnen, ihn in den vergangenen Tagen im Ort gesehen zu haben, dabei war die Zahl der Touristen überschaubar geworden. Wäre Thierry noch hier, hätte er jemandem auffallen müssen. Es sei denn, er hielt sich absichtlich versteckt.

Es war im Grunde ein aussichtsloser Versuch, doch ich machte mich auf den Weg zur kleinen Bucht am Ende des Strandes. Gischt benetzte meine Haut, als ich mich dicht entlang des Wassers dem Felsvorsprung näherte, von dem aus Thierry und ich so manchem Sonnenuntergang zugeschaut hatten. Die Erinnerung an unsere Momente inniger Zweisamkeit schnürte mir die Kehle zu, und ich biss mir auf die Lippen, als ich die Kuppe erklomm und von dort auf die verlassene Bucht hinunter sah.

Der Wind ging hart hier oben. Rein gar nichts deutete dort unten noch hin auf unsere Zeit am Strand. Die Feuerstelle war weggespült worden, alle Spuren im Sand längst verwischt. Der Ozean flutete die Felsengruppe, in deren Schutz wir gelegen und uns geliebt hatten. Wie schnell Glück verflog, wenn es sich an Orte und Menschen band! Unbarmherziger hätte es mir nicht vor Augen geführt werden können. Wie allein ich hier stand, wie bitter die Einsamkeit schmeckte. Selbst im Sturm war die Luft tropisch heiß, der Schweiß lief mir den Körper hinunter, und dennoch fror ich. Reiß dich zusammen, ermahnte ich mich, kehrte der Bucht den Rücken und machte mich an den Abstieg. Du wirst ihn finden!

Mit einem Satz landete ich auf dem Strand, zog mich aus und rannte trotzig auf die Sturmflut zu, wie auf den Gegner in einer erbitterten Schlacht. Sollte der Alte den Kummer, die drückenden Gedanken und den klebrigen Film von mir spülen, so, wie er die

Spuren unseres vergangenen Glücks beseitigt hatte. Ich brauchte dringend neue Energie, und er würde sie mir geben. Wer wusste schon, was mir noch bevorstand?

Schwungvoll fegte der Mann Schmutz und Staub von der Terrasse und stellte den Besen zur Seite. Schon von weitem hatte ich ihm zugewunken. Nun schirmte er mit der Hand die Augen vor der Sonne ab und sah zu mir herüber.

„Hola, Señorita. Welcome back", rief Señor Rodriguez mir zu und begab sich hinter den Empfangstresen. „Ich sag's den Leuten ja immer – es gibt keinen besseren Ort in ganz Mexiko als Puerto Escondido!"

Der kleine Junge spielte jetzt vor dem Gebäude im Sand. Ich ging an ihm vorbei, ohne ihn zu beachten. Meine Nerven waren zum Zerreißen gespannt, ich ersparte uns die seichte Plauderei und kam direkt zur Sache. Dies war die letzte Chance, einen Hinweis zu bekommen, wo Thierry steckte. Womöglich hielt er sich noch immer hier auf, nur wenige Meter von mir entfernt. Señor Rodriguez schüttelte den Kopf.

„Und die Mädchen, Brigitte und Cecile, sind die denn noch hier? Die wissen vielleicht mehr?", fragte ich atemlos.

„No, no, hier sind momentan nur noch Amerikaner. Die Italiener, die Franzosen, die sind alle weg. Nach Neujahr sind alle abgereist."

Meine Hoffnung wich einer niederschmetternden Leere. Ich brauchte einen Moment, um Herr über meine Bestürzung zu werden. Als ich schließlich fragte ob er wisse, wohin Thierry von hier aus wollte, klangen die Worte selbst in meinen Ohren wie Gejammer. Der Mexikaner zog die Augenbrauen hoch und legte die Stirn in Falten.

„Dein französischer Freund? Der ist nach Acapulco."

„Acapulco? Wieso Acapulco?", entfuhr es mir eine Spur zu laut. Señor Rodriguez zuckte mit den Schultern und legte, ein Lächeln in den Mundwinkeln, einen Schlüssel auf den Tresen. Verspottete der Mann mich etwa?

„Vielleicht hat dein Freund eine Verabredung mit einer anderen Dame?", stichelte er und schob mir den Schlüssel zu. „Ist dieselbe Cabaña wie letztes Mal. In ein paar Tagen hast du den Jungen vergessen."

Warum sagte er solche Gemeinheiten? War ich nicht schon verzweifelt genug? Wut stieg in mir auf, verwandelte sich in Zorn. Was ich jetzt am wenigsten brauchte, war dieser beißende Hohn. Und auch die verdammte Cabaña brauchte ich nicht. Ich schob den Schlüssel über den Tresen zurück und verlangte nach meiner Reisetasche.

Das Lächeln auf Sr. Rodgriguez Gesicht gefror. „Du hast eine Cabaña angemietet. Vorhin, bei meinem Sohn! Wenn du sie nicht mehr willst, musst du sie trotzdem bezahlen."

Mir stockte der Atem, das war der Gipfel der Unverfrorenheit. Angesichts der absurden Situation erfasste mich ein hysterisches Lachen, immer wieder zeigte ich auf den Kleinen im Sand.

„Das Kind da? Der Junge? Das ist … das ist so was von lächerlich … der kann doch kaum reden." Völlig fahrig versuchte ich zu erklären, dass ich die Tasche einfach nur nicht hatte herumschleppen wollen. „Von nichts anderem war die Rede!", rief ich empört.

Die Miene des Mexikaners blieb kalt und unbeeindruckt, nur in seinen Augen blitzte es bedrohlich. „Acht Dollar für die Nacht, oder die Tasche bleibt hier!" Er beugte sich zu mir vor, ich wich vor ihm zurück. Ich hatte bei ihm gewohnt, täglich mein Frühstück bei ihm bestellt. Für all das hatte er Geld kassiert, und an Thierry hatte er ebenso gut verdient. Wie konnte er mich so behandeln? Womöglich steckte Thierry in Schwierigkeiten.

Und was tat dieser Mistkerl? Er schlug Profit aus meiner Not und erpresste mich. Doch was blieb mir anderes übrig, als ihm zu geben, was er forderte? Ich drehte mich zur Seite, zählte das Geld ab und hielt die Scheine in vermeintlich sicherem Abstand in die Höhe.

„Erst meine Tasche, dann das Geld!", zischte ich und merkte im selben Moment, wie lächerlich mein großspuriger Auftritt wirken musste. Der Mexikaner stieß einen verächtlichen Laut aus, griff aber unter den Tresen und holte die Tasche hervor. Ich schnappte sie mir und warf ihm im Gegenzug die Scheine hin. Während ich mich aufgebracht entfernte, ließ ich wüste deutsche Flüche auf den Mexikaner los. Nur die letzten Worte warf ich ihm auf Spanisch an den Kopf. „Nos vemos, cabron!" Dabei hatte ich nicht die geringste Lust, ihn jemals wiederzusehen.

Es war längst nach Mitternacht, als ich Acapulco erreichte. Benommen von den wenigen Stunden unruhigen Schlafs und einem verwirrenden Traum, in dem Giuliana Thierrys Geliebte war und ich vor Eifersucht brannte, stieg ich mit den anderen Fahrgästen aus dem Bus. Ich sah, wie die meisten von ihnen geradewegs auf die Taxis zuhielten und einer nach dem anderen verschwand. Auf der breiten, ausgebauten Straße, die ganz in der Nähe vorbeiführte, herrschte auch um diese Uhrzeit noch reger Verkehr. Ein Meer von Straßenlaternen erhellte die Nacht, der Lärm der großen Stadt hing wie eine dröhnende Glocke über mir. Mit einem Schlag wurde mir die Aussichtslosigkeit meines Vorhabens bewusst. Wäre mir nicht so elend zumute gewesen, dann hätte ich über meine Naivität lachen müssen. Thierry hier zu finden war schlichtweg unmöglich, es war eine Suche nach der berühmten Nadel im Heuhaufen.

Irgendwo hinter den Silhouetten der Hotelgebäude, die nicht

allzu weit entfernt in den Himmel ragten, lag der Ozean. Ohne Widerstand zu leisten, ließ ich mich von meinen Füßen zum Strand tragen, als gäbe es keine Alternative, keinen anderen Ort für mich. Schon die vergangene Nacht hatte ich im Bus verbracht. Ich war am Ende meiner Kräfte. Alles, was ich wollte war, im Sand zu liegen und mich vom Rauschen der Wellen trösten zu lassen. Unter dem Gewicht meiner Tasche und meiner Mutlosigkeit schleppte ich mich weiter, bis die Dichte der Bebauung nachließ und auch die Lichter dunkler wurden. Erst als der Widerhall der Stadt in die Ferne rückte und ich mich in meinem desolaten Zustand weit weg genug wähnte von den Menschen und ihrer Betriebsamkeit, erst da suchte ich mir einen geschützten Platz in den Dünen und verkroch mich in meinem Schlafsack.

Am nächsten Morgen weckte mich ein klebriges, verschwitztes Gefühl am ganzen Körper. Ich setzte mich im Sand auf und starrte aufs Meer hinaus. Acapulco! Was hatte Thierry hier verloren? Warum war er hierher gefahren? Zum hundertsten Mal stellte ich mir diese Frage und fand keine Antwort. Doch nun war ich selbst hier. Da konnte ich mich auch genauso gut auf die Suche nach ihm machen. Noch während ich mir den Sand aus den Kleidern klopfte und meine Sachen zusammenpackte fasste ich den Entschluss, in jedem gottverdammten Hotel entlang des Strandes nachzuforschen. Es war nur ein letzter, verzweifelter Versuch – und wahrscheinlich zum Scheitern verurteilt. Ich besaß nicht einmal ein Foto von Thierry. Sein Name und meine Beschreibung von ihm waren alles, womit ich mich von Hotel zu Hotel und schließlich auch in den kleineren Pensionen durchfragte – überall mit demselben Ergebnis wie in Puerto Escondido. Mitleidige Blicke, ratlose Gesichter, Kopfschütteln und ein „Tut uns leid, señorita", zur Antwort. Ich brauchte dringend ein Wunder. Den ganzen Tag über umklammerte ich meinen Granat und beschwor ihn mit Wünschen. Doch die Sonne stieg, erreichte den Zenit, und als sie wieder sank, schwand mit ihr die Hoffnung. Am späten Nachmittag und zum Abend hin erreichte sie ihren Tiefpunkt, der unter null lag. Als die Nacht hereinbrach, gab ich mich endgültig geschlagen und nahm den Nachtbus nach Mexiko City.

Niemand merkte, dass Tränen über meine staubigen Wangen liefen und dort ihre Spuren hinterließen. Die Stirn ans Fenster gepresst starrte ich in die schwarze Nacht hinaus. Thierry! Warum tat er mir das an? Warum ließ er mich im Stich? Die Wahrheit ließ sich nicht länger verleugnen. Wenn er nicht inzwischen bei Flavio aufgetaucht war, gab es nichts, was ich noch tun konnte. Dann war der Mensch, der zu mir gehörte wie meine zweite Hälfte, für mich verloren. Unwiederbringlich. Durch mein banges Herz zog sich ein Riss.

Die Männer standen an derselben Straßenecke wie immer, ihr Anblick war mir inzwischen vertraut. Es war nicht das erste Mal, dass ich sie hier herumlungern sah, wenn ich die Zona Rosa durchkreuzte. Ein paarmal hatte ich mitbekommen, wie sie Touristen ansprachen, die sich durch das bunte Viertel mit seinen vielen Boutiquen, Läden und Cafés schoben. Die meisten Leute schüttelten den Kopf und gingen weiter, doch manchmal hatten die Männer Erfolg. Dann verschwand eine der zwielichtigen Gestalten für kurze Zeit mit dem Kunden in einer schattigen Nische und wickelte dort schnell und routiniert den Deal ab. Ich nahm an, es ging um Drogen. Eine ganze Weile beobachtete ich die Männer nun schon und rang mit mir, ob ich den Schritt wagen sollte. Dazu musste ich nur die Straße überqueren. Wer hier mit Drogen handelte wusste mit Sicherheit auch, wo und wie man einen Pass und Schecks zu Geld machen konnte. Es war ein letzter Versuch. Ob er nun glückte oder nicht, danach würde ich mich auf den Weg nach Kanada machen. Diese Entscheidung stand fest. Nach meiner Rückkehr aus Acapulco hatte ich mich eine Weile in Flavios Bude verkrochen und meine Wunden geleckt. Es war die Ungewissheit, die meine Lage geradezu unerträglich machte. Aus Mangel an Beweisen, dass Thierry mich wirklich sitzen gelassen hatte und nicht, wie befürchtet, in Schwierigkeiten geraten war, wollte es mir nicht gelingen, wütend zu werden. Dabei hätte ich die Wut dringend gebraucht, um einen Schlussstrich zu ziehen. Stattdessen quälte mich noch immer die Angst um ihn. Sie hielt meine unerfüllte, halb verhungerte Liebe am Leben – und sie hielt mich in Mexiko City fest.

Am Morgen hatte mich ein Gedanke aus dem Schlaf gerissen, der mir schon längst hätte kommen müssen. Was, wenn Thierry mich gar nicht finden konnte, wenn er Flavios Adresse verloren hatte? Wie würde er vorgehen, an wen sich wenden? Die Französische Botschaft, dort musste ich fragen! Das war die zündende Idee, ich schoss aus dem Bett. Vielleicht gab es doch noch Hoffnung.

Die Jungs saßen am Frühstückstisch und wechselten erstaunte Blicke, als ich mir die Jacke überwarf und fragte, welcher Bus zu nehmen war und wo ich aussteigen musste. Für lange Erklärungen hatte ich es zu eilig. Sekunden später war ich zur Tür hinaus und rannte los, einer winzigen Chance hinterher.

Auf der anderen Seite des Schreibtischs hatte die französische Beamtin den Telefonhörer zurück auf die Gabel gelegt und kaum merklich den Kopf geschüttelt. „Nein, mein Kollege weiß auch nichts." In ihrem Blick lag Bedauern. Sie griff in das Regal hinter sich und schob mir Papier und Kugelschreiber über die Tischplatte zu.

„Schreiben Sie auf, wo ich Sie erreichen kann, falls sich der junge Mann doch noch bei uns meldet. Am Schwarzen Brett können

Sie eine Nachricht hinterlassen." Als ich kurz darauf den Zettel mit Flavios Adresse an die Tafel heftete, erlosch das Flackern, das für wenige Stunden mein Herz hatte schneller schlagen lassen. Wie sehr mir diese Täuschungsmanöver meines Wunschdenkens inzwischen verhasst waren! Jedes Mal wurde ich aufs Neue enttäuscht. Es war an der Zeit, mir mein Scheitern einzugestehen. Ich hatte alle Hebel in Bewegung gesetzt, nichts unversucht gelassen. Es gab nichts, was ich noch tun konnte.

Den Blick noch immer auf die Männer drüben am Eck gerichtet fasste ich mir ein Herz. Es war mitten am Tag und den Versuch wert. Die Kerle würden mir schon nichts tun, hier auf offener Straße. Ich war noch keine drei Schritte weit gekommen, als ich hinter mir jemanden rufen hörte.

„Hola Marlena", ertönte es in lautem Singsang über die breite, befahrene Straße hinweg. War etwa ich gemeint? Das konnte nicht sein. Und doch, ich stockte. Etwas im Klang der Stimme, die da wie selbstverständlich über alle anderen Geräusche hinweg segelte, kam mir vertraut vor. Langsam drehte ich mich um. Ein Mann überquerte die Fahrbahn mit großen, federnden Schritten und kam direkt auf mich zu. Die schlichte Eleganz seiner Kleidung – er trug zur Jeans ein luftiges Sommerhemd und sportliche Lederschuhe – unterstrich die Leichtigkeit seiner Bewegungen. Seine lange, schlanke Gestalt schwebte beinah über die Straße und beherrschte die Kulisse ohne jede Mühe. Mit erhobener Hand gebot er dem Fluss der Fahrzeuge Einhalt, ohne nach rechts oder links zu sehen. Fasziniert stand ich da und sah, wie der Mann über das ganze Gesicht strahlte und noch im Gehen die Sonnenbrille abnahm, Augen und Hakennase geradewegs auf mich gerichtet.

Vincenzo! Er kam in einer Art und Weise auf mich zu, als freue er sich über alle Maßen, hier zufällig eine alte Bekannte anzutreffen. Dabei hatte ich nie mehr als ein paar belanglose Sätze mit ihm gewechselt. Im Gegensatz zu Thierry hatte ich mich in Puerto Escondido von den Italienern ferngehalten. Im Bruchteil einer Sekunde begriff ich, welche Chance sich mir auftat. Mehr als jedem anderen traute ich diesem Mann zu, in Erfahrung zu bringen, was mit Thierry geschehen war. Wenn er es nicht sogar schon wusste.

„Ciao bella", erklang wieder Vinzencos Belcanto. Auf die letzten Meter streckte er mir seine Arme weit geöffnet entgegen. „Was tust du hier alleine, schöne Frau?", fragte er und umfing mich mit einer Herzlichkeit, dass ich nicht wusste, wie mir geschah. War ich Rotkäppchen und er der böse Wolf? Oder begegnete ich meinem Retter in der Not? Noch während Vincenzo die Umarmung löste, plapperte ich los. Dass gar nichts in Ordnung sei, dass ich Thierry nicht finden könne, dass ich ihn schon überall gesucht hätte, und dann die Sache mit den blöden Schecks …

„Calma te, calma te", unterbrach mich Vinzenco. Er nahm mich bei den Schultern wie ein aufgeregtes Kind und sah mich eindringlich an.

„Siehst du das Taxi da vorne, mein Freund Mario wartet dort. Komm mit uns, wir gehen etwas essen. Dann kannst du uns alles in Ruhe erzählen. Es gibt für alles eine Lösung."

Seine Zuversicht war Balsam für meine Seele. Erst jetzt spürte ich, wie allein ich meinen Kampf gekämpft hatte. Er legte den Arm um mich und führte mich auf die andere Seite der Straße. Willenlos ging ich mit. Als Vincenzo die Tür des Taxis für mich aufhielt und ich einstieg, begrüßte mich auf der Rückbank Marios atemberaubendes Lächeln.

Der Besitzer des Restaurants geriet über Vincenzos und Marios Erscheinen in regelrechte Euphorie, die Begrüßung wurde mit vielen Worten, Küssen und Umarmungen zelebriert. Der Mann führte uns zu einem Tisch in der schönsten Ecke des Lokals, wie er mir gestenreich versicherte. Für seine Freunde sei das Beste gerade gut genug.

„Und Pepes Pasta übertrifft alles in der Stadt", lobte Vincenzo ihn im Gegenzug, während wir uns setzten. Der quirlige kleine Italiener machte keine Anstalten, das Kompliment abzuwehren, sondern nickte mir gut gelaunt zu. Er reichte uns die Speisekarten.

„Sucht in Ruhe aus. Ich sag in der Küche Bescheid, dass sie die Antipasti für euch zubereiten. Der gleiche Wein wie immer, nehme ich an." Ich wurde nicht gefragt, die Männer entschieden für mich mit.

„Nimm eine Pizza", empfahl mir Vincenzo als Pepe gegangen war. „Die ist noch besser als die Pasta." Mario stimmte ihm zu. Er war zurückhaltender als Vincenzo, aber ich hatte nicht den Eindruck, dass er in seinem Schatten stand. Das hätte allein sein attraktives Aussehen unmöglich gemacht. Es war eher so, dass Mario aus dem Hintergrund alles höchst aufmerksam mitverfolgte, während Vincenzo den aktiveren Part übernahm.

„Also, was hast du auf dem Herzen? Erzähl!" Vincenzo legte die Speisekarte zur Seite und lehnte sich abwartend zurück.

Die Gegenwart der beiden hatte etwas Tröstliches, als wäre mit ihnen etwas von der glücklichen Zeit in Puerto Escondido zurückgekehrt. Ich erzählte ihnen die ganze Geschichte, vom Moment unserer Trennung, über die Zeit des untätigen Wartens und von meiner Suche bis nach Acapulco. Ich schloss mit dem letzten gescheiterten Versuch am Morgen auf der Botschaft, wo nun am Schwarzen Brett eine Nachricht auf Thierry wartete.

„Meine Güte. Ich wollte, eine Frau würde mal für mich einen solchen Aufwand betreiben. Sie muss diesen Thierry wirklich gerne haben?" Vincenzo spielte wieder mit dem kleinen, silbernen Kreuz um seinen Hals und sah zu Mario hinüber, der still in sich hineinlächelte.

„Ja! Sehr!", sagte ich leise und senkte den Blick. Eine Hand legte sich tröstend auf meine Schulter.

„Du wirst ihn schon noch wiedersehen", hörte ich Marios Stimme. „Wir halten die Augen offen und finden ihn für dich", schloss Vincenzo sich ihm an. Damit war das Thema beendet. Die Worte hingen frech und verstörend im Raum.

Was für eine dreiste Behauptung. Wie kamen die beiden dazu? Egal, wie viele Freunde man hatte, egal, wie einflussreich man war – jemanden in einem Land wie Mexiko zu finden war ein Ding der Unmöglichkeit! Wahrscheinlich hatten sie nur genug von meinem Gejammer. Und trotzdem! Ein Teil von mir wollte ihnen Glauben schenken.

Zu allem Überfluss schoss mir beim ersten Bissen meiner Pizza ein beißender Schmerz durch den Unterkiefer, ich legte das Besteck beiseite und hielt mir die Wange.

„Alles in Ordnung?", fragte Vinzenco.

„Zahnschmerzen", presste ich durch die Lippen.

„Dann müssen wir sie zu unserem Zahnarzt bringen", schlug Mario leichthin vor. Ich winkte ab.

„Kein Geld dafür, muss bis Kanada reichen. Werde doch die blöden Schecks nicht los", nuschelte ich. Vincenzo hakte nach, ihm fiel ein, dass ich schon auf der Straße davon geredet hatte. Mit wenigen Worten erzählte ich von dem missglückten Plan und dem Dilemma, in dem ich nun steckte.

„Warum gehst du damit nicht einfach zu einer Bank?", fragte Mario. „Da muss man dir Geld dafür geben." Er hatte mich wohl nicht richtig verstanden. Wie sollte ich Schecks, die ich selber gestohlen gemeldet hatte, in einer Bank einlösen können?

„Du unterschreibst mit links", antwortete jetzt wieder Vinzenco mit der ihm eigenen Gelassenheit. „Ist reine Übungssache. Deinen alten Pass nimmst du, um dich auszuweisen. So kann dir keiner was nachweisen. Wir reden hier von ein paar hundert Dollar, richtig? Da kräht doch kein Hahn nach!"

Fassungslos sah ich von einem zum andern und nahm einen tiefen Schluck aus meinem Glas. Sollte sich tatsächlich wenigstens für dieses Problem eine Lösung gefunden haben? Die beiden ließen mich die Neuigkeit erst einmal verdauen und nickten mir fröhlich zu.

„Und um deinen Pass kümmern wir uns, sobald du ihn nicht mehr brauchst. Das ist nun wirklich das kleinste Problem." Mario behielt sein charmantes Lächeln auf den Lippen, obwohl ich ihn ganz sicher anstarrte wie ein Schaf. Binnen weniger Sekunden löste sich ein Problem nach dem anderen, ich kam mit dem Tempo nicht mit.

Vincenzo schenkte Wein nach, mein Glas hatte ich inzwischen geleert. „Wo wohnen noch mal deine mexikanischen Freunde?", fragte er. „In der Gegend muss man doch trübsinnig werden. Am besten du kommst ein paar Tage mit zu uns."

Ich winkte ab. Das war nicht fair Flavio und Cayetano gegenüber, die alles mit mir teilten, was sie besaßen.

„Ein paar schöne Dinge zu sehen, bringt dich auf andere Gedanken", ermutigte mich Mario, als hätte er meine Gedanken gelesen.

Ich war hin- und hergerissen. Das hier war nicht meine Welt. Diese beiden Männer würden niemals per Anhalter reisen, keine Birnen pflücken oder sonst einen schlecht bezahlten Job annehmen. Sie pflegten in jeder Hinsicht einen anderen Lebensstil. Und sie mischten in einem Spiel mit, in dem andere Gesetze herrschten. In ihrer Welt ging es um Geschäfte, von denen man besser nichts wusste. Das war völlig klar. Eine dunkle Ahnung lag in der Luft. Andererseits, wie weit reichte ihre Macht? Vielleicht konnten sie mir ja doch helfen, Thierry zu finden.

„Wir tun dir schon nichts", beugte sich Mario zu mir vor und sah mich freundlich mit tiefblauen Augen an.

„Gönn uns die Freude, einer jungen Frau wie dir eine schöne Zeit zu bereiten. In ein paar Tagen bringen wir dich zu deinen Freunden zurück."

Wenn ich jetzt nein sagte, dann würde ich schon bald das Land verlassen und Thierry wahrscheinlich für immer verlieren. Vielleicht war das längst geschehen? Doch ich brachte es nicht fertig, diese winzige Chance auf ein Wiedersehen auszuschlagen. Der Wunsch in mir war zu stark. Ich sah Mario an und sagte ja.

Mexiko City hatte in der Tat eine schillernde Seite, von der die Menschen in den ärmeren Stadtteilen sicher nicht einmal zu träumen wagten. Für wenige Tage wurde ich aus meinem rustikalen Vagabundenleben in die Glamourwelt der mexikanischen Oberschicht katapultiert. Mario und Vincenzo hatten nach dem Essen kurzerhand den Taxifahrer beauftragt, an Flavios Wohnung vorbeizufahren, damit ich meine Sachen holen konnte. Den Jungs hinterließ ich ein paar Zeilen auf dem Tisch, in denen ich ihnen alles erklärte und versprach, in wenigen Tagen zurück zu sein.

Von dem Moment an erlebte ich mit, wie sich der Weg vor Vincenzo und Mario ebnete, wo immer sie auftauchten. Worum es auch ging, ihre Anliegen wurden sofort erledigt. So nahm sich auch der Zahnarzt noch am selben Tag meines Problems an, nachdem die beiden ihn höflich baten. Ein Weisheitszahn tat sich schwer, das Zahnfleisch zu durchbrechen, der Arzt schnitt die Stelle auf und desinfizierte sie, damit die Entzündung abklingen konnte. Problem gelöst.

Im Appartement der Italiener waren alle Räume klimatisiert. Es besaß mehrere Schlafzimmer, von denen ich, zu meiner großen Beruhigung, ein eigenes zugeteilt bekam. Ich sah mich in den Räumen um. Marmor in den Bädern, hochwertige Armaturen, stilvolle Einrichtung in jedem Detail. Wie hatten es die Männer in

Puerto Escondido in den Cabañas ausgehalten, wenn sie solchen Luxus gewohnt waren? Warum hatten sie sich dort kein Hotel genommen?

Ich stand auf dem Balkon, von dem aus man einen großartigen Blick über weite Teile der Stadt hatte, und hielt meine pochende Wange. Vincenzo erschien in der Tür.

„Schmerzen?", fragte er. „Einen Moment."

Zwei Minuten später war er zurück, drückte mir einen Eisbeutel und zwei Schmerztabletten in die Hand.

„Die spülst du damit runter, dann geht's dir gleich besser", sagte er und reichte mir einen Martini mit Eis und Zitrone. Ob das eine gesunde Mischung war?

„Könnt ihr Thierry wirklich finden?", fragte ich.

„Hey, der Kerl ist ein Glückpilz", lachte Vincenzo und stieß klangvoll mit mir an. „Ein bisschen Geduld, junge Frau!"

Den ersten Abend verbrachten wir bei einer steinreichen Mexikanerin, laut Mario eine bemerkenswerte Frau, die ich mögen würde. Er irrte sich. Ich mochte Cassandra ganz und gar nicht. Sie besaß ein wunderschönes Haus, ein Mädchen trug in perfekt gewählten Abständen einen Gang nach dem anderen auf – und gut, sie war durchaus eine attraktive Frau, mit dichtem, schwarzem, hüftlangem Zopf und einem ägyptischen Outfit à la Kleopatra. Die Aufmerksamkeit ihrer italienischen Gäste beanspruchte sie ganz für sich und wollte sie mit keinem anderen weiblichen Wesen teilen, mochte es auch noch so verlottert sein. Cassandra sonnte sich in Vincenzos Komplimenten und beherrschte die hohe Kunst der Nichtbeachtung – was mich betraf. Geschlagene vier Gänge lang ließ ich die Demütigung über mich ergehen, ohne das Essen anzurühren, weil ich noch immer Schmerzen hatte. Ich sehnte mich nach Flavios Bunker und einem Dosenbier unter Freunden.

Als wir schließlich beim Brandy angelangt waren, griff ich zu, um die Wunde in meinem Mund darin zu ertränken.

„Gehen wir auf die Terrasse?", fragte Mario mich über den Tisch hinweg. Hatte er mein stummes Flehen erhört? Als ich meinem Ärger unter freiem Himmel Luft machte, lachte er nur. Cassandra war reine Geschäftssache, und Vincenzo schien alles im Griff zu haben, auch ohne Marios Unterstützung. „Reden wir von etwas anderem."

Auf mein Nachfragen erzählte Mario, dass er und Armilia sich schon seit ihrer Kindheit kannten. „Wir waren sozusagen einander versprochen, die Kinder zweier befreundeter Familien aus Neapel", fügte er scherzend hinzu. Bei der Gelegenheit erfuhr ich auch, dass Vincenzo aus Rom stammte.

„Seid ihr schon lange befreundet?", wollte ich wissen.

„Oh ja, schon sehr, sehr lange!", meinte Mario. „Sonst noch Fragen?"

Am dritten Tag mit den Italienern gelang es mir, meine Schecks auf einen Schlag einzulösen. Es war in der Tat genauso einfach, wie Vincenzo behauptet hatte. Ich marschierte in die Bank und konnte kaum glauben, dass man mir die Schecks abnahm. Die Unterschriften hatten herzlich wenig Ähnlichkeit mit dem Original. Und doch: Fünf Minuten später hielt ich das Geld in der Hand.

„Hier, den brauch ich nicht mehr", sagte ich und drückte Mario meinen Pass in die Hand. Die Frage nach Thierry lag mir auf der Zunge, aber ich hatte inzwischen begriffen, dass ich erfuhr, was ich erfahren sollte. Und zwar dann, wann die Männer es für richtig hielten.

Vincenzo und Mario nahmen mich überall hin mit, ich lernte eine Reihe von Bekannten und Geschäftspartnern kennen. Alle behandelten mich freundlich und zuvorkommend. Waren das wirklich verwerfliche Geschäfte, die da betrieben wurden? Ich bekam nie mit, worum es ging, worüber verhandelt wurde, und das war auch gut so. Nur eine Sache stellte ich bald fest. Man konnte sich schnell daran gewöhnen, mit Luxus, Speisen und Blicken verwöhnt zu werden.

„Du musst lockerer in den Hüften werden!", rief Vincenzo mir durch die laute Musik hindurch zu. Es war unser letzter Abend, wir waren Salsa tanzen gegangen.

„Sieh dir die mexikanischen Frauen an. Die lassen es einfach laufen. Hier so!" Vincenzo nahm ein wenig Abstand und zeigte mir nochmals die Schrittfolge. Paartanzen war mir völlig fremd, doch zu dieser Musik machte es Spaß.

„Wenn du richtig Salsa tanzen willst, dann musst du nach Kolumbien. Überhaupt, es wird besser, je weiter du nach Süden kommst. Du denkst, Mexiko wäre schön, du findest Mexiko fantastisch? Ich sag dir, Mexiko ist nichts verglichen mit Guatemala. Und in Kolumbien – Kolumbien ist großartig." Vincenzos Augen sprühten vor Begeisterung. Mario tanzte sich seitlich an uns heran.

„Ablösung", rief er lachend. „Ich bin an der Reihe."

Später besiegelten wir den Abend mit einem Tequila an der Bar. „Auf die Zukunft!", wir hoben die Gläser und stießen an.

„Hier", rief Mario. „Dein Pass ist verkauft. Es sind zweihundert Dollar für dich rausgesprungen." Das waren gute Neuigkeiten, das Geld konnte ich gut gebrauchen. Aber noch immer kein Wort von Thierry. Ich sah von einem zum anderen, darauf gefasst, dass meine letzte Hoffnung nun auch noch zerbarst. Vincenzo strich mir eine Locke aus der Stirn.

„Du wirst ihn wiedersehen", meinte er bestimmt. „Vertrau mir!" Wieso machte mich die Selbstsicherheit, mit der mir Vincenzo dieses Versprechen gab, nicht misstrauisch?

Der Strand des Todes

Auf dem Hof vor der Werkstatt machte sich ein Mann an einem der ausrangierten Fahrzeuge zu schaffen, die dort zum Ausschlachten standen. Es war der Kollege von Cayetano und Flavio, den sie mir am Tag unserer Ankunft in Mexico City vorgestellt hatten. Die graue Mähne des Mannes tauchte über der hochgeklappten Motorhaube auf. Als er mich am Eingang des Geländes sah, legte er den Schraubenschlüssel zur Seite, wischte sich mit dem ölverschmierten Lappen, der ihm aus der Tasche seines Overalls hing, die Hände ab und pfiff quer über den Hof durch die Finger.

„Cayetano! Flavio!", brüllte der Mann. Keine fünf Sekunden später erschienen meine Freunde in dem hochgeschobenen Rolltor der Werkstatt.

„Madre mía", stieß Flavio aus und stürmte auf mich zu, Cayetano stolperte hinter ihm her. Sie machten nicht vor mir halt, sondern rissen mich ungestüm in die Arme.

„Gracias a dios", sprudelte es wie aus einem Mund aus ihnen heraus. Was für eine Begrüßung, als wäre ich von den Toten auferstanden. Überwältigend und im gleichen Maße beschämend. Die Jungs hatten sich ernsthafte Sorgen um mich gemacht. Ich wollte eben zu einer Erklärung ansetzen, da fiel mir Cayetano ins Wort.

„Thierry está en la ciudad!", rief er.

Was sagte er da? Einen kurzen Moment drehte sich die Welt im Kreis. Mein Blick flog von einem zum anderen. Hatte ich richtig gehört?

„Que dices? Que pasa?", stammelte ich spanische Wortfetzen

vor mich hin. Thierry – hier in der Stadt? Woher wusste er das? Das Blut in meinen Adern begann zu rasen, und doch wurde mir bang ums Herz. Was, wenn es wieder nicht stimmte? Nicht noch so ein Bluff, flehte ich still. Nicht noch eine Hoffnung, die sofort wieder zerschlagen wurde! Die Worte der Jungs prasselten auf mich nieder, ich verfluchte meine jämmerliche Unfähigkeit, ihre Sprache zu verstehen.

„Slowly, slowly!" Ich warf die Arme hoch und erschrak vor der schneidenden Lautstärke meiner eigenen Stimme. „Más despacio … por favor!"

Flavio brachte die Nachricht schnell auf den Punkt. Thierry war am Tag zuvor mit Ricardo bei ihm aufgetaucht. Ich begann am ganzen Körper zu zittern. Von meinem Herzen löste sich ein Felsblock und riss mit brachialer Gewalt die Reste meiner Selbstbeherrschung in die Tiefe.

„Wo ist er? Wann kommt er wieder? Geht es ihm gut?" Dann versagte meine Stimme ihren Dienst und die Sturzflut brach aus mir heraus.

„Er kommt doch wieder. Heute Nachmittag", versuchte Cayetano mich zu trösten und verstand nicht, dass es Tränen der Erleichterung waren, die ich da vergoss. Meine gequälte Seele sang ihre eigene Melodie der Befreiung: *„Well, you can cry me a river, cry me a river. I cried a river over you."*

Die Stunden krochen dahin. Vom Warten gemartert rannte ich in Flavios Wohnzimmer auf und ab. Endlich wurde die Tür geöffnet und Thierry betrat den Raum. Nichts hielt mich noch zurück, ich flog ihm in die Arme – und prallte ab an der kühlen Starre seines Körpers.

„Was hast du?", flüsterte ich und forschte in seinem Gesicht. Da war kein Strahlen, kein Glück in seinen Augen. Beinah kalt sahen sie mich an. Mein Freund hielt mich auf Abstand, zog mich nicht an sich heran. Ich ließ die Hände von ihm gleiten und rückte von ihm ab. „Was ist mir dir?"

Thierry schwieg. Es war Flavio, der die peinliche Stille durchbrach und uns aufforderte, am Tisch Platz zu nehmen. Wir kamen langsam in Bewegung, verstört besann ich mich auf die anderen und begrüßte nun auch Ricardo, der noch immer die Wohnungstür offen hielt.

„Kannst dich bei ihm bedanken, dass wir hier sind", öffnete Thierry nun endlich seinen Mund, aber seine Stimme klang gereizt. „Er hat deine Nachricht gefunden."

War unser Wiedersehen dann nicht auch mir zu verdanken? Warum wurde mein Einsatz nicht gewürdigt? Ich verstand Thierrys abweisende Haltung nicht, doch ich behielt meine Fragen für mich.

„Gestern Morgen", griff Ricardo den Faden auf und setzte sich an den Tisch. Ich nahm ihm gegenüber Platz und ließ Thierry dabei nicht aus den Augen. Ricardo erzählte, wie er sich im Eingangsbereich der Botschaft herumgedrückt und aus purer Langeweile die Nachrichten auf dem Schwarzen Brett gelesen hatte, während sich Thierry um einen neuen Pass kümmerte.

„Wieso neuer Pass?", fragte ich Thierry, der sich widerstrebend auf den einzigen freien Stuhl neben mich gesetzt hatte. Er presste die Lippen aufeinander, Wangenknochen und Unterkiefer traten hart hervor. Etwas brodelte und kochte in ihm, doch er gab keine Antwort. Sein Schweigen trieb mich in den Wahnsinn, darin war er wirklich gut.

„Bitte Thierry!", bettelte ich. Er nahm eine der Bierdosen vom Tisch, zog die Lasche ab und trank einen Schluck.

„Hab gehört, du hast neue Freunde", zischte er bissig und machte eine Pause. „Sind übrigens Freunde von Silvano." Aus seinen

Augen sprühte der Widerwille. Ich brauchte einen Moment, bevor das Begreifen einsetzte.

„Sag bloß, du bist deswegen sauer auf mich?", staunte ich halb ungläubig, halb entrüstet. „Du bist doch derjenige, der so gut mit Vincenzo befreundet ist?"

„Hast du dich gut amüsiert?", kam es frostig zurück. Gab es dafür noch Worte? Amüsiert? Allein für die Frage hätte ich ihn ohrfeigen können. Ich sprang vom Tisch auf, hinter mir ging der Stuhl zu Boden.

„Die Zeit hier war super, Thierry! Die Sache mit den blöden Schecks, dich in halb Mexiko zu suchen, vor Angst verrückt zu werden – das alles hat mordsmäßig Spaß gemacht. Du hast es erraten! Ich hab mich riesig amüsiert!" Ich machte auf dem Absatz kehrt, flüchtete in die kleine Schlafkammer, die Flavio mir überlassen hatte, und riss den Vorhang hinter mir zu. Mein Herz schlug hart, Zorn und Enttäuschung schmeckten bitter wie Galle. Wäre ich nur nach Kanada abgehauen! Weg hier, drängte die Stimme in mir, am besten sofort. Es war Ricardo, der schließlich den Kopf durch den Vorhang steckte und mitbekam, wie ich völlig aufgelöst meine Sachen in die Reisetasche stopfte.

„Hey, komm zurück an den Tisch. Er weiß nicht, was er sagt, ich bin sicher, es tut ihm leid. Er hat eine harte Zeit hinter sich." Ricardo sah zu, wie ich den Reißverschluss zuzog und mir die Tasche über die Schulter warf, doch als ich an ihm vorbei aus der Kammer wollte, versperrte er mir den Weg. Ich würde es bereuen, wenn ich jetzt ginge, dafür hätte ich nicht so lange durchgehalten. Schnaubend blieb ich vor ihm stehen. Harte Zeit? Wieso harte Zeit? Da nahm mir Ricardo die Tasche ab und stellte sie zurück auf den Boden. Er ignorierte meinen Widerstand und zog mich mit sanfter Gewalt auf die andere Seite des Vorhangs. Mein Atem ging schwer, ich war auf der Hut, doch ich ließ es geschehen.

Thierry stand mitten im Raum, die Härte war jetzt aus seinem Gesicht verschwunden. Bei seinem Anblick brannte nur die eine Frage auf meiner Seele, die dringend eine Antwort brauchte. Was war passiert in diesen Wochen, dass er sich so seltsam benahm? Ich hatte keine Ahnung, was ich nun tun sollte, was falsch oder richtig war.

„Sie haben mir geholfen – mit dem Pass und den Schecks – und versprochen, dich zu finden", sagte ich mit heiserer Stimme. Thierry machte einen winzigen Schritt auf mich zu und streckte mir seine Hand entgegen. War es Reue, was jetzt in seinen Augen flackerte?

„Ihr beide braucht erst mal Zeit für euch allein", stellte Ricardo nüchtern fest und löste damit die Starre auf, die jeden im Raum gefangen hielt.

„Wie heißt das Hotel, in dem du damals gewohnt hast?", fragte Thierry und kam endlich auf mich zu.

Nur noch ein letzter Auftrag, ein allerletztes Ding. Dann würde er ihn endgültig in Ruhe lassen. So hatte Silvanos Bedingung gelautet, damit er bei seinen italienischen Freunden nicht an die große Glocke hängte, was er über Thierrys Vergangenheit wusste. Der Job war eine Lappalie. Thierry sollte einem Bekannten in Acapulco einen Umschlag überbringen, weiter nichts. Für diesen Auftrag musste er sich bereithalten und ihn vor allen Dingen allein erledigen. In Ricardos Gesellschaft wartete Thierry eine geschlagene Woche lang in Puerto Escondido, dann endlich war es so weit. Er erklärte Ricardo, er wolle noch einen Schlenker über Acapulco machen und dann nachkommen.

„Ziemlich großer Schlenker", hatte Ricardo gesagt und ihm zum Abschied einen Zettel mit seiner Adresse in die Hand gedrückt. Thierry hatte ihm versprechen müssen, ihn in Mexiko City zu besuchen.

In Acapulco verbrachte Thierry eine Nacht in einem Hotel direkt am Meer und setzte sich am darauffolgenden Tag mit Silvanos Bekanntem in Verbindung. Das Treffen verlief diskret und ohne Zwischenfälle. Eine kleine Bar am Strand war erst am Morgen telefonisch als Treffpunkt vereinbart worden. Die Übergabe des Umschlags nahm keine fünf Minuten in Anspruch.

„Ich habe mich direkt auf den Weg zum Busbahnhof gemacht", erzählte Thierry und griff erneut nach dem Päckchen Zigaretten auf dem Nachtisch. Er hatte die Angewohnheit, im Bett zu rauchen, und es war bei weitem nicht die erste Zigarette, die er sich an diesem Nachmittag ansteckte. Durch unser Zimmer im Hotel Monte Carlo waberte eine Wolke von blauem Dunst. Den Rücken an die Wand gelehnt starrte Thierry an die Decke und blies Rauchkringel in die Luft.

„Erzähl weiter", schüttelte ich ihn sanft. „Was ist passiert?"

Thierry schilderte mir alle Einzelheiten. Es war um die Mittagszeit geschehen. Die Luft zwischen den Häusern flirrte vor Hitze. Er hatte sein Ziel fast erreicht, als ihm jemand wie aus dem Nichts einen dumpfen Schlag auf den Hinterkopf versetzte. Er ging in die Knie. Ein Mann zerrte ihm den Rucksack vom Rücken, ein zweiter Kerl trat auf ihn ein. Jemand packte ihn bei den Haaren und riss seinen Kopf hoch, Fingernägel gruben sich in seine Kopfhaut. Der Lederbeutel wurde ihm vom Hals gezerrt, das Bändchen verfing sich an seinem Ohr und ratschte ihm über die Wange. Beim Versuch, sich hochzukämpfen und den Beutel zurückzuerobern, kassierte er einen Kinnhaken. Benommen brach er zusammen. Als Thierry wieder zu sich kam, sah er durch den aufgewirbelten Staub nur noch die Fersen der Angreifer um die nächste Ecke verschwinden. Er fasste sich an den Kopf und fühlte Blut. Wie übel hatten die Kerle ihn zugerichtet? Mühsam kam er auf die Beine. Alles tat ihm weh, er hatte Kratzer, Platzwunden und Blutergüsse am ganzen Körper. Geld, Papiere, Adressbuch, Ticket – alles weg. Ausgeraubt bis auf die Kleider am Leib, stand Thierry auf der Straße und hatte keine Ahnung, wie es weitergehen sollte.

Der Ort des Überfalls war perfekt gewählt. Eine Mauer zog sich entlang der verlassenen Straße, dahinter nichts als Hinterhöfe armseliger Baracken. Kein Mensch weit und breit. Vielleicht konnte man ihm am Busbahnhof helfen? Zittrig wühlte er in seiner Jeans nach den Kippen und beförderte mit dem Päckchen auch einen Zettel ans Tageslicht – Ricardos Adresse! Unglaublich. Dieser Fetzen Papier war alles, was ihm noch geblieben war, sein einziger Lichtblick und Orientierungspunkt.

Am Busbahnhof las ihn die Polizei auf und verlangte, dass er sich auswies. Verlottert, wie er war, versuchte Thierry zu erklären, was ihm zugestoßen war. Er zeigte ihnen Ricardos Adresse und beschwor die Polizisten, mit ihm Kontakt aufzunehmen. Man nahm ihn mit aufs Revier, sperrte ihn kurzerhand in eine Zelle und ließ ihn schmoren. Geschlagene zehn lange Tage! Die ganze Zeit über fragte er sich, ob man ihn in dem Loch vergessen hatte oder ihn aus reiner Schikane dort gefangen hielt. Schließlich wurde er ohne Erklärung auf freien Fuß gesetzt.

Für die Strecke von Acapulco nach Mexico City brauchte Thierry zwei weitere Tage. Keiner schien ihm über den Weg zu trauen, verwahrlost wie er war, bis sich endlich doch ein Mexikaner erbarmte und ihn sogar bis vor Ricardos Haustür brachte. Als er dort in seinem desolaten Zustand auftauchte, kümmerte sich sofort die gesamte Familie um ihn. Er nahm ein Bad, Ricardo spendete ihm Hemd und Hose, die Frauen wuschen und flickten seine Kleider und kochten für den armen, gestrandeten Kerl ein üppiges Mahl. Am Tag darauf war Ricardo mit ihm zur französischen Botschaft gefahren. Ja, und dort war das Wunder geschehen – Ricardo hatte meine Nachricht entdeckt.

Thierrys Schilderung hatte mich seine Strapazen hautnah nachempfinden lassen. Wie nah ich ihm gekommen war auf meiner Suche. Warum hatte ich in Acapulco nicht bei der Polizei nach ihm gefragt? Jetzt verstand ich seine Wut und dachte beschämt an meine glamourösen letzten Tage zurück. Es stimmte, ich hatte mich amüsiert, doch ich rührte mich nicht und sagte kein Wort. Es war Thierry, der seine Hand ausstreckte und mir durch die Haare kämmte. Ganz sanft legte er seine Lippen auf meine. Ein schüchternes Reagieren von mir reichte aus, um das Eis schmelzen zu lassen. Thierry vergaß jede Zurückhaltung. Er riss mich an sich und suchte die Nähe meines Körpers, wie ein Ertrinkender das rettende Ufer. Haut an Haut stellte sich mit jedem Kuss, mit jeder Berührung die alte Vertrautheit wieder ein. Wir hatten unsere Geschichten erzählt, doch es war die Sprache der Liebe, die uns wieder eins werden ließ.

Später streichelte ich ihm über die Haut und stellte erleichtert fest, dass meine Finger keine Spuren des Überfalls fanden. Was hatte er nur durchgemacht! Zum Glück waren seine Wunden schnell und gut verheilt.

„Weißt du, was das bedeutet?", fragte ich von Zärtlichkeit überwältigt. „Wir sollten uns wiederfinden. Das mit uns ist Schicksal. Wir beide gehören zusammen. Egal, was passiert – uns kann man nicht trennen!"

Thierry gab mir einen Kuss auf die Stirn und lächelte mich an. Dann schlug er die Decke zurück und stand auf.

„Wir müssen trotzdem überlegen, wie wir jetzt vorgehen wollen", rief er mir auf dem Weg zur Toilette über die Schulter zu. „Wir brauchen einen Plan."

Natürlich gab es keine andere Möglichkeit, als nach Europa zurückzukehren. Wir saßen jetzt tief genug in der Tinte und konnten uns nicht leisten, in noch größere Schwierigkeiten zu geraten. Hauptsache wir waren wieder zusammen. Ob in der Bretagne oder im Sauerland, in Europa konnten wir uns Jobs suchen und bald wieder losziehen, vielleicht ans andere Ende der Welt. Ich meinte es ernst. Durch die Wochen der Trennung waren meine Gefühle für Thierry noch tiefer geworden. Jetzt wusste ich, wie sehr ich ihn vermissen konnte. Ohne ihn zu sein, grenzte an körperlichen Schmerz. Mir ging es um mehr, als nur darum, diese Reise zu verlängern. Eine gemeinsame Zukunft mit ihm, davon träumte ich, ganz egal, wie ungewiss die ausfiel. Die Frage war nur, wie wir ein Ticket für Thierry bezahlen sollten. Was immer ich von meinem Geld erübrigen konnte, würde ich ihm geben, doch es reichte trotzdem nicht für zwei. Er musste seine Familie um Hilfe bitten. So jedenfalls sah ich die Lage.

Wir saßen vor einer Imbissbude in der Sonne. Thierry stellte die Kaffeetasse auf dem Bistrotisch ab und verschränkte die Arme vor der Brust. Vom Sonnenlicht geblendet, blitzen mich seine smaragdgrünen Augen an.

„Das werde ich nicht tun. Ich pumpe niemanden zuhause an – und ich flieg auch nicht dahin zurück. Da kannst du sicher sein." Er stellte mich vor vollendete Tatsachen und fügte mit einem schrägen Lächeln hinzu, er hätte mir mehr Mumm zugetraut. Zog er mich auf, oder meinte er es ernst? Das ließ sein Tonfall nicht erkennen. So oder so war das nicht fair! Nicht nach allem, was ich in den letzten Wochen unternommen hatte. Die Stimme, die tief in meinem Inneren lebte, warnte mich mit aller Macht. Das hier nahm keinen guten Verlauf. „Genau wie bei der Sache mit den Schecks", mahnte sie. „Da hattest du auch kein gutes Gefühl!" Es stimmte. Ich war froh um das Geld, trotzdem fragte ich mich immer wieder, wofür mein Pass jetzt wohl herhalten sollte.

Thierry schob die Tasse beiseite und beugte sich über den Tisch zu mir vor. „Wir könnten dein Geld verdreifachen, ohne Risiko für dich. Du brauchst dabei gar nichts zu tun. Ich halte dich komplett aus der Sache raus. Gib mir einfach das Geld, und ich kümmere mich um alles", flüsterte er in beschwörendem Ton. Dann lehnte er sich wieder zurück, verschränkte die Arme erneut und bohrte seine grünen Augen in meine.

„Tue es nicht! Das geht nie im Leben gut!", schlug die Stimme in mir Alarm und versuchte, mich von seinem eindringlichen Blick loszueisen. Vergeblich! Ich war wie hypnotisiert. Wenn Thierry bei mir war, schwieg die Verlassenheit, die mich sonst so oft quälte. An seiner Seite ließen die Monster aus vergangenen Zeiten von mir ab. Ich würde es nicht ertragen, von ihm zurückgewiesen zu werden. Und da war noch etwas anderes – das Gefühl, dass Thierry mich brauchte. Etwas hielt ihn in den Fängen, vor dem nur ich ihn bewahren konnte. Nur ein schmaler Grat trennte unsere Welten noch. Ich ahnte, dass ich Gefahr lief, über die Grauzone hinauszugehen, in der ich mich bereits befand, und tiefer in den dunklen Sog zu geraten, der Thierrys Leben überschattete. Aber wenn ich ihn verließ, wer würde ihn retten? Ich wand mich auf meinem Stuhl.

„Also gut! Was hast du vor?", hörte ich mich fragen, und die Stimme in mir schlug die Hände über dem Kopf zusammen. Thierry griff über den Tisch nach meiner Hand und eröffnete mir seinen Plan.

Das Grau in den Szenen war überwältigend. Zutiefst bedrückend die Nebelschwaden, Schlagstöcke, der Stacheldraht. Eng an die Mauer gepresst, ein junger Mann. Turmhohes, unüberwindbares Monstrum aus rauem, klammem Gestein. Hände, blutig und wund, an der schroffen Oberfläche aufgeschürft.

„Is there anybody out there ..."

Im Dunkeln tastete ich nach Thierry, wie um sicherzugehen, dass sich dort etwas Warmes, etwas Lebendiges befand. Nicht nur kalter, toter Stein. Er nahm meine Hand und zog sie in seinen Schoß.

„Goodby cruel world …"

Armer, einsamer Junge, auf dem Boden seines Zimmers, in einem Meer aus Gitarren, Coladosen, Schallplatten und Müll – zwischen Albtraum und Wahnsinn gefangen.

„Does anybody else in here feel the way I do …"

„Ich", schrie ich stumm. „Ich weiß es! Weiß es genau."

Stampfendes, feuerspuckendes Ungeheuer auf Gleisen, eiserner Vogel im lodernden Himmel, Tanz der Blütenkelche, mutiert zu gefräßiger, alles verschlingender Liebe. Schwarze Löcher anstelle von Mündern und Augen. Gesichter des Wahnsinns. Meinten sie mich? Sie kamen auf mich zu, griffen nach mir, stießen zu!

„Did did did did you see the frightenend ones …"

Die Musik schwoll an zu einem Donnern, die Wände des Kinosaals bebten. Zitternd hielt ich die Arme vor dem Leib verschränkt. Mit jeder Szene, jedem Song glaubte ich mehr, nicht Bob Geldof dort oben auf der Leinwand zu sehen, sondern mich selbst. Die Mauer, die ich nicht überwinden konnte. Gefühle, abgrundtief verscharrt …

„If you wanna find out what's behind these cold eyes …"

Schickte Roger Waters mir eine Botschaft? Ich fuhr herum und sah, wie Thierry mich verstohlen aus dem Augenwinkel beobachtete. Die psychedelischen Klänge und finsteren Szenarien – erst jetzt bemerkte ich, wie schnell mein Atem ging. Ein zittriges Schaudern durchlief meinen Körper. Thierry umklammerte meine Faust jetzt mit beiden Händen.

„No matter how he tried he could not break free. And the worms ate into his brain."

Verlegen schob ich mich tiefer in meinen Sitz. War der Mensch, den ich liebte, Zeuge geworden, wie ich für einen kurzen Moment mit meiner verlorenen Seele in Berührung gekommen war? Tief getroffen und fassungslos?

„Don't tell me there's no hope at all. Together we stand, divided we fall!"

Fester und fester umschloss Thierrys Griff meine Hand.

„Don't leave me now!"

Traurigkeit schnürte mir die Kehle zu. Eine Träne lief mir übers Gesicht. Und wenn es noch so schmerzte, ich würde nicht loslassen, mich nicht entziehen. Niemals.

Es war der letzte gemeinsame Abend mit unseren Freunden. Schon am nächsten Morgen sollten Thierry und ich die Stadt verlassen. Auf der Suche nach einem geeigneten Lokal, wo wir zum Abschied noch einen letzten Drink zu uns nehmen konnten, gingen Flavio, Cayetano und ich voraus. Wie Kinder spielten die Jungs die schaurigen Szenen des Films nach. Thierry und Ricardo hatten sich ein Stück zurückfallen lassen, um ungestört miteinander zu reden. Ich wagte einen Blick über die Schulter und sah, wie Ricardo den Umschlag mit dem Geld entgegennahm. Die Sache war also besiegelt. Jetzt gab es kein Zurück mehr. Thierry hatte wieder und wieder versprochen, mich aus allem herauszuhalten. Doch allein die Vorstellung, dass wir uns schon bald wieder trennen mussten, bereitete mir Magenschmerzen.

„Nur zwei Tage", hatte er versucht, mich zu beruhigen. „Das in Acapulco war Pech. So was passiert kein zweites Mal."

Sobald sein Pass ausgestellt war, wollte Thierry allein nach Mexiko City zurückkehren. Zu meinem eigenen Schutz sollte ich am Meer auf ihn warten, während er hier das Gras abholte, das Ricardo in der Zwischenzeit besorgen würde. Allerbeste Qualität zu günstigem Preis. Ricardo hatte anscheinend eine gute Quelle.

„Wir verdreifachen die Kohle, wenn wir das Gras an Touristen verkaufen." Davon war Thierry felsenfest überzeugt. Meine vage geäußerten Einwände hatte er wie lästiges Ungeziefer vom Tisch gefegt.

„Es ist kein Heroin … und ich verkaufe es nicht an Kinder." Seitdem hatte ich mich darauf verlegt, meine Bedenken für mich zu behalten. Wenn ich auch nicht so cool und abgebrüht war wie diese bretonischen Freundinnen Coco und Julienne, die Thierry so bewunderte, so wollte ich mich doch nicht zum Feigling abstempeln lassen.

Ich fand Trost in dem Gedanken, bald wieder am Pazifik zu sein. Wie sehr mir diese Stadt zuwider war! Alles an ihr war dreckig, laut und erdrückend, ganz so, wie die Bilder in The Wall. Morgen würde ich hier rauskommen. Wie wunderbar, den Alten wiederzusehen, mich durch seine erfrischende Brise neu beleben zu lassen.

Ein kühler Hauch wehte mich an, wie ein Lockruf aus der Tiefe. Glatter Stoff strich über meine Wade, kitzelte mich wach aus dem Tagtraum, in den ich mich geflüchtet hatte. Die Jungs hatten sich nach dem Drink bald verabschiedet. Cayetano und Flavio Lebewohl zu sagen, war mir so schwer gefallen, als gäbe es kein Wiedersehen. Seitdem bummelten Thierry und ich durch die Zona Rosa. Jetzt wandte ich mich wie magisch angezogen zur Seite und erkannte den Ort wieder. Es war jener Torbogen, der hinabführte zum Antiquitätengeschäft von Eva Stein. Zur Schatzkammer der Indios. Hastig zog ich Thierry ein Stück die Straße hinunter, bis ich mir sicher war, außer Sichtweite zu sein.

„Was ist los", protestierte er und ließ sich nur widerwillig mitschleifen.

Ich hatte die alte Jüdin nicht nur vergessen, ich hatte sie regelrecht aus meinem Bewusstsein gestrichen. Erst im Angesicht des kühlen Gangs war mir wieder eingefallen, dass es sie gab und worum sie mich gebeten hatte. Dreimal war ich durch Oaxaca gekommen, ohne auch nur eine Sekunde daran zu denken, dort die Händler aufzusuchen, deren Adressen sie mir aufgeschrieben hatte. Ich sah hinunter zu den Vorhängen, die sich im abendlichen Wind aufblähten und über den Gehsteig flatterten, als würden sie mir zuwinken und mich zurückbeordern. Auf gar keinen Fall wollte ich der Alten jetzt in die Arme laufen und unbequeme Fragen beantworten müssen.

„Vielleicht bringen wir ihr später etwas mit", meinte Thierry leichthin. „Wenn wir das Gras verkauft haben ..."

Ein Seufzer entfuhr mir. Musste er mich ständig daran erinnern? Ich kehrte ihm den Rücken zu und fand mich vor dem Schaufenster eines Schmuckgeschäfts wieder. Ein Paar perlmutterne Ohrringe, hübsch in der Form von Fischen gefertigt, glitzerte in der Auslage.

„Sieh mal, wären die da nichts für mich?" Die Frage war nicht mal ernst gemeint, sollte nur vom Thema ablenken.

„Für den Quatsch haben wir kein Geld", kam es von Thierry trocken zurück. Ich stutzte. Vor wenigen Stunden hatte ich ihm fast mein ganzes Geld für den Deal geliehen. Jede Mahlzeit, jede Nacht im Hotel, einfach alles bezahlte ich für ihn mit. Es machte mir nichts aus, wir gehörten schließlich zusammen. Aber wie stand er dazu? Merkte er nicht, wie kleinlich und verletzend er manchmal redete?

„If you wanna find out what's behind these cold eyes", hallte Roger Waters Gesang durch meinen Kopf. Für einen Wimpernschlag sah ich Thierry wie aus großer Ferne. Was fand ich eigentlich an ihm? Ich konnte es einen Augenblick lang nicht erkennen, als hätte mir jemand den Blick darauf verstellt. Schon früher hatte ich das erlebt. Doch auch jetzt verging der Moment so schnell, wie er gekommen war.

Der Alte war überaus zärtlich, strich mit sanfter Brise über unsere erschöpften Glieder und schmerzenden Knochen. Ich ließ meine Tasche in den noch warmen Sand fallen und öffnete weit die Arme. „Wehe, wehe, durch mich hindurch", verlangte ich schweigend und schloss die Augen. Die Böen, die vom Meer her kamen, zerrten an meinen Kleidern, zerzausten mir die Haare und wirbelten Sand um mich herum auf.

Glück! Es konnte einfach so in mir entstehen, bedingungslos und unerwartet. Von jetzt auf gleich. Das war mein großes Talent. Ich konnte die Tore meines Herzens aufreißen und den Augenblick in mich strömen lassen. Die Melodie des Meeres, der Geschmack von Salz auf den Lippen, das allein genügte, um mich mit den Schatten der Vergangenheit auszusöhnen. Wie oft schon hatte diese Fähigkeit zu rückhaltloser Freude mich gerettet? Diese Quelle in mir, von der ich genau wusste, wo ich sie fand, und wie ich sie zum Sprudeln brachte. Sie war es, die mich zur Überlebenden meiner Kindheit gemacht hatte, und sie würde mich auch die Schlachten meines Lebens gewinnen lassen.

Puerto Escondido! Wir waren wieder hier, zurückgekehrt an den Ort unseres Kennenlernens. Noch vor kurzem hatte ich an derselben Stelle gestanden, blind vor Angst, Thierry nicht finden zu können. Doch jetzt war das anders. Über fünf Monate dauerte meine Reise nun schon an, und ich hatte einen weiten Weg zurückgelegt. Oft genug war ich in einen Bus oder ein Fahrzeug gestiegen, um die nächsten paar hundert Meilen abzureißen. Doch diese letzte Fahrt war zu einer neuen Erfahrung geworden. Zum ersten Mal unterwegs mit dem Menschen, den ich liebte, war meine Zeit als Einzelkämpfer vorbei. Offener denn je für die Schönheit dieser Welt, sah ich uns schon zu zweit den ganzen Globus bereisen.

„Los, zu den Cabañas", rief Thierry und fischte meine Hand aus der Luft. Ich schnappte mit der anderen nach meiner Tasche und stolperte lachend hinter ihm her.

„Okay, freu' mich schon auf den Boss", kicherte ich, und Thierry runzelte fragend die Stirn.

Aus purer Nostalgie bezogen wir die gleiche Hütte. Was für ein Gefühl, die Tür hinter uns zu schließen. Hier hatten wir uns zum ersten Mal geliebt.

„Darf ich Sie zum Essen einladen, Monsieur?", fragte ich übermütig, nachdem ich die Pritschen zusammengeschoben und unsere Schlafsäcke darauf ausgebreitet hatte.

„Das wirst du wohl müssen, wenn du nicht willst, dass ich verhungere", antwortete Thierry ebenso gut gelaunt. „Aber vorher vernasch ich dich!" Er drängte mich auf unser Lager zu und biss mir in den Hals.

„Nicht hier, Thierry!", raunte ich ihm zu. „Lass uns woanders essen gehen! Dem da schmeißen wir unser Geld nicht in den Rachen." Bei unserer Ankunft hatten wir den Schlüssel zu unserem Häuschen von einer jungen Frau bekommen. Nun aber stand der Hausherr höchstpersönlich hinter dem Tresen und stutzte kurz, als er uns aus dem Schatten zwischen den Cabañas treten sah. Ich zog Thierry am Ärmel von der Terrasse und erzählte ihm auf dem Weg ins Dorf, wie der Mann mich übers Ohr gehauen hatte.

„Warum hast du das nicht eher gesagt?", fragte Thierry. „Wir hätten doch auch woanders etwas mieten können."

In mir war alles still und ruhig. Ich blickte hinauf in die Weiten des Universums. Bei meinem letzten kurzen Ausflug zur Pazifikküste hatte ich dem Sternenhimmel keine Beachtung geschenkt, und in Mexiko City war er so gut wie nie zu sehen. Das Licht der Stadt war zu grell, die Glocke aus Smog zu dicht. Doch hier war die Atmosphäre rein und frei, über uns funkelte ein Meer von Lichtern und formte Bilder, deren Namen und Bedeutung ich noch immer nicht kannte. Wie anders der südliche Sternenhimmel war als der, den ich von zuhause kannte.

„Es ist so einiges schief gelaufen, Thierry", sagte ich ruhig, den Blick nach oben gerichtet. „Deshalb wollte ich hierhin zurück. Um nochmal ganz von vorne anzufangen." Wir standen uns im Sand gegenüber und schwiegen. Selbst als wir uns in Bewegung setzten, redete keiner ein Wort. Auf Thierrys Gesicht lag ein Ausdruck von Ernsthaftigkeit, den ich noch nie bei ihm gesehen hatte. Meine Worte waren nicht überhört worden, da war ich mir sicher. Dieses Mal nicht. Im Restaurant erzählte ich ihm erstmals der Reihe nach, wie es mir ergangen war in der Zeit unseres Getrenntseins. Nichts sparte ich aus. „Tja, und jetzt sind wir wieder hier", schloss ich meinen Bericht.

Thierry presste die Lippen zusammen und nickte kaum merklich. „Moi aussi, je t'aime", kam seine Antwort leise.

Die nächsten Tage waren die schönsten, die wir bisher zusammen erlebt hatten. Es gab niemanden weit und breit, von dem wir uns bedroht fühlten. Kein Mensch störte unsere Zweisamkeit. Es war wie eine Fortsetzung der einsamen Stunden, die wir vor Sylvester an dem kleinen Strand verbracht hatten. Nur mussten wir diesmal nicht damit rechnen, jeden Moment von den Jungs überrascht zu werden. Wir kletterten wieder den Felsenkamm hinauf, und ich dachte daran zurück, wie ich allein hier oben gestanden hatte. Es hatte sich gelohnt, nicht zu kapitulieren. Das war mein Naturell: niemals aufgeben und schon gar nicht die Hoffnung.

Thierry erzählte wieder von der Bretagne. Von Katamaranen und Trimaranen, den schnellsten Segelschiffen der Welt, die in La Trinité im Hafen lagen und darauf warteten, losgelassen zu werden, um über den Ozean zu fliegen. Er beschrieb die Menhire

von Carnac: „Die Hinkelsteine, die Obelix auf dem Rücken trägt",
scherzte er. Vielleicht ist er deshalb manchmal so ungehobelt,
dachte ich, rau und ungeschliffen wie das Land, in dem er aufgewachsen ist. Eine Welt der Matrosen und Fischer.

Wir genossen die sorglose, schaumgleiche Leichtigkeit jener
Tage. Zumindest so lange, bis es Thierry langweilig wurde.

„Wenn du mich fragst, ich habe langsam genug von Puerto
Escondido", stellte er eines Morgens beim Frühstück fest. „Wer
weiß, wie lange wir überhaupt noch bleiben. Da würde ich gerne
noch was anderes von Mexiko sehen."

Wie meinte er das? War er inzwischen doch bereit, mit mir
zurück nach Europa zu fliegen, vielleicht sogar von Kanada aus?
Viel Zeit blieb mir nicht mehr, mich auf den Weg dorthin zu
machen. Aber ein letzter Ortswechsel, um das Kapitel Mexiko
abzuschließen, dagegen hatte auch ich nichts einzuwenden.

Giuliana hatte von Puerto Angel erzählt. Wenn man ihr Glauben
schenken durfte, dann war der Strand unweit des Dorfes ein
wahrhaftes Paradies. Zipolite, so nannten die Indios den Ort – der
Strand der Toten. Der finstere Name rührte daher, dass immer
wieder Menschen in den gewaltigen Wellen ihr Leben ließen.
Aber die gigantische Brandung sollte auch den besonderen Reiz
des abgeschiedenen Fleckchens Erde ausmachen. Als ich Thierry
davon erzählte, war er sofort Feuer und Flamme.

„Da fahren wir hin", rief er begeistert, „gleich heute noch!" Damit war die Sache beschlossen. Noch am selben Morgen packten
wir unsere Sachen und machten uns für den Aufbruch bereit.

„Zieh dich ruhig in Ruhe um, ich gehe inzwischen zahlen", bot
Thierry an und fischte das Portemonnaie aus meinen Sachen. Ich
war gerade dabei, in meine Jeans zu schlüpfen. Auf Reisen trug
ich immer Hosen. „Mach nur", gab ich zurück. Versonnen schaute
ich Thierry nach, wie er davonrauschte. Auf der Pritsche lag der

kleine Beutel mit dem Granat. Ich holte den Stein hervor und legte ihn an die Lippen. „Danke", hauchte ich ihm leise zu. In Acapulco hatte ich ihn beschworen, er möge ein Wunder geschehen lassen. Zwar hatte er mich auf die Folter gespannt, aber am Ende doch mein Flehen erhört. „Weiter so!" Mein Talisman bekam einen Kuss, bevor ich ihn wieder in seiner Schutzhülle verstaute und in die Hosentasche schob. Ich stand gerade startklar in der Hütte, als Thierry mit glühenden Augen hereinstürmte und sich seinen Rucksack schnappte.

Eingehüllt in eine Wolke aus Staub sahen wir das Heck des Busses gerade noch um die Kurve biegen und Richtung Ortsausgang verschwinden.

„Mist", rief Thierry und boxte Löcher in die Luft. Auf dem Weg hierher hatte ich mit seinem Stechschritt kaum mithalten können. Anscheinend war er ganz heiß darauf, so schnell wie möglich nach Puerto Angel zu kommen. Trotzdem verstand ich nicht, warum er ein Drama daraus machte, den Bus verpasst zu haben. Dann blieben wir eben den Tag über am Strand und nahmen den nächsten Bus, der am späten Nachmittag den Ort verließ.

„Das geht nicht", keuchte Thierry. „Wir können hier nicht einfach so herumspazieren. Wir müssen uns verstecken!"

Was sollte dieser Blödsinn nun schon wieder? Das Zittern in seiner Stimme, sein gehetzter Blick? Diese Signale kannte ich nur zu gut. Thierry in Aufruhr – ich war sofort alarmiert.

„Ist es Silvano? Ist der Typ wieder aufgetaucht?" Thierry packte mein Handgelenk und zerrte mich durch Gassen von der Haltestelle fort. Es war wie ein Déjà-vu. Genau wie damals, als er mich in sein dunkles Geheimnis eingeweiht hatte, hetzte ich an seiner Seite durch den Ort. Nur war es diesmal nicht Nacht sondern gleißend heller Tag. Wut stieg in mir auf, böse Überraschungen hatte ich ein für alle Mal satt. Ich riss mich los und verschränkte die Arme vor der Brust.

„Sag mir, was los ist, sonst gehe ich keinen Schritt weiter", fuhr ich ihn an. Thierry wischte sich mit dem Handrücken den Schweiß von der Stirn.

„Wollte dem Kerl eins auswischen", keuchte er und behielt die Straße hinter mir im Blick. Sein Gefasel machte mich wütend, konnte er sich nicht klarer ausdrücken?

„War nicht geplant. Die Gelegenheit war günstig."

„Was hast du getan?", zischte ich leise und ließ nicht zu, dass er mir auswich.

„Als ich zahlen war … niemand stand hinter dem Tresen. Ich hab noch gewartet, aber dann … dann eben nicht, hab ich gedacht. Kapiert? Wir haben die Zeche geprellt." Es entstand eine Pause, Thierry scharrte mit den Füßen.

„Das Arschloch hat dich mies behandelt. Ich hab's ihm nur heimgezahlt", rief er entrüstet. Mir fehlten noch immer die Worte, doch gleichzeitig setzte die Erleichterung ein. Es war nicht die Mafia, vor der wir flüchteten. Im Geiste sah ich Señor Rodriguez, wie er langsam die Tür zu unserer Cabaña öffnete und verstört auf die leeren Pritschen starrte. Die Vorstellung war grandios. Meine letzten Worte an ihn kamen mir in den Sinn: „Nos vemos, cabron."

Misstrauisch forschte Thierry in meinem Gesicht, um meine Reaktion zu entschlüsseln. Etwas entlud sich in mir. „Du hast was?", prustete ich los und ging vor Lachen in die Knie. Immerhin hatte mein Freund mich gerächt, ich fand das auf einmal saukomisch. Thierry stieß den Atem aus und fiel in mein Gelächter ein, auf der anderen Straßenseite drehten sich zwei Männer nach uns um. Ein Blickwechsel nur, und wir waren uns einig. Hand in Hand machten wir uns aus dem Staub.

Der Tag wurde grässlich, die Zeit schien stillzustehen. Wir

drückten uns auf den umliegenden Feldern herum und suchten im Schatten der Bäume Schutz vor der unbarmherzigen Mittagssonne. Die übermütige Stimmung war schnell verflogen und einer Anspannung gewichen, die wie eine zum Bersten geladene Gewitterwolke über uns hing. Wir verlegten uns aufs Schweigen, jedes falsche Wort hätte einen Streit entfachen können. Inzwischen fand ich Thierrys Aktion höchst überflüssig. Als der Nachmittag dem Ende zuging und wir uns zurück zur Busstation wagten, lagen unsere Nerven blank. Noch hatten wir dieses elende Kaff nicht verlassen, und garantiert kochte der Mexikaner vor Wut. Blieb nur zu hoffen, dass er uns nicht für so dämlich hielt, uns noch immer hier aufzuhalten.

Der Busfahrer stand auf dem Wendeplatz der Haltestelle und rauchte eine Zigarette. Schnell und ohne großes Aufsehen lösten wir bei ihm die Tickets, stopften Reisetasche und Rucksack in das Netz über unseren Köpfen und ließen uns in die Sitze fallen. Mit ein bisschen Glück hatten wir es gleich geschafft. Da erhob sich, gerade noch in eine Zeitung vertieft, wenige Reihen vor uns ein junger Mexikaner und drehte sich um. Mir gefror das Blut in den Adern, ich verpasste Thierry einen Hieb in die Seite. Der junge Mann schob seine schlaksigen, zu lang geratenen Glieder zwischen den Sitzreihen auf uns zu. Kinn und Oberlippe waren vom zarten Flaum seines Bartwuchses bedeckt. Kein anderer als der Älteste der Rodriguez-Söhne steuerte da auf uns zu. Hilfe suchend sah ich zu Thierry hinüber, doch der war wie versteinert. Der junge Rodriguez blieb jetzt vor uns stehen. Ich hob langsam den Kopf, Angstschweiß brach mir aus. Aber auch dem Burschen standen Schweißperlen auf der Stirn, selbst wenn seine Miene unbewegt blieb. Ihm machte die Situation ebenso zu schaffen wie uns, und ich war froh, dass es der Sohn und nicht der Vater war. Mit zittriger Stimme kam er direkt zur Sache, jeder im Bus hörte seine Anklage. Es war zutiefst beschämend. Auf der Suche nach einer Ausrede stammelte ich, die Bank habe unsere Schecks nicht einlösen wollen, und wir seien auf dem Weg zum nächsten Ort, um Geld zu holen. Wie unglaubwürdig das klang, hörte ich selbst. In dem Moment erwachte Thierry aus seiner Starre. Er zog das Lederetui mit seinem Taschenmesser aus der Jeans und hielt es dem jungen Mann hin.

„Das können wir als Pfand hier lassen", schlug er vor. „Es ist mehr wert, als wir deinem Vater schulden."

Ich hatte den Eindruck, dass der ganze Bus den Atem anhielt. Der Junge trat von einem Fuß auf den anderen, suchte nach Unterstützung in den Gesichtern der anderen Fahrgäste und wagte nicht, das Messer anzunehmen. Da meldete sich eine heisere Stimme in die knisternde Stille hinein. Ein alter Mann, ein paar Reihen hinter uns, sprach den jungen Rodriguez auf Spanisch an. Es folgte ein reger Wortwechsel über unsere Köpfe hinweg. Mit wild pochendem Herzen sah ich von einem zum anderen und verstand nicht ein einziges Wort. Zwei weitere Insassen mischten sich ein, kurz darauf beteiligte sich der ganze Bus. Ob die Leute über uns Gericht hielten? Würden sie uns lynchen?

„De acuerdo, está bien!", nickte der junge Mann jetzt heftig. Eine Entscheidung war gefallen, und damit kam Leben in seine erstarrte Statur. Er wusste jetzt, was zu tun war. „Bewegt euch nicht von der Stelle!", befahl er, um einen autoritären Ton bemüht. „Ich hole meinen Vater!" Er machte auf dem Absatz kehrt und stolperte zurück zur Tür. Mit einem Satz sprang er aus dem Bus, rief dem Fahrer etwas zu und rannte davon.

„Merde!", fluchte Thierry neben mir, was ich völlig nutzlos fand. Es gab nur noch eine Rettung. Der Bus musste losfahren, bevor der Junge mit seinem Vater zurückkam. Doch der Fahrer stand noch immer da draußen auf dem Platz und steckte sich in aller

Ruhe eine weitere Zigarette an.

Die anderen Fahrgäste waren von den Sitzen aufgestanden und schauten durch die Scheiben gespannt dem Jungen hinterher, der in Richtung Cabañas davonlief. Er war noch nicht ganz um die nächste Ecke verschwunden, da drehten sie sich uns zu.

„Arriba, arriba", rief der Alte hinter uns und klatschte schnell und hart in die Hände. „Los, los, los. Bewegt euch! Macht, dass ihr hier wegkommt!", scheuchte er uns auf. Ein anderer Fahrgast schnappte sich meine Reisetasche und zerrte mich am Arm zum Ausgang. Thierry sprang hinter mir auf und hing sich dicht an mich dran. Der Mann gab mir einen Schubs aus dem Bus und warf meine Tasche hinter mir her. „Rapido!", trieb er uns fort und grinste uns dabei an, wie ein Komplize nach einem gelungenen Coup.

„Go, go, go!", riefen auch die anderen Leute, die sich hinter ihm im Eingang des Busses drängten. Keine Zeit zur Besinnung und nur ein flüchtiges „Gracias" auf den Lippen nahmen Thierry und ich die Beine in die Hand und rannten, als ginge es um unser Leben. Hinter uns ertönte aus dem Bus lauter Jubel. Wir waren wohl nicht die Einzigen im Ort, die nicht gut auf den alten Rodriguez zu sprechen waren.

Erst als der Ort schon weit hinter uns lag, verlangsamten wir unser Tempo. Von hier aus ging es direkt in die Wildnis. Wir schlugen uns durch Gebüsch und Gestrüpp, kletterten über dornige Hügel. Ohne die Jeans hätte ich mir die Beine aufgerissen. Als die Nacht hereinbrach war ich froh über den Schutz, den die Dunkelheit bot. Wer wusste schon, ob die Männer uns nicht noch suchten. Erst als wir kilometerweit vom Ort entfernt eine weite Dünenlandschaft erreichten, fühlten wir uns einigermaßen sicher vor Verfolgern.

„Gehen wir noch ein Stück, dann können wir uns schlafen

legen", brach Thierry schließlich das Schweigen. Das war der Punkt, an dem ich die Beherrschung verlor.

„Sag doch einfach, dass es dir leid tut!", fuhr ich ihn an und pfefferte meine Tasche auf den Boden. „Sag einfach, dass ich dich nie wieder im ganzen Land suchen muss, dass wir uns nie wieder verstecken müssen! Sag einfach, dass du ... dass wir ..." Mit einem Mal schlotterte ich am ganzen Leib. Tränen schossen mir in die Augen. Wo kamen die so plötzlich her? Das konnte unmöglich nur mit dem Streich des Tages zu tun haben. Trotzig zog ich die Nase hoch und stapfte, die Hände in die Taille gestemmt, ein Stück Richtung Strand. Ich starrte aufs Meer hinaus, dorthin, wo der Alte im Dunkeln seine Wellen ans Ufer spülte. Thierry kam langsam näher, stellte sich einen Moment wartend hinter mich und legte mir dann die Hand auf die Schulter.

„Es tut mir leid", gestand er leise.

Ich holte ein paar Mal tief Luft, spürte wie ich ruhiger wurde. Der kurze Aufruhr legte sich und ich gewann wieder die Oberhand über das Chaos in mir. Thierrys Gaunereien raubten mir noch den Verstand, aber gleichzeitig war da auch das Gefühl, es diesem Bastard von Rodriguez gezeigt zu haben.

„Ob er wohl ein Gewehr mitgebracht hätte?", fragte ich schließlich und blinzelte über die Schulter. Thierry legte den Kopf schräg und kniff die Augen zusammen.

„Na klar", er nickte bedächtig. „Und dann hätte er uns eine Ladung Schrot in den Hintern gejagt."

„Verdammter Spinner", prustete ich los und fiel ihm um den Hals. Eng umschlungen gingen wir in die Knie und rollten die Sanddüne hinunter. Morgen würden wir an einen neuen Ort kommen. Keiner von uns hatte ihn je zuvor gesehen. Vielleicht gelang uns dort ein Neuanfang.

Von unseren Hängematten aus, die man hier oben auf dem Hügel für kleines Geld mieten konnte, war der Ausblick schlichtweg bezaubernd. Man sah die Wellen von weit draußen dem Land zustreben, wie sie sich zu immer gewaltigeren Wasserwänden aufbauten, um sich zum Strand hin über eine Strecke von mehreren hundert Metern zu brechen. Über dem Ufer kochte und dampfte die Luft. Die Reflexionen der Sonnenstrahlen im Dunst über den tobenden Wassermassen sorgten für eine mystische, fast urzeitliche Atmosphäre. Vielleicht waren wir ja an den Geburtsort des Alten gelangt: die Krippe des Ozeans.

Wenn man den Blick weiter nach Süden schweifen ließ und im Geiste der Küste folgte – noch zweimal soweit, wie ich ihr bis hierher gefolgt war – dann erreichte man irgendwann die Südspitze Chiles. Man käme nach Kap Hoorn. Es war ein faszinierender, berauschender Gedanke. Irgendwann in der Zukunft vielleicht …

Tags zuvor hatte uns vormittags ein Fahrzeug nach Puerto Angel mitgenommen. Heilfroh, von der schutzlosen Stelle am Straßenrand wegzukommen, hatten wir uns im Innern des Wagens hinter der schützenden Karosserie verkrochen. Uns zuliebe hielt der Fahrer unterwegs an einer Tienda an, was uns höchstwahrscheinlich vor dem Verdursten rettete.

Als wir um die Mittagzeit in Puerto Angel ankamen, schlief der Ort. Bis auf eine Truppe patrouillierender Soldaten und ein paar trägen Hunden, die sich nicht die Mühe machten, die Schnauze von den Pfoten zu heben, bekamen wir niemanden zu Gesicht. Also bewältigten wir das letzte Stück Weg zu Fuß durch die flirrende Hitze. Wir erreichten Zipolite von Süden her. Unsere Hängematten befanden sich genau am gegenüberliegenden Ende des Strandes. In seiner vollständigen Abgeschiedenheit und mit seinen wenigen Häusern, die mit dem Alten verheiratet zu sein schienen, hieß uns der Ort wie im Paradies willkommen. Zipolite war Liebe auf den ersten Blick.

Thierrys Kopf tauchte über mir auf. Er stupste das große, buntgestreifte Tuch an, in dem ich mich räkelte. „Gehen wir schwimmen?", fragte er.

„Kann nicht", stöhnte ich genüsslich. „Werde gerade so herrlich durchgeschaukelt." Thierry packte die Hängematte am Saum, um mich wie einen Fisch aus dem Netz zu schütteln. Ich kam auf die Beine und hielt mir das Kreuz. Zum Faulenzen waren die Dinger ja gut. Aber schon nach einer einzigen Nacht darin hatte ich mir den Rücken verrenkt.

Ein Stück von uns entfernt waren zwei Holländer damit beschäftigt, ihre Matten aufzuhängen. Die derben Lacher und kehligen Laute ihrer Unterhaltung hallten zu uns hinüber. Einem der Jungs fielen die Dreadlocks bis auf die Schultern, der andere hielt seine glatten langen Haare mit einem Stirnband im Zaum. Thierry warf mir einen vielsagenden Blick zu.

„Die Leute hier werden uns das Gras aus den Händen reißen", stellte er zufrieden fest. Damit hatte er wahrscheinlich sogar Recht. Ob Franzosen, Amerikaner, Österreicher oder Australier – hier im Camp sahen alle danach aus, als hätten sie nichts gegen einen Joint einzuwenden.

„Wolltest du mich nicht aus der Sache raushalten?", fragte ich wie beiläufig, warf mir ein Handtuch über die Schulter und machte mich an den Abstieg hinunter zum Strand.

„Schon gut", hörte ich Thierry hinter mir. Weitere Kommentare verkniff er sich.

Unterhalb unseres Quartiers lagen fast alle Frauen oben ohne im Sand, ein paar Leute verzichteten sogar vollständig auf Kleidung. Damit hätte ich in Mexiko nicht gerechnet. Ich behielt meinen Bikini an. Nackt baden kannte ich nur von nächtlichen

233

Ausflügen zu Talsperren im Sauerland oder hier in Mexiko eben mit Thierry im Meer.

Hand in Hand stellten wir uns knöcheltief ins Wasser und sahen den tollkühnen Schwimmern zu, die dort draußen die nächste Welle abpassten. Man musste den richtigen Moment erwischen, kurz bevor sie sich brach. Dann konnte man mit gestrafftem Körper oben auf dem Wellenkamm bis an den Strand surfen. Jedes Mal, wenn die Wassermassen die Schwimmer erfassten, stockte mir der Atem. Aus der Nähe war das Naturschauspiel noch beeindruckender, die Wellenberge noch gigantischer als vom Hügel aus betrachtet. Ein Mexikaner blieb neben uns stehen und malte mit einem Stock ein Kreuz in den Sand. Auch ohne seine Worte zu verstehen, machte uns sein sorgenvoller Blick und der ernste Tonfall klar, dass er uns vor der Gefahr warnte, die da draußen lauerte. Anscheinend war das Risiko heute besonders groß.

„Lassen wir das mit dem Schwimmen", beschloss Thierry. Ich warf einen sehnsüchtigen Blick auf die glitzernden, blauen Wassermassen und war noch nicht wirklich überzeugt, dass wir unseren Plan aufgeben mussten. Wir konnten doch in Ufernähe bleiben. Doch wie um Thierrys Entscheidung zu bekräftigen, kämpften sich in eben diesem Moment zwei Gestalten aus der tobenden Brandung. Ein blonder Hüne, von Kopf bis Fuß durchtrainiert, und an seiner Seite eine Frau, ebenso groß wie er, gertenschlank, die Haare kurz wie Streichhölzer. Der Mann rief uns auf Spanisch etwas zu und gestikulierte dabei hektisch mit dem Zeigefinger durch die Luft.

„Quoi?", brüllte Thierry zurück und zog fragend die Schultern hoch.

„Trop dangereux aujourd'hui", rief nun die Frau, wobei auch ihre Worte im Tosen der Gischt nahezu untergingen. Mit wankenden

Schritten kamen die beiden auf uns zu.

„Was hat sie gesagt?", wollte ich wissen.

„Zu gefährlich heute", zuckte Thierry mit den Schultern. „Sag ich doch."

Von nahem betrachtet war der Mann noch attraktiver als sich schon von weitem angedeutet hatte. Markante Züge, warme braune Augen und volle Lippen. Die Frau hingegen stand mit krummem Rücken und eingeknickter Hüfte vor uns, ein ergebnisloser Versuch, mit dieser Haltung ihre Körpergröße zu kaschieren. Sie maß an die eins fünfundachtzig. Ihr fliehendes Kinn, die spitze Nase und leicht aus den Höhlen stehende Augen machten das Gesamtbild nicht besser. Doch als sie sich uns vorstellte, ging ein charmantes Lächeln über ihr Gesicht, und auf ihren Wangen formten sich neckische Grübchen. Damit war der unvorteilhafte erste Eindruck sofort wie ausradiert. Für den Fall, dass die beiden ein Paar waren, musste es dieses Lächeln gewesen sein, das den Adonis an ihrer Seite in seinen Bann gezogen hatte.

„Geht da bloß nicht rein", warnte er uns. „Die Wellen sind heute tückisch. Jetzt sind nur Profis da draußen im Wasser."

Esteban und Emilie, beide Rettungsschwimmer, verbrachten ihre Flitterwochen in Zipolite. Er war gebürtiger Baske und Emilie stammte aus Lille, im Norden Frankreichs. Ihr gemeinsames Leben fand allerdings in Barcelona statt. Auf Thierrys Frage hin, ob sie auch auf dem Hügel in Hängematten schliefen, schüttelten beide lachend den Kopf. Sie hatten ein Häuschen angemietet, dessen zweite Hälfte noch unbewohnt war. Das interessierte uns auf Anhieb.

„Habt ihr Lust, mit uns essen zu gehen?", fragte Emilie. „Unsere Vermieterin hat dort hinten am Strand ein kleines Restaurant. Unser Haus befindet sich direkt darüber."

235

Eine große runde Sonne lachte uns von der Vorderfront an, darüber war in einem schwungvollen Schriftzug der Name aufgemalt. Das „Casa del Sol", lag einladend auf halber Strecke zum anderen Ende des Strandes an einem Hang. Gerade hoch genug, um über den Dingen zu residieren und gleichzeitig dem Geschehen im Ort nah zu sein. Die Haushälften bestanden jeweils aus nur einem Zimmer, und außer ein paar Matratzen auf dem blanken Boden gab es keine Möbel. Aber wir waren schließlich daran gewöhnt, ohne Komfort auszukommen. Es war die Terrasse vor dem Haus, die den Charme ausmachte. Neben den Eingängen zu den Zimmern standen je zwei Korbsessel. Von dort aus konnte man den gesamten Strand überblicken, sah, was auf der Straße im Ort vor sich ging und hatte einen fantastischen Blick aufs Meer hinaus.

„Gehen wir Maricruz fragen, ob sie euch das Zimmer vermietet", schlug Esteban vor und schloss die Tür hinter sich zu. Unter dem großen Strohdach am Fuße des Hanges leuchtete warmes Lampionlicht in die hereinbrechende Nacht hinaus. Musik drang dezent zu uns herauf.

„*I wish I was in Tijuana, eating barbequed iguana ...*", sang jemand und ich fragte mich, wieso er sich gerade nach Tijuana wünschte. In meiner Erinnerung hatte ich das Bild einer durch und durch trostlosen, ärmlichen Stadt vor Augen. Einen Ort, wo die Frauen in den Straßen zu viel von ihren speckigen, ungesund genährten Körpern zeigten.

„*I'm on a wavelength far from home ...*", was das betraf, war ich auf einer Wellenlänge mit dem Sänger. Noch viel weiter konnte ich von meiner Heimat wohl kaum entfernt sein.

„*I'm on a Mexican radio. I'm on a Mexican, whoa-Oh, radio ...*", hallte es uns entgegen, als wir schließlich den Fuß des Hügels erreichten und unter das große Dach schlüpften. Es stand nur auf Pfählen und war direkt in den Sand gebaut. Die einzigen festen

Wände in Maricruz' Restaurant waren die der angrenzenden Hütte, in der sich ihre Küche befand.

„Es gibt immer nur zwei Gerichte zur Auswahl", erklärte uns Emilie. „Aber egal was sie kocht, es schmeckt immer gut. Wir essen jeden Tag hier. Maricruz schreibt alles auf. Abgerechnet wird, wenn wir abreisen." Allein der Gedanke, mit Emilie und Esteban das Haus zu teilen, während Thierry mich hier alleine ließ, gab mir ein Gefühl von Geborgenheit.

Pünktlich zum Einzug in das Casa del Sol eröffnete mir Thierry, dass er am übernächsten Tag den Trip nach Mexiko City durchziehen würde. Auch wenn mir klar war, dass sein neuer Pass inzwischen zur Abholung bereitliegen musste, so war ich doch enttäuscht. Insgeheim hatte ich gehofft, dass er den Plan doch noch sausen ließ.

Den größten Teil der verbleibenden Zeit verbrachten wir im Wasser. Die stürmische See hatte sich wieder beruhigt, und jenseits der Brandung warteten wir mit unseren neuen Freunden auf die perfekte Welle. Gelang uns der Ritt, dann war es ein Riesenspaß, der viel Adrenalin im Körper freisetzte. Wenn die Welle unter mir rollte, dann war das Erlebnis so einnehmend, dass ich vergaß, über Thierrys Vorhaben nachzugrübeln. Überhaupt konnte man in Zipolite leicht dem Trugschluss verfallen, man befände sich im Paradies. Ein Fleckchen Erde ohne Fabriken, ohne Dreck und Lärm. Eine Idylle von elysischer Schönheit in vollendeter Unberührtheit. Wie um mich auf den Boden der Tatsachen zurückzuholen, begegnete uns am Vorabend zu Thierrys Abreise das Militär auf dem Weg zurück zu unserem neuen Zuhause.

Ich hatte die Truppe schon tags zuvor von der Terrasse aus am Strand patrouillieren sehen. Jetzt marschierte sie geradewegs auf uns zu. Der Anblick der bewaffneten Soldaten war beklemmend. Als die Männer uns erreichten und wir gerade zur Seite ausweichen wollten, scherte der Anführer aus und stellte sich uns in den Weg. Seine Gesichtszüge waren hart, in seinen Augen blitzte kalte Verachtung. Er riss das Gewehr von der Schulter und tippte Thierry damit an. Mein Herzschlag beschleunigte sich, ich war kurz davor, dazwischen zu schreiten. In hartem Befehlston forderte der Mann Thierry auf, seine Taschen zu leeren. Der gehorchte sofort und kramte ein Päckchen Zigaretten und ein Feuerzeug aus seinen Shorts. Das war alles. Der Anführer drehte sich zu seinen Männern um und rief ihnen etwas zu. Uns wieder zugewandt umspielte ein hämisches Lächeln seinen Mund. Er trat näher an Thierry heran und zupfte an seinen Kleidungsstücken.

„Take it off!", blaffte er schroff. Angriffslust vibrierte in der Luft, man konnte die Gereiztheit der Männer riechen. Thierry stand der Angstschweiß auf der Stirn. Widerstandslos zog er T-Shirt und Shorts aus und reichte sie dem Mann. Wenn ich schon sein Zittern bemerkte, dann blieb es dem Waffenträger erst recht nicht verborgen. Thierry derart ausgeliefert vor den Militärs stehen zu sehen, löste eine Lawine widerstreitender Gefühle in mir aus. Einerseits war ich aufgebracht über die Unverfrorenheit, mit der der Soldat seine Macht ausnutzte. Ganz bestimmt ging er weiter, als es ihm von Rechts wegen gestattet war. Aber auch ich hatte Angst. Die Aggressivität der Männer lag in der Luft wie das Ticken einer Bombe kurz vor der Detonation. Wir konnten nur hoffen, dass sie sich nun genug mit uns amüsiert hatten. Doch weit gefehlt. Nicht nur, dass Thierry bereits halb nackt vor der bewaffneten Truppe stand, jetzt zwang ihn der Anführer auch noch, seine Badehose herunterzuziehen. Für den Fall, dass er dort Drogen versteckte. Die Demütigung schnitt mir ins Herz. Für einen kurzen Moment herrschte absolute Stille, keiner rührte sich. Dann warf der Anführer Thierry seine Kleidungsstücke wieder zu. Jetzt ist es vorbei, dachte ich. Jetzt ist es ausgestanden. Der Soldat drehte sich erneut zu seinen Leuten um. Was auch immer er sagte, es löste Gelächter bei den Männern aus. Sollten sie doch lachen, wenn sie uns jetzt nur gehen ließen. Doch stattdessen trat der Anführer an mich heran. Bis auf Gewehrlänge kam er mir nahe, die Knarre jetzt auf mich gerichtet.

„Now you!", kommandiere er. Als ich begriff, was er forderte, wurde mir schwindelig. Das hier war ein Albtraum. Ich sah in die Gesichter der Männer dicht hinter ihm. Wie sie mich anglotzten und ihnen die Augäpfel fast aus den Höhlen quollen. Schaudernd erkannte ich die Geilheit in ihren Blicken. Hass kochte in mir hoch. Was für primitive Tiere! Was für Schweine! Wut und Ekel brauten sich zu einer draufgängerischen, hochexplosiven Mixtur zusammen.

„Take it off!", brüllte der Soldat jetzt, sein Gewehr auf mein Sommerkleid gerichtet. Das war der Moment, in dem der Zorn in mir zu Eis gefror. Niemals, dachte ich. Lieber sterbe ich!

„No!", hörte ich mich laut und trotzig sagen. „If you want me to do that you bring me to a female soldier!" Die Worte waren raus, ließen sich nicht zurücknehmen. Was würde ihnen folgen? Hatte ich mich selbst gerichtet? Würden die Soldaten mich jetzt in ihre Kaserne verschleppen? Auge in Auge stand ich mit dem Anführer, und die Stimme in mir beschwor mich, nur keine Schwäche zu zeigen. Der Moment zog sich, die Zeit blieb einfach stehen – eine Ewigkeit lang. Mein Herzschlag raste. Da machte der Anführer einen Schritt zurück und senkte das Gewehr.

„Okay, you go!", kam es kurz und schneidend über seine Lippen. Schon donnerte er einen Befehl über die Schulter. In den Gesichtern der Männer erstarb das Grinsen, widerwillig machte einer nach dem anderen kehrt. Sie bemühten sich nicht einmal, ihre Enttäuschung zu verbergen, bevor sie los marschierten.

Ich starrte auf ihre Rücken und konnte es nicht fassen. Ich war verschont geblieben. Mein Handeln war nicht durchdacht gewesen, nur eine impulsive, in Reihe geschaltete Reaktion auf die übermächtige Abscheu, die mir den Blick für die Gefahr vernebelt hatte. Thierry, noch immer in Badehose, die Kleidungsstücke fest an seinen Bauch gepresst, griff nach meiner Hand.

„Woher wusstest du, dass es funktionieren würde?", fragte er mich, als wir abends auf der Terrasse saßen. Ich hatte mich ein paar Mal heftig übergeben. Thierry war sich sicher, dass es von der Aufregung am Strand herrührte.

„Wusste ich nicht", antwortete ich lethargisch und nippte an dem Tee, den er für mich in Maricruz Restaurant besorgt hatte. Genau wie Emilie und Esteban ließen wir dort anschreiben.

„Dann warst du noch mutiger, als ich dachte", meinte Thierry anerkennend, doch ich schüttelte den Kopf. Mir war nicht nach Lobhudelei zumute.

„Das war nicht mutig, Thierry. Ich hatte keine andere Wahl. Sonst wäre ich gestorben", fügte ich den letzten Satz leise hinzu. Seit dem Erlebnis mit dem Militär beunruhigten mich ganz andere Sorgen. Jetzt hatten wir den Beweis, wie schnell man hier mit Drogen auffliegen konnte, und nach der Demütigung des heutigen Tages hatte der Anführer der Soldaten uns ganz bestimmt im Visier.

„Musst du das wirklich tun, Thierry?", bettelte ich zum x-ten Mal. „Du weißt, wie das Militär die Busse kontrolliert. Was, wenn sie dich erwischen?"

Ich wollte, dass er mich mitnahm nach Mexiko City. Mir lief ohnehin die Zeit davon. Warum konnten wir es nicht einfach gut sein lassen? Zum ersten Mal seit langer Zeit sehnte ich mich nach Zuhause. Nach Normalität. Thierry nahm sich nichts davon an. Diesmal lief alles glatt, davon war er felsenfest überzeugt.

„Mit dem bisschen Kohle schaffst du es sowieso nicht bis Kanada. Wir müssen einfach mehr Geld machen, da geht kein Weg dran vorbei." Er nahm ein Stück Papier und kritzelte Ricardos Adresse darauf.

„Hier, zur Beruhigung. Ricardos Zuhause finde ich inzwischen auch im Schlaf. Wenn irgendetwas passiert – und das wird es nicht", betonte er nachdrücklich, „dann treffen wir uns dort." Er beugte sich zu mir vor und gab mir einen Kuss. „Kopf hoch! In ein paar Tagen bin ich zurück!"

Der Guerillakrieger

Hatte er mich zum Sterben hier zurückgelassen? Die Frage stellte ich mir allen Ernstes. Wie lange lag ich jetzt schon hier im Delirium? Zwei Tage? Oder etwa drei? Wurde es draußen hell oder brach die Nacht herein? Im fiebrigen Wechsel zwischen Wachen und Schlaf war mir jedes Zeitgefühl abhanden gekommen. Emilie und Esteban! Sie waren ein paar Mal an meinem Lager aufgetaucht. Ob es mir besser ging, wollten sie wissen. Ich bekam die Augen kaum auf, der Schüttelfrost raubte mir jedes bisschen Kraft. Emilie flößte mir Wasser ein. Wieder krampfte sich mein Magen zusammen, ich schaffte es gerade noch, den Kopf über den Eimer zu hängen. Emilie entfernte sich angewidert.

„Versuch trotzdem, etwas zu essen", hörte ich ihre weiche Stimme an der Tür, wo Esteban sie nach draußen zog. „Das da hat Maricruz für dich gekocht." Auf dem Boden stand ein Schälchen mit warmer Flüssigkeit. Fettaugen schwammen an der Oberfläche. Mir wurde allein von dem Geruch übel, den die Brühe verströmte.

Ich raffte mich auf und schleppte mich zur Toilette. Wie oft ich diesen Kraftakt schon vollbracht hatte – und ich war zutiefst dankbar, dass er mir überhaupt gelang – konnte ich nicht mehr zählen. Der Durchfall brachte mich um. War es eigentlich noch die richtige Bezeichnung für das, was mit mir geschah? Mein Körper verwandelte sich in eine giftgrüne Sturzflut, die mich durch den After verließ. Ich löste mich auf in pures Gift und Galle.

Zurück auf dem Lager meiner Misere, zog ich das Schälchen näher an mich ran. Die warme Flüssigkeit, sie musste irgendwie in mich rein. Tröpfchen für Tröpfchen, wenn es nicht anders ging. „Thierry", jammerte ich, zwischen den winzigen Schlucken gegen den Brechreiz ankämpfend. „Mama! Lieber Gott!" Sie alle flehte ich an. „Hilf mir, Thierry! Komm zurück!"

Die Ausgeburten meiner Phantasie gaukelten mir Schreckens- wie Wunschszenarien vor. Ich sah Thierry im Straßendreck ver- bluten. Sah ihn Hand in Hand mit Giuliana vor den Soldaten fliehen. Dann wieder lag er neben mir, streichelte mich zärtlich, ein liebes Lächeln auf dem Gesicht. Wenn ich aufwachte nachts, allein und elend, dann wusste ich nicht, wo ich mich befand.

Doch eines Morgens schlug ich die Augen auf, und obwohl ich keine Ahnung hatte, wieviel Tage und Nächte ich im Fieberwahn verbrachte hatte, so wusste ich doch, dass ich es wie durch ein Wunder geschafft hatte. Zwar war Thierry nicht zurück, doch wenigstens hatte Gott mein Flehen erhört. Der letzte Schub Schlaf hatte die Mistviecher besiegt, die alles daran gesetzt hatten, mich von innen heraus kalt zu machen. Mein Kopf tat noch weh, aber er glühte nicht mehr. Leer und kraftlos war ich, aber mein Kör- per würde die Aufnahme von Nahrung nicht länger verweigern. Langsam setzte ich mich auf und zog den Schlafsack beiseite. Der Blick an mir herunter bestätigte, was ich befürchtet hatte. Von mir war nur noch die Hälfte übrig.

Geistesabwesend stippte ich den Finger in den Saft, ließ ihn über den Rand des Glases kreisen und entlockte ihm einen hohen, jaulenden Ton. Das Kinn in die Hand gestützt, starrte ich aufs Meer hinaus. Ich hatte es noch nicht bis hinunter zum Alten geschafft. Aber das würde er mir verzeihen, wenn er hörte, dass ich erst seit gestern wieder auf den Beinen war.

Maricruz stellte sich neben mich und legte mir die Hand auf die Schulter. Ihr Blick folgte meinem, als ob dort draußen etwas von statten ging, was nur für ihre und meine Augen bestimmt war.

Maricruz konnte das gut. Ihr Schweigen brachte mehr Mitgefühl zum Ausdruck als tausend Worte. Sie verströmte dann die Kraft einer Witwe in den besten Jahren, die sich vom Leben nicht in die Knie zwingen lassen hatte. Ich spürte ihren starken Körper neben mir, eine Strähne ihres langen, schwarzen Haares wehte mir durchs Gesicht. Etwas von ihrer Kraft ging auf mich über. Ihr fester Händedruck sagte deutlich, dass sie sehr wohl wusste, was mich quälte. Thierry war nun seit über einer Woche fort.

„Trink deinen Saft, Mädchen. Und iss die Banane", forderte sie mich auf, löste ihre Hand und ging zurück in die Küche. Ich tat was sie sagte und schob mir pflichtbewusst ein Stück Banane nach dem anderen in den Mund. Maricruz hatte Recht. Mich aufzupäppeln war das einzige, was ich zur Besserung der Situation beitragen konnte.

„Nun komm schon her! Wir müssen reden!", winkte der Alte mich ungeduldig heran. Vielleicht war es wirklich das Beste, wenn ich mich in Bewegung setzte, anstatt hier herumzusitzen und zu warten. Warten! Immer nur warten. Ich kippte den letzten Schluck Saft in mich hinein und stand auf, noch ganz wackelig auf den Beinen. Maricruz streckte den Kopf zur Küchentür heraus.

„Ich geh spazieren", rief ich ihr zu und erntete ein aufmunterndes Lächeln.

Das Wasser plätscherte mir um die Knöchel. Ich zog mit den Zehen Furchen in den feuchten Sand und sah zu, wie der Alte die Oberfläche sofort wieder glatt strich. Der alte Pedant!

„Jetzt hast du dich ganz schön in die Scheiße geritten!", kam er ohne Umschweife zur Sache. Ein wenig Schonzeit, nur um wieder zu Kräften zu kommen, hätte ich mir schon ausgebeten. Aber der Alte sah das anders.

„Dabei hatte es so gut angefangen mit uns beiden, da oben in Vancouver. Sieh dich an! Was ist nur aus dir geworden?"

Da traf er genau den Nagel auf den Kopf. Es entsetzte mich ja selbst, dass von meiner so überzeugt gelebten Unabhängigkeit nichts mehr übrig war. Alles drehte sich nur noch um Thierry. Er war zum Mittelpunkt meiner Welt geworden. Aber ich konnte nicht anders. Ohne ihn wurde ich zum Häufchen Elend. So stand es nun mal um meine Gefühle.

„Oh ja, deine Gefühle!", spöttelte der Alte. „Sprichst du von diesem reißenden Wildwasser mit den vielen Strudeln und Untiefen? Der Typ zerrt dich durch seine Strömungen, wirbelt dich in den Fluten herum, wie es ihm gefällt. Und was machst du? Du lässt es einfach zu. Hast du den Verstand jetzt völlig ausgeschaltet?" Jetzt machte der Alte mich wirklich sauer. Als ob das alles so einfach wäre.

„Hast du eine Ahnung wie Einsamkeit schmeckt?", brüllte ich ihn an. „Nachts im Wald, wenn da draußen Monster lauern?"

Der Alte klatschte eine Welle gegen meine Beine. Sein Wasser schwappte bis über die Knie und klebte mir das Kleid an die Oberschenkel.

„Wir werden schon noch sehen, wer hier das Monster ist", konterte er beleidigt. „Jetzt wird's jedenfalls verdammt eng für dich werden." Damit zog er sich schweigend zurück.

Wie weit ich auch durch das Wasser lief, ich bekam die Worte nicht aus dem Kopf. Verdammt eng war – gelinde gesagt – maßlos untertrieben. In zehn Tagen ging fünftausend Kilometer weiter nördlich mein Flug nachhause. Auf dem Landweg war die Distanz auch ohne erschwerte Bedingungen in dieser kurzen Zeit kaum zu schaffen. Mein Visum für Mexiko lief sogar noch früher ab. Und ich? Ich saß hier fest, ohne einen lausigen Dollar in der Tasche. Wo zum Teufel blieb Thierry?

Ganz in meine Grübeleien versunken war ich bis ans Ende des Strandes gewandert, als mir der Geruch von Marihuana in die

Nase wehte. Nicht weit entfernt hockten zwei blond gelockte Mädchen und zwei farbige Männer im Sand. Sie waren mir am Vortag schon aufgefallen, weil sie mit einem Ford Mustang im Dorf aufgetaucht und die Straße ein paar Mal rauf- und runtergefahren waren. Einer der Männer trug Dreadlocks, der andere hatte kurze Haare, maß aber an die zwei Meter. Das ungleiche Vierergespann fiel sofort überall auf. Es würde auch nicht unbemerkt bleiben, wenn sie hier am Strand saßen und kifften. Womöglich war die große Tüte vor ihnen im Sand bis zum Rand mit Marihuana gefüllt. Ich fasste mir ein Herz und ging zu ihnen hinüber, um sie zu warnen. Noch allzu gut erinnerte ich mich an die Begegnung mit dem Militär.

„Hey, Mann, cool! Uns passiert schon nichts", winkte der Rastafari ab. „Setz dich zu uns." Die Mädchen lächelten mich verlegen an. Ich lehnte die Einladung ab und ließ die vier wieder allein. Sie mussten ja wissen, was sie taten. Von diesen Leuten würde ich mich auf jeden Fall fernhalten.

Das Unglück passierte nur wenige Tage nach meiner Gesundung. Esteban lag auf dem Rücken, die Arme hinter dem Kopf verschränkt. Als mein Schatten auf ihn fiel, blinzelte er durch die schmalen Schlitze seiner zusammengekniffenen Augen zu mir hoch.

„Wo ist Emilie?", fragte ich. Esteban stützte sich auf die Ellbogen und zeigte hinaus aufs Meer, wo Emilies blonder Kopf im Wechsel mit denen der anderen Schwimmer wieder und wieder aus den Wellen auftauchte. Der Wind drückte landeinwärts, das Wasser war entsprechend turbulent.

„Ganz schön was los da draußen", sagte Esteban. „Da gehst du mir heute nicht rein!"

War ich auch wieder zu Kräften gekommen, so doch längst noch nicht so fit wie vor der Krankheit. Ich kam nicht zum Schwimmen hierher, sondern um mich von meiner verzweifelten Lage abzulenken. Thierry war noch immer nicht zurück. Sie mussten ihn erwischt haben, anders konnte ich mir das nicht erklären. Wieder einmal war ich halb verrückt vor Sorge um ihn, und ich hatte keine Ahnung, wie es mir gelingen sollte, es bis zu Ricardos Elternhaus zu schaffen, dem vereinbarten Treffpunkt, falls doch etwas schieflief.

„Ich schau mir das Spektakel nur mal von Nahem an", beruhigte ich Esteban und ließ ihn allein. Ein ganzes Stück von ihm entfernt breitete ich mein Handtuch in Ufernähe aus. Emilie und er verbrachten hier ihre Flitterwochen, und ich wohnte schon mit ihnen im selben Haus. Da brauchten sie nicht noch mehr von meiner Gesellschaft.

Gegen Mittag wurde es unerträglich heiß. Der Schweiß klebte mir unangenehm auf der Haut. Von der Hitze und meinen Befürchtungen gequält setzte mich auf. Das Schäumen der Brandung sah verlockend aus, mir war wirklich nach einer Abkühlung zumute. Ich stand auf und stapfte ins knietiefe Wasser. Allein das Gesicht zu waschen, war schon eine Wohltat, doch mein erhitzter Körper lechzte nach mehr. Mich nur kurz ins Wasser zu legen wäre doch sicher nicht gefährlich? Nicht hier vorne im Sand. Ein wenig auf dem Rücken treiben lassen, hier in der Nähe des Ufers. Ich ging in die Knie und ließ mich nach hinten fallen.

Die Ausläufer der Wellen züngelten über mich hinweg. Dankbar genoss ich, wie das Blut in meinen Adern herunterkühlte. Zum ersten Mal an diesem Tag vergaß ich meine Sorgen.

Mehr als ein paar Schwimmzüge konnten es unmöglich gewesen sein. Nur ein kurzer, selbstvergessener Moment, den ich die Augen geschlossen und mich ganz dem Gefühl der Erleichterung hingegeben hatte. Als ich sie wieder aufschlug begriff ich nicht gleich, was ich sah. Eine glitzernde, funkelnde Wand bäumte sich über mir auf. Ganz oben, wo sie den Himmel berührte, krümmte sie sich weit vor – jeden Moment zum Einsturz bereit. Ein ultramarinblauer Drache, der zum tödlichen Biss ansetzte. Zu spät, jetzt noch zu versuchen, unter dem Monstrum hindurch zu tauchen. Keine Chance, noch irgendwie auf die andere Seite der Wand zu gelangen. Der Mexikaner schoss mir durch den Kopf. Ich sah das Kreuz im Sand, groß und bedrohlich.

„Ich bin die Nächste", durchfuhr es mich. „Das schaffe ich nicht", war mein letzter Gedanke. Dann hörte ich mich schreien. In dem Moment brach die Wasserwand über mir zusammen. Der Drache stieß zu und riss mich mit in die Tiefe. Mein Körper gehörte nicht länger mir. Meine Gliedmaßen wurden durcheinander gewirbelt, und binnen weniger Sekunden verlor ich die Orientierung. Wo ging es nach oben, wo an die Oberfläche? Tonnenschwere Wassermassen drückten mich tiefer und tiefer, zerrten an mir mit vernichtenden Kräften. Panik raubte mir den Verstand. Meine Lungen drohten zu platzen. Der Tod kam mit seiner lachenden Fratze auf mich zu, ich spürte Eiseskälte. Gleich würde ich das Bewusstsein verlieren. Da griff aus dem tobenden Orkan etwas nach mir und packte sich meinen grotesk zuckenden Arm. Eine Hand zerrte an mir, und instinktiv folgte ich ihr, wohin sie mich zog. Nicht eine Sekunde länger hätte ich dem Vakuum standhalten können, unter dem meine Lungen zu implodieren drohten. Meine Lippen schnellten auseinander, und im selben Augenblick wurde ich von dieser starken, rettenden Hand an die Oberfläche gerissen. Gierig sog ich die Luft ein, ein tiefer, nicht enden wollenden Atemzug. Weiße Gischt blendete mich. Hustend und spuckend fuhr ich herum, suchte in allen Richtungen. Wo war er? Wo war mein Retter? Dann sah ich ihn. Es war Esteban, er ließ mich nicht eine Sekunde zur Ruhe kommen. Er zeigte nach oben. Die nächste Welle war schon über uns, die Gefahr noch nicht vorüber. Er hatte mich aus dem Strudel gefischt, doch wir befanden uns noch immer inmitten der tobenden Brandung. Wenn ich lebend hier rauskommen wollte, musste ich tun, was er sagte, musste seinen Anweisungen folgen – und ihn auf gar keinen Fall loslassen.

Die nächste Wand brach auf uns nieder. Wir holten tief Luft und tauchten in die Welle ein. Estebans kraftvoller Körper nahm mich mit durch den reißenden Sog und die anschließende Druckwelle hindurch. Mitten durch das Chaos an der Oberfläche und der Strömung auf dem Meeresboden zog er mich auf die andere Seite hinüber. Als wir wieder auftauchten, befanden wir uns jenseits der Brandung. Erst jetzt ließ Esteban mich kurz verschnaufen.

„Die nächste Welle nehmen wir!", rief er mir zu, als ich halbwegs zu mir gekommen war. „Ich halt dich so lange ich kann. Du schaffst das. Du kannst auf der Welle surfen."

Wie bitte? Meinte er das ernst? Wir mussten nochmal da durch? Uns ein zweites Mal in den Rachen des Ungeheuers stürzen? Wie konnte er glauben, dass ich das schaffte? Wieso mich loslassen? Panisch sah ich mich nach allen Seiten um. Es musste doch eine andere Möglichkeit geben, hier heraus zu kommen. Wie nur konnte ich dem entgehen, was uns jetzt bevorstand? Esteban drückte meine Hand und nickte mir zu.

„Jetzt", brüllte er. „Mit dieser hier!"

Die Welle hob uns hoch und trug uns davon. Mit letzter Kraft klammerte ich mich an Estebans Hand. Die Wasserwand, auf der wir auf dem Strand zuflogen, war viel höher, als jede andere, die ich in Zipolite je erlebt hatte. So zumindest kam es mir vor. Wenn ich losließ und zu taumeln begann, dann war's um mich geschehen. Wie Sturmvögel flogen wir, ans Wasser gekettet anstatt an den Wind. Mit jeder Sekunde kam der rettende Strand näher.

Dann brach die Welle unter uns ein. Zu weit vorne am Überhang gelang mir die kontrollierte Talfahrt nicht. Esteban verpasste mir noch einen Stoß, bevor er losließ. Dann hatte der Drache mich wieder, ganz für sich allein. Mit seiner zischenden, strudelnden Wasserzunge peitschte er mich wie einen Spielball vor sich her, schmetterte mich zu Boden, riss mich in die Höhe, sog mich ein letztes Mal in seinen gierigen Schlund und spie mich schließlich wie einen nassen Sack ans Land.

Die letzten Meter kroch ich auf allen Vieren durch den Schaum, der sich auf dem feuchten Sand gesammelt hatte, und schleppte mich auf den Strand der Toten. Mit verschwommenem Blick suchte ich hinter mir die Brandung ab. Dann sah ich ihn aus dem Wasser kommen, und brach vor Erleichterung zusammen. Esteban kroch nicht, er ging aufrecht – auf beiden Beinen. Wenn auch außer Atem, so war ihm doch anzusehen, dass er zu keinem Zeitpunkt die Kontrolle verloren hatte. Tiefe Dankbarkeit erfüllte mich. Esteban hatte mich vor dem Tod bewahrt. Wir waren nicht in den Wellen umgekommen, und ich dankte dem Himmel, dass der Mann, der mein Leben gerettet hatte, unversehrt war. Noch bevor die Menschen am Strand zusammenliefen, um mir aus dem flachen Wasser zu helfen, übergab ich mich.

„Kommst du mit nach unten? Du musst doch auch was essen", fragte Emilie und hielt einen kurzem Moment inne. Seit geschlagenen zwei Stunden saß ich wie versteinert in dem Korbstuhl auf der Terrasse. Esteban war bereits auf halbem Weg den Hügel hinunter und blieb nun im dämmrigen Abendlicht stehen, um sich nach seiner Frau umzusehen. Mit einem Fingerzeig auf Esteban nickte ich ihr zu und erhob mich langsam. „Geh nur, der Ärmste ist kurz vor dem Verhungern. Ich komm gleich nach."

Emilie war mittags am Strand völlig außer Atem zu uns gestoßen und hatte ihren Mann sofort eng umschlungen. Die Angst auf ihrem Gesicht hatte Bände gesprochen und mich zutiefst beschämt. Nachdem sich der Menschenauflauf endlich zerstreut hatte, waren die beiden noch eine Weile an meiner Seite geblieben um abzuwarten, dass ich mich etwas erholte. Jeder meiner Versuche, Esteban zu sagen, wie unendlich dankbar ich war, hatte Emilie veranlasst, ihm zärtlich durch die Haare zu streichen. Kein Wort des Vorwurfs war über ihre Lippen gekommen, doch ihr ganzes Verhalten hatte verraten, wie brenzlig die Situation auch für Esteban gewesen war.

„Es tut mir so leid. Ich dachte … es war doch … ich meine, so nah am Ufer …", hatte ich gestammelt.

„Schon gut! Ich hab gesehen, wie du ahnungslos über die steile Abrisskante gedriftet bist. Von der geht hier die größte Gefahr aus. Unter der Wasseroberfläche fällt der Strand dort steil ab, die Wellen krachen in die Tiefe und ziehen sich dann in einem mächtigen Sog dicht über dem Untergrund auf die offene See zurück. Es war klar, was passieren würde. Dass ich dich noch erwischt habe, war pures Glück!" Während Esteban versuchte, mich zu beruhigen, hatte ich mich aufgerappelt und war auf die Beine gekommen.

„Sicher, dass wir dich nicht nachhause bringen sollen?" Arm in Arm und eng aneinander geschmiegt gaben die beiden ein Bild vollendeter Harmonie ab.

„Ganz sicher!", hatte ich erwidert und mich auf den Weg zurück zum Casa del Sol gemacht, den bitteren Nachhall seiner Worte im Kopf.

Nachmittags war ich zunächst in einen unruhigen Schlaf gefallen. Der Kampf mit dem Ozean hatte mich restlos erschöpft, in meinem Kopf hämmerte es. Doch dann hatten die bohrenden Fragen mich wieder wach gerüttelt. Warum war gerade mir das passiert? Eine Misere jagte die nächste. Es war fast, als ziehe sich ein Strick immer enger um meinen Hals, als versinke ich mit jedem Schritt, den ich nach vorne setzte, tiefer im Sumpf. Und dann brachte der Alte mich fast um! Warum tat er das? Verhielt sich so etwa ein Freund? Wer blieb denn noch, wenn er sich jetzt auch noch gegen mich stellte? Zutiefst deprimiert warf ich mir einen Pulli über die Schultern und folgte meinen Nachbarn nach unten.

Er lehnte an einem der Holzpfeiler, das nach vorne geneigte Gesicht war vom Schatten des Strohhuts bedeckt. Die Fransen seines Ponchos fielen ihm über die Handgelenke, und im Vorübergehen erkannte ich, dass er mit einem Taschenmesser den Schaft einer kleinen Axt bearbeitete. War es die Darstellung eines Drachens oder einer Schlange, die er in das Holz schnitzte? Ich sah ihn hier bei Maricruz zum ersten Mal, und etwas an ihm weckte sofort mein Interesse. Da hob der Mann den Kopf und sah mich geradewegs an. Über seine breiten Wangenknochen spannte sich glatte, olivfarbene Haut. Die Ruhe in seinen Augen erinnerte an die erstarrte Bewegung von gefrorenem Wasser. Nicht die leiseste Andeutung eines Zuckens in seinen Mundwinkeln, nur dieser kühle, schamlose Blick. Die schmalen, tief liegenden Augen auf mich gerichtet, fühlte ich mich durchleuchtet – vom Scheitel bis zur Sohle. Ich wandte mich ab und suchte nach dem Tisch meiner Freunde. Maricruz stand neben Emilie und Esteban, ich ging schnell zu ihnen hinüber.

„Da hast du uns einen schönen Schrecken eingejagt!", begrüßte mich Maricruz mit der ihr üblichen Strenge, in der so etwas wie mütterliche Wärme mitschwang. Sie wies mit dem Kinn in Estebans Richtung. „Kannst von Glück reden, dass er dich rausgefischt hat." Ich nickte und senkte betreten den Kopf.

„Werde ich ihm nie vergessen. Esteban ist ein Held", sagte ich und setzte mich schnell hin, damit die drei nicht mitbekamen, dass mir schon wieder die Tränen in die Augen schossen.

„Auf unseren Helden", hob Maricruz triumphierend die Arme. Sie hatte diese raue Herzlichkeit, für die man sie im Dorf gleichermaßen liebte und respektierte. Zwar hatte das Leben ihr abgewöhnt, zimperlich zu sein, doch hatte Maricruz nichts von ihrer Herzenswärme eingebüßt. Ihr Mann war bei einem Verkehrsunfall ums Leben gekommen. Seit Jahren ernährte sie ihre Kinder und sich von dem, was das Restaurant einbrachte. Mit Anfang vierzig hatten sich silbrige Strähnen unter ihr schwarzes Haar gemischt. Lachfalten bildeten einen Kranz aus Sonnenstrahlen um ihre Augen. Ihre Gesichtshaut war ledrig und von der Sonne verbrannt. Maricruz als schön zu bezeichnen wäre verwegen gewesen. Und trotzdem fühlte sich so mancher Mann im Dorf von ihrer lebensbejahenden Ausstrahlung angezogen, was Maricruz nicht daran hinderte, sie allesamt zum Teufel zu jagen. Ein paar Mal hatte sie sich kurz zu mir an den Tisch gesetzt, wenn ich lange, einsame Stunden unter ihrem Dach verbrachte. Als wüsste sie genau, wann das Warten für mich unerträglich wurde.

„Häng dein Herz nicht so an den Kerl. Nimm dein Leben selber in die Hand", hatte sie mir mehr als einmal geraten. Doch heute Abend hatte Maricruz alle Hände voll zu tun.

„Lasst es euch schmecken", rief sie und rauschte davon. Die Schüssel mit dem dampfenden Eintopf stand auf dem Tisch und erinnerte mich daran, dass meine Rechnung von Tag zu Tag anwuchs.

„Es ist ein Jammer, wir werden kein einziges Bild von unseren Flitterwochen haben", klagte Emilie. „Unser Fotoapparat ist kaputt gegangen, gleich zu Anfang des Urlaubs."

In den Tiefen meiner Reisetasche hielt eine Kamera ihren Dornröschenschlaf. Das Geschenk meiner Mutter. In Kanada hatte ich mich noch dazu durchgerungen, ein paar Fotos zu schießen, doch danach war sie in Vergessenheit geraten. Es befand sich noch immer der erste Film darin.

„Da kann ich aushelfen", sagte ich.

Die Sonne stand tief im Westen. Im feuchten Sand eilte mir der lange Schatten meiner eigenen Gestalt voraus, das Handtuch über die Schulter geworfen. Ich befand mich auf dem Weg zum Casa del Sol, das oben auf dem Hügel einsam und verlassen auf meine Rückkehr wartete. Esteban und Emilie waren seit ein paar Tagen fort. Mit meiner Kamera im Gepäck fuhren sie noch einmal die Orte ihrer Flitterwochen ab und holten die Gelegenheit nach, dort Erinnerungsfotos zu schießen. Seitdem wanderte ich pausenlos den Strand auf und ab. Mit dem Alten ging ich nicht auf Tuchfühlung, seinen Angriff auf mein Leben hatte ich ihm nicht verziehen. Wozu sollte ich gerade ihm erzählen, dass mein Visum abgelaufen und der Flieger in Vancouver ohne mich gestartet war? Der Alte hätte sich maßlos darüber aufgeregt, dass ich – mittellos und illegal im Land – vor allem halb verrückt vor Sorge um Thierry war. Ich hob den Kopf und sah hinüber zum anderen Ende des Strandes. Dort verlief die Grenze für meinen täglichen Freigang. Zipolite, das Paradies auf Erden, war für mich zum Gefängnis geworden.

Mein Kopf arbeitete auf Hochtouren, fieberhaft suchte ich nach einem Weg, mich aus der Misere zu befreien. Esteban hatte jedes Detail der Kamera unter die Lupe genommen und Gefallen an ihr gefunden. Leichtfertig hatte ich den beiden angeboten, erst einmal den Film darin für ihre Zwecke zu verwenden. Nur ein bescheidener Dank dafür, dass Esteban mir das Leben gerettet hatte. Inzwischen hoffte ich inständig, dass er nach seiner Rückkehr noch immer an einem Kauf interessiert war. Mit dem Geld könnte ich meine Rechnung bei Maricruz begleichen. Schaffte ich es dann, nach Mexico City zu trampen, stand mir bei der Deutschen Botschaft ein echter Gassenlauf bevor. Schon bei dem Gedanken allein wurde mir heiß und kalt. Doch selbst wenn mir all dies gelang, was war mit Thierry? Ich rettete dann meine eigene Haut, aber ihn ließ ich im Stich. Einmal schon hatte ich den Glauben an ihn verloren, und dann hatte sich herausgestellt, dass er überfallen, ausgeraubt und eingesperrt worden war. Vielleicht konnte Ricardo weiterhelfen, das war meine letzte Hoffnung.

In diese Überlegungen verstrickt tauchte mit einem Mal der Schatten eines Mannes neben meinem auf und schob sich schnell auf gleiche Höhe. Ich hörte nach Atem ringen, im selben Moment packte mir jemand an den Hintern. Es war ein Reflex. Mit einer präzise ausgeführten Drehung fuhr ich herum und schlug dem Angreifer das feuchte Handtuch um die Ohren. Der Typ ließ verblüfft los und stolperte rückwärts. Gerade noch erkannte ich, wie jung er war – sicher noch keine zwanzig – da sprintete aus dem Hintergrund noch eine Gestalt auf mich zu. Zwei Männer? Das war nicht zu schaffen! Blitzschnell drehte ich mich um und rannte los. Die Mexikaner nahmen die Verfolgung auf, waren mir dicht auf den Fersen. Im Rennen erfasste ich die Lage. Wir befanden uns auf dem einsamsten Abschnitt des Strandes, sie würden mich einholen, noch bevor ich das Dorf erreichte. Aus den Augenwinkeln nahm ich am Rande des Strandes ein Waldstück wahr. Der Weg dahindurch war deutlich kürzer, meine Entscheidung fiel im Bruchteil einer Sekunde. Ich schlug einen Haken und lief darauf zu. Jetzt war die Frage, wer von uns besser im lockeren, tiefen Sand vorankam. Ein Blick über die Schulter zeigte, dass meine Verfolger sich mit dem Kraftakt genauso schwer taten wie ich. Es gelang mir, meinen Vorsprung zu halten. Noch zumindest! Außer Atem erreichte ich den Wald und flüchtete mich hinein. Mit nackten Füßen jagte ich über den steinigen, von Kakteen übersäten Boden. Dornen bohrten sich in meine Füße, ich riss mir die Haut an Steinkanten auf und jaulte. Ein erneuter Blick über die Schulter, die Männer waren stehengeblieben. Der eine hielt sich an der Schulter des anderen fest und untersuchte seinen Fuß, doch sein Kumpel schnaubte wütend und scharrte mit den Hufen wie ein Rennpferd in der Box. Mit gezielten Sprüngen von einem freien Stück Erde zum nächsten hängte ich die beiden ab und sah zu, dass ich das Ende des Waldes erreichte und in die Nähe des Dorfes kam.

Stimmengewirr hallte mir schon von weitem entgegen, vor Maricruz Restaurant hatte sich eine Menschentraube versammelt. Ein Polizist umrundete das Gedränge und gab eilig Anweisungen. Bei seinem Anblick triumphierte ich, meine Verfolger liefen geradewegs den Bullen in die Arme. Ohne mir Fragen zu stellen, rannte ich auf den Polizisten zu. Da tat sich vor mir die Menge auf und gab die Sicht auf das Geschehen im Inneren des Kreises frei. Dort zog in dem Moment ein zweiter Polizist seine Waffe und zielte auf eins der Schweizer Mädchen. Sie hielt ihm bitterlich weinend einen Stoß Reisepässe hin und flehte ihn an, ihr nichts zu tun. Neben ihr redete der Rastafari auf den Beamten ein. Dann erst sah ich den Beutel mit dem Marihuana. Wie wild schüttelte der Polizist die Tüte in der Luft, sein scharfer Befehl durchschnitt die flirrend heiße Nachmittagsstimmung. Die Mädchen und ihre Freunde wurden an den Ford Mustang gedrängt, mussten die Hände aufs Dach legen. Der Polizist hielt sie weiter mit der Waffe in Schach, während sein Kollege die jungen Leute durchsuchte. Immer mehr Menschen liefen herbei, um die Szene zu verfolgen – Einheimische wie Touristen. Auch ich kam langsam näher. Die Jungs hinter mir hatten das Weite gesucht, und beim Anblick der Mädchen hatte ich meine eigene Not vergessen. Ich bangte mit ihnen, als ginge es um mich selbst. Die Durchsuchung brachte keine weiteren Drogen ans Tageslicht. Der Polizist drehte sich zu seinem Kollegen um und schüttelte den Kopf. Er ließ den Blick in die Runde schweifen und startete einen ergebnislosen Versuch, die Schaulustigen zu verjagen. Dann entdeckte er mich und zuckte merklich zusammen. Sein Kopf ging zwischen dem blonden Lockenkopf vor ihm und mir hin und her. Ich fragte mich, welches Bild ich abgab, so schweißüberströmt und nach Atem ringend am Rande des Geschehens. Dann geschah es. Der Polizist riss seinen Revolver aus dem Halfter und stürmte auf mich zu. In Sekundenschnelle war er vor mir und fuchtelte mit der Knarre vor meinem Gesicht herum. Dann packte er mich am Arm und schleifte mich in die Mitte des Kreises. Mir wurde speiübel, die Erkenntnis durchfuhr mich wie ein Blitz. Der Kerl hielt mich für eine Freundin der Mädchen.

„I am German", rief ich aufgebracht. „I'm not Swiss!"

Der Beamte hörte mir nicht zu, sondern schubste mich neben die Mädchen, den Lauf der Pistole auf uns gerichtet. Ich hätte schreien können und heulen zugleich. Warum passierte das gerade mir? Zum Teufel noch mal. Die Mädchen würden sich mit einem fetten Schmiergeld freikaufen können. Doch für mich standen die Aktien schlecht. Mit welchen Konsequenzen musste ich rechnen? Ich begann zu zittern, durfte nicht zulassen, dass die Polizei mich mitnahm, es musste mir einfach gelingen, meinen Kopf aus der Schlinge zu ziehen. Mit dem Mut der Verzweifelten richtete ich mich auf.

„Ich habe nichts mit diesen Leuten zu tun", empörte ich mich auf Englisch auf und ging geradewegs auf die Gesetzeshüter zu. Die Männer wechselten erstaunte Blicke. Dann wandte sich einer an die Mädchen und fragte, ob ich ihre Schwester sei. Die beiden schluchzten noch immer, doch sie schüttelten gleichzeitig die Köpfe. Jetzt mischte sich der andere Polizist ein.

„Keine Schwestern?", fuhr er mich an. „Wo kommst du her?"
Ich holte tief Luft. In vorgeblich ruhigem, selbstbewusstem Ton
wiederholte ich, dass ich Deutsche sei. Der Polizist ließ einen
abschätzenden Blick an mir heruntergleiten.

„Tu Passaporte!", zischte er.

„Mein Pass ist da oben bei meinen Sachen!", zeigte ich hinauf
zum Casa del Sol und betete, dass die Polizisten sich nicht das
Datum meines Visums ansehen würden. Ich pokerte verdammt
hoch. Jetzt brauchte ich dringend ein Wunder. In dem Moment
übertönte eine energische Frauenstimme das Stimmengewirr.

„Lasst sie in Ruhe!", donnerte es über alle Köpfe hinweg. „Sie sagt
die Wahrheit. Das Mädchen wohnt bei mir. Wo die hier hausen,
weiß ich nicht." Maricruz schob sich durch den Menschauflauf
nach vorne und baute sich vor den Polizisten auf. Hier hatte sie
ein Wörtchen mitzureden. „Wehe ihr verderbt mir das Geschäft!"

Es folgte ein hitziger Schlagabtausch zwischen den Beamten und
Maricruz. Ich verstand kein einziges Wort. Dann beruhigten sich
die Gemüter, mit einem Schulterzucken wandte sich der Polizist,
der mich eben noch wie einen Verbrecher herumgestoßen hatte,
zu mir um: „Okay, du kannst gehen."

Das Wunder! Es war geschehen. Die Männer ließen von mir ab
und widmeten sich wieder den Schweizer Mädchen und ihren
Freunden. Als hätte ich mit nichts anderem gerechnet, nickte ich
teilnahmslos und entfernte mich aus dem Kreis der Schaulustigen.
Dass nur keiner mitbekam, wie meine Knie zitterten. Erst als
der Polizeijeep mit den jungen Leuten davonfuhr, löste sich die
Anspannung in meinen Schultern und ich spürte, wie das heiße
Pflaster unter meinen Fußsohlen brannte.

Die Arme vor der Brust verschränkt gesellte sich Maricruz zu
mir und taxierte mich vom Scheitel bis zur Sohle. Als ihr Blick
auf meine geschundenen Füße fiel sah sie mich an, als hätte sie

es mit einer Außerirdischen zu tun. Doch sie stellte keine Fragen, sondern zog mich von der Menge fort unter das schützende Dach ihres Restaurants, dem Minuten zuvor alle Gäste entlaufen waren, drängte mich auf einen Stuhl und verschwand. Kurz darauf kehrte sie mit Wasser, Seife und einem Handtuch zurück und stellte die Schüssel vor mir ab.

„Los, Füße da rein und waschen", kommandierte sie. „Das entzündet sich sonst." Ich gehorchte wie ein Kind. Maricruz nahm auf dem gegenüberliegenden Stuhl Platz und überwachte meine Waschungen. Blut, Dreck und Seife verwandelten das Wasser in eine trübe Brühe.

„Wie ist das passiert?", hörte ich sie fragen. Maricruz und ich hatten im Laufe der vergangenen Wochen ein Gemisch aus englischen und spanischen Sprachbrocken entwickelt, mit dem wir uns recht mühelos unterhalten konnten. So unspektakulär wie möglich berichtete ich von der Verfolgungsjagd durch den Wald. Dabei hielt ich den Blick auf meine inzwischen sauberen Füße gerichtet und schrubbte fleißig weiter. Maricruz legte ihre Hand auf meine Schulter und reichte mir das Handtuch.

„Lass noch etwas Haut dran. Es reicht!", sagte sie ernst. Langsam kam ich hoch und sah die Mexikanerin an.

„Kannst du die Kerle beschreiben?", fragte sie knapp.

„Nicht wirklich", gab ich kleinlaut zu.

Mit finsterer Entschlossenheit nahm mir Maricruz das Handtuch ab. „Was erwartest du eigentlich? Treibst dich allein in der Weltgeschichte herum!" Sie machte eine wegwerfende Geste. „Ein hübsches, junges Ding auf sich selbst gestellt. Ist doch klar, dass die Männer auf dumme Gedanken kommen. Und dein französischer Freund – was weißt du schon von ihm? Den hast du doch auch erst hier kennengelernt! Wenn du meine Tochter wärst, ich würde dir die Ohren lang ziehen. Sieh zu, dass du nachhause kommst!" Sie schlug sich unwillig mit den Händen auf die Schenkel und stand auf.

Ich räusperte mich und blinzelte sie verlegen an. „Warte Maricruz. Es tut mir leid. Und vielen Dank", stotterte ich. „Für das Wasser, die Seife ... für das mit den Polizisten. Für alles!" Maricruz fuhr mit dem Arm durch die Luft. „Hör bloß auf! Du schuldest mir 'ne Menge Kohle. Meinst du, ich lasse mich durch die Bullen um mein Geld bringen?" Sie drehte sie sich hitzig um und marschierte los. Keine vier Schritte weiter sah sie sich noch mal um. Die Ernsthaftigkeit in ihren Zügen, ihr langer, tiefer Blick, ging mir direkt in Mark und Bein. „Man könnte fast meinen, auf dir läge ein Fluch!"

Dann war sie weg. Mir standen die Haare zu Berge. Ihre Worte krallten sich in meinen Kopf und hämmerten immerfort auf ein und dieselbe Stelle ein. Ein Fluch! Da hatte sie wohl Recht. Nur mit einer Sache lag sie falsch. Was Maricruz nicht wusste, zuhause war es nie anders gewesen. Ob draußen oder in den eigenen vier Wänden, immer schon hatten Männer mich wieder und wieder bedrängt. Soweit ich zurückdenken konnte. Auf dem Schulweg hatte ich Angst vor ihren Anzüglichkeiten. Kamen mir Männer entgegen, wechselte ich die Straßenseite. Einmal hielt ein Auto neben mir, da war ich vielleicht zwölf gewesen. Der Mann am Steuer hatte mir durch das offene Beifahrerfenster sein erigiertes Glied präsentiert und mich gedrängt einzusteigen. So schnell ich auch ging, er blieb dicht neben mir. Erst als sich ein älteres Ehepaar näherte, gab er Gas und fuhr davon. Den Sommer, als ich vierzehn wurde, verbrachten wir am Iseosee. Bei einem Bootsausflug hatte der Besitzer des Feriendorfs am Außenborder gestanden und mir über die Köpfe der anderen Bootsinsassen hinweg mit einem Bambuswedel über Brüste, Bauch und den Schritt gestreichelt. Je heftiger ich den Wedel wegstieß umso köstlicher amüsierte sich der Mann. Es hatte niemanden im Boot gestört – niemanden, außer mich. Nicht einmal die Turnhalle war ein sicherer Ort gewesen. Mit allergrößter Selbstverständlichkeit hatte der Vorsitzende des Turnvereins stets die Mädchenumkleidekabine durchkreuzt und beim Training angeboten, Hilfestellung zu leisten. Dabei waren ihm ständig die Hände abgerutscht. Eines Tages, als es regnete, hatte er gedrängt, mich nachhause zu fahren, ohne Widerrede zu dulden. Dann brachte er den Wagen auf einem Waldparkplatz zum Stehen und beugte sich mit einem lüsternen „Und was machen wir jetzt?", zu mir rüber. Ich war zu schnell für ihn. Ehe er sich versah war ich aus dem Wagen geflüchtet. Kilometerweit hatte ich mich allein durch Wald und Regen nachhause geschlagen. Das war geschehen, als ich fünfzehn war.

Am schlimmsten aber war es zuhause gewesen, in dieser beengten Wohnung, in der wir zu siebt zusammengepfercht lebten. Dort hatte es keinen Raum gegeben, in dem ich nicht an die Wand gedrängt wurde. Kein Zimmer, in das man mich nicht einschloss, sobald sich die Möglichkeit bot. Es gab kein Versteck, in dem ich unsichtbar werden konnte. Entkommen war nur möglich, indem ich meinen Geist losließ, damit er in andere Welten fliehen konnte, während meine Hülle zurückblieb und erduldete, was mit ihr geschah. Jeden Tag, jede verfluchte Nacht – von meinem sechsten Lebensjahr an. Es hieß, dass niemand je etwas mitbekommen hatte. Und nie hatte jemand Partei für mich ergriffen. Noch heute dachte keiner daran, mir beizustehen. Meine Mutter schlief noch immer mit meinem Stiefvater. Er nahm noch immer seinen Platz im Kreise der Familie ein. Ja, Maricruz hatte verdammt recht! Auf mir lag ein Fluch. Doch was mir auf dieser Reise widerfuhr, war nichts weiter als die Fortsetzung eines ewig andauernden Albtraums.

„Hör auf damit", ruttelte die Stimme in mir mich zornig aus

meiner Versunkenheit wach. „Denk nicht daran zurück! Du musst nach vorne schauen."

Wie aus einer Trance kehrte ich in die Gegenwart zurück und sah mich um. Ein paar Leute hatte wieder an den Tischen Platz genommen. Am anderen Ende des Restaurants stand der Mann mit dem Poncho, ein schräges Lächeln auf den Lippen. Wie lange stand er schon dort? Hatte er die Szene zwischen Maricruz und mir mitverfolgt? Ich fühlte mich unangenehm ertappt. Es wurde höchste Zeit, hier zu verschwinden.

Als Esteban und Emilie tags darauf zurückkehrten, zögerte ich nicht und sprach sie sofort auf meine Kamera an. Dabei machte ich keinen Hehl aus meinem finanziellen Dilemma und legte die Karten offen auf den Tisch.

„Wieviel schuldest du Maricruz?", fragte Esteban. Zwei Minuten später stolperte ich den Hügel zum Restaurant hinunter.

„Das kann ich dir ganz genau sagen, auf den Peso genau." Maricruz wrang den Putzlappen aus, mit dem sie die Tische abwischte. „Setz dich. Ich bring dir was von der Fischsuppe. Die kannst du essen während ich rechne. Die Suppe geht aufs Haus."

Ich ließ mich langsam an meinem Stammplatz nieder und sah Maricruz hinterher. Hier am Strand und in Puerto Angel war sie eine Person mit Einfluss und Verbindungen. Ob sie wohl einen Weg wusste, wie ich nach Mexiko City gelangen konnte? Ohne Geld? Sollte ich mich ihr anvertrauen? Um diese Frage kreisten meine Gedanken, da tauchte wie aus dem Nichts der geheimnisvolle Mann mit dem Poncho auf. Auf leisen Pfoten hatte er sich von hinten an mich herangeschlichen. Wie eine Raubkatze. Jetzt hangelte er sich um den Pfosten neben meinem Tisch herum und versperrte mir die Sicht auf die entschwindende Maricruz. Ein süffisantes Lächeln auf den Lippen fixierte er mich mit seinen Katzenaugen.

„Noch mal Glück gehabt gestern, nicht wahr?", kam er ohne Umschweife zur Sache. Ich tat so, als hätte ich ihn nicht gehört und sah einfach weg. Der Mann war mir unheimlich. In den letzten Tagen hatte er sich ständig hier herumgetrieben. Aber er kam nicht zum Essen und Trinken her, suchte nicht die Gesellschaft anderer. Er stand immer nur allein an diesem Pfeiler und observierte die Leute. Jetzt trat der Fremde näher und griff nach der Lehne des Stuhls mir gegenüber.

„Auch wenn die Bullen es nicht gemerkt haben, ich hab schon mitgekriegt, dass du in Schwierigkeiten steckst." Ich musste schlucken und versuchte, an ihm vorbei den Kücheneingang im Auge zu behalten. Hoffentlich kam Maricruz schnell zurück. Der Mann lachte kurz auf, zog mit einem Ruck den Stuhl vom Tisch und schwang sich darauf. Sein Lächeln war noch breiter geworden. Was amüsierte ihn so? Dann, mit einem Mal, schoss sein Kopf nach vorne, sein Gesicht kam meinem unangenehm nah. Ich wich zurück verschränkte die Arme vor der Brust.

„Nicht so zurückhaltend", stichelte er. „Ich bin ein Freund." Dann lehnte er sich mit ausgebreiteten Armen zurück und sah wie zur Bestätigung über die Schulter zu Maricruz, die in diesem Moment mit einer Suppenschale in den Händen auf den Tisch zusteuerte.

„Die Kleine fürchtet sich vor mir. Wie wär's, wenn du uns vorstellst, Maricruz?" Sie hatte den Tisch erreicht, stellte die Schale vor mir ab und verpasste dem Mann einen Hieb auf die Schulter.

„Was lungerst du auch hier herum und hast nichts Besseres zu tun, als dem Mädchen Angst einzujagen?", lachte sie herzerfrischend laut, bevor sie zu mir herübersah.

„Er ist ein gottverdammter Halbindio, noch dazu aus Guatemala. Die wissen sich nicht besser zu benehmen. Aber unser Julio hier ist ein frischgebackener Vater. Fromm wie ein Lämmchen." Sie wischte sich mit dem Handrücken den Schweiß von der Stirn.

„Sagt mir lieber, was ihr trinken wollt!"

„Bring uns zwei Bier", antwortete der Mann für mich mit. Er hatte mich nicht eine Sekunde aus den Augen gelassen. Erst jetzt erlosch das spöttische Lächeln.

„Zum puren Vergnügen sitze ich hier nicht", sagte er tonlos. „Ich habe dir einen Vorschlag zu machen, du wirst mir noch dankbar sein!" Ich runzelte die Stirn und zog die Suppenschale näher an mich heran.

Julio wohnte am Rande des Dorfes. Seine Frau kam aus England, was wohl der Grund für sein fließendes Englisch war. „Caty ist genauso blond wie du. Vor zwei Wochen ist unser süßes Töchterchen zur Welt gekommen", erzählte er. Ich fragte ihn, ob es denn nicht angebracht wäre, dass er abends bei seiner Familie blieb. Julio lachte laut auf.

„Ihr Europäerinnen seid alle gleich. Kaum habt ihr einen Mann an der Angel, wollt ihr ihm die Flügel stutzen. Ihr wollt ihn rund um die Uhr kontrollieren. Hab ich Recht?" Er ließ mir keine Zeit zu protestieren.

„Was ist mit deinem Freund? Ich hab ihn schon 'ne ganze Weile nicht mehr hier gesehen." Der Überraschungsschlag saß. Ich war völlig überrumpelt und starrte den Mann sprachlos an. Was wusste er sonst noch von mir? Wie lange beobachtete er mich schon? Julio ließ mich die Sätze kurz verdauen. Dann legte er nach.

„Versuch erst gar nicht zu leugnen, dass du hier festsitzt. Das geht nicht mehr lange gut. Die Bullen, das Militär, sie haben dich alle auf ihrer Liste", sagte er mit gedämpfter Stimme, in der ein gefährlicher Unterton mitschwang. Wieder beugte er sich leicht vor, sein Zeigefinger pendelte zwischen ihm und mir hin und her.

„Macht aber nichts. Wenn du dich an mich hältst, sind deine Tage hier gezählt. Wir beide können ziemlich nützlich füreinander sein!" Danach verfiel er in Schweigen und richtete seinen starren

Blick hinaus in die Nacht, die inzwischen hereingebrochen war. Unruhig rutschte ich auf meinem Stuhl hin und her. Der Mann war mir unheimlich, was immer er im Schilde führte, ich hatte kein gutes Gefühl dabei. Aber wenn sich mir eine Chance auftat, von hier wegzukommen, dann konnte ich das nicht unbeachtet lassen. Maricruz kam erneut an unseren Tisch, stellte die Biergläser ab und drückte mir einen Zettel in die Hand. Einhundertachtzig Dollar stand dort unterm Strich. Das war mehr als fair. Hoffentlich war Esteban der Betrag nicht zu hoch. Ich hatte keine Ahnung, was meine Kamera wert war.

„Das Bier bezahlst du, und mehr gibt es für die Kleine heute nicht. Sie hat genug, auch von dir!", hörte ich Maricruz zu diesem Julio sagen, bevor sie ging.

Der Mann mit dem Poncho schnalzte mit der Zunge. „Hätte Caty nicht das Baby, bräuchte ich dich gar nicht. Aber sie ist nun mal ans Haus gebunden. Denk eine Nacht darüber nach. Morgen will ich wissen, wie du dich entscheidest. Wenn du bereit bist, mitzumachen, erklär ich dir, worum es geht. Aber nicht hier, sondern bei mir zuhause." Er stand auf, ohne sein Bier auch nur angerührt zu haben, warf ein paar Münzen auf den Tisch und war ebenso schnell verschwunden, wie er gekommen war. Ich suchte seine Gestalt in der tiefschwarzen Nacht und fragte mich ernsthaft, ob ich eine Erscheinung hatte.

Lichtstrahlen brachen sich im Rot des Halbedelsteins und ließen ihn auf meiner Handfläche glitzern. Sanft rollte ich das Kleinod hin und her. Dass ich darüber nachdachte, ihn herzugeben, schnürte einen Knoten in meinem Hals. War dies etwa der Tag, an dem ich mich von allem trennte, was mir von liebenden Menschen wohlwollend mit auf den Weg gegeben worden war? Esteban hatte sich die Summe für die Kamera nennen lassen und war ins Haus gegangen, um die Sache mit seiner Frau zu besprechen. Bisher hatte ich Emilie meinen Schatz nicht gezeigt. Noch war nichts entschieden. Ich musste ihn nur in seinen Lederbeutel zurückstecken.

Gefolgt von Emilie kam Esteban zur Tür heraus und winkte mir mit den Geldscheinen über die Terrasse hinweg zu. „Okay, wir machen's!"

Reflexartig umschlossen meine Finger den Talisman, als sei ich diejenige, die ihn zu beschützen hatte. Gleichzeitig spülte eine Welle von Dankbarkeit durch mich hindurch. Wenn auch mittellos, so war ich jetzt frei, diesen Ort zu verlassen. Das Warten hatte ein Ende. Und es war denkbar, dass ich bald von Ricardo erfuhr, was mit Thierry geschehen war.

„Hier bitte, dein Geld. Wir sind froh über den Apparat", sagte Esteban und hielt mir die Scheine hin.

„Dass wir hiervon Fotos haben werden, ist unbezahlbar", strahlte Emilie hinter ihm und sah unglaublich süß aus. Inzwischen verstand ich zu gut, warum Esteban diese Frau liebte. Zögernd öffnete ich die Faust und hielt ihr den Stein in der Handfläche wie auf einem Tablett entgegen.

„Gefällt er dir?", fragte ich sie, und der Kloß in meinem Hals machte mir das Reden fast unmöglich.

Emilie beugte sich vor. „Was ist das?", wollte sie wissen.

„Das ist mein Talisman. Ein roter Granat. Wenn du willst, verkaufe ich ihn dir", antwortete ich tapfer. Emilie blickte erst auf den Stein und endlich in meine Augen. Eine Weile sagte sie nichts. Schließlich nahm sie meine Hand und drückte sie sanft zusammen, bis sie den Granat behütend umschloss.

„Der gehört zu dir, meine Liebe. Du wirst ihn bestimmt noch brauchen!", sagte sie leise. Eine Träne löste sich aus meinem Auge.

„Danke", flüsterte ich und schlang meine Arme um Emilies Hals. Die nächste Welle von Dankbarkeit rollte an.

Die blonde Frau kam uns mit dem Säugling auf dem Arm entgegen. Julio nahm ihr das Baby ab. Er ließ sich mit seiner Tochter in die Hängematte fallen, die vor dem Haus zwischen zwei Bäumen quer über den Hof gespannt war. Ich sah zu, wie er zärtlich und keineswegs unbeholfen mit dem kleinen Wesen spielte.

„Hi, ich bin Caty – wie du dir denken kannst", stellte die Frau sich vor und fuhr fahrig mit der Hand durch die Luft. „Willkommen in unserem Zuhause." Sie bot mir mit ausladender Geste einen Platz am Gartentisch an.

„Ich hol uns was zu trinken", entschuldigte sie sich und verschwand im Haus. Julio erhob sich aus der Hängematte und flüsterte dem Neugeborenen spanische Zärtlichkeiten in die winzigen Öhrchen. Gemächlich kam er mit dem Baby an den Tisch und setzte sich zu mir.

„Ich habe ihr erzählt, dass ich ihr Guatemala zeige, sobald sie groß genug ist", schwärmte er, einen verträumten Glanz auf den Augen. Sein Land sei farbenfroher, als dieses hier, seine Kultur reicher, als die der Mexikaner.

„Warum lebst du nicht in Guatemala, sondern hier?", wollte ich wissen. Julio sah auf und hatte wieder sein süffisantes Lächeln auf den Lippen.

„Sagen wir, die Regierung dort hat etwas gegen mich. Schon mal von Guerilla gehört?"

Vielleicht war es der Umstand, dass er mir so geradeheraus gestand, ein politisch Verfolgter zu sein, der mich Vertrauen zu ihm fassen ließ. Jedenfalls gab ich postwendend preis, dass ich mich ohne gültiges Visum im Land aufhielt. Ich erzählte ihm auch von Thierry, der aufgebrochen war, um das Gras in Mexiko zu holen, und seitdem verschollen war. Sollte Julio ruhig wissen, dass in mir ebenfalls ein Revoluzzer steckte. Auch ich hatte verwegene Seiten. Was mich betraf, ich hatte mich nie für Demos maskiert, aus purer Angst, auf die Liste potenzieller Staatsfeinde gesetzt zu werden. Sollten sie doch! Wer Flagge zeigte, durfte sein Gesicht nicht verlieren. Das war meine Meinung.

Julio war aufgestanden und trug das jammernde Baby im Hof auf und ab. Wofür kämpfte ein Guerillakrieger in Guatemala? War Julio ein Robin Hood seines Volkes? Die indigenen Züge seines Gesichts waren unverkennbar. Behutsam wiegte er den Kopf seiner Tochter in seinen großen Händen. Ich fragte mich, ob sie je einen Menschen getötet hatten. Wie weit war er gegangen für das, woran er glaubte? Caty trat mit einem Tablett zur Tür heraus und stellte eine Karaffe Limettensaft mit drei Gläsern auf den Tisch. Vielleicht erfuhr ich mehr über diesen unergründlichen Mann, wenn ich gemeinsame Sache mit ihm machte?

Caty ließ sich in den Stuhl fallen, in dem Julio eben noch gesessen hatte. Mit drei Schritten war er bei ihr und legte das Baby zurück in ihre Arme.

„Nimm du die Kleine. Ich muss den Fisch zubereiten." Damit ließ er uns allein. Caty stöhnte auf und schaute gequält zur Seite. Sie sah abgekämpft aus, das feine Haar klebte ihr verschwitzt am Kopf. Dunkle Augenringe schimmerten unter ihrer weißen, durchscheinenden Haut. Das Baby jammerte lauter und strampelte heftig. Caty legte es an die Brust, das Stillen beruhigte Kind wie Mutter. Den Blick auf ihr trinkendes Baby gerichtet murmelte sie Koseworte wie ein Mantra. Als sie aufsah, nickte sie mir mit einem erschöpften Lächeln zu.

„Ich war auch mit dem Rucksack unterwegs, genau wie du. Dann habe ich mich in den Kerl da drin verknallt. Was daraus geworden ist, siehst du ja."

Schicksalsergeben zog sie Augenbrauen und Schultern hoch. Glück sah anders aus. War es denn nicht paradiesisch, an einem Ort wie diesem hier zu leben?

„Phh", machte Caty und stieß hart die Luft aus. „Strand ist nicht alles, was man zum Leben braucht!" Schweigend sah ich ihr zu, wie sie das Baby an die Schulter hob, um ihm sanft auf den Rücken zu klopfen.

„Wenn die Kleine alt genug ist für die Reise, will ich mit ihr und Julio nach England. Zurück nach Hause. Aber dafür brauchen wir Geld. Viel mehr Geld, als wir haben." Ich fragte mich, ob die Eltern des Kindes über ihre unterschiedlichen Zukunftspläne Gespräche führten.

Julio kam mit dem Fisch zurück in den Hof. Er rieb ihn mit Zitronenscheiben ab, würzte ihn mit frischen Kräutern und spickte ihn mit Knoblauchstücken. Anschließend zündete er den Grill an. Während die Kohlen zu glühen begannen und der Fisch die Essenz der Kräuter aufsog, kochte Julio Reis und bereitete einen Salat vor. Caty legte mir das schlafende Baby in die Arme, um Teller und Besteck zu holen.

Es fiel mir schwer, sie zu verstehen. Sie hatte Mann und Kind an ihrer Seite, hier im Paradies. Würde ich je begreifen, warum sie sich nach einem Land zurücksehnte, das im kalten Nebel versank, wo Grau die vorherrschende Farbe war?

Beim Essen spannte mich Julio auf die Folter und verriet kein Wort von seinem Vorhaben. Es war Caty, die am Ende die Frage aussprach, die mir unter den Nägeln brannte.

„Weiß sie, was sie tun soll?"

Julio lachte unbeschwert. „Das erfährt sie genau jetzt. Sie schafft das schon. Schau sie dir an. Sie ist ein mutiges Mädchen."

Caty nickte und stand auf. „Ich bring das Baby ins Bett", sagte sie und ging ins Haus.

Julio rückte seinen Stuhl dicht an meinen heran und drückte mir eine Dose Bier in die Hand. „Okay, hör gut zu!", begann er zu erklären.

In der Ferne hörte ich das Rauschen der Brandung. In wenigen Tagen sollte ich mich fragen, ob der Alte mich neulich lieber zu sich in die Tiefe geholt hätte, als zuzulassen, dass ich dorthin lief, wohin ich unterwegs war.

In die Falle gegangen

Irgendwo im Dorf schlug ein Hund an und steckte, einem Lauffeuer gleich, seine Artgenossen an. Ihr Kläffen und Heulen drang aus allen Ecken und Winkeln des Ortes. Einen Wimpernschlag später flammte ein Scheinwerfer auf, fuhr über die Dächer und tastete den umliegenden Wald nach der Ursache für die nächtliche Störung ab.

„Duck dich", fauchte Julio und zerrte mich gerade noch rechtzeitig hinters Gebüsch. Um ein Haar hätte mich der Lichtstrahl erfasst. Hart atmend verfolgten wir, wie er die Nacht erhellte, seine Bahn bis ans andere Ende des Dorfes zog, um dort umzukehren. Erneut schwenkte er über unsere Köpfe hinweg, entfernte sich und suchte die Gassen von Puerto Angel ab. Im Ortskern verharrte er einen Moment, bevor er schließlich erlosch. Auch die Hunde verstummten einer nach dem anderen.

„Scheiß Militär!", stieß Julio aus. „Fangen Drogentransporte ab." Er kam auf die Beine und setzte sich wieder in Bewegung. Auf halbem Weg zum anderen Ende des Ortes schlich ich durch den dichten, dornigen Wald hinter ihm her. Das Herz schlug mir bis zum Hals, und dass mir der Schweiß in Bächen den Körper hinunter rann, lag nicht nur am Gewicht meiner Tasche – wir befanden uns erst am Anfang unseres Marsches – sondern vielmehr an ihrem Inhalt. Worauf hatte ich mich nur eingelassen? In den Tiefen meines Schlafsacks hielt ich zwei gut gepresste Kilo Marihuana verborgen. In der Vordertasche meiner Jeans steckte ein Filmdöschen, randvoll mit Kokain.

Zuerst hatte ich Julio an dem Abend bei Caly und ihm für

verrückt erklärt. Warum zum Teufel sollte ich den Drogenkurier für ihn spielen? Da war Trampen weit weniger gefährlich. Doch dann hatte er mir zehn Prozent vom Gewinn in Aussicht gestellt. Außerdem wollte er für mich den Verkauf übernehmen, falls sich unser Gras noch bei Ricardo befand.

„Alles auf einen Schlag", hatte er gesagt. „Mit der Kohle kannst du deinen Freund aus dem Knast freikaufen."

Während ich die Härte seiner Worte verdaute, war Caty in der Tür erschienen und hatte mich mitfühlend angesehen.

„Es wird grässlich. Aber ich bin mir sicher, dass sie dich nicht verdächtigen."

Caty hatte genau gewusst, wovon sie sprach. Wenn sie es konnte, dann konnte ich es auch. Am nächsten Tag hatte ich mich von Esteban, Emilie und Maricruz verabschiedet und behauptet, es gäbe in Puerto Angel ein paar Amerikaner, die mich in ihrem Auto mit nach Mexiko City nehmen würden. Als Maricruz mich an ihr Herz drückte und ermahnte, jedem auf die Finger zu hauen, der nur daran dachte, mich anzufassen, fühlte ich mich schrecklich. Diese drei Menschen hatten mir in der größten Not geholfen, mich sogar vor dem Tode bewahrt. Genau sie belog ich.

Danach war ich ein paar Tage bei Caty und Julio untergetaucht. Zum einen wollte Julio vermeiden, dass man uns miteinander in Verbindung brachte, wenn wir am selben Tag aus Zipolite verschwanden. Zum anderen wartete er auf den Neumond.

„Es muss stockdunkel sein, um an dem Militärstützpunkt von Puerto Angel vorbeizukommen. Die haben mich im Visier!"

Jetzt tasteten wir wie Raubkatzen auf leisen Pfoten durch die Nacht. Ich sah die Hand vor Augen nicht. Angst betäubte meinen Körper, meine Sinne, meinen Verstand. Dennoch, das hier war meine einzige Chance, Thierry aus der Bredouille zu helfen. Wenn ihm etwas zugestoßen war, würde Ricardo es wissen. Immer dicht an Julios Fersen geheftet, hielt ich mich an dem Gedanken fest, dass morgen Abend alles ausgestanden wäre. Es dämmerte bereits, als wir einen Unterstand erreichten. Die Bushaltestelle, die Julio für den Plan ausgewählt hatte, lag weit genug von Puerto Angel entfernt.

Wir hatten mindestens fünfzehn Kilometer Fußmarsch mit Gepäck hinter uns, quer durch den Wald, durch dichtes Gestrüpp, über steinigen Boden und verlassene Straßen. Ausgelaugt ließ ich mich auf die Bank fallen und sackte in mich zusammen. Kaum hatte ich die Augen geschlossen, da rüttelte Julio mich wieder auf.

„Hier! Nimm das! Geld für dein Ticket", sagte er und drückte mir ein paar Scheine in die Hand. „Lass keinen im Bus mitbekommen, dass wir zusammen reisen! Kein Sterbenswörtchen zwischen dir und mir, und zwar bis Mexiko City. Ich werde ein paar Reihen hinter dir sitzen. Egal was passiert, du siehst dich nicht nach mir um. Ist das klar?" Seine Worte durchschnitten die morgendliche Stille, wie die scharfe Klinge eines Schwertes ein hauchfeines Tuch. Eben noch restlos erschöpft, kam ich hoch.

„Wohl doch nicht so sicher die ganze Sache, was?", fragte ich gereizt. Der Kerl überließ mir das volle Risiko.

„Es wird nicht besser für dich, wenn die merken, dass du mit einem Halbblut unterwegs bist." Mehr hatte Julio zu dem Thema nicht zu sagen. Frustriert schob ich die Geldscheine in die Hosentasche und nickte. Ich steckte ohnehin längst bis zum Hals in diesem Deal. Es war zu spät, die ganze Sache abzublasen. Besser ich tat, was er sagte. Ich machte die müden, brennenden Augen wieder zu.

Nicht zum ersten Mal erlebte ich, wie Soldaten einen Bus durchkämmten. Bisher hatte ich Routinekontrollen des Militärs trotz aufkeimenden Unbehagens immer recht gelassen hingenommen. Doch als der Fahrer jetzt das Tempo drosselte und wir an dem bewaffneten Trupp vorbeirollten, dachte ich, meine letzte Stunde hätte geschlagen. Der Mann an der Spitze hob mit unbewegter Miene die Hand. Bremsen quietschten, wir kamen zum Stehen, und dicht unter mir tauchten am Fenster die Gesichter zweier Soldaten auf. Nur die dünne Scheibe Glas trennte uns. Schlagartig war die Erinnerung an die Begegnung mit dem Militär am Strand wieder wach. Hitzewallungen stiegen in mir auf, der Schweiß brach mir aus, meine Handflächen klebten vor Nässe. Vorne sprang die Tür auf. Ohne die Aufforderung des Fahrers abzuwarten, stiegen zwei Männer die Stufen hinauf und wandten sich den Passagieren zu.

„Nicht anstarren! Lass dir nichts anmerken!", schärfte ich mir ein, doch als sich die Soldaten durch den Bus bewegten, konnte ich nicht anders. Mein Blick tastete sie von Kopf bis Fuß ab – von den strengen, glatten Gesichtern zu den Gewehren in ihren Händen bis hinunter zu den schweren, dick besohlten Stiefeln. Sie benutzten die Waffen, um Gepäckstücke beiseite zu schieben und nachzusehen, was sich dahinter befand. Reihe für Reihe musterten sie die Fahrgäste, ohne mit der Wimper zu zucken. Mein Herz schlug schnell – viel zu schnell! Und viel zu laut! Ob die Männer hören konnten, wie es in meinen Ohren hämmerte? Ob sie es unter meinem T-Shirt rasen, in meinem Hals pulsieren sahen? Einer der Soldaten blieb dicht genug neben mir stehen, dass ich ihn riechen konnte. Von Angst überwältigt schloss ich die Augen. Ich versuchte, tief und ruhig durchzuatmen, wohl wissend, dass die Männer hinter der Glasscheibe nicht aufgehört hatten, mich anzusehen. Hinter uns forderte der andere Soldat einen Fahrgast in scharfem Befehlston auf, sein Gepäck zu öffnen. Ich wagte nicht, mich zu rühren. In dem Moment hörte ich Julios Stimme und begriff, was hinter uns im Bus geschah. Er war es, den die Soldaten kontrollierten. Zum ersten Mal, seit wir in diesem Bus saßen, war ich froh, nicht an seiner Seite zu reisen. Er hatte die Lage richtig eingeschätzt. Aus den Augenwinkeln sah ich hinüber zu der Mexikanerin neben mir. Wir hatten während der Fahrt ein paar belanglose Worte miteinander gewechselt. Besser gesagt, wir hatten es versucht. Jetzt nickte mir die Frau gelangweilt zu. Wie alle anderen im Bus schwieg sie, während das Militär die Kontrolle durchführte. Nur ein paar Kinder wurden von ihren Müttern beruhigt und ermahnt, sich still zu verhalten. Die Einheimischen waren an die Kontrollen gewöhnt, aber auch sie vermieden es, den Soldaten unangenehm aufzufallen. Ein kurzer Wortwechsel hinter uns und das Geräusch eines Reißverschlusses, dann ließ der Soldat von Julio ab. „Vamonos", rief er in harschem Ton seinem Kameraden zu, der noch immer im Gang auf unserer Höhe stand. Neben uns drehte sich der Soldat um und ging mit kantigen Schritten auf den Ausgang zu. Die Anspannung wich aus meinen Schultern, erst jetzt merkte ich, dass ich den Atem angehalten hatte. Als der zweite Soldat an mir vorbeischritt, sah ich zu ihm hoch. Kurz trafen sich unsere Blicke und ich erschrak vor der Härte in seinem Gesicht. Sollte ich Männern wie ihm in die Hände fallen, gab es kein Erbarmen. Die erste Kontrolle war überstanden. Ich hatte keine Ahnung, wie viele noch vor uns lagen.

„Y los militares en Alemania, controlan los autocares también?" Ich brauchte einen Moment bis ich verstand, was meine Sitznachbarin von mir wollte.

„Oh, no! No, no!", rief ich mit zittriger Stimme und schüttelte fahrig den Kopf. In Deutschland gäbe es keine Militärkontrollen in den Bussen, versicherte ich ihr und lachte bei dieser Vorstellung viel zu laut auf. Jeder aufmerksame Beobachter hätte mir meine namenlose Erleichterung angemerkt und gewusst, dass ich etwas zu verbergen hatte. Die Mexikanerin kommentierte meine Antwort mit einem lang gezogenen „Ah". Dann verfielen wir wieder in Schweigen.

Zu gern hätte ich mich nach Julio umgedreht. Ich spürte seinen Blick in meinem Nacken. Als der Bus Oaxaca erreichte, war ich einem Nervenzusammenbruch nahe. Das Militär hatte den Bus noch ein weiteres Mal unter die Lupe genommen, und ich wusste nicht, wie viele dieser Zerreißproben ich bis Mexiko City noch durchstehen musste. Ich konnte kaum fassen, dass Thierry das freiwillig auf sich genommen hatte. Und wenn er nun aufgeflogen war? Bei diesen Soldaten hier? Dann – ja, was dann?

Unbarmherzige Hitze schlug mir entgegen, als ich in Oaxaca aus dem Bus stieg. Nicht einmal hier wurde mir eine Atempause gegönnt. Am anderen Ende des Platzes standen drei Polizisten auf der Lauer und nahmen von dort aus alle Ankömmlinge in Augenschein. Ich hockte mich auf meine Reisetasche und legte den Kopf vornüber auf die verschränkten Arme. Im Grunde stellte ich mich tot. Sollten die Jagdhunde da vorne ein anderes Beutetier aufspüren!

Mit dem Anschlussbus wurde die Sache etwas leichter für mich. Ab hier mischten sich noch weitere Rucksacktouristen unter das reisende Volk, so dass ich nicht mehr ganz wie ein Paradiesvogel aus der Menge der dunkelhaarigen Einheimischen herausstach. Auch war der Bus bequemer, und diesmal saß neben mir eine junge Mexikanerin mit einem Kind auf dem Schoß. Das kleine Mädchen zeigte großes Interesse an meinem blonden Haarschopf und griff immer wieder nach meiner Mähne. Darüber kamen die Mutter und ich ins Gespräch. Sie sprach ein wenig Englisch, und ohne es zu wissen, half mir die aufgeschlossene junge Frau mit ihrer unbekümmerten Art über die nächsten Militärkontrollen hinweg. Sie scherte sich nicht um die Unterbrechungen, sondern führte die Unterhaltung einfach mit gedämpfter Stimme weiter fort.

Gegen Abend forderte die durchwanderte Nacht ihren Tribut und ich nickte ein. Ich träumte von Thierry, der mir ein Kind auf den Schoß setzte und dann mit drei Männern in einem dunklen Gang verschwand. Der Schlaf war alles andere als erholsam. Trotzdem kam ich erst wieder zu mir, als mich die junge Mutter wachrüttelte. Der Blick aus dem Fenster erlöste mich aus dem Albtraum der letzten vierundzwanzig Stunden. Wir waren am Ziel, hatten Mexico City erreicht. Ich hatte es tatsächlich geschafft. Als ich die Stufen des Busses hinunterstieg fand ich, dass die dreckige Luft der Metropole wunderbar roch.

Wie abgesprochen entfernte ich mich zielstrebig vom Busbahnhof, ließ mich von Julio überholen, um ihm dann in gebührendem Abstand zu folgen. Danach legten wir einen beachtlichen Fußmarsch zurück. Ich fühlte mich wie frisch aus dem Knast entlassen. Während ich mich an Julios Fersen heftete, lief ich mir die Angst des zurückliegenden Tages aus den Knochen. Gleichzeitig sehnte ich mich danach, dort, wo er uns hinführte, endlich mein illegales Paket loszuwerden, heiß zu duschen und etwas zu essen zu bekommen. Wie um mir Recht zu geben, knurrte mein Magen.

Erst als wir die Schwelle des Hotels übertreten hatten, richtete Julio das Wort an mich. Es war das erste Mal, dass er mit mir sprach, seit wir am frühen Morgen in den ersten Bus gestiegen waren. Er klopfte mir anerkennend auf die Schulter.

„Glückwunsch. Hast dich prima geschlagen. Hat der alte Julio doch Recht gehabt", grinste er und hieß mich, am Eingang auf ihn zu warten. Der Mann am Empfang begrüßte Julio wie einen alten Freund, wenn nicht gar Komplizen, und drückte ihm ohne große Worte einen Schlüssel in die Hand. Schnellen Schrittes kam Julio zurück und schob mich die Treppe hinauf.

„Los, ab nach oben. Das Zimmer ist im zweiten Stock."

Ihm voran kletterte ich die Stufen hinauf und wartete ab, dass

Julio die Tür aufschloss. Ich wollte ihm schon folgen, doch der Blick ins Zimmer ließ mich im Türrahmen verharren. Ein Doppelbett nahm den größten Teil des Raums in Anspruch. Wo sollte ich schlafen? Julio packte mich am Arm und zog mich hinein.

„Na da!", sagte er ungeduldig und zeigte auf das Bett. „Oder dachtest du, ich kann mir zwei Zimmer leisten?" Ich bekam einen Kloß im Hals, der sich nicht runterschlucken ließ. Unsicher umrundete ich das Bett, warf meine Tasche in eine Ecke und stellte die Filmdose mit dem Kokain auf einem kleinen Tisch neben dem Fenster ab. Die Tür zum Bad stand offen, ich beugte mich vor, um es zu begutachten. Was den Mangel an Hygiene in Hotels betraf, hatte ich schließlich Erfahrung. Das Bad war zwar klein, aber auf den ersten Blick sauber und in gutem Zustand. Julio nestelte inzwischen in seiner Tasche herum und beförderte einen Packen Geld ans Tageslicht.

„Hunger?", fragte er und schob die Scheine in die Hosentasche.

„Einen Bärenhunger", nickte ich. Meine letzte richtige Mahlzeit hatte ich am Abend zuvor mit Caty und ihm zu mir genommen. Ich war schon am frühen Morgen nach dem Fußmarsch hungrig gewesen. Den Tag über hatte ich nichts weiter gegessen, als ein paar geröstete Erdnüsse, die ich an einer Haltestelle durchs Busfenster erstanden hatte.

„Geh dich ruhig duschen", nickte Julio Richtung Bad. „Ich besorge uns inzwischen was zu beißen."

Schon war er weg. Heilfroh, eine Weile für mich alleine zu sein, schloss ich die Tür hinter ihm ab. Durch das offene Fenster drang der Lärm der Metropole. So viele Menschen auf so engem Raum, alle in diesem großen Schmelztiegel zusammengepfercht. Vielleicht war Thierry ja irgendwo da draußen? Vielleicht ganz in meiner Nähe? Wenn das Schicksal sich gnädig erwies, erfuhr ich morgen mehr. Ich zog die verschwitzten Klamotten aus und stellte mich unter die Dusche. Müde, aber zufrieden über den Ausgang des Tages, genoss ich das heiße Wasser auf der Haut.

„Mach gefälligst auf!", polterte es an der Tür. Aus traumverlorenem Tiefschlaf fuhr ich hoch und fand mich nicht sofort zurecht. Das Zimmer, das Bett, die frische Kleidung, dann dämmerte mir, wo ich war. Wie lange lag ich schon hier? Ich hatte doch nur kurz die schmerzenden Knochen ausstrecken wollen. Wie lange war Julio weggeblieben? Es polterte erneut. Schlaftrunken wankte ich zur Tür und schloss auf. Julio schoss an mir vorbei und deponierte zwei Tüten auf dem kleinen Tisch.

„Warum schließt du ab?" Ich zog die Schultern hoch, wusste nichts darauf zu antworten.

„Du schließt hier gar nichts ab, kapiert!", donnerte er und verschwand im Bad. Zu hungrig, um mich lange mit seiner Warnung aufzuhalten, steuerte ich auf die Tüten zu und sah nach, was er mitgebracht hatte. Dampfende Maistaschen und kühles Bier.

„Stoßen wir an auf die geglückte Aktion", hörte ich Julio hinter mir aus dem Bad kommen. Sein kurzer Anflug von Groll war verflogen. Verdammt schneller Stimmungswechsel!

Das Bier nahm vom leeren Magen den direkten Weg in die Blutbahnen und stieg mir sofort in den Kopf. Mir wurde schwindelig, besser ich aß erst etwas, bevor ich weitertrank. Ich schnappte mir eine Maistasche und verschlang sie mit der Gier einer ausgehungerten Wölfin. Mir gegenüber griff Julio nach dem Filmdöschen und machte es auf. Dann steckte er sich eine Zigarette an und sah mir amüsiert beim Essen zu.

„Was ist? Noch nie 'nen hungrigen Menschen gesehen?", fragte ich mit vollem Mund und schob den nächsten Bissen nach. Die Augen weit aufgerissen und die Backen wie ein Hamster zum Platzen gefüllt grinste ich ihn an. Der Alkohol, die Müdigkeit und allem voran die Erleichterung löste diese alberne, überreizte Stimmung bei mir aus.

Julio schnippte Zigarettenasche in die Blumenvase auf dem Tisch und behielt das amüsierte Lächeln auf dem Gesicht. Dann leckte er seinen Zeigefinger ab, stippte ihn in das Kokain und rieb sich das weiße Pulver aufs Zahnfleisch.

„Freu dich ruhig. Hast Grund dazu, wir sind ein gutes Team. Wir können noch ganz andere Dinger zusammen drehen."

Es war nur so beiläufig dahin geredet, doch ich verschluckte mich an dem Happen, den ich gerade kaute. Was sollte das heißen? Was führte Julio ihm Schilde?

„Hey, so was wie heute …" Ein Hustenanfall brachte mich um meine Worte. „Unser Deal", setzte ich erneut an und winkte ab. Hastig nahm einen Schluck Bier, um den Hals frei zu bekommen. „So was wie heute mach ich nie wieder! Für kein Geld …"

„Schon gut, schon gut!" unterbrach mich Julio und hob die Hand, um mir Einhalt zu gebieten. „Morgen findest du erst mal raus, ob dein Kumpel noch das Gras hat. Dann werden wir sehen, wie es dir gefällt, schnell verdientes Geld in den Händen zu halten."

„Julio, nein, ganz ehrlich …"

„Kein Mensch zwingt dich", fuhr er mir wieder dazwischen, dieses Mal lauter. „Du entscheidest. Und jetzt Schluss damit. Geh schlafen!" Die Maistasche in meinem Magen drehte sich um die eigene Achse, mir war seltsam flau zumute. Mit wem hatte ich es hier eigentlich zu tun?

Die junge Mutter, ihr Kind und ich flohen vor den Soldaten. Wir hetzten durch die dunkelsten Gassen von Mexiko City und konnten das verdammte Hotel nicht finden. Das Kind war zu langsam! Wir würden es nicht schaffen! Wir waren geliefert!

Klick!

Ich schlug die Augen auf. Tageslicht flutete den Raum. Ein Blick an mir herunter gab zu erkennen, dass ich in voller Montur auf der Bettdecke eingeschlafen war.

Klick!

Etwas irritierte mich. Woher kam das Geräusch? Dann fiel es mir ein. Es hatte mich geweckt, sein beunruhigender Klang. Da! Schon wieder! Direkt hinter mir. Ich fuhr herum und blickte in Julios breites, spöttisches Grinsen.

„Peng", machte er und lachte laut auf. Dann sah ich die Pistole. Julio zielte direkt auf mein Gesicht.

Mit einem Satz war ich aus dem Bett und schrie panisch um Hilfe, taumelte rückwärts zur Wand. Julio warf die Knarre aufs Kissen, sprang auf und hielt mir den Mund zu.

„Hey, hey, schrei nicht so laut, verdammt!" Ich versuchte mich aus seinem Griff zu befreien, doch der Kerl war ziemlich stark.

„Beruhige dich! Ich hab nur Spaß gemacht", beschwor Julio und bohrte seinen Blick in meine weit aufgerissenen Augen. Erst als ich aufhörte zu zappeln, gab er mich frei. Mit dem Rücken zur Wand ließ ich die Pistole auf dem Kissen nicht aus den Augen.

„Spinnst du?", keifte ich ihn an. „Was für'n Spaß soll das denn sein?"

„Mann, die ist nicht geladen." Julio hob die Pistole von der Bettdecke auf und streichelte sie zärtlich.

„Ich hab das Schätzchen erst gestern Abend von meinem Kumpel da unten bekommen und noch gar keine Munition dafür. Hier, sieh selbst!", rief er, riss blitzartig den Lauf an seine Schläfe und drückte ab. Ich zuckte zusammen, der nächste Schreck fuhr mir durch Mark und Bein, doch ich blieb still. Julio war nicht zu halten. Offenbar bereitete es ihm ein höllisches Vergnügen, mir Angst einzujagen. In meinen Ohren klang sein Lachen wie das eines Wahnsinnigen.

„Verdammter Spinner", tuschelte ich auf Deutsch.

„Kleine Jungens spielen nun mal gerne Räuber und Gendarm", kicherte Julio.

„Ich mach mich auf den Weg zu meinem Freund", übertönte ich sein Gelächter und löste mich von der Wand. Schon hatte ich seine Aufmerksamkeit wieder.

„Gute Idee", sagte er. „Gehen wir nach unten zu meinem Freund. Ich ruf dir ein Taxi und erklär dir beim Kaffee, wie die Sache läuft. Oder willst du vorher noch 'ne Prise Kokain?"

Zweimal hatte ich die Hand bereits gehoben und wieder sinken lassen, ohne geläutet zu haben. Ich stand vor der Tür des immensen Hauses und kämpfte in meinem Inneren gegen die Wucht der Gefühle an. Ricardos Elternhaus! Dies war also der Ort, an dem Thierry und ich uns treffen wollten, falls etwas schieflief. Oder zumindest eine Nachricht hierhin schicken. Ricardo, unser gemeinsamer Freund! Er war das dünne Band, das uns zusammenhalten sollte. Vielleicht erfuhr ich jetzt, was geschehen war? Warum war Thierry nicht nach Zipolite zurückgekehrt? Was würde ich über ihn zu hören bekommen? Würde die Wahrheit wehtun? War ich bereit, den letzten Funken Hoffnung gegen die heiß ersehnte Klarheit einzutauschen?

Die Tür wurde aufgerissen. Vor mir stand ein Mädchen von etwa vierzehn Jahren und rief fröhlich „Hola!" Ich legte den Kopf schräg und lächelte zurück.

„Ricardo? Está en casa?" Das Mädchen nickte eifrig und tippte sich auf die Brust.

„Yo, hermana", erklärte sie, als hätte ich mir nicht schon denken können, dass sie Ricardos Schwester war. Dann drehte sie sich um und brüllte aus voller Kehle den Namen ihres Bruders in den Hausflur. Als keine Reaktion erfolgte, schrie sie erneut, in einer Lautstärke, die die Wände des soliden Kastens zum Wackeln brachte. „Si, ya voy!", schallte es aus dem Treppenhaus zurück. Beim vertrauten Klang von Ricardos Stimme fühlte ich mich auf sonderbare Weise getröstet. Ich hörte ihn die Stufen hinunterspringen und freute mich darauf, ihn jeden Moment um die Ecke kommen zu sehen.

Als Ricardo erkannte, wer dort vor der Tür stand, hellte sich der eben noch von Ungeduld geprägte Ausdruck auf seinem Gesicht auf. Mit offenen Armen kam er auf mich zu und verscheuchte auf die letzten Meter seine kleine Schwester. Das Mädchen machte auf dem Absatz kehrt und lief beleidigt davon.

„Hey, schön dich zu sehen", schloss er mich herzlich in die Arme. „Was machst du in Mexiko City? Wo ist Thierry?"

Drei Worte, doch sie hatten die Schlagkraft einer geballten Faust. Meine Arme fielen kraftlos von Ricardo ab. Ich löste mich aus seiner Umarmung und ging auf Abstand. Drei Worte nur, und schon war dieses Wiedersehen bedeutungslos geworden. Es hatte wahrlich nicht viel gebraucht, um meine Hoffnung zunichte zu machen.

„Ich dachte eigentlich, du könntest mir das sagen."

Ricardo legte die Stirn in Falten und sah mich einen Moment lang schweigend an. Dann zog er mich ins Haus.

„Komm, ich stelle dich nur schnell meiner Mama vor, dann erzählst du mir alles in Ruhe", sagte er mitfühlend und führte mich durch den kühlen, dunklen Flur.

Man sah nur den Rücken einer kräftigen Frau, die in ihre Zeitung vertieft an einer Tasse nippte. „Que pasa?", brummte sie wenig erfreut über die Störung, ohne sich umzudrehen.

„Ich möchte dir jemanden vorstellen, Mama", sagte Ricardo behutsam. „Das hier ist Thierrys Freundin."

Die Frau ließ die Zeitung sinken, warf uns einen Blick über die

Schulter zu und musterte mich unverhohlen.

„Que guapa", nickte sie anerkennend.

„Sie sagt, du seist hübsch", übersetzte Ricardo schüchtern.

Ich entnahm der kurzen Unterhaltung zwischen ihm und seiner Mutter, dass er von Thierry sprach.

„Si, entiendo!", nickte die Frau am Tisch und konnte dabei ihren prüfenden Blick nicht von mir lassen. Ganz sicher verstand sie nicht das geringste bisschen.

„Wir gehen nach oben, Mama." Ricardo schob mich zurück in den Flur und zog die Tür hinter sich zu.

„Sie will immer wissen, wen ich mit auf mein Zimmer nehme", erklärte er auf dem Weg über den Innenhof. Ich fragte mich, wie alt Ricardo eigentlich war. Doch nicht viel jünger als ich, oder?

Ricardos Zimmer war nichts weiter als ein Bretterverschlag, mitten auf das flache Dach des Gebäudetrakts am Ende des Innenhofes gezimmert. Man musste die Feuerleiter hochklettern, um dorthin zu gelangen. An der Holztür baumelte ein offenes Vorhängeschloss. Zog man die Tür hinter sich zu, dann blieb nur ein winziges Fenster als natürliche Lichtquelle. Eine Glühbirne baumelte an der Decke, und in einem Trinkglas stand schief eine halb heruntergebrannte Kerze. Ricardo ließ die Tür offen stehen, damit das Sonnenlicht das Innere der Hütte erhellte.

Ein kleiner Tisch mit Stuhl, eine Kleidertruhe, auf dem Boden eine dünne Matratze als Bett und ein Regal aus Brettern und Mauersteinen gefertigt – dies war die spärliche Einrichtung von Ricardos Reich. Sofern ich die Titel auf den Büchern identifizieren konnte, handelte es sich in erster Linie um Literatur für sein Studium. Der Anblick der Bücher rührte mich seltsam tief. Sie waren ein Indiz für Ricardos Träume von einer besseren Zukunft. Ein intelligenter, junger Mann, der etwas aus seinem Leben machen wollte. Ich wünschte von Herzen, dass es ihm gelang.

„Hier oben hab ich meine Ruhe", erklärte er und schaute verlegen zur Tür hinaus.

Wir setzten uns auf die Matratze. Es hatte etwas Tröstliches, bei ihm zu sein. Nach all diesen Wochen war er der erste Mensch, dem ich mich bedenkenlos anvertrauen konnte. Ich erfuhr, dass Thierry nie bei Ricardo aufgetaucht war, um das Gras zu holen. Das machte sein Verschwinden nur noch geheimnisvoller.

„Das Gras werde ich dann wohl mitnehmen. Julio wird es für mich verkaufen. Vielleicht brauche ich das Geld noch, um Thierry zu helfen. Ich hoffe nur, der Kerl macht mir keine Schwierigkeiten."

Ricardo horchte auf, und ich erzählte ihm von Julios undurchsichtigen Andeutungen am Vorabend. Auch die Episode mit der Pistole beim Erwachen verschwieg ich nicht. Ricardo stand auf, schob die Hände in die Hosentaschen und ging nachdenklich in dem kleinen Raum auf und ab.

„Hör zu, du musst es irgendwie möglich machen, dass wir uns morgen wieder treffen. Sag diesem Julio, dass ich mich heute in der französischen Botschaft nach Thierry erkundige. Versuch morgen früh um zehn Uhr zu dieser Cafeteria zu kommen." Ricardo schrieb eine Adresse auf und reichte mir den Zettel.

„Wenn er dich nicht alleine gehen lässt, dann lotse ihn dorthin. Tauchst du mit ihm zusammen dort auf, weiß ich, dass der Typ dir Schwierigkeiten bereitet. Verlass dich auf mich. Ich sorge schon dafür, dass du ihn loswirst."

Ricardos Besonnenheit hatte eine beruhigende Wirkung auf mich. Und womöglich ging sowieso alles glatt. Ich hatte Julio mit seiner Familie erlebt. Das Baby war sein ganzer Stolz, er war ein zärtlicher Vater. Bestimmt würde er nicht riskieren, sich wegen mir in Mexiko City Ärger einzuhandeln.

„Würdest du das mit der Botschaft wirklich tun?", fragte ich.

„Vielleicht wissen sie ja diesmal etwas."

„Na klar, mache ich", nickte Ricardo mir zu. Ich fasste neuen Mut. „Aber jetzt hol ich erst mal das Gras. Du solltest diesen Julio nicht allzu lange warten lassen. Das wird ihm nicht gefallen!"

Zehn Minuten später saß ich im Taxi auf dem Weg zurück zum Hotel, neben mir auf der Rückbank eine bunte Plastiktüte, in der sich ein fest verschnürtes Paket befand.

„Das Zeug ist gut. Dein Freund hat eine gute Quelle." Ricardo hatte richtig gelegen mit seiner Vermutung, was Julios Ungeduld betraf. Kaum war ich ins Zimmer getreten, hatte er mir die Tüte aus der Hand gezerrt, das Paket aufgerissen und überprüfte nun den Inhalt. Er zerrieb etwas von dem Gras zwischen den Fingern, roch daran und freute sich über die gute Qualität. Dabei sah er sich suchend im Raum um. Von der Tür aus beobachtete ich, wie Julio eine Runde durch das Zimmer zog, sich meine Reisetasche schnappte und den Inhalt sorglos aufs Bett warf.

„Die borge ich mir aus, okay?" Ich wagte nicht zu protestieren. Julio stopfte sämtliches Gras und auch das Kokain in meine Tasche. Er griff nach der Pistole auf dem Nachttisch und schob sie sich hinten in den Hosenbund.

„Man kann nie vorsichtig genug sein", lachte er und zog den Reißverschluss der Tasche mit einer kantigen Bewegung zu. Dann warf er sie sich über die Schulter und kam auf mich zu.

„Nun geh schon zur Seite!", drängte er, und wieder tat ich widerspruchslos was er sagte. Allein das Wissen um die Waffe lähmte mich. Vor der Tür blieb Julio stehen.

„Wir sehen uns später, Püppchen. Es kann ein bisschen länger dauern. Mach es dir gemütlich." Mit einer einladenden Geste fuhr er über den Raum, doch eh ich mich versah hatte Julio den Schlüssel aus dem Schloss gezogen. Flink wie ein Panter war er in den Flur hinaus geschlüpft. Ich griff nach der Klinke und hörte noch im selben Moment, wie abgeschlossen wurde.

„Hey, mach auf! Was soll das?" Ich zerrte und schüttelte an der Tür. Von draußen kam keine Antwort. Nur ein Lachen und Julios Schritte, die sich entfernten, waren zu vernehmen. Alles war so schnell gegangen, eingeschüchtert von Julios Reizbarkeit hatte ich reglos dagestanden und zugelassen, dass er mich einsperrte. Jetzt brauchte ich einen Moment, um die Tragweite dessen zu begreifen, was geschehen war. Julio hatte mich zu seiner Gefangenen gemacht!

Ich fuhr herum, sah hinüber zur Nachtkonsole und zu dem kleinen Tisch am Fenster. Kein Telefon! Keine Chance, auf diese Weise auf mich aufmerksam zu machen. Auf Zimmerservice verzichtete man hier offenbar.

Als nächstes riss ich das Fenster auf. Unter mir fiel die Hauswand steil und glatt ab. Nirgends ein Tritt oder Halt, an dem entlang ich mich hätte hinunter hangeln können. Zum Springen war es viel zu hoch, ich würde mir alle Knochen brechen – und das Genick. Durch die Straße unterhalb des Fensters schlängelte sich ein nicht abreißender Strom von Autos. Weit und breit kein Fußgänger in Sicht. Und selbst wenn? Was hätte ich dem ahnungslosen Menschen denn zurufen sollen? Dass mich hier ein Mann festhielt, für den ich gerade einen Sack voll Drogen nach Mexiko City geschmuggelt hatte?

Mein dritter Gedanke war, das Schloss zu knacken. Als Kinder waren wir oft genug mit einem Dietrich in unsere eigene Wohnung eingedrungen, wenn wieder mal niemand zuhause war. Vielleicht gelang es mir auf diese Weise, mich zu befreien. Doch nirgends im Zimmer fand ich etwas, das sich zum Dietrich umfunktionieren ließ. Auch meine Versuche, das Schloss auszubauen, scheiterten. Mir fehlte jedes Werkzeug.

Ein paar Mal trommelte ich noch gegen die Tür und rief lautstark um Hilfe, aber anscheinend befand sich niemand hier im oberen Stockwerk. Oder man scherte sich nicht um den Lärm, den ich veranstaltete. Schließlich gab ich auf und ließ mich resigniert aufs Bett fallen.

Wenn es keinen Weg raus aus diesem Zimmer gab, dann sollte ich zumindest auf Julios Rückkehr vorbereitet sein. Seit wir Zipolite verlassen hatten, trat das Unberechenbare an ihm mehr und mehr ans Tageslicht. Ich konnte nicht länger die Augen davor verschließen, wie sehr es ihm Freude bereitete, mir Angst einzujagen, mich zu Tode zu erschrecken. Das sadistische Flackern in seinem Blick heute Morgen! Peng! Er hatte eine grausame Seite, wie eine Katze, die mit ihrer Beute spielte, bevor sie sie erlegte. Wie weit würde er gehen? Wahrscheinlich war es das Beste, Julio glauben zu lassen, ich sei bereit, gemeinsame Sache mit ihm zu machen. Mein Unterpfand war, dass er in mir eine Komplizin sah, mit der er es sich nicht verscherzen durfte. Darin lag meine einzige Chance, es irgendwie zu dem verabredeten Treffen mit Ricardo zu schaffen. Ob nun mit oder ohne Julio! Also ging ich daran, die achtlos aufs Bett geworfenen Kleidungsstücke zu falten und auf dem Stuhl zu stapeln. Der kleine Lederbeutel mit dem Granat fiel zu Boden. Ich hob ihn auf, registrierte am Rande, dass er sich leichter anfühlte als sonst und verstaute ihn mit Reisepass, Portemonnaie und Adressbuch in der Gürteltasche, die ich ins Hosenbein meiner Jeans schob. Am nächsten Morgen wollte ich mir die Sachen beim Anziehen im Bad von Julios Blicken unbemerkt unter die Bluse schieben. Falls es mir gelang, ihm zu entwischen, würde ich sie dringend benötigen.

Julio ließ sich Zeit. Der Nachmittag verging und es wurde Nacht. In den zähen Stunden des Wartens – ein Zustand, von dem ich für den Rest meines Lebens genug hatte – dachte ich mit wachsender Ungeduld daran, dass der ganze Albtraum ein Ende hätte, wenn ich es nur zur Deutschen Botschaft schaffte. Die Blamage, die mich dort erwartete, und auch die Konsequenzen, mit denen ich rechnen musste, waren mir inzwischen egal. Vielleicht brachte Ricardo etwas über Thierry in Erfahrung? Vielleicht aber auch nicht? Es war sehr gut möglich, dass ich Thierry erst in der Bretagne wiedersah. Vielleicht sollte ich besser dort nach ihm suchen? Ich schob die bitteren Gedanken beiseite und riss mich zusammen. Nicht zuletzt befand ich mich wegen Thierry in dieser Klemme. Jetzt galt es kühlen Kopf zu bewahren.

Auf dem Gang näherten sich Schritte. Ein Schlüssel wurde ins Schloss geschoben und umgedreht. Im Dunkeln kam ich aus dem Liegen hoch und setzte mich auf dem Bett auf, noch bevor Julio den Raum betreten konnte. Sag nichts Unüberlegtes, spiel einfach deine Rolle, ermahnte ich mich selbst.

Das Licht wurde eingeschaltet und blendete mich. Etwas landete auf der Bettdecke neben mir und ich sah mit zusammengekniffenen Augen, dass es sich wiedermal um Nahrung handelte.

„Ich dachte schon, du lässt mich hier verhungern", beklagte ich mich. Es war doch nur allzu natürlich, nach einem Nachmittag hinter verschlossenen Türen die Beleidigte zu spielen, selbst für eine Komplizin.

„Wie wär's mit einen Dankeschön?"

„Dafür, dass du mich eingesperrt hast?", wurde ich mutiger.

„Vorsichtsmaßnahme! Wenn du einfach so in dem Laden hier ein- und ausspazierst, schleppst du uns noch die Bullen ins Haus." Ein Bündel Geldscheine landete in meinem Schoß.

„Die Kohle für deinen Stoff." Ich zählte nach.

„Das ist weniger, als ich dafür bezahlt habe", winkte ich forsch mit dem Bündel. Julio lachte abfällig.

„Alleine wärst du das Zeug in hundert Jahren nicht losgeworden", konterte er. War dies der Moment, einen Vorstoß zu wagen? Ich sah Julio an und zog, Gleichgültigkeit vortäuschend, die Schultern hoch.

„Wenn das so ist, dann pfeif ich auf unsere Partnerschaft. Erst sperrst du mich ein, und dann springt noch nicht mal was dabei raus!" Ich ließ den Kopf sinken und fuhr leise fort.

„Morgen früh bin ich sowieso hier weg." Mit angehaltenem Atem wartete ich ab, ob Julios Laune umschlug. Und tatsächlich kam er näher und blieb vor mir stehen.

„Glaubst du, deinen Freund kriegst du mit dem bisschen Kohle aus dem Knast freigekauft – wo er jetzt mit Sicherheit sitzt und auf dich wartet. Da täuscht du dich gewaltig. An deiner Stelle würde ich dem alten Julio helfen, den Namen der Quelle rauszufinden, die dieser Ricardo hat. Dann kriegst du das nötige Kleingeld vielleicht doch noch zusammen."

An meiner empfindlichsten Stelle getroffen, drifteten meine Gedanken tatsächlich sofort zu Thierry, doch ich besann mich schnell. Julio spielte mir gerade höchst selbst die Gelegenheit, ihm zu entwischen, in die Hände. Das durfte ich nicht ungenutzt lassen.

„Na gut, ich kann's versuchen. Bin morgen früh sowieso mit Ricardo verabredet", erwiderte ich gelangweilt.

Julio reagierte sofort. Er begann, rastlos vor mir auf der Stelle zu wippen, so als stünde er auf heißen Kohlen.

„Hör zu, so läuft das nicht! Ich sage hier, wo, wann und mit wem du dich triffst, kapiert?" Seine Stimme klang härter und schneidender als gerade eben noch.

„Du kannst doch mitkommen", schlug ich vor und hoffte, sein Misstrauen zu zerschlagen und ihn wieder milder zu stimmen.

„Damit der Typ weiß, wer ich bin?" Julios Arm schnellte hoch. Er drehte sich abrupt um und entfernte sich ein paar Schritte. Am Fenster blieb er stehen und starrte hinaus. Sein Atem ging jetzt schneller. Was nur ging in seinem Kopf vor?

„Weißt du was, ich scheiß auf die Quelle", kam er zurück. „Dich brauch ich noch für die Grenze nach Guatemala! Das Rendezvous mit deinem Freund kannst du vergessen." Seine Augen funkelten. Die Tür zur Freiheit, die sich eben einen spaltbreit geöffnet hatte, war im Begriff, wieder zuzuschlagen.

„Ricardo erkundigt sich für mich bei der Französischen Botschaft nach Thierry", rief ich aufgebracht. „Vielleicht erfahr ich endlich, was mit ihm passiert ist. Du musst mich dahin gehen lassen!"

Julio bückte sich zu mir hinunter.

„Ich muss gar nichts, Chica!", zischte er. „Ich muss nur gut aufpassen, dass nicht die falschen Leute rauskriegen, wer ich bin."

„Aber das weiß Ricardo doch sowieso schon", jammerte ich verzweifelt. „Er weiß doch, dass du in Zipolite lebst. Und diese Adresse hier kennt er auch."

Weiter kam ich nicht. Julio packte mich bei den Haaren und riss mir den Kopf in den Nacken.

„Du hast was? Du hast dem Kerl von mir erzählt? Und von meinem Baby?" Er zerrte mich an den Haaren hoch. Ich tänzelte auf den Zehenspitzen. Julios hochrotes Gesicht dicht vor meinem, sah ich ins Schwarze seiner geweiteten Pupillen. Der Mann schäumte über vor Wut. Mit der freien Hand griff er sich in den Rücken und riss die Knarre aus dem Hosenbund. Eh ich mich versah, hatte ich den Lauf an der Schläfe.

„Diesmal ist sie geladen", brüllte er und riss meinen Kopf hin und her. „Dir werde ich's zeigen, anderen von mir zu erzählen. Du denkst, du kennst mich? Sag schon! Na los! Glaubst du, du kennst mich?" Seine Stimme überschlug sich.

„Nein, Julio! Nein, tu ich nicht. Ich kenn dich nicht! Ganz bestimmt nicht", wimmerte ich.

„Jetzt lernst du mich kennen!", donnerte Julio und stieß mich von sich. Ich landete rückwärts auf dem Bett. Dann war er über mir, hielt die Pistole fest in beiden Händen und zielte auf meine Brust. Bei der kleinsten Bewegung würde er abdrücken. Mein Entsetzen war namenlos. Ich durfte mich nicht rühren. Und doch schüttelte die Angst mich am ganzen Leib.

„Jetzt lernst du mich kennen!", brüllte er wieder und keuchte. Dann wurde seine Stimme eiskalt, Wahnsinn und blanker Hass umnebelten den Mann.

„Hältst mich wohl für 'nen kleinen Dealer, was? Verdammte Scheiße!" Julio löste eine Hand von der Pistole und riss mich an der Bluse hoch.

„Sieh mich an! Ich bin ein Guerillakrieger, kapiert!" Er ließ los und langte sich an die Gürtelschnalle. Was tat er da? Doch nicht etwa? Mein Herz überschlug sich vor Panik.

„Jammerschade! Ich hätte dich gut gebrauchen können", zischte Julio. „So was hier solltest du für mich schmuggeln", er schüttelte die Knarre in seiner Hand. „Ganze Taschen voll! Aber dafür muss man schweigen können – und das bring ich dir jetzt bei. Umdrehen!", schrie er und fuchtelte mit der Pistole vor meinem Gesicht herum. Er würde mir von hinten in den Kopf schießen! Ich fing an zu weinen, flehte um Gnade.

„Dreh dich um, und zwar plötzlich!", schrie er noch lauter und schlug mir mit der flachen Hand ins Gesicht. Dann riss er mich am Arm herum und ich landete auf dem Bauch. Ich erstarrte und schloss die Augen. Blitze flackerten vor meinen Lidern auf. Drückte er jetzt ab? Hatte meine letzte Stunde geschlagen? Erneut wurde mein Kopf an den Haaren hochgerissen.

„Hinknien!", befahl Julio.

Außer mir vor Angst, kam ich auf die Knie. Nur noch Sekunden, dann war mein Leben ausgelöscht. Die Bestie hinter mir war zu allem fähig. Der Griff in meinen Haaren löste sich, doch sofort spürte ich den Lauf der Pistole in meinem Nacken. Ich hörte, wie Julio sich an seinem Gürtel zu schaffen machte.

„Dir werde ich beibringen zu gehorchen", hämmerte die hasserfüllte Stimme auf mich ein.

„Nein, bitte nicht! Warum hilft mir denn keiner?", flehte ich und weinte bitterlich.

Ich spürte seinen Griff unter meinem Rock, blitzschnell riss er mir das Höschen vom Leib. Meine Haut gefror zu Eis, mein Magen krampfte sich zusammen. Säure pumpte durch meine Adern. Der Schock raubte mir die Tränen, nahm mir die Luft zum Atmen.

„Oh nein", japste ich. „Oh, Gott! Nicht das!"

Der Pistolenlauf schob sich tiefer in meinen Nacken. Ein wütender Stoß, und das Scheusal war in mir. Es riss mich entzwei. Die Hand zerrte wieder an meinen Haaren. Ich war in der Hölle gelandet. Der ekelerregende Geruch, das grelle Licht, der Schmerz, die nackte Todesangst – sie vermischten sich mit der jähen Sehnsucht, das hier nicht überleben zu müssen.

„Na, kennst du mich jetzt?", schrie er, und ich hörte sein hysterisches Lachen im Tosen in meinem Kopf verhallen.

„Lass mich sterben, lieber Gott!", war mein letzter Gedanke. Dann versank alles in undurchdringlichem Nebel.

Eine mexikanische Familie

Zusammengekauert in einer Ecke des Zimmers wagte ich nicht, mich zu rühren. Die Beine fest an den Körper gepresst, hielt ich mein Gesicht tief in den verschränkten Armen verborgen. Julio ging ruhelos im Zimmer auf und ab. Wäre ich nur unsichtbar! Warum konnte sich der Erdboden unter mir nicht auftun und mich verschlingen? Mich auslöschen. Mich für immer ungeschehen machen. Jenseits des Erträglichen sehnte mein Verstand sich nach Umnachtung. Das Monstrum von Mann war anwesend, teilte sich dieselbe Luft zum Atmen mit mir. Nicht einmal das hielt ich aus.

Schlimmer noch als die Gefahr, die von ihm ausging, war die abgrundtiefe Leere, die von mir Besitz ergriffen hatte. In mir war alles Leben ausgelöscht. Meine taube Haut spürte nicht die Nägel, die sich in sie bohrten. Wund und ausgeschabt in meinem Inneren hielt ich die Schenkel fest zusammengepresst, aber das Gefühl, dass sich in mir ein abscheulicher Fremdkörper befand, wollte nicht weichen. Ich hatte versucht, es wegzuwaschen, mit bloßen Händen meinen Unterleib geschrubbt, bis die Haut rot glühte. Vergebens! Meine Hände hatten sich in meinen Leib gekrallt, im unstillbaren Verlangen, mir all die Stellen herauszureißen, über die er sich ergossen hatte. Aber ich hatte den Kampf gegen mich selbst verloren. Was blieb, war das bittere, nur allzu bekannte Gefühl der Ohnmacht.

Nachdem er mit mir fertig war, hatte Julio mir einen Tritt verpasst, wie einem lausigen Köter. Mit voller Wucht war ich vornüber aufs

Bett geflogen. Regungslos hatte ich den Geräuschen gelauscht, dem Reißverschluss von Julios Hose, dem Klicken der Gürtelschnalle. Dann hatte ich mir die Decke über den Kopf gezogen und mich so klein wie möglich zusammengerollt. Wie lange ich dort als Bündel ausgeharrt hatte, starr und ohne Tränen, die bleierne Schwere der Decke auf mir, wusste ich später nicht mehr. Mir fehlte auch die Erinnerung daran, wie lange ich gebraucht hatte, um zu merken, dass Julio das Zimmer verlassen hatte. Irgendwann hatte ich die Decke zurückgeschoben.

Das Licht im Raum war grell, und doch waren die Gegenstände wie vom Nebel umschleiert. Kalt und entrückt schienen sie mir. Mein Körper war taub, er gehörte mir nicht. Es brauchte meine ganze Willenskraft, mich aus der Starre zu lösen. Unendlich langsam kam ich hoch und tastete nach meinem Bauch. Selbst der Schmerz war stumpf geworden. Erst, als ich mich auf die wackligen Beine stellte, spürte ich ihn wieder. Und mit ihm kehrte mein entflohener Geist zurück, zog wieder ein in meine tote Hülle. Die Brutalität des Moments war überwältigend. Der Ekel, die Ohnmacht, der Selbsthass, das Entsetzen, sie alle kamen zurück und nisteten sich in mir ein, belagerten meine geschundene Seele. Und doch blieb ich stumm. Einem Roboter gleich war ich auf das Bad zugesteuert.

Später konnte ich nicht sagen, wie lange ich versucht hatte, die Spuren von Julios Gewalttat unter der Dusche wegzuwaschen. Nur, dass ich irgendwann aufgegeben und mir eingestanden hatte, dass es sinnlos war. In dem Moment war die Staumauer gebrochen, hinter der die Tränen zurückgehalten worden waren. Ich ging in die Knie, rutschte mit dem Rücken an den nassen Fliesen herunter und kauerte mich unter der heißen Dusche zusammen.

Nach den Tränen kam die Leere. Am Tatort des Grauens eingesperrt, zog ich mir mechanisch die sorgfältig bereit gelegten

Kleidungsstücke an und schob die Gürteltasche unter meine Bluse. Danach schaltete ich das Licht aus und hockte mich in die hinterste Ecke des dunklen Zimmers. Lange hockte ich dort, wartete, wischte stumme Tränen fort und wartete wieder. Erst tief in der Nacht wurde die Tür aufgeschlossen. Julio stolperte herein. Seine torkelnden Schritte näherten sich mir, er hockte sich vor mich und lallte sinnlose Worte. Ich sah nicht auf, seinen Anblick hätte ich nicht ertragen. Als ich den alkoholgetränkten Atem roch und die Aggressivität spürte, die ihn noch immer umgab, beschleunigte sich mein Herzschlag sofort.

Julio stand wieder auf und schleppte sich aufs Klo. Wenig später kam vom Bett her sein Schnarchen, und ich hielt mir die Ohren zu, damit nichts von ihm zu mir durchdrang. Den Rest der Nacht zermarterte ich mir den Kopf, wie ich es anstellen sollte, Julio den Schlüssel abzunehmen, der unter seinem Kopfkissen lag. Wie konnte ich es schaffen, ihn zu bezwingen, von dem ich mir sicher war, dass er die Waffe noch im Schlaf fest in den Händen hielt? Er war ein Guerillakrieger! Die Angst, dass er mir erneut Gewalt antat, siegte. Ich blieb in meiner Ecke.

Morgens hatte Julio unter der Dusche gesungen, und ich hasste ihn umso mehr für seine gute Laune. Sogar als er sich im Zimmer anzog und umtriebig Vorbereitungen traf, trällerte er sein Lied. Was führte er im Schilde? Was geschah als Nächstes?

„Los, steh auf!" Noch immer in der Hocke öffnete ich die Augen und mein Blick fiel auf seine Schuhe. Er stand breitbeinig vor mir, und ich konnte spüren, wie er abfällig auf mich hinuntersah. Langsam hob ich den Kopf und schob mich an der Wand hoch.

„Schluss mit der Heulerei. Wir treffen uns jetzt mit deinem Freund. Du fragst ihn, was er über deinen Lover rausbekommen hat. Danach hältst du den Mund und überlässt mir das Reden. Dem vergeht schon noch die Schnüffelei."

Den leeren Blick an ihm vorbei gerichtet, horchte ich dennoch auf. Er wollte tatsächlich zu Ricardo. Das war mehr, als ich zu hoffen gewagt hatte. Julio schubste mich Richtung Tür.

„Du gehst vor. Wehe, du versuchst irgendwelche Zicken. Ich bin direkt hinter dir. Mit meiner Pistole!" Ich schloss die Augen, atmete tief durch und marschierte los.

Ricardo winkte mir vom Tisch aus fröhlich zu, als ich dicht gefolgt von Julio die Cafeteria betrat. Erst als wir ihm näher kamen, musste mein gezeichnetes Gesicht verraten, dass etwas Furchtbares vorgefallen war. Nur ganz kurz sah ich Ricardo den Schrecken an, dann hatte er sich wieder im Griff. Er stand auf und kam uns entgegen, ganz so, als sei nichts geschehen. Julio den Rücken zugewandt, nutzte ich die Gelegenheit, ihm einen flehenden Blick zuzuwerfen, bevor wir uns umarmten. Kaum merklich nickte er zurück und reichte dann ohne zu zögern Julio die Hand, der unsere Begrüßung misstrauisch verfolgte.

„Soy Ricardo. Du bist Julio, stimmt's? Der Freund aus Zipolite!" Ich zuckte zusammen, als ich Ricardo so reden hörte, doch der fuhr unbeirrt fort.

„Toller Ort, hab ich mir sagen lassen. War selber noch nie dort." Das verärgerte Knurren aus Julios Richtung bestätigte meine Befürchtung, dass die Unterhaltung schon jetzt einen unglückseligen Verlauf nahm. Ricardo lud uns an seinem Tisch ein und fragte, was wir trinken wollten.

„Noch zwei Cafe con leche", rief er rüber zum Tresen, und ich beeilte mich, den Stuhl neben ihm zu ergattern.

„Du sollst ja ein süßes Baby haben", wandte sich Ricardo wieder an Julio. „Deine Frau ist Engländerin, nicht wahr?" Mit einem Tritt gegens sein Schienenbein versuchte ich, Ricardo vom Kurs abzubringen. Sah er denn nicht, wie sich Julios Miene verfinsterte?

Doch Ricardo machte keine Anstalten, daran etwas zu ändern.

„Hast du etwas über Thierry in Erfahrung gebracht?", fuhr ich ihm dazwischen, bevor er weiterreden konnte. Selbst in meinen Ohren klangen die tonlosen Worte wie eine schlecht gespielte Inszenierung. Nur ein miserabel einstudierter Text. Seit letzter Nacht wusste ich nicht mehr, auf welche Antwort ich eigentlich hoffte. Thierry war zu einer Schattenfigur im Hintergrund der Geschehnisse verblasst. Mein Herz hatte sich ans andere Ende des Universums verflüchtigt. An einen gefühllosen Ort ohne Glück und ohne Leid, wo Liebe zu Eis gefror. Fast surreal war die Erinnerung an unsere innigen Stunden, mir war die Verbindung zu Thierry abhanden gekommen. Ein Riss zog sich durch sein Bild, und dabei wollte ich es belassen.

Vom Tresen her balancierte der Kellner ein Tablett zu uns rüber und stellte die heißen Getränke auf den Tisch. Ricardo wartete, bis der Mann wieder gegangen war.

„Nein, ich hab nichts herausgefunden, was dir irgendwie weiterhilft." Mitfühlend legte er seine Hand auf meinen Arm und beugte sich zu mir vor.

„Aber keine Bange, wir werden ihn schon noch finden", flüsterte er so leise, dass Julio ihn auf der anderen Seite des Tischs so eben noch verstand. Prompt lehnte der sich weiter vor, und hinter seine Kaffeetasse verborgen fixierte er Ricardo mit kalten Augen. Mutlosigkeit machte sich in mir breit.

„Mein Onkel", setzte Ricardo wieder an und ließ den angefangenen Satz im Raum hängen. Er spähte sich über beide Schultern, wie um sicherzugehen, dass ihn dort niemand belauschte. Dann kam er ganz dicht an mein Ohr und senkte seine Stimme um noch einen Deut.

„Mein Onkel! Er müsste jeden Moment hier sein. Er ...", wieder sah Ricardo sich um, „er arbeitet für Interpol."

Uns gegenüber verschluckte sich Julio an seinem Kaffee. Vom Hustenanfall geschüttelt, schwappte ihm ein Schwall der heißen Flüssigkeit über die Hände. Er ließ die Tasse fallen und sprang auf. „Ay!", brüllte er und wedelte mit der Hand, die es erwischt hatte. „Verdammter Mist!" Sein Blick hetzte von einer Ecke des Lokals zur nächsten, das hochrote Gesicht war von Schmerz und Panik verzerrt. Ein Anflug von Genugtuung regte sich in mir.

Julio stolperte rückwärts über den Stuhl Richtung Tresen. Er kam ins Straucheln und fing sich nur mühsam. Trotzdem wagte er nicht, uns den Rücken zuzukehren. Verblüfft verfolgte ich seine linkischen Bewegungen. Der brutale Schinder war völlig aus der Fassung geraten. Ein Hunger nach Rache erwachte in mir und bekam den ersten Bissen vorgeworfen.

Julio rieb die Hände an den Hosenbeinen ab. Erst auf Höhe des Tresens drehte er sich um und schoss wie ein gehetztes Tier zur Tür hinaus. Ich starrte ihm sprachlos hinterher.

„Schnell, wir müssen uns beeilen", meldete sich Ricardo neben mir. Ein Geldschein für die Getränke und den Scherbenhaufen lag schon auf dem Tisch. Ebenso bestimmt wie behutsam zog Ricardo mich hoch und drängte mich dem Ausgang zu. Er warf einen Blick auf die Straße und winkte mir dann zu, ihm zu folgen. Erst im Freien erwachte ich aus meiner Lethargie.

„Julio, er hat die Waffe!", warnte ich meinen Freund.

„Dachte ich mir! Nichts wie weg hier."

Wir rannten los.

Ricardo hechelte bereits, als wir um die nächste Straßenecke bogen. Mir fiel wieder ein, wie unsportlich er war. Trotzdem liefen wir weiter, einfach nur weg vom Café. Ein Stück vor uns kam ein Bus zum Stehen. Wir steuerten darauf zu und schafften es durch die geöffnete Hintertür. Ricardo behielt den Bürgersteig im Auge, bis der Bus wieder anfuhr. Dann stieß er den angehaltenen Atem aus und ließ die Schultern sacken. Ein siegessicheres Lächeln umspielte seinen Mund. „Dass es so schnell klappt, hätte ich nicht gedacht!" Sein Geniestreich war geglückt.

Anfangs war Ricardos Elternhaus für mich eine Burg, in deren Schutz ich mich mit einem Nachklang von Panik gerettet hatte. Der warme, lebendige Schoß einer Familie, die mich umhegte, wie eine exotische Blume.

Da war Ricardos ältere Schwester Conchita, die helfende Hand der Mutter. Mit dreiundzwanzig hatte sie ihr Elternhaus noch nicht verlassen. Verehrer gab es zuhauf, doch in Conchitas blühendem, üppigem Frauenkörper wohnte ein klarer Geist. An den hohen Klippen ihrer Ansprüche war schon so mancher Freier zerschellt. Neben ihrer Mutter Marisol war Conchita die wichtigste Anlaufstelle mütterlicher Zuwendung für ihre jüngeren Geschwister.

Jacinto dagegen war ein schweigsamer Siebzehnjähriger, der seine Familie bei jeder Gelegenheit mit trotziger Verachtung spüren ließ, wie sehr sie seine Nerven strapazierte. Wünschte er sich doch nichts sehnlicher, als diesem Irrenhaus möglichst bald zu entkommen und endlich ein normales Leben zu führen.

Ihm folgte die fünfzehnjährige Gracia, das Mädchen, das mir neulich die Tür geöffnet hatte. Mit ihrem freundlichen, entgegenkommenden Wesen war Gracia in gewisser Weise das Herzstück der Familie. Zwar nutzten alle schamlos ihre unermüdliche Hilfsbereitschaft aus, vor allem für Botengänge, doch gleichzeitig war ihr jeder besonders zugetan. Gracia bekam ständig Aufmerksamkeiten zugesteckt.

Den turbulenten Abschluss bildeten die zwölfjährigen Zwillinge Inez und Olivia. Wie ein Wirbelwind, der sich sporadisch in zwei Windhosen aufteilte und nie zur Ruhe kam, fegten die beiden von morgens bis abends durchs Haus. Sie rissen Türen auf, warfen sie lautstark hinter sich zu, entlockten ihrer Familie mal genervtes Stöhnen, mal verzücktes Schmunzeln.

War es nicht allzu fürsorglich, dass immer einer dieser Sippschaft um mich war? Ein Dauerbeschuss mexikanischer Mitteilsamkeit prasselte auf mich nieder. Und das, obwohl alle davon ausgingen, dass ich sie nicht verstand. Außer einem festgefrorenen Lächeln und unzähligen „Gracias" kam kein Wort über meine Lippen. Dabei erfasste ich längst den Sinn ihrer Gespräche und Redewendungen.

Mein Schweigen war eine Festung. Niemand ahnte, was sich dahinter verbarg. Mit Müh und Not hielt ich einen Schmerz in Schach, den ich nie wieder hatte spüren wollen. Es gab keinen Ort der Besinnung für mich. Man gönnte mir keine Atempause. Nie war ich allein und doch zutiefst einsam. Wohin sollte ich nur mit meiner Schmach? Die Wunde in mir blutete in einem fort, und ich konnte nicht darüber reden. Nicht einmal mit Ricardo.

„Julio war wütend. Er hat mich geschlagen", wich ich ihm aus. Damit war das Thema beendet. Ich wollte alles begraben und warten, dass eine harte, scharfkantige Kruste über das Grauen wuchs. Ricardo fragte kein zweites Mal, und dafür war ich ihm dankbar.

Überhaupt war er, abgesehen von Jacinto, der einzige Mensch im Haus, der das Feingefühl besaß, mir kurze Momente der Stille zu gönnen. Er hatte durchgesetzt, dass ich die Hütte auf dem Dach mit ihm teilte und eine zweite Matratze dort hochgeschafft. Marisol hatte sich anfänglich heftig gegen solch unsittliches Vorgehen in ihrem streng katholisch geführten Haushalt gewehrt, doch Ricardo umgarnte sie mit seinem Charme und spielte seine besondere Rolle im Familiengefüge aus. Als ältester Sohn saß er bei den Mahlzeiten neben seinem Vater. Die Art und Weise, wie Eduardo mit ihm sprach machte deutlich, dass Ricardo auf eine besondere Stellung in der Familie vorbereitet wurde. Eine Art Nachfolge.

„Ich versteh es immer noch nicht, Ricardo! Warum können wir nicht einfach zur Deutschen Botschaft gehen?" Seit Tagen war ich hier, und immer wieder wich Ricardo mir zu diesem Thema aus. „Wir müssen klug vorgehen. Bei deiner langen Liste an Delikten geht das nicht nur die Deutsche Botschaft etwas an. Du bist illegal in Mexiko. Ich weiß nicht, was die Mexikaner mit dir machen, wenn sie dich in die Finger kriegen", erklärte Ricardo mit Nachdruck. Sein Onkel Joaquin wollte sich der Sache annehmen.

„Am besten verlässt du das Haus so lange nicht, bis wir wissen, was zu tun ist. Vertrau mir!"

Ich vertraute ihm ja, aber zu meinem Leidwesen verbrachte Ricardo kaum Zeit in seinem Elternhaus. Er kam oft erst spät abends zurück, wenn ich einen weiteren zähen Tag hinter mir hatte, an dem ich mich in der Küche nützlich gemacht und mit den Zwillingen gespielt hatte. Nichts passierte, die Situation stagnierte, und ich fand den Zustand inzwischen höchst unbefriedigend.

Marisol schob mir über den Tisch einen Bund Möhren zu. Ich machte mich mit dem Schälmesser an die Arbeit, einen Berg Paprika hatte ich bereits in Streifen geschnitten. In Ricardos Familie kochte man immer für eine ganze Kompanie. Ich fragte mich, wer diese Mengen essen sollte. Da flog die Küchentür auf, das Messer glitt mir aus der Hand und fiel zu Boden, ich stieß einen Schrei aus, fuhr herum und starrte zur Tür. War es Julio, der hier auftauchte, um mich gewaltsam aus dem Haus zu zerren? Conchita schüttelte den Kopf, meine Schreckhaftigkeit war für jeden ein Rätsel. Ständig, bei jedem plötzlichen oder lauten Geräusch, zuckte ich zusammen. Dabei sagte ich mir selbst, dass Julio der letzte war, vor dem ich mich hier fürchten musste. Doch in solchen Schockmomenten fand ich keinen Halt, es gab nur das blanke Entsetzen, und kein vernünftiger Gedanke kam dagegen an.

Ricardo stand in der Tür und winkte mit einer Einkaufstüte. Ich hob das Schälmesser vom Boden auf, und während ich es zurück auf den Tisch legte, warf ich Marisol einen flehenden Blick zu. „Geh schon", entließ sie mich aus dem Dienst. Erleichtert ergriff ich die Flucht.

Ricardo war seltsam aufgeregt. „Wir müssen reden", rief er mir zu, als ich die Feuerleiter hinter ihm hochkletterte. Nichts lieber als das! Hoffnung flackerte in mir auf. Vielleicht kam jetzt Bewegung in die Sache. Deshalb warf ich auch nur einen flüchtigen Blick in die Tüte und legte sie sofort zur Seite.

„Ist das so in Ordnung?", fragte Ricardo. Ich hatte ihm Geld gegeben, damit er für mich ein paar Sachen zum anziehen kaufte. Schließlich war ich nur mit dem, was ich auf dem Leib trug, hier angekommen.

„Das wird schon passen!", winkte ich ab. „Erzähl, was los ist."

Ricardo rieb sich nervös die Hände. „Du weißt doch, mein Onkel Joaquin, ich hab gesagt, dass er für Interpol arbeitet." Er machte eine Pause und warf mir einen forschenden Blick zu.

„Ja und?", trieb ich ihn an. „Was ist damit? War das nicht nur eine Finte?"

Auf der Suche nach den richtigen Worten wiegte sich Ricardo hin und her und nickte nachdenklich. Warum nur spannte er mich derart auf die Folter?

„Sagen wir, seine Organisation arbeitet mit Interpol zusammen. Die sind da so einer Sache auf der Spur." Ricardo legte die nächste Pause ein und schritt im Raum auf und ab. Musste ich ihm denn alles aus der Nase ziehen?

Es ging irgendwie um Thierry. Darum, dass wir beide wohl wirklich wüssten, mit wem wir es da zu tun hatten. Dass Thierry uns im Dunkeln tappen lassen hatte. Mir riss der Geduldsfaden. „Was ist mit Thierry? Was hast du über ihn rausgekriegt?", wurde ich lauter. Endlich blieb Ricardo stehen.

„Okay, ganz ruhig! Ich fang noch mal von vorne an. Setzen wir uns!" Wo Thierry steckte, konnte auch Ricardos Onkel nicht sagen. Er wollte aber in Erfahrung gebracht haben, dass Thierry in Mexiko mit einem Ring von Kriminellen in Kontakt stand. Thierry sollte sogar mit diesen Männern in Mexiko verabredet gewesen sein.

Mir stockte der Atem. Was für eine Behauptung! Allein die Vorstellung, dass Thierry mich derart getäuscht haben sollte, erschütterte mich. Im Grunde wusste Ricardo selbst nicht, worum es bei der Sache ging. Alles war streng geheim. Sein Onkel hatte ihn lediglich darauf angesetzt, möglichst viel über Thierry in Erfahrung zu bringen.

Mir fiel die Begegnung mit diesem Silvano ein. Nur zu gut erinnerte ich mich an Thierrys Panik, an sein vor Angst erstarrtes Gesicht, als ihm der Typ über den Weg gelaufen war. Das hatte er mir nie und nimmer vorgespielt. Thierry hier verabredet? Das war doch absurd, es ergab keinen Sinn. Ich sah noch vor mir, wie er mit sich gerungen hatte. Erst nach meinem Versprechen zu schweigen und niemals über die Vergangenheit zu reden, hatte Thierry sich mir anvertraut.

Wer war dieser Onkel überhaupt, den ich noch nicht mal zu Gesicht bekommen hatte? Was gab ihm das Recht, in Thierrys Leben herumzuschnüffeln? Niemand konnte mir sagen, was Thierry zugestoßen war, und ich würde ihn nicht bei der erstbesten Gelegenheit verraten.

„Keine Ahnung, Ricardo. Er hat ein paar Mal diesen Vincenzo getroffen. Es ging immer um Drogen, und meistens haben wir deshalb Streit bekommen. Mehr weiß ich nicht."

Ricardo nahm eine Streichholzschachtel vom Bücherregal und drehte sie zwischen den Fingern.

„Sonst fällt dir niemand ein?", fragte er und warf die Schachtel wieder und wieder in die Luft. Ich hielt an meinem Schweigen fest.

„Hast du dich nie gewundert, dass du Thierry noch am selben Tag wiedergetroffen hast, nachdem du dich von den Italienern verabschiedet hast? Vielleicht sollte er dich ja finden?"

Worauf wollte Ricardo hinaus? Er selbst hatte doch meinen Zettel in der Botschaft entdeckt. Trotzdem keimte Argwohn in mir auf. „Du wirst ihn wiedersehen!", hatte Vincenzo am letzten Abend in der Salsabar orakelt, mit einer Überzeugungskraft, die über jeden Zweifel erhaben war.

Ricardo fing die Streichholzschachtel auf und legte sie zurück aufs Regal. Dann stand er langsam auf.

„Weißt du, es sind nur Vermutungen und ein paar vage Anhaltspunkte. Aber du könntest uns helfen, die fehlenden Puzzleteile zu finden, damit sich alles zu einem klaren Bild zusammenfügt. Mein Onkel glaubt, dass du in sehr gefährliche Kreise hineingeraten bist. Diese Leute haben ihre Augen überall! Du darfst auf gar keinen Fall das Haus verlassen." Ricardo steuerte langsam auf den Ausgang zu.

„War's das?", rief ich ihm hinterher und raufte mir die Haare. „Damit lässt du mich hier sitzen und gehst? Ich versteh das alles nicht, Ricardo! Ich will einfach nur nachhause. Aber überall, wo ich hinkomme, sitze ich von neuem fest!"

Ricardo blieb in der Tür stehen und sah mich ernst an.

„Als du Anfang des Jahres mit den beiden Jungs hierher gefahren bist, waren Thierry und ich allein in Puerto Escondido. Erinnerst du dich an Brigitte und Cecile? Die italienischen Jungs, mit denen sie zusammen waren, haben sie unentwegt mit Drogen vollgepumpt. Thierry hat die Typen gut gekannt, hatte ständig etwas mit ihnen zu schaffen. Cecile ist irgendwann völlig durchgedreht, hat geschrien, dass man sie gefangen hält, dass um sie herum Wände auf sie zukämen. Ich habe selbst miterlebt, wie sie auf dem Boden herumgekrochen ist und versucht hat, sich unter irgendetwas durchzuschieben, was sie in ihrem Wahn gesehen hat. Am nächsten Tag waren die Mädchen verschwunden. Verstehst du? Auch die Jungs waren weg. Keiner wusste wohin." Ricardo hielt inne und ließ mir einen Moment, um das Erzählte zu begreifen.

Ich starrte durch Ricardo hindurch, sah nicht ihn sondern Ceciles fröhliches Gesicht vor mir. Unser erstes Gespräch in der Küche des Hostels in Frisco kam mir in den Sinn. Ich dachte an die vielen nächtlichen Streifzüge! Fürs Feiern waren die Mädchen immer zu haben gewesen. Aber was Ricardo da erzählte war unfassbar! Was um Himmels Willen war meinen Freundinnen zugestoßen? Darauf hatte auch Ricardo keine klare Antwort. Mir schnürte es die Kehle zu.

„Verstehst du jetzt?", fragte er todernst. „Du hast es mit der Mafia zu tun bekommen. Hier in Mexiko verschwinden junge Frauen. Und zwar sehr viele!"

In den nächsten Tagen bewegte ich mich wie eine Schattenfigur durch das Haus. Das Wissen um das Unglück meiner Freundinnen höhlte mich von innen heraus aus. In was für eine Hölle waren wir geraten? Was kam als Nächstes? Mein Kopf arbeitete auf Hochtouren. Mit wenigen Sätzen hatte Ricardo diesen Apparat in mir in Gang gesetzt. Doch in welche Richtung ich die Fäden auch spann, sie liefen immer ins Leere. Nachts starrte ich mit weit geöffneten Augen den flackernden Widerschein des Kerzenlichts an der Wand an, unfähig, auch nur einen klaren Gedanken zu fassen. Meine Suche nach Hinweisen, die dem heillosen Durcheinander einen Sinn verliehen, warf ständig neue Fragen auf.

Hinter meiner Mauer aus Schweigen schichteten sich Zweifel über Zweifel auf die offene Wunde.

Warum hatte ich mich nie gefragt, wie es möglich sein konnte, dass Vincenzo und Mario mich mitten in dieser Millionenstadt von der Straße aufgelesen hatten. War es wirklich Zufall? Diese Leute haben ihre Augen überall, echote es in meinem Kopf. Mir fiel wieder ein, wie ich Thierrys tadellose Haut gestreichelt hatte, als er mir im Hotel Monte Carlo von dem Überfall in Acapulco erzählte. Wie froh ich war, dass seine Wunden verheilt waren, ohne Narben zu hinterlassen. Wieso hatte mich das nicht misstrauisch gemacht? Was war wirklich geschehen in der Zeit, als ich so verzweifelt nach ihm gesucht hatte?

Mehr und mehr fühlte ich mich wie eine Marionette im eigenen Leben. Thierry, Vincenzo und Mario, dieses Monster von Julio, aber auch Ricardo und sein Onkel Joaquin — sie alle waren für mich ein Buch mit sieben Siegeln. Sie alle führten etwas im Schilde, hatten Geheimnisse, die mein ganzes Leben aus den Angeln hoben. Und nie wurde ich eingeweiht, worum es eigentlich ging.

Wie hatte es so weit kommen können? Schon auf dem Flug nach Kanada war ich gewarnt worden. An der Grenze zu Mexiko ein weiteres Mal. Der Alte hat mir ins Gewissen geredet, Maricruz hatte mir eingeschärft, vorsichtig zu sein, und auch die Stimme in mir hatte mehr als einmal Alarm geschlagen. All die gut gemeinten Ermahnungen, ich hatte sie allesamt in den Wind geschlagen und war der Liebe hinterhergerannt. Wie ein Junkie dem Dealer. Dafür hatte ich Prügel bezogen.

Ricardo quälte mich weiter mit seinen Fragen.

„Es ist wie ein Netz", erklärte er. „Mitten drin sitzt eine fette Spinne, und es führen viele kleine Fäden zum Zentrum. Du musst versuchen, sie zurückzuverfolgen. Vielleicht führt uns einer zur Mitte."

In seinen Augen flackerte ein fanatisches Feuer, wenn er aus Büchern zitierte, die er über die Mafia gelesen hatte. Ricardo wusste alles über Bandenstrukturen, wie sie organisiert waren, mit welchen Methoden gearbeitet und womit das meiste Geld verdient wurde. Waffen, Drogen, Mädchenhandel …

„Es geht weit über Mexiko hinaus. Die Drahtzieher sitzen ganz wo anders. Aber sie haben ihre Leute überall, auch hier in Mexiko City."

Nach und nach dämmerte mir, dass Ricardo längst nicht mehr nur der Freund war, der mir in der Not geholfen hatte. Wieso hatte eine mexikanische Familie ein solch gesteigertes Interesse an einem jungen Mann aus Frankreich? War es wirklich nur zu meinem Schutz, dass man mich von der Deutschen Botschaft fernhielt? Lauter Fragen, die meine Befürchtung nährten, ein winziges Opfer in einem groß angelegten Plan zu sein.

Wo hatte all das angefangen? Ab wann waren die Dinge schiefgelaufen? Mir kam meine verschollene Freundin in den Sinn. Giuliana! Sie war es, die mit massivem Nachdruck dafür gesorgt hatte, dass Cecile, Brigitte und ich uns auf den Weg nach Puerto Escondido machten. Der Gedanke schmeckte bitter. Alles in mir sträubte sich zu glauben, dass sie uns mit Absicht in dieses Dilemma geschickt hatte. Dafür gab es keinen Beweis. Und doch wurde ich das Gefühl nicht los, dass irgendwann schon einmal Worte gefallen waren, bei denen ich gestutzt hatte. Eine Art Hinweis, dass es eine Verbindung zwischen Giuliana und Thierry geben könnte. Wo und wann war das gewesen? Es fiel mir nicht ein.

Am Kopf des Tisches saß der legendäre Onkel Joaquin. Fast, dass ich ihn für ein Phantom gehalten hätte. Ricardo hatte mir die eine oder andere Anekdote aus dem Leben seines Onkels als Verbrechensbekämpfer erzählt, ohne dass ich ihn je zu Gesicht bekam. Ich hatte mich ernsthaft gefragt, ob es sich vielleicht um eine Ausgeburt von Ricardos überdrehter Fantasie handelte. Doch nun saß der Mann dort in Fleisch und Blut an der Seite seines Bruders. Es gab ihn wirklich, und Ricardos Vater Eduardo hatte ihm für heute seinen Platz als Familienoberhaupt abgetreten. Die Köpfe eng zusammengesteckt, waren die Brüder ins Gespräch vertieft. Marisol und Conchita hielten jede Unterbrechung von ihnen fern.

Ricardo hatte mich hierher gebracht, damit ich Joaquin begrüßte. Er stand neben mir in der Tür und lächelte, einen versonnenen Glanz auf den Augen, zu seinem Onkel hinüber. Für meinen Geschmack gab Ricardo mit diesem dümmlichen Ausdruck auf dem Gesicht eine klägliche Figur ab. Überhaupt schien die gesamte um den Tisch versammelte Familie in Bewunderung erstarrt. Sogar die Zwillinge zügelten im Beisein des Onkels ihr Temperament. Nur ein Blick in sein strenges, herrisches Gesicht, und ich verstand, warum.

„Komm, ich stell dich ihm vor." Ricardo zog mich am Arm quer durch die Küche. Die widerstrebenden Gefühle, mit denen ich ihm folgte, täuschten mich nicht. Ricardos Onkel hob nur einmal kurz das Kinn. Mit einem abfälligen „Ah", ließ er den Blick an mir herunter und wieder hoch gleiten, um dann nahtlos das Gespräch mit seinem Bruder fortzusetzen. Ich fühlte mich wie ein Stück Vieh. Mir wurde heiß, Wut braute sich in mir zusammen. Seit ich mich in diesem Haushalt aufhielt, war es der mysteriöse Onkel Joaquin gewesen, der über jeden meiner Schritte verfügte. Frei oder gefangen – darüber entschied dieser Fremde, der so viel über mich zu wissen glaubte.

„Mein Onkel Joaquin kann dich sicher aus dem Land bringen. Dann fliegst du von den Staaten aus nachhause!", so lautete Ricardos Antwort, sooft ich ihn fragte, worauf ich eigentlich warten musste. Und jetzt hielt dieser Mann es noch nicht einmal für nötig, ein Wort der Begrüßung an mich zu richten, mir kurz in die Augen zu sehen! Ein giftiges, freudloses Männchen! Das war also der großartige Joaquin? Gottgleich, wollte man Ricardos Hochachtung Glauben schenken. Wohl eher ein arrogantes Arschloch, befand ich, und beherrschte mich nur mit größter Not. Ich zupfte Ricardo am Hemdsärmel und trat den Rückzug an. Mir war der Appetit gründlich vergangen. Nicht eine Minute länger wollte ich mich mit diesem Mann im selben Raum aufhalten. Ich gab vor, Kopfschmerzen zu haben, und mir wurde gestattet, dem Abendessen fernzubleiben.

In seiner Bretterbude nutzte Ricardo inzwischen jede Gelegenheit, mich mit Fragen zu bombardieren. Unglücklicherweise hatte ich ihn in meine Gedanken über Giuliana eingeweiht und ihm erzählt, wie sie uns wieder und wieder bedrängt hatte, Weihnachten in Puerto Escondido zu verbringen.

„Sie hat uns alle darauf heiß gemacht. Christophe, Cecile, Brigitte und vor allen Dingen mich!"

„San Francisco!", sinnierte Ricardo vor sich hin und schaute verklärt in die Ferne. „Das passt auf jeden Fall ins Bild."

Ohne jede Rücksicht auf meine Gefühle äußerte Ricardo täglich neue Spekulationen. Es war fast schon brutal, wie er mich an seinen Gedankenspielen teilhaben ließ. Den sensiblen jungen Mann, den ich Monate zuvor in Puerto Escondido kennengelernt hatte, erkannte ich kaum noch in ihm wieder. Fanatisch darum bemüht, die Verkettungen zu entschlüsseln und seinem Onkel Fakten zu liefern, schien Ricardo vergessen zu haben, welche Rolle Thierry in meinem Leben spielte, was er mir bedeutete.

Wir lagen im Dunkeln wach. „Könnte es sein …", hörte ich Ricardo zu einer neuen Vermutung ansetzen und ging sofort in Deckung, „… dass es eine Verbindung zwischen Giuliana und

Thierry gibt? Vielleicht hat sie gewusst, dass er zu Weihnachten in Puerto Escondido sein wird."

Ich warf mich auf der Matratze herum und stieß den Atem hart aus. Die Frage aus Ricardos Mund zu hören, war wie ein Messerstich ins Herz – auch wenn ich sie mir selbst schon gestellt hatte. Was half es denn weiter? Vielleicht war Thierry ein mieser Betrüger? Vielleicht war er selbst betrogen worden und im Knast gelandet? Und vielleicht war das hier alles einfach der reinste Wahnsinn? Wer konnte mir das schon sagen?

„Diese Italiener kannte Thierry auf jeden Fall schon länger", bohrte Ricardo unbarmherzig weiter. „Vielleicht gehörte Giuliana ja dazu?"

„Ja!", bäumte es sich stumm in mir auf. „Sag doch gleich, dass die beiden Menschen, die mir auf meiner Reise am meisten bedeuteten, mich verkauft und verraten haben!"

Ricardos Hypothese lautete inzwischen, dass es ein Netzwerk geben musste, vielleicht von San Francisco ausgehend. Mädchen wurden abgefangen, in die richtigen Bahnen geleitet und später verschleppt. Ging man nach ihm, war ich nur eine von vielen. Allerdings musste irgendetwas schief gelaufen sein. Sonst säße ich jetzt nicht hier.

Vielleicht hatte ja nicht zum Plan gehört, dass Thierry sich in mich verliebte, dachte ich zynisch. Vielleicht! Das Chaos war nicht mehr zu bewältigen. Ich musste dringend hier raus, zurück nach Deutschland. Dorthin, wo ein Freund etwas galt. Doch sooft ich auch ansprach, Hilfe bei der Deutschen Botschaft zu suchen, Ricardo blieb stur.

„Du musst Geduld haben!", vertröstete er mich. Heimweh flammte in mir auf, mächtiger denn je. Ich starrte an die Decke. Neben mir holte Ricardo Luft und setzte zur nächsten Frage an. Meine Hand schnellte hoch.

„Stopp!", rief ich ungehalten. „Es reicht! Ich kann nicht mehr." Aus Ricardos Richtung kam ein erstauntes „Que pasa?" Doch dann besann er sich und hielt den Mund.

Meine Hand lag auf der Klinke, ich spürte das kühle Metall. Wenn ich sie jetzt herunterdrückte würde das Schloss aufspringen. Ob ich wohl ein Taxi erwischen könnte? Oder lauerte da draußen tatsächlich die Gefahr, vor der Ricardo mich immerzu warnte? Die halbe Familie war ausgeflogen und ich war mechanisch auf die große, hölzerne Haustür zugesteuert.

„Hey! A donde vas?" Conchitas scharfe Stimme zerschnitt die träge Nachmittagsatmosphäre. Ich ließ die Hand von der Klinke gleiten und drehte mich müde um. Conchita hastete durch den Flur auf mich zu.

„Wo willst du hin?", wiederholte sie auf Englisch.

„Nur mal kurz die Nase zur Tür rausstecken, Conchita. Ich brauche dringend frische Luft." Und das war nicht gelogen. Wir hatten inzwischen Anfang April und man hielt mich hier immer noch fest.

„Du sollst das Haus nicht verlassen." Conchita zog einen Schlüssel aus ihrer Rocktasche und schloss die Haustür ab. „Du hast doch gehört, wie gefährlich das ist. Wir müssen auf dich aufpassen."

In den unteren Stockwerken waren die Fenster mit gusseisernen Gittern versehen, ein notwendiger Schutz vor Einbrechern in einer Stadt wie Mexiko City. Das Haus war ein einziger Käfig.

„Das ist nicht wahr, Conchita!", rief ich und raufte mir die Haare. Wie kamen diese Leute dazu, sich für mich verantwortlich zu erklären? Ich war eine Fremde, der sie in der Not geholfen hatten. Die permanente Bevormundung trieb mich in den Wahnsinn. In Deutschland hätte ich eine eigene Familie, wetterte ich, und Freunde, die mir das Geld für den Rückflug leihen würden. Dann verlegte ich mich aufs Flehen.

„Lasst mich meine Freunde anrufen! Bitte, Conchita. Sie könnten die Deutsche Botschaft um Hilfe bitten und herausfinden, was der sicherste Weg für mich ist."

Conchita zuckte mit den Schultern und überprüfte, ob die Haustür auch wirklich verschlossen war. „Frag meinen Onkel. Ich muss zurück in die Küche", sagte sie.

Eine Weile blieb ich unschlüssig im Flur stehen. Ein neuer Gedanke war mir gekommen. Ich hatte zum ersten Mal den Wunsch geäußert, Freunde in Deutschland anrufen zu dürfen, und Conchitas Antwort war kein klares Nein gewesen. Es gab ein Telefon im Haus. Vielleicht konnte ich Ricardos Mutter davon überzeugen, dass ein Anruf ungefährlich wäre. Heute konnten Ricardo und sein Onkel nicht dazwischenreden. Ich hatte Geld und konnte für das Telefonat bezahlen. Einen Versuch war es wert, was gab es zu verlieren? Auf der Suche nach den richtigen Worten bewegte ich mich langsam durch den Flur. Die Küchentür stand halb offen. Conchitas aufgeregte Stimme hörte ich erst, als ich sie schon fast erreicht hatte. In gedämpfter Tonlage redete sie auf ihre Mutter ein. Geradezu ungewollt bekam ich den Wortwechsel mit und blieb stehen.

„Verstehst du nicht? Ich habe sie an der Haustür erwischt. Sie will ihre Freunde anrufen. Ich sage dir, die Kleine will abhauen. Wir können sie nicht mehr lange ruhig halten." Conchitas Stimme klang kalt und hart wie Metall, ohne jedes Mitgefühl.

„Immer mit der Ruhe, Conchita", sprach jetzt die Mutter. „Sie hat Angst und Heimweh. Da würde jeder nach Hause wollen. Aber sie vertraut Ricardo. Glaub mir, das Mädchen hat keinen Verdacht geschöpft. Sie wird tun, was wir sagen."

Marisols Tochter gab einen verächtlichen Zischlaut von sich. „Ich werdet schon sehen, was ihr davon habt! Ricardo und Joaquin sollen sich verdammt nochmal beeilen. Es wird höchste Zeit, sie von hier wegzuschaffen, sonst geht sie uns noch durch die Lappen."

Mir verschlug es den Atem, ich taumelte rückwärts und blieb mit dem Rücken an der Wand stehen. Wie versteinert stand ich dort. Hatte ich richtig verstanden? Ich war schon wieder belogen worden? Das ganze Gewicht der Worte drang in einzelnen Brocken zu mir durch. Irgendein dreckiger Plan wurde ausgeheckt, mein Vertrauen eiskalt missbraucht. Es gab keinen Freund in diesem Haus. Nicht einen! Ich war auf mich allein gestellt. Langsam erwachte ich aus dem Schock. Niemand durfte mitbekommen, dass ich das Gespräch belauscht hatte. Ich löste mich von der Stelle und schlich auf Zehenspitzen davon.

Noch am selben Tag trat eine Veränderung ein. Wohin ich mich auch bewegte, immer heftete sich ein Schatten an mich. Stand ich vom Tisch auf, um zur Toilette zu gehen, dann tänzelte dort plötzlich Gracia vor der Tür herum. Ging ich in den Innenhof, folgten mir die Zwillinge und blieben in meiner Nähe, bis Jacinto auftauchte, eine Schnitzerei in den Händen. Ich brauchte mich nur in Bewegung zu setzten, sofort sprang jemand auf und folgte mir auf Schritt und Tritt. War der Mangel an Intimsphäre vorher schon unerträglich gewesen, so gab es jetzt keine ruhige Minute mehr für mich. Die Überwachung lief rund um die Uhr. Es ließ sich nicht mehr leugnen, ich war nie Gast in diesem Haus gewesen, sondern immer schon eine Gefangene. Jeder Mensch in diesem gottverdammten Land versuchte Kapital aus meiner Not zu schlagen. Das Netz, in das ich geraten war, zog sich gnadenlos zu, und noch immer durchschaute ich die Zusammenhänge nicht. Bald würde es kein Entrinnen mehr geben. Fieberhaft suchte ich nach einer Fluchtmöglichkeit, es musste mir einfach gelingen. Selbst wenn ich zu Fuß aus diesem Moloch von Stadt hinausmarschieren musste, von mir aus quer durch die Wildnis bis an die Grenze der Staaten. Weg von den Julios und Ricardos, von den Vincenzos, Giulianas und den Thierrys dieser Welt. Nur, dass es eben keinen Weg nach draußen gab.

Der Strohhalm

Auf der Matratze lag ein rotes Kleid, kurz, hauteng geschnitten und mit einem tiefen Dekolleté versehen. Auf dem Boden davor stand ein Paar hochhackiger Pumps.

„Überraschung!", triumphierte Ricardo. „Wie findest du es?"
Entgeistert starrte ich auf das Kleidungsstück. Ricardo verlagerte sein Gewicht von einem Fuß auf den anderen und ließ mich nicht aus den Augen.

„Ich weiß nicht so recht", antwortete ich zögerlich und schluckte. „Es ist wunderschön, aber ... vielleicht ein bisschen zu sexy. Das kann ich doch nirgendwo tragen!"

„Das ist ja die Überraschung", rief Ricardo mit bebenden Lippen. „Es gibt gute Neuigkeiten." Der Schweiß stand ihm auf der Stirn, seine Worte klangen einstudiert.

„Wir wissen jetzt, wie wir dich außer Landes bringen. In zwei, drei Tagen geht es los, verlass dich ganz auf mich." Das Blut in meinen Adern begann zu sieden. „Oh!", entfuhr es mir. Dieses Kleid! Es war nicht die passende Kleidung für eine Reise. Noch dazu eine Reise, die im Geheimen stattfinden sollte? Doch Ricardo nickte heftig.

„Sobald wir aus der Stadt raus sind, kannst du dich frei bewegen. Und das müssen wir feiern, oder? Wird Zeit, dich auf andere Gedanken zu bringen." Jedes einzelne Wort war eine Lüge, das verriet das Zittern in seiner Stimme. Doch ich riss mich zusammen und schenkte ihm ein schüchternes Lächeln.

„Ricardo, das ist wunderbar. Endlich darf ich nachhause?", hauchte ich so verletzlich wie möglich. „Ich wusste, du lässt mich nicht im Stich."

Röte stieg ihm ins Gesicht. Er bewegte sich rückwärts auf den Ausgang zu und wies mit dem Kinn auf das Kleid.

„Probier es an. Müsste eigentlich passen. Ich geh dann mal." Die Sätze kamen abgehackt, fast dass er stotterte, während er mit dem Daumen über die Schulter zeigte. „Müssen noch Vorbereitungen treffen, Onkel Joaquin und ich, damit an der Grenze nichts schiefläuft!"

Das zuckersüße, zarte Lächeln auf den Lippen sah ich Ricardo hinterher, bis er aus dem Zimmer gestolpert war. Einen kurzen Moment verharrte ich still und horchte ihm nach. Erst als ich ganz sicher war, dass er nicht zurückkommen würde, war es um meine Beherrschung geschehen. Ich schlug die Hände vor das Gesicht und begann zu wimmern.

„Oh, mein Gott!", rief ich entsetzt. „Was haben diese Schweine vor? Oh, Gott! Bitte hilf mir!"

Ich verpasste den Schuhen einen Tritt und taumelte im Kreis von einer Wand zur nächsten. Zwei Tage nur, vielleicht drei! Mehr nicht. Nur ein Wunder konnte mich noch retten. Ich brauchte einen Plan, musste etwas riskieren, dringend, sonst war es zu spät! Meine Beine versagten ihren Dienst, mitten im Zimmer sackte ich zusammen zum schluchzenden Häufchen Elend und robbte über den Boden. *Don't tell me there's no hope at all …* ", echote es in meinen Kopf.

„Reiß dich zusammen!", schalt ich mich selbst und sah auf. Mit flackerndem Blick tastete ich die Wände ab. Tat sich dort irgendwo ein Fluchtweg auf? Tränen und Rotz liefen mir übers Gesicht.

„Hör auf zu heulen! Heulen nützt gar nichts! Merken die doch!"

Ich griff nach dem erstbesten T-Shirt und wischte mir fahrig das Gesicht trocken. Ein Gedankenfetzten jagte den nächsten.

„Andere Menschen! Brauch andere Menschen als diese hier!", keuchte ich. „Ein Hinweis … ein Zeichen … eine Nachricht … verdammt ... muss hier raus, muss hier raus", stammelte ich in einem fort. „Ricardo! Muss ihn dazu kriegen, mich hier rauszulassen." Ricardo! Ja! Ricardo war schwach! Und wenn ich ihn zu meinem Retter machte? Anbetteln, beknien, beschwören könnte ich ihn. Dass ich erstickte, es nicht länger aushielt. Dass ich Luft brauchte, gar nichts anderes wollte. Nur ein harmloser Bummel. Nichts weiter. Es musste doch möglich sein!

Und wenn ja? Was dann? Wohin? Zu wem? Flavio? Cayetano? Ich schüttelte Kopf. „Blödsinn, die kennt er doch! Da merkt er gleich, was du planst", herrschte ich mich an und schnappte in meiner Panik nach Luft. Mit wem könnte ich reden? Auf Spanisch? Auf Englisch? Verstand er doch alles!

Deutsch, schoss mir durch den Kopf. Deutsch kann er nicht! Ein winziger, zerbrechlicher Strohhalm tauchte auf aus dem Nichts. Ich griff danach.

Deutsch! Wer? Da war doch was? Etwas regte sich in den Tiefen meines Unterbewusstseins, ich blieb dran an dem diffusen Gedanken. Verdammt! Wer zum Teufel hatte Deutsch gesprochen in diesem scheiß Mexiko?

Meine Augen rasten noch immer die Wände entlang, suchten auf dem Boden, auf der Matratze. Das Kissen! Stopp! Ein winziges Stück Leder. Ich starrte es an wie ein Objekt aus einer anderen Welt.

„Wach auf! Mach weiter!", befahl die Stimme in meinem Kopf und ich kam zur Besinnung, kroch hinüber zur Matratze, um das Stück Leder unter dem Kissen hervorzuziehen. Zum Vorschein kam meine Gürteltasche, mit dem Wenigen, das ich noch besaß.

„Such! Beeil dich!", drängte die Stimme. Fahrige, feuchte Finger rissen den Beutel auf, stülpten ihn um, und der Inhalt landete auf dem Boden. Ich zerpflückte mein Portemonnaie, schob den Pass zur Seite.

Der kleine Lederbeutel lag auf dem Boden. Mein Granat! Mein Talisman! Er musste mir helfen! Wenn nicht jetzt, wann dann? Ich griff nach dem Beutel. Leer! Dabei war das Bändchen fest verknotet. Die Panik nahm mir beinah den Atem. „Du wirst ihn verlieren" hatte Raúl prophezeit. Der Knoten ließ sich nicht mit bloßen Fingern lose zurren. Er war schlichtweg zu fest. Wann hatte ich den Beutel so fest zugeschnürt? Wie ein Tier biss ich auf dem Bändchen herum, zersägte es mit blanken Zähnen. Sogar dann klammerte es sich starr um den kleinen Beutel. Ich knibbelte es los und bohrte einen Finger in die Öffnung, schob ihn tief hinein, tastete jede Falte ab. Dabei wusste ich es längst. Es gab nichts zu finden. Da war kein Stein, kein roter Granat. Da war absolut nichts. Ich war verloren. Rettungslos.

Etwas in mir brach zusammen, verlor jeden Halt und fiel ins Uferlose. Für den Bruchteil einer Sekunde gab ich mich auf. Dann drängte es sich in meinen Blick, mein Adressbuch. Warum das so war, wusste ich nicht. Doch mit ihm bäumte sich der Mut der Verzweiflung wieder auf. Noch gab ich mich nicht geschlagen.

„Mach schon, nimm es", hörte ich die Stimme wieder. Mit fliegenden Händen blätterte ich durch die Seiten.

Nichts! Niemand! Das konnte nicht sein!

„Wenn es dich gibt, dann hilf mir hier raus!", flehte ich Gott an und schniefte. Angst und Wut vermischten sich. Ich drehte das Büchlein um und schüttelte es in einem Anflug von Wahnsinn.

Es geschah beinah wie in Zeitlupe. Ein Kärtchen löste sich aus dem Inneren, segelte zu Boden und blieb neben dem leeren Lederbeutel liegen. Verständnislos starrte ich auf die Buchstaben und hielt den Atem an.

Antiquitätenhandel Eva Stein!

Der Strohhalm!

Das war der Moment, in dem der Schalter umgelegt wurde.

In mir wurde alles still, Panik und Angst gefroren zu Eis, und der Instinkt zum Überleben nahm das Ruder in die Hand. Alles Störende wurde in eine Nische meines Bewusstseins verbannt, wo es mich nicht länger lähmen konnte. Scharfsinn war jetzt gefordert. Ich hob das Kärtchen vom Boden auf. Mein Gehirn arbeitete fieberhaft.

„Schläfst du schon?" Ricardo befand sich an der Schwelle zum Reich der Träume, diesen Moment hatte ich abgepasst. Den ganzen Tag über war er mir aus dem Weg gegangen, hatte abends nur kurz gefragt, ob das Kleid passte.

„Hm", kam es jetzt schläfrig von ihm zurück. Ganz sanft legte ich meine Hand auf seine Schulter, rückte ein Stück näher an ihn heran und schob meinen Mund an sein Ohr.

„Können wir morgen nicht einen kleinen Spaziergang machen? Nur wir beide?", flüsterte ich zärtlich und ließ Vertrautheit durchklingen.

„Was?", murmelte Ricardo im Halbschlaf und räkelte sich irritiert auf seinem Lager. Ich ließ die Hand auf seine Brust gleiten und schmiegte meinen Kopf in seine Halsbeuge. Er hatte die Augen jetzt auf, das wusste ich auch ohne ihn anzusehen.

„Nur ganz kurz Luft schnappen. Es muss doch niemand erfahren!", hauchte ich noch sanfter.

„Nein! Das geht doch nicht", rang Ricardo sich gequält ab, aber bei dem Versuch, mich von sich zu schieben, blieb seine Hand auf meiner liegen. Ohne zu zögern, umfasste ich seine Finger und streichelte sie mit dem Daumen.

„Bitte", bettelte ich. „Für einen Gefallen, den Thierry mir ausgeschlagen hat. Dann fällt es mir leichter, ihn zu vergessen." Stocksteif lag Ricardo neben mir und räusperte sich. Ich konnte spüren, wie sein Herzschlag sich beschleunigte.

„Nur eine Stunde, nicht länger!" Eine Träne löste sich aus meinen Augenwinkel, bahnte sich ihren Weg nach unten und fiel auf Ricardos Schlüsselbein. Es war nicht mal gespielt. Ich hielt ganze Flüsse von Tränen in mir zurück!

„Bitte, Ricardo, ich hab doch nur noch dich." Mein Arm schob sich vollends über seinen Oberkörper und ich kuschelte mich eng an ihn. Ricardo glühte. Ich wusste, dass er mich mochte, wenn nicht sogar begehrte, aber er wagte nicht, sich zu rühren.

„Wir reden morgen darüber, okay!", brachte er schließlich mit belegter Stimme über die Lippen.

„Danke!", flüsterte ich. „Mein einziger Freund!"

Als wir am nächsten Tag die Augen aufschlugen, ließ ich ihm keine Zeit zur Besinnung. Noch während Ricardo sich verwundert aus meiner Umarmung löste, sprach ich ihn auf sein Versprechen an. Ich konnte sehen, wie er versuchte, sich an seinen genauen Wortlaut vom Vorabend zu erinnern.

„Bitte, Ricardo, es geht nur um ein paar Ohrringe, in die ich mich verliebt hab. Schlag du mir diesen Wunsch nicht auch noch aus!" Traurig senkte ich den Kopf. „Es soll mir doch nur helfen, Thierry zu vergessen."

Ricardo setzte sich auf. „Es ist zu gefährlich da draußen", wiederholte er zum tausendsten Mal dieselbe Leier. Schnell kam ich auf die Beine und setzte mir den Strohhut auf den Kopf, der seit ein paar Tagen auf dem Tisch lag.

„Was soll denn schiefgehen, wenn ich die Haare unter den Hut schiebe, mir deine Sonnenbrille auf die Nase setze und du mir ein Hemd leihst? Kein Mensch wird mich erkennen!"

Ricardo ließ erschöpft die Schultern sinken. Die Wochen, in denen er täglich zu Ausflüchten und Lügen gezwungen gewesen war, hatten auch ihn mürbe gemacht. Er war ein miserabler Schauspieler, ich war mir sicher, dass er sich danach sehnte, aus der Rolle des Bewachers erlöst zu werden.

„Nur eine Stunde, Ricardo!", setzte ich nach. „Deine Familie wird gar nicht merken, dass wir weggewesen sind."

„Dort drüben ist es! Da vorne links, das muss es sein!" Ich zog Ricardo am Arm hinter mir her und spürte selbst durch den Stoff seines Hemdes das nervöse Pulsieren in seinen Adern. Vor dem Schaufenster blieb ich stehen und suchte die Auslagen ab.

„Sieh nur, Ricardo! Sie sind noch da!", rief ich entzückt. Wie ein hibbeliges Kind wippte ich auf den Füßen auf und ab und zeigte auf das Paar perlmutterner Ohrringe. Zwei Fische, die glitzernd nebeneinander an einem Ständer hingen.

„Sind die nicht hübsch? Was glaubst du? Wie die wohl zu dem Kleid aussehen werden? Soll Thierry doch der Teufel holen!" Ich nahm die Brille ab und gewährte Ricardo einen Blick in meine glühenden, vor Trotz funkelnden Augen. Mit der anderen Hand griff ich nach der Krampe des Strohhuts auf meinem Kopf und zog die Nase kraus.

Ricardos Lächeln war gequält. Vielleicht hatte er nur einmal im Leben in den Augen einer Frau ein Held sein wollen? Vielleicht hatte er mich tiefer ins Herz geschlossen, als gut für ihn war. Was auch immer es gewesen sein mochte, er war weich geworden – und seine ganze Haltung ließ keinen Zweifel daran, dass er seinen schwachen Moment längst bereute.

Umso mehr strahlte ich ihn an. Wie durch ein Wunder lag mein Schicksal jetzt für kurze Zeit in meinen Händen. Ich durfte mir keinen Fehler erlauben. Entschlossen stieß ich die Tür zu dem Schmuckgeschäft auf.

„Komm!", zwinkerte ich ihm zu. „Hilf mir den Preis zu verhandeln."

Keine fünf Minuten später standen wir wieder vor dem Laden,

und an meinen Ohrläppchen baumelten die soeben erstandenen Schmuckstücke. Mein Blick schwenkte die Straße hinunter. Ab jetzt wurde es brenzlig.

„Los, schnell zurück nach Hause", setzte Ricardo an, doch ich schon in die andere Richtung unterwegs.

„Da gibt's 'ne Cafeteria. Noch schnell ´nen Kaffee trinken", rief ich ihm über die Schulter zu. „Das schaffen wir doch noch!"

Wie vom Schlag getroffen sah mir Ricardo hinterher. Ich tat so, als hätte ich es nicht bemerkt, legte aber noch mehr Tempo zu. Wenn er jetzt bloß nicht durchdrehte! Sekunden später hörte ich ihn mit energischen Schritten näher kommen.

„Hey warte! Das war nicht abgemacht." Seine Stimme klang hoch und schrill.

Da! Da vorne war es. Vorhänge blähten sich auf und wehten über den Gehweg. Als ob sie mir zur Orientierung zuwinken wollten, dachte ich wie beim letzten Mal. Nur noch wenige Meter! Dann war der erste Teil geschafft.

Mein Herz begann zu rasen. Ricardo war fast bei mir. Es war verdammt knapp, zu knapp! Ich fing an zu laufen, das letzte Stück rannte ich schnell. Ricardo setzte mir nach. Schon spürte ich, wie sich seine Hand auf meine Schulter legte, doch bevor er zupacken und mich zurückhalten konnte, war ich in den kühlen, dunklen Gang abgebogen. Unbeschwertheit mimend tänzelte ich um die eigene Achse und zog die Schultern hoch.

„Das musst du dir ansehen Ricardo. Der Laden ist super, 'ne echte Schatztruhe."

Ricardo schnappte nach Luft, aber ich ließ ihn nicht zu Wort kommen, sondern stürzte förmlich die letzten Meter ins Innere des Ladens. In meinem Schädel trommelte es laut und das Blut tobte wild durch meine Adern. Die alte Jüdin, sie musste einfach da sein, sonst war das hier vergebens. Sonst war ich verloren.

Der fensterlose dunkle Raum, in dem die majestätische Präsenz der ausgestellten Figuren jeden Besucher zum Schweigen brachte, war mir auf Anhieb wieder vertraut. Am Rande meines Blickfelds machte ich blitzschnell zwei Kundinnen aus, die sich langsam durch das Geschäft bewegten. Wie magisch angezogen schwenkte mein Blick zu dem großen Lehnstuhl hinter dem alten Schreibtisch und fand zielsicher, wonach ich suchte. Es war das perfekte Déjà-vu.

Mehr denn je ein Wesen aus einer anderen Welt saß dort Eva Stein, tief über ein offenes Buch gebeugt. Mit anmutiger Konzentration führte sie einen Füller übers Papier. Als hätte ein Windhauch sie gestreift und sie zart am Kinn erfasst, hob Eva Stein ihr würdevolles Haupt, auf dem auch dieses Mal ein wahrer Berg von schlohweißem Haar thronte. Suchend wandten sich die alten, müden Augen mir zu, und für den Bruchteil einer Sekunde verharrten die Alte und ich in der Kraft der Anziehung, mit der unsere Blicke aufeinander trafen. Dann, wie von einem Sonnenstrahl erfasst, hellte sich das Gesicht der alten Dame auf. Eva Stein hatte mich wiedererkannt. Sie legte den Füller beiseite, die zittrigen Hände tasteten nach ihrem Stock.

Ricardos heißer Atem traf mich im Nacken. Mir blieben nur Sekunden, es galt keine einzige zu vergeuden. Ich zog den Zettel mit der Adresse aus der Hosentasche und setzte mich in Bewegung.

„Ich brauche Ihre Hilfe", sagte ich so gelassen und freundlich wie eben möglich. Ricardo rang weiter nach Luft, blieb aber dicht hinter mir.

„Man hält mich gegen meinen Willen fest und plant, mich hier wegzuschaffen. Bitte rufen Sie noch heute die Verantwortlichen meines Landes an! Auf dem Zettel, den ich Ihnen gleich gebe, steht, wo man mich findet."

In der vergangenen Nacht hatte ich diesen Text unzählige Male im Geist wiederholt und jedes verfängliche Wort ausradiert, das ein Mexikaner, der der englischen Sprache mächtig war, hätte verstehen können. Während ich auf die alte Frau zuschritt, sprach ich meine Botschaft klar und deutlich aus, um einen entspannten, freundlichen Tonfall bemüht, der ganz im Gegensatz zu dem angsterfüllten Blick stand, mit dem ich Eva Stein fixierte. Nur noch ein kleines Stück, dann konnte ich ihr beim Händedruck den Zettel zustecken und mich darum kümmern, Ricardo wieder in Sicherheit zu wiegen, der garantiert längst Verdacht geschöpft hatte.

Eva Stein war bereits auf die Beine gekommen, erstarrte jedoch in ihrem Bemühen, den gebeugten Rücken vollends aufzurichten. Das freundliche Strahlen erlosch und wich einem Ausdruck tiefer Bestürzung. Ihr frostiger Blick schwenkte zur Seite und machte voller Abscheu hinter mir halt, wo Ricardo förmlich an mir klebte. Kein Zweifel, die alte Dame hatte den Sinn der Worte erfasst, und jedem im Raum musste bei ihrem Anblick klar sein, dass ich ihr eine schockierende Botschaft zukommen lassen hatte. Ricardos Atem kam endgültig ins Stocken. Mein Plan war aus dem Ruder gelaufen.

„Kommen Sie! Kommen Sie schnell, Kindchen. Los, los, los, hierher! Nein, Sie nicht!" Ein resoluter Zeigefinger erhob sich im Raum und wies Ricardo in seine Schranken. „Sie bleiben wo Sie sind!" Die beiden Kundinnen starrten mit offenen Mündern zu uns hinüber.

Eva Stein hatte sich als Erste wieder gefasst und war im Befehlston zum Handeln übergegangen. Ihr alter Leib flatterte wie ein vom Sturm erfasstes Fähnchen, es war unfassbar, wie flink und behände sie plötzlich agierte. Ricardo griff nach meinem Arm, für mich gab es nur noch die Flucht nach vorn. Ich riss mich los und sprang mit einem Satz rüber zu dem Schreibtisch, aber Eva Stein war schon weiter. Sie winkte mich hinter einen Wandschirm und eilte von dort geradewegs auf eine Tür zu. Ein Blick über die

Schulter und ich sah Ricardo aus dem Gebäude stürmen. „Schnell, Mädchen, nicht trödeln! Hier entlang! Wir müssen Sie verstecken." Eva Stein hatte die Tür weit aufgerissen, drängte mich durch einen Flur und am anderen Ende zur Hintertür wieder hinaus. Eh ich mich versah stand ich im Freien. Auf einem Innenhof, der als Abstellplatz für Dutzende von Mülltonnen diente. „Husch, husch! Verstecken Sie sich! Ich rufe Hilfe, bin gleich wieder da!" Hinter Eva Stein fiel die Tür zu und ich war allein.

Gleißendes Sonnenlicht brannte auf den Hof. Die übervollen Behälter verströmten einen widerwärtigen Gestank. In Sekundenschnelle überflog ich die Möglichkeiten, die sich mir boten. Auf der gegenüberliegenden Seite stand die Tür zum hinteren Gebäudetrakt offen. Verdrückte ich mich dorthin, würde die alte Frau mich nicht finden, wenn sie zurückkam. Nein, ich musste mich hier auf dem Hof verstecken. Doch wo? Hinter einer der Tonnen wäre ich für jeden leicht zu auszumachen. Ricardo würde alles daran setzen, mich nicht entwischen zu lassen.

Zittrig tastete ich mich vor, riss mir den Strohhut vom Kopf und stopfte ihn hinter einen Berg von Müllsäcken. Ich hob die Deckel der Tonnen an, bis ich eine fand, die nur halbvoll war. Die beißenden Ausdünstungen des in der Hitze gärenden Abfalls stachen mir in die Nase, doch die Panik, die mir im Nacken saß, ließ keinen Raum für Ekel. Ich stieg auf eine Kiste, kletterte hastig in die Tonne, schnappte mir den Deckel und ging in die Knie. Die Arme hoch über den Kopf gestreckt, ließ ich den Deckel wieder herunter, bis nur noch ein winziger Spalt blieb, durch den ich die Tür, hinter der Eva Stein verschwunden war, im Auge behielt.

Im Inneren der Tonne war es unerträglich heiß. Der bestialische Gestank nahm mir die Luft zum Atmen. Es kostete mich meine ganze Kraft, in der verkrampften Stellung durchzuhalten. Der

Schweiß rann mir in Bächen hinunter. Ich zitterte und verdrängte die aufkeimende Übelkeit.

Nur das Surren der Insekten war zu hören. Meine Arme wurden taub, ich sackte mehr und mehr in mich zusammen. Die Zeit verging und nichts geschah. Wie lange hockte ich inzwischen hier? Zehn Minuten? Oder länger? Die Kraft drohte mich zu verlassen. Lange hielt ich es nicht mehr aus. Was ging hinter der verschlossenen Tür vor sich? Wer würde sie als Nächster öffnen? Ob es vielleicht einen Fluchtweg durch den hinteren Teil des Gebäudes gab? Ich war nah dran, mein Versteck aufzugeben, da schwenkte die Tür wieder auf. Eva Stein trat auf den Hof hinaus und blickte sich suchend um.

Ich schob den Deckel zurück, kam langsam hoch und winkte der alten Frau zu. Als sie mich entdeckte, verzog sie das Gesicht zu einer angewiderten Miene.

„Oh Gott, Kindchen! Kommen Sie schnell", ächzte sie und eilte mit dem Gehstock bewaffnet auf mich zu. Im Nu war ich aus der Tonne heraus. Ich landete eben mit einem Sprung auf dem Boden und wischte mir noch die Handflächen an den Hosenbeinen ab, als die Alte auch schon bei mir war und mir ein Bündel Kleidungsstücke in die Arme schob. Ihre Worte überschlugen sich fast.

„Hier, ziehen Sie das über! Verstecken Sie sich weiter hinten. Da in dem Haus. Vorne bei mir ist der Teufel los. Der abscheuliche Kerl hat Verstärkung geholt. Zwei Männer haben den Laden durchsucht, aber ich hab die Polizei gerufen. Jetzt drückt er sich mit seinen Freunden vor dem Eingang herum."

Schon hastete die alte Frau auf ihren gebrechlichen Beinen zur Tür zurück. „Beeilen sie sich! Ich sag Bescheid, wo man Sie findet!", rief sie mir noch über die Schulter zu und verschwand todesmutig wieder hinter der Tür zu ihrem Laden, wo der sorgsam bewahrte Frieden völlig aus den Fugen geraten sein musste.

Ich drehte mich auf den Hacken um und rannte pfeilschnell auf die weit geöffnete Tür des hinteren Gebäudetrakts zu, das Bündel mit den Kleidern fest an mich gepresst. Kühle Luft umfing mich im Treppenhaus, ich nahm es mit einem Seufzer der Erleichterung wahr. Immer zwei Stufen auf einmal nehmend sprintete ich die Treppe hoch, flog an den Wohnungstüren vorbei und griff nach den Klinken, in der Hoffnung, dass sich eine von ihnen auftat. „Weiter rauf", spornte ich mich an. „Da suchen sie zuletzt." Die Augen nach oben gerichtet jagte ich Stockwerk um Stockwerk hinauf. Ich hatte die oberste Etage fast erreicht, als mir der Spalt einer geöffneten Tür ins Auge fiel. Das war's, das war meine Chance!

Ohne zu zögern glitt ich ins Innere der Wohnung und zog die Tür hinter mir zu. Ich lehnte mich keuchend mit dem Rücken dagegen und überflog die Lage. Anscheinend war niemand zuhause. Links von mir befand sich die Küche. Ein schlichter Tisch, zwei Stühle und eine improvisierten Kochzeile neben dem Wasserhahn. Nirgends eine Möglichkeit, sich zu verstecken. Rechts von mir bot der Raum ein Sammelsurium von Schränken, Kommoden, Regalen und Polstermöbeln. Während ich mich darauf zubewegte, streifte ich mir die Kleidungsstücke über, die Eva Stein mir in die Hand gedrückt hatte. Ein mexikanisches Folklorekleid. Es war mir zu klein, der Reisverschluss am Rücken ließ sich nur halb schließen. Doch ich warf mir die Stola über die Schultern und schnürte das Kopftuch fest um die strohblonden Haare. Ob Schrank oder Kommode, ich riss alle Türen auf, doch nirgends war genügend Platz, dass ich hineingepasst hätte.

Jemand machte sich an der Tür zu schaffen. Mit einem Satz hechtete ich über die breite Rückenlehne des Sofas, das mitten im Raum stand, und ließ mich auf den Boden gleiten. Die Tür wurde aufgestoßen und ich hörte, wie jemand die Wohnung betrat und schnell den Raum durchschritt. Angst lähmte mich, ich wagte nicht, mich zu rühren. Die Schritte kamen näher. Dann tauchte an meinem Fußende die Gestalt eines Mannes auf, bei dessen Anblick mir das Blut in den Adern gefror.

Aus einem unrasierten, schweißnassen Gesicht starrte mich ein Paar weit aufgerissener, schwarzer Augen an. Der Mann war riesig, die Haare klebten ihm in Strähnen quer über die tiefe Stirn. Er trug eine Schürze um die Lenden, das ursprüngliche Weiß des Stoffes war unter zahlreichen Spuren von Blut und Dreck kaum noch auszumachen. Die breiten Arme hingen schlaff an ihm herunter, doch in der rechten Hand hielt er ein Beil, das mit ihm verwachsen zu sein schien. Einen kurzen Moment stand die Zeit still. Von der Absurdität der Situation überwältigt, bewegte sich keiner von uns. Ich glaubte schon, mein rasendes Herz müsse sich selbst überholen, um dann für immer aufzuhören zu schlagen. Wie ein Stück Vieh vor der Schlachtung lag ich ausgeliefert auf dem Rücken – und vor mir der Schlächter. Doch dann riss ich mich blitzartig hoch in die Hocke. Wie ein wildes Tier auf der Flucht war ich bereit zum rettenden Sprung, wenn er zuschlug. Da hob der Mann die Arme – ich verfolgte jeden Zentimeter seiner Bewegungen – und legte das Beil auf dem Schränkchen neben sich ab. Er begann zu reden, sprach leise, beschwichtigende Worte aus, deren Sinn ich nicht erfasste, doch mein Herzschlag verlangsamte sich. Und dann, mit einem Mal, sprach auch ich. Nein, ich flehte! Auf Spanisch!

„Tun Sie mir nichts! Bitte! Die sind hinter mir her, ich muss mich verstecken!"

Behutsam kam der Mann auf mich zu und reichte mir die Hand. Nur noch kurz zögerte ich. Dann griff ich zu, und er zog mich hoch auf die Beine.

„Nadie te hará daño! Tienes que tener confianza en dios y en la santa madre de dios!"

Jetzt verstand ich die Worte und Tränen stiegen mir in die Augen. Niemand wird dir etwas tun. Hab Vertrauen in Gott und die heilige Mutter Gottes! Mein Blick tastete die Wohnung ab, und ich entdeckte gleich mehrere Kreuze und eine Marienstatue. Die hatte ich vorher nicht gesehen. Endlich begriff ich. Dieser Mann war kein Meuchelmörder. Ich war in der Wohnung eines Metzgers gestrandet. Eines sehr gläubigen Metzgers!

Nur eine winzige Atempause, ein kurzer Moment der Entspannung war mir vergönnt. Eben noch spürte ich den warmen Händedruck, hörte den Widerhall der tröstlichen Worte, da hämmerte auch schon jemand auf die Wohnungstür ein. Draußen auf dem Flur wurden Rufe laut. Der Mann ließ mich los und ging auf die Tür zu. Vom Sofa aus starrte ich ihm hinterher. Wer stand dort draußen und forderte derart ungeduldig Einlass? Vom Eingang her drang ein kurzer, harter Wortwechsel zu mir herüber. Dann drehte sich der Metzger zu mir um.

„Para tí! La policía!" Erleichtert schloss ich die Augen. Die Polizei war das kleinere Übel.

Wir standen uns im Treppenhaus gegenüber. Der Beamte war klein, sichtlich aufgeregt hielt er den Lauf seines Revolvers auf mich gerichtet.

„Passaporte, passaporte!", brüllte der Mann in einer Lautstärke, als hätte er es mit einem knallharten Killer zu tun.

„Nicht schießen! Bitte! Ich habe keinen Pass", bettelte ich und hob automatisch die Hände. Mein Gott, wie sollte der Mann mich verstehen? Meine Stimme klang völlig verzagt, und ich redete deutsch.

„Por favor! No soy bandida! La Mafia está detrás de mí!" Die Behauptung, die Mafia sei hinter mir her, brachte den Polizisten erst recht aus der Fassung. Er drehte sich hektisch um die eigene Achse und fluchte aus Leibeskraften.

„Oh, madre mia! La Mafia!", keuchte er. Dann packte er mich bei der Schulter und stieß mich zum Treppenabsatz.

„Venga, bájate! Rápido!"

Benommen stolperte ich die Stufen hinunter, das harte Metall des Pistolenlaufs im Rücken. Die Hände behielt ich oben. Wenn der Mann nur nicht die Nerven verlor, wenn er nur nicht im Stolpern abdrückte!

„Vamos, vamos!", trieb er mich auf den Hof hinaus wie ein Stück Vieh. Hier eilte ihm ein Kollege zur Hilfe und packte mich schroff am Arm. Zu zweit führten sie mich durch Eva Steins Laden. Die Straße kam näher, das Licht am Ende des dunklen Gangs blendete mich. Ein letzter Stoß und ich stolperte durch den Torbogen hindurch ins Freie. Meine schmerzenden Augen brauchten einen Moment, um die Szenerie zu erfassen.

Keine halbe Stunde war vergangen, seit ich mich, dicht gefolgt von Ricardo, in die kühle Ruhe des Antiquitätengeschäfts gerettet hatte. Jetzt bot sich mir vor dem Laden ein völlig verändertes Bild. Ein Polizeiwagen parkte vor dem Eingang, und direkt dahinter stand ein schwarzer Mercedes. Auf der Straße fuhren keine Autos, die Bürgersteige waren wie leergefegt. Links und rechts riegelten zwei Streifenwagen im Abstand von etwa hundert Metern den Verkehr ab und hielten die Passanten auf Distanz. Ein Stück vom Eingang entfernt hielt ein weiterer Polizist eine Gruppe von vier Mexikanern in Schach, ich hatte sie noch nie zuvor gesehen. Neben dem Mercedes standen zwei Männer in Zivil und unterhielten sich mit Eva Stein. Ich erschrak bei ihrem Anblick. Sie sah so klein und verletzlich aus, als wäre sie in dieser kurzen Zeit um weitere neunzig Jahre gealtert.

Wieder versetzte mir der Polizist einen Stoß, und ich taumelte auf den Streifenwagen zu. Einer der Männer neben Eva Stein merkte auf und sah zu mir herüber. Ein kurzes Wort auf den

Lippen, legte er ihr die Hand auf die Schulter und kam dann direkt auf mich zu. Noch im Gehen bedeutete er mir mit einer diskreten Geste und einem flüchtigen Kopfnicken, Ruhe zu bewahren. Dem Polizisten, der schon seine Hand am Türgriff des Streifenwagens hatte, gebot er in freundlichem und ruhigem Ton Einhalt und erbat sich das Recht auf einen kurzen Wortwechsel mit mir. Ohne Umschweife kam er zur Sache.

„Wir sind von der Deutschen Botschaft. Die Polizei erlaubt uns nicht, Sie mitzunehmen. Also werden Sie jetzt mit dem Streifenwagen zum Präsidium gefahren. Sie brauchen keine Angst zu haben, wir sind dicht hinter Ihnen und bleiben auch auf der Wache an Ihrer Seite." Dann nickte er dem Polizisten zu, ging mit schnellen Schritten zurück zu dem Mercedes und verabschiedete sich von Eva Stein.

„Einsteigen, es geht los!", hörte ich ihn rufen und atmete einmal tief durch. Die Deutsche Botschaft war da und würde sich um mich kümmern. Von jetzt an konnte es nur noch besser werden.

Doch schon riss der Polizist die Tür des Streifenwagens auf und stieß mich hinein. Ich landete auf der Rückbank und prallte gegen Ricardo. Hinter ihm schob sich der Kopf seiner Schwester nach vorne. Ihre Augen funkelten hasserfüllt.

„Sieh dir das an! Was für eine Verkleidung! Ich hab's euch gesagt. Sie ist keinen Deut besser als dieser Thierry!" Ricardo reagierte nicht. Als Conchita endlich Luft holte und für einen Moment innehielt, ihr Gift zu versprühen, wandte er mir den Kopf zu, sprachlos darüber, welch unerwarteten Lauf die Dinge genommen hatten. Ricardo sah müde und leer aus. Für einen kleinen Augenblick tat er mir sogar leid. Ich beugte mich zu ihm vor.

„Du wolltest, dass ich nachdenke", flüsterte ich ihm zu. „Hab ich getan – und einen Brief geschrieben. Menschen, Orte, alles was ich weiß steht da drin. Ich habe ihn abgeschickt, und keiner weiß, wohin. Stößt mir irgendetwas zu, egal wann und wo auf der Welt, dann wird er vielen Leute Ärger bereiten. Auch deiner Familie!"

Hatte Ricardo etwa kurz gezuckt? Es war nur eine Eingebung, um zu sehen, wie er reagierte. Erst blieb seine Miene unbewegt. Dann jedoch umspielte ein bitteres Lächeln seinen Mund. „Eres muy intelligente", nickte er mir zu. Jedes der drei Worte wog schwerer als eine lange Rede.

Neben mir flog die Tür wieder auf und Ricardos Onkel wurde zu uns auf die Rückbank gequetscht. Dann sprang der Polizist auf den Beifahrersitz, fuhr herum und richtete seine Waffe auf uns. Sein Kollege ließ den Motor an. Als der Wagen anfuhr, drehte ich mich um und suchte unter den Personen auf dem Bürgersteig nach Eva Stein. Sie stand neben einer adretten blonden Dame, ob sie mich sah, weiß ich nicht. Aber sie hob ihre alte, müde Hand und winkte in meine Richtung. Mein Herz krampfte sich zusammen. Nie im Leben sollte ich diesen Anblick je vergessen – wie sie dort stand, zerbrechlich, überwältigt von der Welle, die über sie hinweggerollt war, aber noch immer unerschrocken. Ihre Stola lag über meiner Schulter und auch ihr Tuch trug ich noch auf dem Kopf. In der Beengtheit auf der Rückbank und in dem viel zu engen Folklorekleid gelang es mir, meine Hand freizukämpfen, um zurückzuwinken. Meine mutige Retterin! Eva Stein! Nur ein Lächeln hatte ich für sie. Mir blieb allein die Hoffnung, dass sie die grenzenlose Dankbarkeit in meinen Augen erkannte – und mir verzieh.

Das Herz der Löwin

Auf dem Weg zum Polizeipräsidium setzte Joaquin alles daran, mich einzuschüchtern. „Wirst schon sehen, was du davon hast ... das war ein großer Fehler ... du kommst nicht ungeschoren davon ..." In einem fort fauchte er mich in seinem miserablen Englisch an, ohne Rücksicht auf den übernervösen Polizisten, der ihn wieder und wieder zum Schweigen ermahnte. Ich versuchte, seine scharfen Worte zu ignorieren und mich darauf zu konzentrieren, wie ich mich bei dem bevorstehenden Verhör der Polizei gegenüber verhalten sollte.

„Hier stinkt's!", keifte Conchita, womit sie Recht hatte. Der Schweiß von sechs Menschen hing in der Luft, und was mich betraf, merkte ich erst jetzt, dass ich den beißenden Gestank einer Müllhalde verströmte. Es war durch und durch erniedrigend. Eingekeilt zwischen den anderen drang in einer Tour die hässliche Stimme des Mannes in mein Ohr, der für meinen wochenlangen Freiheitsentzug verantwortlich war. Wie das Zischen einer Giftschlange. Wut kochte in mir hoch. Langsam drehte ich mich Joaquin zu und sah ihm in die Augen.

„Tienes miedo, cabron?", zischte ich zurück. Das war zu viel für ihn.

„Ich? Angst? Ich werde dir zeigen, wer hier Angst haben muss", schrie er mit hochrotem Gesicht. Dem Polizisten auf dem Vordersitz platzte der Kragen. Über die Rückenlehne hinweg packte er Joaquin an der Gurgel und drückte ihm den Pistolenlauf an die Stirn.

„Noch ein verdammtes Wort von dir, und du wirst dich wundern, wozu ich fähig bin!", brüllte er. Joaquin hob die Hände und hielt den Mund. Fortan herrschte angespanntes Schweigen, bis der Wagen um die letzte Kurve bog und vor dem Polizeigebäude anhielt. Nur Sekunden später parkte das Fahrzeug der deutschen Botschaft neben uns ein. Türen wurden aufgerissen.

„Los, los! Aussteigen!", wurden wir von der Rückbank gedrängt. Ein ganzer Convoy von Streifenwagen fuhr auf das Gelände. Die Autos leerten sich, und binnen kürzester Zeit war der Hof voller Leute, unter ihnen fremde wie auch bekannte Gesichter. Wo kamen die alle her? Panisch sah ich mich um und entdeckte Ricardos Vater. Wenn es hart auf hart kam, war die Familie deutlich in der Überzahl. Die Polizei übernahm die Kontrolle und dirigierte die Zivilpersonen in verschiedene Richtungen. Abermals packte mich jemand am Arm und zerrte mich mit. Mir war schlecht, ich zitterte am ganzen Körper. Mein Schweiß roch nach einem widerlichen Gemisch aus Müll und Angst. Obwohl es brütend heiß war, kroch mir eisige Kälte unter die Haut.

„Bewahren Sie Ruhe, junge Dame, wir sind bei Ihnen", drang eine Stimme auf Deutsch zu mir durch. Neben mir war der Mann der Deutschen Botschaft aufgetaucht, und ich stieß einen Seufzer der Erleichterung aus. Was immer vor mir lag, mit ihm an meiner Seite musste ich die Schlacht nicht allein ausfechten.

Der Polizist, der seine Hand wie einen Schraubstock um meinen Arm gekrallt hatte, riss die Tür zum Präsidium auf und drängte mich in einen schmalen, fensterlosen Gang. Neonlicht beleuchtete den Flur. Dicht gefolgt von seinen Kollegen führte er mich vor eine verschlossene Tür. Jefe de la policía stand auf dem Schild darüber. Auf sein Klopfen hin meldete sich drinnen eine Stimme, bei deren hartem Klang ich zusammenfuhr. Meine Knie wurden weich und ich lehnte mich gegen die Wand, um nicht unter einem Anflug von Schwindel zu Boden zu gehen. Dieser Stimme würde ich Rede und Antwort stehen müssen.

Man schob mich in das Zimmer hinein. Nacheinander wurden Joaquin, Ricardo, sein Vater, Conchita und auch die beiden deutschen Konsuln neben mir aufgereiht, zu beiden Seiten von Polizisten flankiert.

Der Polizeichef saß hinter seinem Schreibtisch. Als die Tür geschlossen wurde und ein Moment des Schweigens entstand, beugte er sich vor und stützte sich auf seine verschränkten Arme. Einen nach dem anderen musterte er uns mit seinem kühlen, feindseligen Blick. Als die Reihe an mir war, hielt ich die Luft an, um Haltung zu bewahren.

Es folgte ein harter Wortwechsel zwischen ihm und seinen Männern, ich war zu benommen von dem, was hinter mir lag, um zu erfassen, worum es ging. Doch dann fiel ein Wort, bei dem der Polizeichef auf einen Schlag hochfuhr. Auch alle anderen horchten auf.

„Mafia!"

Im Raum wurde es totenstill, nur das Surren einer Fliege war zu hören. Der Mann hinter dem Schreibtisch lehnte sich langsam zurück, nahm seine Brille vom Gesicht und legte sie mit akribischer Sorgfalt vor sich ab. Er hob das Kinn und starrte an die Decke. Ich stierte auf seine Hände und sah, wie er sie langsam auf die Kante zurückzog und sich vom Tisch abdrückte. Stuhlbeine kratzten über den Boden. Als ich wieder aufsah, traf mich sein Blick mit einer Kälte, bei der mir das Blut in den Adern gefror. Der Mann stand auf, umrundete den Schreibtisch und kam auf mich zu. Die Arme auf dem Rücken verschränkt setzte er bedächtig einen Schritt vor den anderen. Nicht eine Sekunde ließ er mich aus den Augen, während er sich auf mich zu bewegte. Mein Speichel schmeckte plötzlich bitter, sicher konnte mich jeder im Raum schlucken hören. Der Polizeichef blieb dicht vor mir stehen und baute sich auf. Sein Doppelkinn blähte sich auf wie das einer Kröte. Ich roch seinen Atem, ein Gemisch aus Tabak und Speiseresten.

„Qué tienes que ver con la mafia?", wollte er mit gefährlich leiser Stimme wissen. Was ich mit der Mafia zu tun hatte? Fieberhaft suchte ich nach Ausflüchten, mein Blick flatterte durch den Raum und fand nichts, was mich aus der Zwangslage befreit hätte. Der Polizeichef schob sein Gesicht näher und weidete sich an dem Aufruhr, der hinter meinen Augen stattfand. Ich schüttelte wild den Kopf.

„Ich? Ich weiß nicht! What do you mean? Ich verstehe kein Spanisch", stammelte ich halb deutsch halb englisch und warf den Botschaftern einen flehenden Blick zu. Der Polizeichef holte schon Luft und setzte zum Reden an, als wieder der deutsche Mann, der auch schon vorher mit mir gesprochen hatte, an meine Seite trat und ihn freundlich in fließendem Spanisch unterbrach.

„Sie versteht kein Spanisch, Señor. Wenn Sie erlauben, übersetze ich?"

„No entiende Español?", brauste der Polizeichef auf. Er trat aufgebracht auf der Stelle und sah zwischen dem Botschafter und mir hin und her. Dann wandte er sich mir abrupt zu.

„Redest du jetzt mit uns oder willst du im Gefängnis Spanisch lernen?", donnerte er, und ich verstand ihn sehr wohl. Tränen schossen mir in die Augen.

„Please, I don't speak Spanish!", wiederholte ich und tippte mir mit dem Zeigefinger auf die Brust. „Yo, no español! No!"

Angewidert fuhr der Mann mit dem Arm durch die Luft.

„Raus mit den anderen!", brüllte er. Sofort wurde Ricardos Sippschaft aus dem Raum gebracht. Mit mir blieben nur die beiden Konsuln und ein weiterer Polizist zurück. Der Chef ging im Raum auf und ab, sein Gang war zackig, jeder seiner Schritte dröhnte in meinen Ohren.

„Also gut." Er blieb vor dem Botschafter stehen. „Sie übersetzen, und zwar wortgetreu!"

Er wollte wissen, warum ich behauptet hatte, die Mafia sei hinter mir her. Um welche Personen es sich handelte und ob Ricardos Familie dazu gehörte. Ich befand mich in einem Dilemma. Jedes falsche Wort konnte zu neuen unangenehmen Fragen führen. In mir zogen sich weit verstreute Überreste von Entschlossenheit zusammen und formten eine Festung, hinter der ich mich verkroch. Mit purem Trotz bewaffnet nahm ich den Kampf auf. Ich stand der Polizei nicht allein gegenüber. Sie sollte rein gar nichts von mir erfahren.

„Nein!", antwortete ich standhaft. „Ricardo ist nur ein Freund, der mir aus der Patsche geholfen hat."

„Inwiefern?"

Man hatte mich bestohlen, ich besaß weder Gold noch Papiere.

„Warum Mafia?"

Ich schüttelte den Kopf. „Er hat mich nicht zur Botschaft gelassen, da habe ich Angst gekriegt. Mehr nicht!"

In den Augen des Polizeichefs blitzte es auf. Er ging zu seinem Schreibtisch, nahm einen Briefbeschwerer auf, und knallte ihm mit voller Wucht auf die Platte.

„Also gut!", fauchte er. „Noch mal von vorne. Was weißt du über die Mafia?"

Mein Magen zog sich zusammen, ich kämpfte gegen die Übelkeit an. Wie weit würde er gehen, um etwas Brauchbares aus mir herauszupressen? Das Verhör hatte gerade erst begonnen. Und trotzdem! Ein einziges Wort konnte zu viel geredet sein. Ich schüttelte stur den Kopf und verkroch mich tiefer in meine Burg.

„Nichts! Ich weiß gar nichts!", stammelte ich mit wild pochendem Herzen und sah, wie die Augäpfel des Polizeichefs aus ihren Höhlen quollen.

Als ich mit den Männern der deutschen Botschaft vor das Polizeipräsidium trat, dämmerte es bereits. Mein Körper war taub, und in meinen Kopf drehten sich die vielen Fragen, denen ich hatte standhalten müssen, im Kreis. Man ließ mich nicht außer Landes, so hatte die Entscheidung am Ende des Verhörs gelautet, doch ins Gefängnis steckte man mich auch nicht. Die Deutsche Botschaft war jetzt für mich verantwortlich, bis man entschied, was mit mir geschehen sollte.

„Fahren wir erst mal in mein Büro und sehen, was zu tun ist", sagte der Mann, der sich für mich eingesetzt hatte und schloss das Auto auf. „Ich bin übrigens Guido Kessler."

Die Räume der Botschaft waren sachlich und durchweg unpersönlich eingerichtet, dafür aber wohltuend sauber. Ordner standen akkurat beschriftet Seite an Seite in Regalen, die Utensilien auf den Schreibtischen waren äußerst penibel angeordnet und vereinzelte Topfpflanzen, die dem Gesamteindruck ein wenig Behaglichkeit verliehen, strotzen vor Vitalität. Seit Monaten war ich nicht in den Genuss einer Toilette gekommen, die nur annähernd so sauber war, wie die der Deutschen Botschaft. Ein Stück Deutschland – ich glaubte mich fast schon zuhause.

„Setzen Sie sich", bot mir Kessler in seinem Büro den Platz auf der anderen Seite seines Schreibtischs an. „Ich hol uns erstmal einen Kaffee. Den haben wir jetzt beide dringend nötig."

Er ließ mir Zeit, in Ruhe zu trinken, eine Verschnaufpause, in der er mich mit nachsichtigen Blicken bedachte. Als ich die leere Tasse auf der Tischplatte abstellte, beugte sich der stattliche Mann vor und streifte sich eine Strähne seines dunklen Haars aus der Stirn.

„Selbst wenn Sie sich strafbar gemacht haben, wir sind die Botschaft und nicht die Polizei. Es ist nicht unsere Aufgabe, Sie zu verhaften, sondern Sie sicher nachhause zu bringen. Aber dafür ist zwingend notwendig, dass Sie ehrlich zu mir sind. Ich möchte, dass Sie mir jetzt alles erzählen, was passiert ist." Kessler nickte mir zu und sah mich mit seinen warmen, braunen Augen an. „Und bitte, in Ihrem eigenen Interesse, verschweigen Sie mir nichts."

Die Freundlichkeit des Mannes brachte die Festung zum Einsturz, die ich in den vergangenen Stunden mit aller Kraft aufrechterhalten hatte. Allein meine Muttersprache zu hören! Die Unvoreingenommenheit, mit der Kessler sich an meine Seite gestellt hat. Ein Ehrenmann ohne Vorbehalte, so wie ich mir einen Vater gewünscht hätte. Es gab keinen Grund, ihm nicht zu vertrauen. Ich atmete einmal tief durch.

„Also gut", hörte ich mich sagen, und dann erzählte ich meine Geschichte. Voller Scham und unter Tränen, doch mit unverblümter Aufrichtigkeit. Betrug, Drogen, Lügen, Zweifel und Vermutungen – alles erzählte ich, von Anfang an, bis auf eine Sache. Selbst Kessler musste nicht wissen, was Julio mir angetan hatte. Doch sonst sparte ich nichts aus, bis zu dem Moment vor Eva Steins Laden. „Den Rest kennen Sie ja."

Ich hatte lange am Stück geredet, doch nun herrschte Stille im Raum. Tief in seinen Stuhl versunken kam Kessler langsam wieder hoch. Er räusperte sich, stand leise auf und ging zum Fenster. Ich sah, wie er den Vorhang zur Seite schob und in die tiefschwarze Nacht hinausblickte. Eine ganze Weile stand er dort, die Hände in den Taschen, und keiner von uns sprach ein Wort. Schließlich drehte er sich zu mir um.

„Wissen Sie eigentlich, wie gefährlich das alles war?" Er machte eine Pause und ich schlug verlegen die Augen nieder.

„Ist Ihnen klar, wie viel Glück Sie haben, jetzt hier zu sitzen?", fuhr er fort. Seine Stimme war frei von Vorwürfen, es lag nichts als aufrichtige Sorge darin. Ich nickte stumm.

„Es sind nicht nur mexikanische Mädchen, die hier täglich

verschwinden. Auch wir kriegen Anrufe von verzweifelten Eltern. Unsere Tochter meldet sich nicht! Helfen Sie uns, unser Kind zu finden." Kessler zog eine Hand aus der Hosentasche und machte eine wegwerfende Geste.

„In diesem Land verschwinden Mädchen spurlos oder man findet sie als Leiche wieder, irgendwo in der Wüste verscharrt. Wenn wir Anrufe von besorgten Eltern kriegen, dann haben wir sofort die schlimmsten Befürchtungen. Und keine Antworten."

Kessler löste sich von der Fensterbank und durchschritt den Raum. Kurzerhand nahm er seine Anzugjacke vom Kleiderständer und kam zurück zum Schreibtisch. Er nahm den Hörer vom Telefon und wählte eine Nummer.

„Sie sind die erste, die von selbst hier bei uns auftaucht. Die Erste, die ich lebend zu Gesicht bekomme", fügte er noch schnell hinzu, während er darauf wartete, dass auf der anderen Seite der Leitung abgehoben wurde. Den Tränen nah wand ich mich auf meinem Stuhl.

„Hallo Monika, ich bin's. Tut mir Leid wegen der Verspätung, uns ist was dazwischen gekommen, erkläre ich dir später. Ich komme jetzt nach Hause. Kannst du bitte ein Gedeck mehr auflegen und das Gästezimmer richten? Ich bringe jemanden mit." Er wollte schon auflegen, als sein Blick auf mich fiel.

„Warte Monika, eine Sache noch. Sieh doch mal nach, ob Martina irgendwas zum Anziehen hat, auf das sie verzichten kann!" Kessler legte auf und zog sich die Jacke über.

„Kommen Sie, fahren wir los! Aber ziehen Sie wenigstens schon mal das Ding da aus!", nickte er mir freundlich zu und zeigte auf das Folklorekleid, das ich noch immer über Hemd und Hose trug.

Als wir uns im Auto anschnallten, forderte Kessler mich auf, die Tür von innen zu verriegeln. „Je teurer der Wagen, umso größer das Risiko."

Mir wäre nicht in den Sinn gekommen, dass es gefährlich sein könnte, in Mexiko mit einem Mercedes durch die Stadt zu fahren. Dann doch wohl eher zu Fuß.

„Wo denken Sie hin? Hier finden jeden Tag Überfälle statt. Die Leute werden an einer roten Ampeln auf die Straße gezerrt und die Verbrecher hauen mit dem Auto ab."

Während der Fahrt schaute Kessler ständig in den Rückspiegel. Die Stirn in Falten gelegt, behielt er die Fahrzeuge hinter uns im Auge. Ich rieb mir die feuchten Handflächen an den Hosenbeinen ab.

„Was ist denn los?", fragte ich und warf einen Blick über die Schulter. „Folgt uns etwa jemand?"

„Das will ich nicht hoffen", antwortete Kessler mit nicht allzu fester Stimme. „Keine Ahnung, wer alles in der Sache drin hängt und wozu die fähig sind. Ich glaub nicht, dass die davor zurückschrecken würden, mir eins über den Schädel zu ziehen." Mit hochgezogenen Schultern sah er zu mir herüber und schüttelte den Kopf. „Dass Sie sich monatelang alleine hier herumgetrieben haben! Und dann noch mit halbwegs heiler Haut davon gekommen sind!", wunderte er sich leise, wie zu sich selbst gesprochen.

Monika Kessler kam durch den Flur auf uns zugeeilt und stieß einen leisen Entsetzensschrei aus, als sie mich in meiner erbärmlichen Aufmachung durch die Tür kommen sah.

„Ach du meine Güte! Was ist Ihnen denn passiert?"

Ihr Mann übernahm sofort die Regie.

„Hallo Schatz! Zeig der jungen Dame doch erst mal ihr Zimmer und das Bad, damit sie sich duschen kann. Ich nehme an, du möchtest sie ungern in diesem Aufzug an deinem Esstisch sitzen haben?"

Sie stutzte kurz, doch dann erwiderte sie sein Lächeln und zwinkerte zurück.

„Das ist eine wirklich gute Idee, Guido. Dann kannst du mir nämlich inzwischen alles erklären!"

Monika Kessler hatte das Zimmer vorbereitet. Auf dem frisch bezogenen Bett lag ein kleiner Stapel ordentlich gefalteter Kleidungsstücke.

„Das dürfte passen", sagte sie und musterte meine Statur. „Sie haben ungefähr die gleiche Größe wie Martina." Ich brachte ein betretenes Dankeschön zuwege, doch Frau Kessler war schon halb aus dem Zimmer und winkte ab.

„Die Sachen trägt Martina sowieso nicht mehr, die können sie gerne behalten. Sie macht mit Freunden ein paar Tage Urlaub in Acapulco." In der Tür blieb sie noch mal stehen.

„Legen Sie Ihre Kleider in den Wäschekorb dort im Bad. Ich gebe sie dann morgen dem Hausmädchen zum Waschen. Das Essen ist gleich fertig. Kommen Sie einfach ins Esszimmer, wenn Sie so weit sind."

Die Tür schloss sich hinter der Frau des Botschafters, und endlich war ich allein. Einen Moment lang rührte ich mich nicht von der Stelle, sondern ließ den Blick über das hübsch eingerichtete Zimmer gleiten. Korbmöbel, luftige Vorhänge und Bodenfliesen in warmen Erdtönen, darüber ein Läufer mit Indiomuster. An der Wand hing ein Foto der Kesslers mit einer jungen Frau in ihrer Mitte. Das musste die Tochter sein. Ich befand mich in einer rundum heilen und sicheren Welt.

Das Zimmer hatte sogar ein eigenes Bad. Während ich mich darauf zubewegte, knöpfte ich mechanisch das Hemd auf, das mir Ricardo am Morgen geliehen hatte. Im Spiegel begegnete mir der leere Ausdruck meiner Augen. Mein Gesicht war schmutzig und schweißverkrustet, die Haare klebten mir zerzaust am Schädel. Kein Wunder, dass sich Kesslers Frau bei meinem Anblick erschrocken hatte. Ich beugte mich ein wenig vor und untersuchte einen der glitzernden Fische an meinen Ohrläppchen. Als ich ihn antippte sah ich teilnahmslos zu, wie er hin und her baumelte. Was für ein Tag! Wann und wo hatte er angefangen? Ich gab dem Ohrring einen erneuten Schubs, wie um sicherzugehen, dass er wirklich dort hing und ich nicht träumte. Dass ich nicht doch noch in Ricardos Bretterbude wieder zu mir kam.

Ein Teil nach dem anderen schälte ich mich aus den schmutzigen Klamotten und warf sie in den Wäschekorb. Der Anblick der Dusche war verlockend. Ich kletterte in die Kabine und sog den Duft der Seife ein. Mein Körper war erschöpft und gleichzeitig beinah berauscht von den vielen Adrenalinschüben des Tages. Ich drehte den Hahn auf und mischte den Strahl so heiß, wie ich es eben ertragen konnte. Lange ließ ich das Wasser auf mich niederprasseln, bis sich das Leben in mir wieder einigermaßen normal anfühlte. Ich hatte es geschafft, war diesen Schuften tatsächlich entwischt. Welche schützenden Kräfte waren am Werk gewesen, dass mir das gelingen konnte?

Der Duft von Hühnersuppe stieg mir in die Nase, als ich in Kesslers Haus um die Ecke zum Esszimmer bog, und ich fühlte mich seltsam getröstet. Die blütenweißen Kleidungsstücke und das saubere Gefühl auf der Haut verstärkten die Illusion, eine Patientin zu sein, um deren Genesung man sich kümmerte. Doch dieser vollkommene Moment kindlicher Geborgenheit hielt nicht lange an. Ich hatte kaum Platz genommen, da spürte ich auch schon die angespannte Stimmung am Tisch.

Frau Kesslers freundliches Lächeln war zu einem schiefen Mundwinkel verkümmert. Verunsicherung flackerte in ihren Augen, als sie mir mit belegter Stimme Suppe und Brot anbot. Sofort war mir klar, dass Kessler seiner Frau alles erzählt haben musste.

Und jetzt hasst sie mich dafür, dass ich in ihrem Haus bin,

schlussfolgerte ich. Das Essen anzunehmen kam einer Demütigung gleich. Doch noch drückender als die Scham den Kesslers gegenüber war das Gefühl von Schuld.

Wie vieler Menschen Leben brachte ich durcheinander mit meinem eigenen Chaos? Wie viele mussten wegen mir Ängste ausstehen und sogar Gefahren auf sich nehmen? Ich dachte an Eva Stein, die Kopf und Kragen riskiert hatte, nur um mir zu helfen. Wieder sah ich das Bild der zarten alten Dame vor mir, ihre blasse Haut und müden Augen, als der Streifenwagen davonfuhr. Wenn doch nur schnell wieder Ruhe einkehrte in ihrem Leben. Wenn ihr doch nur die ganze Aufregung nicht ernsthaft geschadet hatte!

„Morgen werden wir von meinem Büro aus versuchen, Ihre Familie zu erreichen", durchbrach Kessler die drückende Stille am Tisch. „Und dann bringen wir Sie an einen sicheren Ort."

Die Luft im Zimmer war schwül und drückend. Ich schlug die Decke zurück und setzte mich im Bett auf. Schweiß floss mir in Rinnsalen den Hals hinunter und zwischen den Brüsten hindurch. Ich lauschte in die Stille des Hauses hinein und meinte, den rasselnden Atem und die flatternden Herzschläge der anderen Bewohner durch die Wände meines Zimmers zu hören. Es lag ein Geruch von alter Haut in der Luft. Dieser Odeur von müßigen Stunden des Wartens darauf, dass auch die letzte Station im Leben ein Ende finden möge.

Draußen krähte ein Hahn. La Madrugada, die Stunde der Dämmerung. Erschöpft ließ ich mich auf das Kissen zurückfallen. Wieder eine Nacht, in der ich mich von einer Seite auf die andere gewälzt hatte, immer dieselben Fragen im Kopf. Wieder eine Nacht ohne Antworten. Lange konnte es noch nicht her sein, dass ich eingenickt war. Szenen der kurzen Traumsequenz flackerten noch vor meinen Augen. Eine junge Frau auf dem Beifahrersitz im Wagen eines Fremden, noch immer lag etwas Bedrohliches in der Luft. Ich wurde das Gefühl nicht los, dass der Traum mir etwas sagen wollte. Aber ich kam nicht darauf, was es war.

Ein Stöhnen entwich mir. Gleich würde ich wieder mit den alten Leuten im Speisesaal sitzen und frühstücken. Sie würden mir wieder heimlich zuwinken, mir zuzwinkern, um meine Aufmerksamkeit wetteifern. Für die Bewohner des Altenheims kam meine Anwesenheit einem Jungbrunnen gleich, der sich ganz unerwartet in der Eintönigkeit ihrer verstaubten Tage manifestiert hatte. Eine junge Frau bei ihnen zu Gast, und das auf unbestimmte Zeit! Niemand wusste so recht, warum das so war. Man hatte ihnen irgendeine Geschichte erzählt, dass ich die Nichte einer deutschen Dame aus Acapulco sei, und noch ein paar krause Details dazu erfunden. Doch das war nicht wichtig, es wurden sowieso keine Fragen gestellt. Es herrschte allgemeine Zufriedenheit über die willkommene Abwechslung.

Stets verhielt ich mich zuvorkommend und freundlich, ließ mich auf kleine Spaziergänge durch den Garten und auf Gesellschaftsspiele ein. Wenn einer der Alten von seinem Leben, seinen Kindern oder seinen Verlusten erzählte, hörte ich aufmerksam zu. Doch der Schein trog, meine Geduld war nur vordergründig. Unter der Haut war ich kurz vorm Durchbrennen.

Es war wie verhext. Wieder einmal befand ich mich an einem Ort, den ich nicht verlassen durfte. Die Zeit zertickte meine Stunden und Tage mit gnadenloser Zähigkeit. Erneut war ich gefangen und zum Warten verdammt. Wenn ich jetzt aufstand, erwartete mich nichts anderes. Ein Seufzer entfuhr mir. Ich griff nach der Decke, zog sie mir müde über den Kopf und machte die Augen noch einmal zu.

Das Auto schlängelte sich die Küstenstraße hinunter, von meinem Platz aus konnte ich die Wellen heranrollen sehen. Gischt spritzte hoch und über dem Strand glitzerte die Luft vom Dunst. Wie glücklich ich war, wieder hier zu sein. Ausgelassen winkte ich dem Alten zu.

„Pass auf!", riss er sein wässriges Maul weit auf und schlug Alarm. Abrupt änderte sich das Bild.

Ich hing im halb heruntergekurbelten Fenster des Wagens und versuchte mit wilden Tritten dem Fahrer zu entkommen, doch der Kerl zog mich immer wieder an den Beinen ins Auto zurück.

„... müssen Sie jetzt aufstehen!", drang eine Stimme durch den Nebel, doch ich kämpfte noch immer, war in höchster Bedrängnis. Was klopfte denn dort?

„... Frühstück ist gleich vorbei!" Die Stimme wurde klarer und kam zu mir durch. Ich warf mich nach rechts und links, und dann war ich wach.

„Ich komme ja", rief ich und fuhr hoch. Mein Atem ging hart. Ich war noch nicht ganz bei Besinnung.

„Oh, tut mir leid! Aber wir räumen in zehn Minuten ab. Sie müssen sich beeilen, wenn Sie noch frühstücken wollen." Die Pflegerin zog die Tür wieder hinter sich zu. Noch ganz benommen starrte ich in den Raum. Ich war wohl nochmal eingenickt und der Traum hatte einfach an derselben Stelle wieder eingesetzt. Nur diesmal viel klarer, viel greifbarer. Diesmal war ich es gewesen, die auf dem Beifahrersitz saß.

Ich stand auf, ging zum Waschbecken und schaufelte mir ein paar Hände kaltes Wasser ins Gesicht. Dann griff ich nach der Zahnbürste und sah in den Spiegel.

Die Erkenntnis traf mich wie ein Blitz. Auf einmal wusste ich es wieder. Danach hatte ich in den Tiefen meiner Erinnerung gesucht. Die Verbindung zwischen Thierry und Giuliana!

„Pass gut auf sie auf", hatte Giuliana damals zum Abschied zu Christophe gesagt und diese wirre Geschichte erzählt, wie sie beim Trampen in der Schweiz durchs Fenster flüchten musste. Ein unglaublicher Vorfall. Doch ich hatte eine ganz ähnliche Geschichte noch ein zweites Mal gehört. Monate später, von Thierry, am Strand von Puerto Escondido – während jener paradiesischen Tage in unserem Liebesnest. „Einmal konnte Julienne gerade noch durchs Autofenster abhauen, als die sie schon hatten." Die Worte donnerten durch meinen Kopf. Julienne – Giuliana, warum war mir das nicht sofort aufgefallen? Dabei hatte die Stimme in mir versucht, mich wachzurütteln. „Hey, kommt dir das nicht komisch vor? Ist das nicht absolut seltsam?", hatte sie ihre Zweifel kundgetan. Doch ich war ihr über den Mund gefahren, hatte sie zum Schweigen gebracht, war viel zu sehr damit beschäftigt gewesen, im Vergleich mit diesen Gangsterbräuten kein allzu blasses Bild abzugeben. Ich war verliebt, die Welt um uns herum magisch gewesen. Am Ende hatte ich es vergessen.

Das Altersheim lag fünfzehn Kilometer von Mexiko Citys Stadtgrenze entfernt. Vor acht Tagen war ich auf dieser Insel der Trostlosigkeit gestrandet und hatte natürlich versprechen müssen, Haus und Garten nicht zu verlassen. Kessler war in der Zwischenzeit mit meiner Mutter und mit einem Freund in Kontakt getreten, von dem ich wusste, dass er nicht nur die finanziellen Mittel, sondern auch die Großzügigkeit besaß, mir das Geld für den Heimflug zu leihen. Jetzt hieß es warten, was die Mexikaner entschieden.

„Telefon für Sie!", winkte mir eine der Pflegerinnen quer durch den Raum zu, und ich ließ prompt das Messer fallen, an dem noch die Butter klebte, die ich gerade auf mein Brötchen schmieren wollte. Die Hälfte aller Augenpaare im Speisesaal heftete sich an meinen Rücken, als ich zur Pflegerin hinüber hastete und ihr ins Büro folgte.

347

Wie erwartet meldete sich Kessler am anderen Ende der Leitung. Doch wieder war es nicht der erlösende Anruf, auf den ich gehofft hatte. Die Mexikaner gaben immer noch kein grünes Licht. Stattdessen kündigte Kessler seinen Besuch an und wollte sich sogleich mit seinem Kollegen auf den Weg zu mir machen.

„In Ordnung, bis gleich", gab ich stumpf zurück und ließ den Hörer auf die Gabel fallen. Eine halbe Stunde später fuhr der Wagen der Deutschen Botschaft auf den Parkplatz des Altenheims.

Die Bewohner hielten sich um diese Uhrzeit in den Gemeinschaftsräumen auf. Um sie nicht noch mehr in Aufregung zu versetzen war vereinbart worden, die beiden Konsuln auf direktem Wege zu meinem Zimmer zu bringen. Kessler hatte einen Beutel mit meinen frisch gewaschenen Kleidungsstücken dabei.

„Ich soll Ihnen übrigens Grüße von Frau Stein ausrichten. Wir haben ihr das Kleid und die Tücher zurückgebracht", sagte er, als ich den Beutel dankend entgegennahm.

„Wie geht es ihr? Hat sie alles gut überstanden?", wollte ich wissen. Kessler nickte und in seinem Lächeln lag Anerkennung, wenn nicht gar Hochachtung.

„Die alte Dame ist wirklich eine außergewöhnliche Persönlichkeit. Ohne ihren Mut und ihre Geistesgegenwart wären Sie jetzt nicht hier. Das brauche ich Ihnen wohl nicht zu sagen." Sofort hatte ich einen Kloß im Hals.

„Ich würde mich so gerne persönlich bei ihr bedanken!"

Kessler schüttelte den Kopf.

„Wir halten es für das Beste, wenn Sie in Zukunft keinen Kontakt zu Frau Stein aufnehmen. Viel wissen wir ja nicht über die Leute, mit denen Sie es zu tun hatten, aber für Frau Stein ist es am sichersten, wenn es keine Verbindung zwischen ihnen beiden gibt. Ihre Grüße richte ich aber gerne aus."

Das war ein echter Schlag vor den Kopf. Ich hatte ihr einen Brief schreiben und ein paar deutsche Spezialitäten schicken wollen, wenn ich erst zurück in Deutschland war. Zur Erinnerung an ihre Jugend, doch sogar diese Möglichkeit, ihr meine Dankbarkeit zu zeigen, war mir nun genommen. Ich hinterließ einfach nur die Erinnerung an einen furchtbaren Tag.

„Wir sind hier, um Sie abzuholen", unterbrach Kessler meine Gedanken. „Die Botschaft hat bei der Regierung einen Ausreiseantrag für Sie gestellt. Jetzt möchte Sie der Präsident höchstpersönlich kennenlernen."

Kessler wartete nicht auf Antwort, sondern stand auf und ging zur Tür. Er zeigte auf die Tüte mit den Kleidungsstücken in meinen Händen.

„Wenn Sie sich noch umziehen wollen, wir warten draußen."

„Wenigstens stehe ich diesmal nicht dreckig und im Folklorekleid da", ging mir durch den Kopf. Ich hatte noch nicht ganz begriffen, was los war, als wir uns auch schon auf dem Weg zum Amtssitz des Präsidenten befanden.

Ein Blick auf den Palacio Nacional reichte aus, um meine Courage in Mark und Bein zu erschüttern. Unendlich erstreckte sich vor mir die monumentale Pracht des Bauwerks mit seinen hohen Mauern. Das jahrhundertealte Gebäude hatte nichts mit der Deutschen Botschaft oder dem Polizeipräsidium gemeinsam. Es war in der Tat ein Palast. Der Palacio Nacional machte seinem Namen alle Ehre. In solchen Gemäuern waltete ganz sicher ein wahrer Herrscher seines Amtes. Jemand, der von Lakaien und Beratern umgeben alle Macht der Welt besaß, und vor dem sich nicht das kleinste Geheimnis wahren ließ. Ich war erledigt. Wer war ich schon gegen so jemanden? Ein Wurm, weniger als das, ein Nichts! Trotzdem erwartet man mich, sonst hätten die Wächter am Haupteingang mich nie und nimmer ins Innere des Gebäudes gelassen und ihrem Kollegen aufgetragen, uns zu führen und beim Präsidenten anzukündigen.

Wir durchschritten gigantische Hallen und Torbögen, stiegen eine prächtige Steintreppe hinauf. Hoch über uns säumten atemberaubende Gemälde die Gänge. All das war nicht dazu angetan, meine Furcht vor der Begegnung mit dem Präsidenten zu schmälern. Auch Kessler und sein Kollege konnten ihre Bewunderung nicht verbergen. Sie bestaunten die respekteinflößende Architektur ebenso sehr wie ich.

„Er ist erst ein paar Monate im Amt", hörte ich Kessler seinem Kollegen erklären. „Hat sich einiges vorgenommen, auch was die Korruption im Polizeiapparat betrifft."

Ich atmete tief durch. Selbst wenn es der Präsident war, der mit mir sprechen wollte, Kessler war da. Der Mann kannte sich aus und würde mir nicht von der Seite weichen.

Im oberen Stockwerk angekommen, bat man uns zu warten. Wir hatten das Vorzimmer des Präsidenten erreicht. Der Wächter hielt auf einen Barockschreibtisch zu, hinter dem sich eine überaus attraktive Frau erhob. Sie mochte vielleicht Mitte dreißig sein und trug ein elegantes und dennoch figurbetontes Kostüm. Ihr blauschwarzes Haar war akkurat hochgesteckt, selbst aus der Entfernung ließ sich erahnen, wie wertvoll das Collier um ihren Hals sein musste. Die Art und Weise, wie sie mit dem Wächter sprach, war von vollendeter Anmut. Man winkte uns näher heran. Ich konnte meinen Blick nicht von der Sekretärin lassen. Ihr Make-up war makellos, die Lippen und Fingernägel dunkelrot geschminkt, ihr Lächeln freundlich und distanziert. Dann sah ich an mir herunter, über die verwaschenen Jeans hinunter zu den abgetragenen Mokassins. Vom verwilderten Zustand meiner Haare ganz zu schweigen. Im Angesicht dieser Frau fühlte ich mich wie ein Clochard. Hatte ich bisher noch einen Rest Würde besessen, dann war er durch den bloßen Anblick dieses perfekten Wesens endgültig zunichte gemacht. Dabei war ich doch hier, um eine Fahrkarte nach Hause zu gewinnen.

Die Dame trat mit graziler Geschmeidigkeit zurück, öffnete die exorbitante Tür in ihrem Rücken und bat uns einzutreten. Das erste, was ich von ihm sah, war sein Rücken. Ich hatte ihn hinter seinem Schreibtisch vermutet, ganz so, wie vor wenigen Tagen den Chef der Polizeibehörde. Aber der Präsident stand vor einem hohen Bücherregal, das den Raum an der hinteren Wand bis zur Decke kleidete. Als wir zu ihm hineingeführt wurden, drehte er sich langsam um. Er kam uns nicht entgegen, sondern nickte aus würdevollem Abstand grüßend zurück, als die Sekretärin uns namentlich vorstellte.

Beim Anblick des Präsidenten beruhigte ich mich etwas. Obwohl er nicht lächelte, empfand ich sein Gesicht als freundlich und ausdrucksvoll. Über der hohen Stirn war das teils ergraute Haar nach hinten gekämmt. Dichte, dunkle Brauen zogen eindrucksvolle Bögen über seine intelligenten braunen Augen. Er hatte breite Schultern und stand aufrecht, jedoch ohne sich dabei aufzublähen. Hatte ich mir eben auf dem Weg hier hoch noch einen unnachgiebigen Despoten vorgestellt, so war ich erleichtert, diesen Mann vor mir zu sehen.

„Welcome to my office", begrüßte uns der Präsident, und die akzentfreie Aussprache erübrigte die Frage, ob Kessler für mich übersetzen würde. Was hatte ich auch erwartet? Dass ich mich wieder hinter dem Botschafter verstecken konnte? Vor mir stand der Präsident des Landes. Man musste nicht erst mit ihm reden um zu erkennen, dass es sich um eine kluge, gebildete Persönlichkeit handelte, die zudem in diesem Moment ihre Emotionen völlig unter Kontrolle hatte.

„Sie sind also die junge Dame, die neulich in unserem Polizeipräsidium für so viel Aufregung gesorgt hat und nun gerne nach Hause möchte?", richtete er auch direkt das Wort an mich.

„Ich nehme an, die bin ich", antwortete ich höflich und ermahnte mich selbst, kein Wort mehr als nötig zu sagen. Als hätte er meine Gedanken erraten, verzog der Präsident sogleich seine Mundwinkel zu einem zynischen Lächeln.

„Sie gestatten mir ein paar Worte unter vier Augen?", wandte er sich an Kessler und es war klar, dass es sich dabei nicht um eine Frage handelte. Die Sekretärin, die zwischenzeitlich an der Tür Stellung bezogen hatte, bat die beiden Konsuln ebenso höflich wie unmissverständlich nach draußen. Die hohe Flügeltür wurde zugezogen und ich war allein mit dem Präsidenten.

Er bot mir keinen Stuhl an, sondern ließ mich dort an Ort und Stelle im Raum stehen. Die Arme auf dem Rücken verschränkt ließ er eine Weile vergehen, ohne sich zu rühren, und sah mir dabei eindringlich in die Augen. Wenn er vorhatte, die Spannung zu erhöhen und mich dadurch gesprächig zu machen, dann wählte er die richtige Strategie. Es kostete mich alle Kraft, nicht mit der Frage herauszuplatzen, was er von mir wollte und wann er mich nachhause ließ. Auch dass er diese Unterhaltung ganz offensichtlich im Stehen zu führen gedachte, erschwerte die Lage für mich ungemein. Was immer ich sagte, der Präsident hatte dabei meinen ganzen Körper im Blick, und zwar vom Scheitel bis zur Sohle.

„Sind Sie froh, dass sich die Botschaft um Sie kümmert, nachdem man Sie gegen ihren Willen festgehalten hat?", fragte er mitfühlend, und die ganze Formulierung lud dazu ein, mit einem spontanen Ja zu antworten. Nur dass ich ihm gegenüber dann mit nur einem einzigen Wort zugegeben hätte, was die Polizei nach stundenlangem Verhör nicht aus mir herausbekommen hatte.

„Ich bin vor allen Dingen froh, bald wieder nachhause zu dürfen", gab ich ausweichend zurück. Beinahe unmerklich schüttelte er den Kopf und lächelte in sich hinein.

„Wir werden sehen, was sich machen lässt", antwortete er betont beiläufig und ließ mich erneut auf die nächste Frage warten. Schließlich löste er sich von der Stelle und positionierte sich mit drei Schritten vor dem Fenster. Von dort blendete mich das Licht. „Nur mal angenommen, Ihr Aufenthalt in dieser Familie war nicht ganz freiwillig. Würden Sie mir glauben, wenn ich ihnen sagte, dass es in diesem Moment anderen jungen Frauen ganz genauso ergeht?"

Wie brachte dieser Mann es fertig, mich nicht eine Sekunde aus den Augen zu lassen? Ich zog fragend die Schultern hoch und sagte sonst nichts.

„Jeder noch so kleine Hinweis kann hilfreich sein."

Ich hielt seinem Blick nicht länger stand und sah zur Seite. Es war, als stünden plötzlich Brigitte und Cecile neben mir und klagten mich an. War ich dabei, meine eigene Haut zu retten und ließ meine Freundinnen im Stich? Vielleicht hatte der Präsident Recht, vielleicht war es falsch zu schweigen. Wer würde den Verbrechern da draußen das Handwerk legen, wenn niemand bereit war, den Mund aufzumachen?

„Unsere Polizei erhofft sich ein wenig Unterstützung von ihnen", setzte der Präsident nach.

Hatte Kessler nicht behauptet, der Präsident wolle die Korruption der Polizei im eigenen Land bekämpfen? Wieso erwartete er dann, dass ich genau denen half? Und wenn jeder kleine Hinweis wichtig war, hieß das dann, dass man hierzulande nicht die geringste Ahnung hatte, wer hinter dem Mädchenhandel steckte? Ich sah ihn wieder an. Vor mir stand der mächtigste Mann des Landes. Wozu brauchte jemand wie er die Hilfe eines unbedeutenden Mädchens? Ging es um die eigene Karriere? Ein erfolgreicher Schachzug gegen die Mafia, das wäre mit Sicherheit eine medienwirksame Schlagzeile für einen Präsidenten, der erst seit kurzem im Amt war.

Nur zu gut erinnerte ich mich an meine eigene Panik. Wenn ich hier wirklich anderen helfen konnte! Doch welche Hinweise konnte ich überhaupt liefern? Gab es irgendetwas, womit sich zum siegreichen Schlag ausholen ließ? Alle Anhaltspunkte liefen doch an irgendeinem Punkt ins Leere. Jede Spur verlor sich im Nichts. Und die Namen, die ich hätte liefern können, gehörten zu keinem der Drahtzieher, allerhöchstens zu den Randfiguren.

„Sie tun sich selbst einen Gefallen, wenn Sie offen mit mir reden", sagte er Präsident, dem bestimmt nicht verborgen blieb, wie sehr ich mit mir kämpfte. Ich holte tief Luft. Wie stand es um den Einfluss des Präsidenten jenseits der Grenzen von Mexiko? Es ging doch hier anscheinend um ein Netz, das weit darüber hinaus reichte. So jedenfalls hatte Ricardo vermutet. Wer sollte mich schützen, wenn ich Namen lieferte, die wiederum unter dem richtigen Druck Namen lieferten, die …? Ricardos zweideutige Bemerkungen hatten mich doch erst auf den Gedanken gebracht, dass alles in San Francisco angefangen haben könnte. Und die Tatsache, dass sich nun auch noch der Präsident von Mexiko für die Sache interessierte, war doch ein weiteres Indiz dafür, wie groß der Haufen Scheiße sein musste, in den ich getreten war.

„Was ist? Darf ich damit rechnen, dass Sie mir in absehbarer Zeit eine Antwort geben oder nicht?", insistierte der Präsident.

Etwas Konkretes, etwas Unwiderlegbares konnte ich doch gar nicht liefern. Ich war mir nicht einmal sicher, ob die Namen, die ich kannte, überhaupt stimmten. Warum wusste ich so erschreckend wenig über Giuliana, hatte keine Adresse von ihr in Italien? Und genauso wenig von einem Silvano oder Vincenzo? Nicht einmal von Cecile und Brigitte. Und was Thierry betraf, er war mir ein immer größeres Rätsel. Ich sah dem Präsidenten fest in die Augen und schüttelte langsam den Kopf.

„Es tut mir leid. Alles, was ich weiß, habe ich längst der Polizei erzählt."

Ein kurzes Zucken im Mundwinkel des Präsidenten, sein Blick ließ endlich von mir ab. Er drehte den Kopf zur Seite und sah aus dem Fenster.

„Nun gut, wenn Sie uns nicht helfen wollen." Kurz entschlossen ging er zu seinem Schreibtisch und nahm den Telefonhörer ab. „Wir sind hier fertig, Xynthia. Führen Sie die junge Dame bitte wieder nach draußen!"

„Was ist mit meinem Ausreiseantrag?", fragte ich schnell. Der Präsident hob gelassen den Kopf.

„Wie ich bereits sagte, ich muss sehen, was sich machen lässt. Ich habe meine Entscheidung noch nicht getroffen. Sie werden sich noch ein wenig gedulden müssen." Die Sekretärin erschien in der Tür.

Als Kessler und sein Kollege mich wenig später an der Pforte des Altenheims ablieferten, stieg ich matt und jeglicher Hoffnung beraubt aus dem Wagen. Gut möglich, dass man mich jetzt hier bis zum jüngsten Tag versauern ließ. Ich stieß die Eingangstür auf und ekelte mich beinah vor dem Geruch, der mir aus dem Altersheim entgegenschlug. Die Rollstühle und Gehstöcke im Flur spiegelten meine eigene Bewegungsunfähigkeit wieder. Was war ich anderes als eine tote Hülle? Nach Freiheit hatte ich mich gesehnt, und doch wurde ich nur von einem Gefängnis zum nächsten transportiert. In den Tagen darauf verschanzte ich mich oft stundenlang in meinem Zimmer. Dann rief die Botschaft erneut an, und man teilte mir mit, dass ich noch mal aufs Polizeipräsidium müsste. Hatten sie sich eine neue Methode ausgedacht, wie sie mich in die Mangel nehmen konnten? Ich war mir inzwischen so gut wie sicher, dass sie aus Ricardos Familie ebenso wenig herausgekriegt hatten, wie aus mir. Ricardo musste mir meinen Schwindel mit dem Brief abgenommen haben, sonst hätte mir die Polizei längst die Hölle heiß gemacht.

Von Kessler wusste ich auch, dass Ricardos Onkel bei einer Versicherungsgesellschaft angestellt war. So viel zum Thema Interpol! War das nicht im Grunde ein weiteres Indiz dafür, dass die Familie in irgendein schmutziges Geschäft verwickelt war? Im Nachhinein betrachtet hätte mich schon viel eher stutzig machen müssen, mit welch aufopferndem Engagement sie eine heruntergekommene europäische Touristin durchfütterten, die sich zudem noch illegal im Land aufhielt. Alles aus purer Nächstenliebe?

Ricardo! Von Anfang an der Saubermann. Der nette, hilfsbereite Intellektuelle, der wie durch Zauberhand jedes Mal zur Stelle war, wenn Not am Mann war – und dann trotzdem wusste, wo es das beste Dope der Stadt gab.

Jedenfalls hatte die Polizei nicht allzu viel gegen mich in der Hand. Deshalb fragte ich mich, womit sie mich diesmal in die Enge treiben wollten.

Kein einziges Bild hing an den kahlen Wänden. Es gab im ganzen Raum nicht einen Gegenstand, an den man seine Aufmerksamkeit heften konnte, wenn der Druck zu heftig wurde. Nur ein Tisch befand sich in der Mitte des Zimmers, und an dem hatten bereits zwei Männer nebeneinander Platz genommen. Ein Polizeibeamter und ein Mann in Zivil. Mir war sofort klar, dass der leere Stuhl auf der anderen Seite für mich bestimmt war. Zwei gegen einen! Es war der Mann in Zivil, der zuerst das Wort ergriff und mich wissen ließ, dass die mexikanische Polizei dieses Mal für ihren eigenen Übersetzer gesorgt hatte. Damit war das Verhör eröffnet. Ich versuchte es mit einem Lächeln. Der Übersetzer und ich konnten in der gleichen Sprache miteinander reden, ohne dass der Polizeibeamte uns verstand. Vielleicht konnte ich ihn ja wenigstens teilweise für mich gewinnen. Doch die Miene des Mannes blieb unbewegt, er machte sich nicht mal die Mühe, sich namentlich vorzustellen. Er war das Sprachrohr, sonst nichts. Alles weitere zu seiner Person blieb anonym.

Dann eben nicht! Ich rechnete ohnehin mit nichts anderem, als einer langwierigen Wiederholung all dieser Fragen, die ich beim letzten Mal kurz und knapp oder gar nicht beantwortet hatte. Bei exakt dieser Version würde ich auch heute bleiben.

„Wie gut kennen Sie Joaquin Mendoza?"

Diese Frage hatte man mir beim letzten Verhör zwar nicht so explizit gestellt, aber ich konnte dazu auch nur sagen, dass ich ihn als Ricardos Onkel kannte.

Der Polizeibeamte zog einen Stoß Fotos aus einem Umschlag und breitete sie nebeneinander vor mir aus. Das grelle Licht der Tischlampe beleuchtete die Gesichter junger mexikanischer Frauen. Die Frage, ob mir eines dieser Mädchen bekannt vorkäme, konnte ich mühelos verneinen. Der Polizeibeamte riss das Foto in der Mitte hoch und tippte heftig darauf: „Sieh dir das hier an!", brüllte er.

„Er will wissen, ob Sie die Ähnlichkeit zwischen dem Mädchen und ihren Cousinen erkennen", sagte der Übersetzer „Es handelt sich um die fünfzehnjährige Tochter von Joaquin Mendoza. Sie ist seit einem halben Jahr spurlos verschwunden."

Mir fiel die Kinnlade runter und ich starrte die beiden Männer bestürzt an. Das war ein echter Schlag ins Gesicht. Damit hatte ich nicht gerechnet.

„Ricardos Cousine?", brachte ich stockend hervor.

„Sie wussten also nicht, dass das Mädchen entführt wurde. Diese Kleinigkeit hat man Ihnen verschwiegen", verbuchten die Mexikaner den ersten Treffer für sich, während ich mich noch schwer damit tat, die Tragweite dieser schockierenden Nachricht zu erfassen.

„Das kann doch nicht ... wieso ... wird denn nach ihr gesucht?",
stotterte ich vor mich hin.

„Die Polizei hat die Suche aufgegeben. Aber seitdem versucht
der Mann auf eigene Faust, den Mädchenhändlern auf die Schliche
zu kommen. So wie es aussieht, hatte er die Fährte aufgenommen
und sich Mittel und Wege überlegt." Man ließ mir einen Moment Zeit, um auch aus dieser Information
meine Schlüsse zu ziehen. Dabei behielten die Männer mich
mit ungeteilter Aufmerksamkeit im Visier. Mir war klar, dass sie
die Rädchen in meinem Kopf rattern sehen mussten, aber ich
hatte keine Idee, wie ich das hätte abstellen können.

„Wir haben Waffen bei Señor Mendoza gefunden, die er sich
erst vor kurzem besorgt haben kann. Es sieht ganz danach aus, als
hätte er etwas geplant, wobei die zum Einsatz kommen sollten."

Mein Herz fing an, schneller zu schlagen. So langsam dämmerte mir, worauf der Polizist hinaus wollte. Diesmal hielt er die
Gedankenpause kurz.

„Es gibt zwei Möglichkeiten. Entweder, Sie sollten den Lock-
vogel spielen, oder ...", der Polizist legte den Kopf schief und zog
die Augenbrauen hoch, während der Übersetzer sprach, „oder
Joaquin Mendoza wollte Sie für einen Tauschhandel benutzen.
Ihr Leben gegen das seiner Tochter."

Ich stieß die Luft hart aus, überwältig von dem Blitzbeschuss,
in den ich geraten war. Eine Hiobsbotschaft jagte die nächste.
Gleichzeitig fiel es mir wie Schuppen von den Augen. Auf einmal
ergab alles einen Sinn.

„Das gibt es doch nicht! Verdammt! Die Vorbereitungen. Das
rote Kleid", stammelte ich und merkte zu spät, was ich da von
mir gab. Ein zufriedenes Lächeln machte sich auf dem Gesicht
des Polizisten breit.

„Wollen Sie immer noch behaupten, nur zu Gast bei den Mendozas gewesen zu sein? Verraten Sie uns jetzt, was dort vorgefallen ist?" Die Strategie der mexikanischen Polizei war aufgegangen, sie hatte mich knallhart überrumpelt. Was Ricardo und seine Familie betraf, war ich zur Kapitulation gezwungen. Doch das hieß noch lange nicht, dass sie etwas über Thierry und die Italiener von mir in Erfahrung brachten.

„Wie Sie sehen, sind Sie nicht die Einzige, die hierzulande in Not geraten ist", fuhr der Polizist fort, während er die Bilder wieder einsammelte. „Vielleicht hilft Ihnen das hier, sich ein bisschen besser zu erinnern!"

Er hatte ein weiteres Fotos aus dem Umschlag gezogen und hielt es verdeckt an seine Brust. Was würde er mir zeigen? Eins der ermordeten Mädchen, die man verscharrt in der Wüste gefunden hatte? Innerlich ging ich in Deckung, machte mich auf etwas Scheußliches gefasst. Trotzdem konnte ich die Augen nicht von dem Foto in seinen Händen lassen, auch nicht, als er es langsam umdrehte und unter den Lichtstrahl der Tischlampe legte. Mit angehaltenem Atem beugte ich mich vor.

Mein Schrei war kurz und doch von solchem Entsetzen erfüllt, dass ich mich selbst davor erschrak. Mit einem Satz sprang ich auf und krallte die Hände in meinen Kopf. Hinter mir ging der Stuhl zu Boden. Mein Magen krampfte sich zusammen und ich begann zu würgen. Da war schon der Polizist neben mir und hielt mir gerade noch rechtzeitig einen Eimer hin. Ich übergab mich, wieder und wieder. Als ich schließlich den Kopf aus dem Eimer zog, reichte mir der Übersetzer ein Papiertaschentuch. Mit zittrigen Fingern faltete ich es auseinander und vergrub mein Gesicht darin. Der Polizist nahm mich bei den Schultern, führte mich zurück zum Tisch und setzte mich wieder auf den Stuhl. Erst hier nahm ich das Tuch vom Gesicht.

„Geht es wieder?", wollte man wissen. Ich sah leer durch die

Männer hindurch. „Kennen Sie die Frau auf dem Bild?"

Langsam drehte ich den Kopf hinüber zur Tischlampe. Das Foto lag immer noch dort. Tränen liefen mir über die Wangen, meine Kehle war zugeschnürt, ich glaubte, nicht mehr atmen zu können und dennoch entfuhr mir ein tiefer, gequälter Klagelaut. Sie lag auf dem Rücken und starrte mit weit aufgerissenen, toten Augen ins Nichts. In ihren Mundwinkeln klebte Erbrochenes und verteilte sich neben ihrem Kopf auf dreckigen Fliesen und in speckigen Fugen. Wo immer das gewesen sein mochte – Giuliana hatte an einem hässlichen Ort ihr Leben gelassen.

„Ja", hörte ich mich sagen. „Ich kenne sie. Sie war meine Freundin."

Eine Weile geschah nichts, Totenstille beherrschte den Raum, als hätte jemand die Zeit eingefroren. Das Schluchzen, das sie endlich durchbrach, kam von mir, doch das begriff ich nicht sofort. Ziellos echote es durch meinen Kopf. Ich kämpfte gegen die Widerstände an, brauchte meine ganze Kraft, damit meine Augen endlich das Bild losließen und sich dem Polizisten stellten.

„Wieso? Woher wussten Sie …?"

„Dass es eine Verbindung zwischen Ihnen gab?"

Ich nickte.

„Hierdurch", sagte der Polizist und legte ein letztes Fotos auf den Tisch. Ein Schnappschuss wie aus einem anderen Leben, mit einer Polaroid Kamera geschossen. „Das haben wir in ihrer Jacke gefunden." Das Foto zeigte die ganze Clique auf einem Sofa in Telegraph Hill. Nur Claude fehlte, es musste das letzte sein, das er geschossen hatte, und es war Giuliana gewesen, die es aus der Kamera gezogen hatte – an jenem unseligen Abend in San Francisco, an dem ich gefeuert worden war.

Nach dem Verhör erreichte mein desolater Zustand eine neue, nie gekannte Dimension. Gesichtslose Figuren verfolgten mich, wo immer ich ging oder stand. Ich spürte die Anwesenheit einer dunklen Macht, Angst saß mir im Nacken.

Giuliana tot? Es wollte einfach nicht in meinen Kopf. Eine Überdosis Heroin war ihr zum Verhängnis geworden. Sie musste schon ein paar Stunden dort gelegen haben, als man sie in den frühen Morgenstunden in einer Fußgängerunterführung in Acapulco fand. Die Polizei konnte nicht mit Sicherheit sagen, ob sie sich den Schuss selbst gesetzt hatte. Ihrer Meinung nach hätte man an so einem öffentlichen Ort früher auf sie aufmerksam werden müssen. Dort war Giuliana Anfang des Jahres gestorben. Der nächste Schock. Am Ende hatte ich doch ausgepackt und erzählt, woher wir uns kannten. Auch von meiner Angst um Cecile und Brigitte erzählte ich und von dem Treffen in Puerto Escondido, zu dem Giuliana es nie geschafft hatte.

Inzwischen bereute ich bitter, dass ich geredet hatte. Was, wenn sich Giuliana die Überdosis wirklich nicht selbst verabreicht hatte? Was, wenn jemand nachgeholfen hatte? Blieb nur zu hoffen, dass ich für so jemanden ein unbedeutendes, kleines Lichtlein war.

Drei Tage waren seitdem vergangen und meine Angst wuchs, je länger ich in Mexiko festgehalten wurde. Es gab keine Nacht, in der ich nicht aus Albträumen hochschreckte. Giulianas tote Augen sahen mich an, ob ich wach war oder schlief.

Wieder und wieder fragte ich mich, ob Thierry und Giuliana sich gekannt hatten. Vielleicht war die Sache mit der Tramperin nur ein wahnsinniger Zufall gewesen? Oder eine dieser erfundenen Geschichten, wie sie die Runde machten. Etwas, womit Mädchen sich brüsteten.

Andererseits war Thierry tatsächlich in der Schweiz gewesen. Er hatte dort sogar Silvano kennengelernt – und alle diese Fäden führten nach Puerto Escondido. War eine solche Anhäufung von Zufällen möglich?

Ich wurde wütend auf Thierry, gab ihm für alles die Schuld. Nichts von dem wäre passiert, wenn er mit mir nach Europa zurückkehrt wäre. Nie hätte ich mit Julio aus Zipolite fliehen müssen, die Taschen voller Drogen. Wut war gut! Wut verlieh mir Kraft! „Sie ist keinen Deut besser als dieser Thierry", kamen mir Conchitas giftige Worte im Streifenwagen wieder in den Sinn, und schon fragte ich mich, auf welche Seite Thierry eigentlich gehörte. War es richtig, zornig zu sein, oder tat ich ihm Unrecht? Ich ertappte mich sogar dabei, wie ich ihn zum Helden machte, der sein Leben aufs Spiel gesetzt hatte, nur um meines zu retten. Jedes Mal, wenn mir diese Möglichkeit wahrscheinlich erschien, attackierten mich neue Zweifel von der anderen Seite. Es trieb mich in den Wahnsinn.

Auf meinem Nachttisch lag ein kleines Buch. Wenn das Chaos in mir überhandnahm, schrieb ich Briefe, und darin nannte ich Thierry meinen geliebten Teufel. Das war wohl der treffendste Ausdruck für mein Schwanken zwischen Hass und Sehnsucht. Eines Tages würde ich in die Bretagne fahren, ihn dort aufspüren und die Wahrheit ans Tageslicht bringen. Ein guter Gedanke, den aufzuschreiben sich lohnte. Ich griff nach dem Buch.

Etwas fiel zu Boden und ich beugte mich vor, um nachzusehen. Dort lag der leere kleine Lederbeutel. Ich hob ihn auf und wendete ihn zwischen den Fingern. Welch vertrautes Gefühl. Ein Anflug von Wehmut überkam mich. Wie oft hatte ich meinen Granat in den Händen gehalten und meine Wünsche an ihn gerichtet? Wie war sein Verschwinden möglich gewesen? Sicher gab es irgendeine dumme, lächerliche Erklärung dafür. Oder war es tatsächlich Magie? Hatte sich der Edelstein im Moment seines Verschwindens in die Gestalt meiner Retterin Eva Stein transformiert?

Mir sträubten sich die Haare. Ich wusste, dass es darauf keine Antwort gab. Doch mit einem Mal hallten Sätze durch meinen

Kopf, aus unendlich weiter Ferne kamen vertraute Worte auf mich zu: „Er ist der Hüter der Freundschaft und verleiht dir Kraft, um deine Feinde zu besiegen." Die längst vergessenen Abschiedsworte einer Freundin. Völlig unerwartet spürte ich ihre warme Umarmung und etwas kehrte zurück, das ich für lange Zeit verloren glaubte: Vertrauen!

Die Tiefe des Abgrunds, in den ich seit jenem Tag hinabgestiegen war, wurde mir bewusst. Was hatte ich hier unten noch zu suchen? Etwas nahm mich an die Hand, und mehr denn je wollte ich dorthin zurück, wo mir in diesem Moment die Welt heil und unverdorben schien. Es würde mir gelingen, dort gehörte ich hin. Ich musste nur nach vorne schauen, den Schattengestalten den Rücken kehren. Kurz und heftig loderte Zuversicht in mir auf, und ich hielt mich daran fest. So oder so, mein Granat hatte mich gerettet. In mir schlug das Herz einer Löwin.

Über dem Moloch

Ein Finger, leicht wie eine Feder, tippte mich an.

„Wo sind Sie denn nun schon wieder mit Ihren Gedanken? Sie hören mir ja gar nicht zu!" Luzie mimte die Beleidigte, doch der Unterton in ihrer altersschwachen Stimme war neckend und freundlich. Dabei hatte sie sogar Recht. Ich gestand mir ja ein, dass ich die stets makellos geschminkte, elegante Dame neben mir auf der Parkbank ganz vergessen hatte.

„Entschuldigung, Luzie, ich habe ein bisschen vor mich hingeträumt. Muss an der Mittagshitze liegen", versuchte ich mich rauszureden. Luzie winkte belustigt ab.

„Ach, kommen Sie Mädchen, was erzählen Sie denn da? Als ob ich Sie zum ersten Mal dabei ertappe, wie Sie in Ihrer eigenen Welt sind. Sie sind mir vielleicht eine Träumsuse!", lachte sie und tippte mir nochmal mit ihrem fahrigen Zeigefinger gegen die Schläfe. Dann klatschte sie vergnügt in die Hände und freute sich wie ein kleines Mädchen.

„Aber wissen Sie was", rief sie fröhlich. „Wir beide sollten etwas unternehmen. Das langweilt Sie vielleicht nicht so sehr wie mein Gerede."

Luzies Anblick entlockte mir ein Lächeln. Woher nahm die alte Frau nur immerzu diese gute Laune? So war Luzie nun mal. Zwar war der Körper betagt, doch ihr Geist dafür umso lebendiger. Mit einem Schmunzeln wies ich über die Flächen des Gartens, der an der Lethargie, die die Mittagshitze verbreitete, schier zu ersticken schien.

„Na, da bin ich aber gespannt, was Sie vorzuschlagen haben,

Luzie. Bei der enormen Auswahl, die wir haben", spöttelte ich und zwinkerte ihr zu.

„Papperlapapp!", wischte Luzie meinen Einwand mit ihrer faltigen Hand vom Tisch. „Doch nicht hier, Kindchen, wo denken Sie hin?" Man hätte glauben können, Luzie sei ernsthaft empört. „Das hier ist die Empfangshalle zum Jenseits, der reinste Totenacker. Pah! Hier sind doch alle schon so gut wie hinüber. Wenn wir was erleben wollen, müssen wir hier raus!", jubilierte Luzie und warf beide Hände in die Luft.

Der kleine Kieselstein, den ich schon die ganze Zeit aus Langeweile von einer Hand in die andere warf, fiel zu Boden. Ich hob ihn wieder auf.

„Das kann nicht Ihr Ernst sein, Luzie. Geben Sie es zu!", sagte ich. „Mich bringen in dieser Bullenhitze keine zehn Pferde auf die Straße. Da schmelzen einem ja die Sohlen auf dem Asphalt!" Ich sah Luzie mit hochgezogener Augenbraue an.

„Wer redet hier von Gehen? Wir nehmen natürlich mein Auto. Nur ein kleiner Ausflug in den Ort. Meine Kleider müssten aus der Reinigung geholt werden. Sie könnten mir dabei zur Hand gehen, und ich lade Sie ins Eiscafé ein." Luzie warf mir einen betörenden Blick zu. Sie war wie ein Kind, dem man die Schokolade verweigerte. Ich musste schon wieder über sie lachen.

„Kommen Sie, Kindchen, diese kleine Bitte können Sie mir doch unmöglich ausschlagen. Sie müssen doch selbst dringend mal hier raus. In den drei Wochen, die Sie bei uns sind, hab ich Sie nur mit diesen Männern ausgehen sehen."

Luzie hatte Recht. Bis auf den Besuch beim Präsidenten und den Ausflug zum Polizeipräsidium war ich nicht vor die Tür gekommen. Seit Tagen herrschte Stillstand. Was erwartete man noch von mir? Ich hatte Namen geliefert, und noch immer saß ich hier fest. Und natürlich hatten sich Thierry und Giuliana nicht einfach so den Rücken zukehren lassen. Ich grübelte weiterhin über sie nach und empfand die Zeit des Wartens hinter den Mauern des Altenheims inzwischen als Gefängnisstrafe.

„Bitte Kindchen, geben Sie sich einen Ruck", bettelte Luzie noch immer.

„Also gut", hörte ich mich sagen. „Wir holen Ihre Sachen ab, essen ein Eis, und dann kommen wir ganz schnell hierher zurück!"

In Luzies VW-Käfer zu sitzen fühlte sich an, als führe man über Motorcross-Gelände. Dabei war die Straße in den Ort an sich in gutem Zustand. Nur war Luzie ein bisschen aus der Übung, was das Zusammenspiel von Kupplung und Gas anging. Doch nicht nur Luzies Fahrstil war dafür verantwortlich, dass ich mit schweißnassen Händen auf dem Beifahrersitz saß. Ich fragte mich die ganze Zeit, was mich geritten hatte, mich auf diesen Ausflug einzulassen. Kaum waren wir auf offener Straße spürte ich, welch ein Gefühl von Schutz mir das Altenheim gab, selbst wenn es mir die Luft zum Atmen nahm. Hier draußen fühlte ich mich jedenfalls wie eine wandelnde Zielscheibe. Hinter jeder Ecke vermutete ich jemanden, der nichts anderes zu hatte, als mir aufzulauern. Wer konnte behaupten, dass ich paranoid war, wo Giuliana doch tot war?

„Bleiben Sie im Auto, ich hole schnell Ihre Sachen", beeilte ich mich zu sagen, als Luzie vor der Reinigung einparkte und war in Windeseile wieder zurück. Luzie schien das gar nicht zu gefallen.

„Sie führen sich ja auf, als wäre der Teufel hinter Ihnen her", beschwerte sie sich, als ich im Eiscafé nur einen Saft bestellte und ihn hastig runterkippte.

Wenn du wüsstest, wie recht du hast, dachte ich zynisch. Als wir kurz darauf den Rückweg ins Altersheim antraten, atmete ich erleichtert auf. Gleich konnte ich mich wieder hinter den schützenden Mauern verkriechen. Luzie nörgelte vor sich hin.

Ich hörte, wie sie mich Spielverderberin nannte. Mit einem unzufriedenen Gesichtsausdruck fuhr sie in den Kreisverkehr ein. Nur noch ein paar hundert Meter, dann waren wir am Ziel.

Plötzlich lachte Luzie laut auf. „Wenn Sie hier keinen Spaß mit mir haben, dann fahren wir eben rein in die Stadt", rief sie übermutig, nahm schwungvoll die Ausfahrt Richtung Mexiko City und trat beherzt aufs Gaspedal. Ich wusste nicht, wie mir geschah. Das konnte die alte Frau doch nicht ernst meinen.

„Luzie, was machen Sie da? Drehen Sie sofort um!", kreischte ich und sah panisch nach hinten, wo der Kreisverkehr rasend schnell kleiner wurde und mit dem Hintergrund verschmolz. Mit jeder Sekunde entfernten wir uns weiter vom Altersheim und kamen dem Höllenschlund näher. Fieberhaft suchte nach einer Möglichkeit, dem dahinfliegenden Auto zu entkommen.

„Luzie! Stopp! Halten Sie an! Das war nicht ausgemacht!", flehte ich, doch sie dachte gar nicht daran. Im Gegenteil! Luzie lachte verzückt und gab noch mehr Gas.

„Stellen Sie sich mal nicht so an", rief sie übermütig. „Das wird ein Riesenspaß!"

Was machte dieses verrückte, alte Weib mit mir? Himmel, sie würde mich geradewegs zurück in die Arme der Verbrecher kutschieren. Ungebremst fegte sie auf den Moloch zu. Ich war verzweifelt.

„Anhalten, Luzie, bitte!" Je mehr ich bettelte, umso vergnügter wurde die alte Frau. Verfluchte borniert alte Schachtel! In meinem Kopf schwoll ihr Lachen zu überdrehtem Gegacker an. Auf einmal sah ich rot, rastete einfach aus. Meine Faust donnerte mit ganzer Wucht auf das Armaturenbrett nieder. Ich war nicht länger Herrin meiner selbst. Panik, Wut und Ohnmacht verschmolzen im Bruchteil einer Sekunde zu einer gigantischen, unkontrollierbaren Energie, zu einem rasenden Anfall von Zorn.

„Halt sofort an oder ich springe aus dem Karren!", überschlug sich meine Stimme zu hysterischem Kreischen.

Neben mir erschrak sich Luzie zu Tode. Sie schrie entsetzt auf und machte eine Vollbremsung. Reifen quietschten. Der Käfer schleuderte hin und her, ein wild hupendes Fahrzeug schoss an uns vorbei. Dann kam der Wagen schräg auf dem Seitenstreifen zum Stehen.

Luzies schnappte nach Luft wie ein Karpfen und fand keine Worte. Doch meine Anteilnahme hielt sich in Grenzen. In meinen Augen hatte Luzie gerade mein Leben aufs Spiel gesetzt und mich an den Rand des Wahnsinns getrieben. Am liebsten wäre ich ihr an die Gurgel gegangen.

„So, drehen Sie jetzt um?", fragte ich kalt, den Türgriff in der Hand, falls ich doch noch rausspringen musste. Endlich tat sie, was ich von ihr verlangte. Schweigend und völlig verdattert fuhr Luzie zum Altersheim zurück.

Von weitem sah ich Kessler das Gebäude verlassen und auf seinen Wagen zusteuern. Das hatte gerade noch gefehlt. Kessler würde die ganze Sache mitbekommen. Andererseits, wenn er hier auftauchte, dann gab es vielleicht Neuigkeiten. Aus dem offenen Fenster gelehnt brüllte ich seinen Namen. Er drehte sich um. Ich war noch nicht ganz ausgestiegen, da überhäufte er mich mit Vorwürfen.

„Was machen Sie denn da? Was haben Sie hier draußen zu suchen? Ich habe Sie überall gesucht." Man sah ihm den Schreck an, mich nicht im Altersheim angetroffen zu haben.

Stotternd rechtfertigte ich mich, dass ich nur der alten Dame mit ihrer Wäsche hatte helfen wollen.

„Das war ausdrücklich verboten!", schimpfte Kessler. „Versauen Sie nicht noch alles im letzten Moment! Wir sind doch fast so weit."

Das Blut in meinen Adern begann zu rauschen.

„Was meinen Sie mit fast so weit?"

„Ich meine, dass man Sie nicht ewig hier festhalten kann. Nur auf unbestimmte Zeit. Wir haben ordentlich Druck ausgeübt. Heute Mittag kam der Anruf. Sie dürfen nachhause!"

Die Welt blieb stehen. Nur mein Pulsschlag war zu hören, wie das satte Dröhnen eines Basses in meinen Ohren. In Zeitlupe sah ich die noch immer verstörte Luzie aus dem Wagen steigen. Mein Kopf schwenkte zurück zu Kessler, der weiterhin schimpfend die Stirn in Falten gezogen hatte. Ich weiß nicht, wie es geschah, nur dass ich ihm eine Sekunde später um den Hals geflogen war. Heulend und ohne jede Scham.

Ein Tuch auf dem Kopf und eine Sonnenbrille auf der Nase war ich nicht so schnell als diejenige auszumachen, die ich war. Außerdem ging ich nicht mit den anderen Fluggästen an Bord, sondern mit der Crew. Das hatte die Deutsche Botschaft für mich arrangiert. Sicher war sicher!

Ich trug die weiße Bluse und Leinenhose von Kesslers Tochter. Jetzt blieb mir gerade noch Zeit, mich bei diesem Mann, der sich so sehr für mich eingesetzt hatte, für alles zu bedanken.

Er sah glücklich aus und schüttelte mir herzlich die Hand. „Viel Glück wünsche ich Ihnen, und machen Sie in Zukunft keine Dummheiten mehr." Diese Eine habe ich gerettet! Der Gedanke stand Kessler förmlich auf die Stirn geschrieben.

Als sich die Maschine in Bewegung setzte, dachte ich an jenen Tag zurück, an dem in Amsterdam eine DC-10 auf die Startbahn zugerollt war, eine junge Abenteurerin an Bord. Nicht einmal neun Monate waren seitdem vergangen. Existierte das Mädchen von damals überhaupt noch? Auch dieses Mal saß ich am Fenster, doch der Platz neben mir blieb frei. Niemand würde heute eine Warnung aussprechen müssen.

Die Motoren heulten auf, Staubwolken wirbelten über das Startfeld. „Nie wieder werde ich einen Fuß auf deine verbrannte Erde setzen, Mexiko!", leistete ich einen stillen Schwur. Dann löste sich der Flieger vom Boden, stieg hoch in die Lüfte und zog einen weiten Kreis. Unter uns wölbte sich die Glocke aus Smog über diesem Moloch von Stadt – schwarz und dunkelrot, wie ein Gemisch aus Ruß und Glut. Das Flugzeug startete durch, nahm Kurs auf den weiten, freien Raum. Ich schloss die Augen und lehnte mich zurück. Es kam nur darauf an, sich von hier zu entfernen. Schnell und für immer! Wohin es ging, war fast schon ohne Bedeutung.

Epilog

In Frankfurt empfing mich als erstes die Kälte. Für Anfang Mai waren die Temperaturen lausig und die dünnen Klamotten, die ich am Leib trug, reichten nicht aus. Ich fror und ging zitternd den Menschen entgegen, die meine Ankunft erwarteten.

Meine zweite Empfindung war, dass es nicht genug Licht gab und keine Farben. Alles ein bedrückendes Grau in Grau. So fühlte ich mich bei meiner Ankunft in Deutschland.

Kalt und grau.

Dann sah ich die beiden nebeneinander stehen und mein Herz krampfte sich zusammen. Die tief liegenden, blauen Augen meiner Mutter blickten sich suchend um. Warum sah sie nur immer so verloren aus? Wie ein hilfloses, vom Schicksal betrogenes Kind? Sofort war der Drang wieder da, sie zu beschützen. So war es immer gewesen, und so würde es immer bleiben. Ich brauchte ihr nicht einmal nahe sein, sie musste sich nur einen Weg in mein Bewusstsein bahnen und schon überlagerte das Gefühl, sie behüten zu müssen, jedes Gespür für mich selbst. Zielte jemand mit einer Waffe auf meine Mutter, ich wäre diejenige, die sich in die Schussbahn warf. Das stand außer Frage.

Als ich meinen Bruder sah, wusste ich, warum ich mich nicht freuen konnte. Dabei hätte ich das doch gemusst! Die Haltung, mit der er dort neben ihr stand, ließ mich begreifen, dass auch mein Bruder unsere Mutter beschützte. Nur tat er das auf seine eigene heldenhafte Weise. Mein Bruder beschützte sie vor mir! Vor ihrer Tochter, die durch ihre pure Existenz Unrecht daran tat, sie auf ewig des Verrates anzuklagen.

Der Blick meines Bruders traf mich streng, noch bevor mich das freudige Lächeln meiner Mutter erreichte. Keine fünf Minuten nach meiner Ankunft brach die alt bekannte Welle von Schuld wieder über mich herein.

Nichts war gekommen, wie ich es mir erträumt hatte. Nicht als Heldin, sondern als Gescheiterte war ich zurückgekehrt. Ein weiterer Beweis, dass das Verderbte tief in mir steckte. Dieses Unaussprechliche, das allen Kummer bereitete! Die Flecken waren nur noch dunkler geworden.

Wenn ich nur meine Mutter, meine Brüder überzeugen konnte, dass es auch mir möglich war, mein Leben in geordnete Bahnen zu leiten. Dafür hätte ich sogar die brennende, unerfüllte Liebe zu diesem jungen Bretonen zum Schweigen gebracht. Sie begraben und für immer vergessen.

In jenem Moment auf dem Flughafen glaubte ich wirklich, dass mir das gelingen könnte. Dabei wog mein emotionales Gepäck schwerer als je zuvor und sollte bald erneut nach Aufbruch verlangen. Es gab längst kein Zurück mehr für mich, die Odyssee nahm unaufhaltsam ihren Lauf. Mein großer Flug über die Kontinente und Meere hinweg hatte gerade erst begonnen.

Dank

Der wahre Reichtum sind die Freunde, und mit guten Freunden hat mich das Leben reich beschenkt. Die vielen wunderbaren Menschen aufzuzählen, deren Rat, Zuspruch und Begeisterung für den nötigen Rückenwind bei der Entstehung und Veröffentlichung dieses Buches gesorgt haben, würde ein eigenes Kapitel ergeben. Ihr alle wisst, meine Dankbarkeit gilt jedem von Euch, auch wenn ich nur wenige nennen kann.

Danke Heiko, mein Lyriker-Freund, für die Hingabe, mit der du mein Ursprungs-Manuskript gelesen und kommentiert hast. Ins nächste Buch gehört ein Gedicht von dir.

Dem Wortguru Oliver Uschmann danke ich für sein messerscharfes, achtseitiges Feedback zu den Leseproben einer unbekannten Debütantin, und besonders auch für die Vermittlung an Hendrik.

Meinem brillanten Lektor kann ich nicht genug danken. Hendrik, dieses Buch wäre nicht das, was es heute ist, ohne dein tief fundiertes Wissen über die Romankunst, ohne dein alles überblickendes Adlerauge und unnachgiebiges wie gleichermaßen feinfühliges Coaching durch die gesamte Geschichte hindurch.

Marion, auch dir tausend Dank für die aufmerksamen und klugen Anmerkungen während des Korrektorats.

Die Reise ins Innere führt nie weit genug. Meinem Lehrer und leuchtendem Vorbild auf dem Weg dorthin, Lama Ole Nydahl, danke ich zutiefst. Schon vor Jahren hast du zu mir gesagt: „Schreib deine Geschichte."

Dieses Buch ist für meine Kinder, Asheeba und Imanuel, die schon ihr ganzes Leben Geduld mit mir haben, und allen voran für Michael, der immer – wirklich immer – wie ein warmer, liebender, langmütiger Fels hinter mir steht.

Soundtrack
In order of appearance

Steppin' Out
by Joe Jackson
(Night And Day,
A&M Records 1982)

Sex Machine
by James Brown
(Sex Machine, King 1970)

Billie Jean
by Michael Jackson (Thriller,
Epic Records 1982)

De Do Do Do, De Da Da Da
by The Police (Zenyatta Mon-
datta, A&M Records 1980)

If You're Going To San Francisco
by Scott McKenzie
(The Voice Of Scott Mckenzie,
Ode Records 1967)

Ain't No Sunshine
by Bill Withers
(Just As I Am; Sussex 1971)

Do You Feel Like We Do
by Peter Frampton (Frampton's
Camel, A&M Records 1973)

Tobacco Road
by Eric Burdon & War
(Eric Burdon Declares "War",
Far Out Music 1970)

New Kid In Town
by Eagles (Hotel Califonia,
Asylum Records 1976)

Talking Back To The Night
by Steve Winwood (Talking
Back To The Night, Island
Records 1982)

Walking On The Moon
by The Police (Regatta De Blanc,
A&M Records 1979)

Holiday
by Richard Wright
(Wet Dreams, Harvest 1978)

Bobby Brown Goes Down
by Frank Zappa (Sheik Yerbouti,
Zappa CBS International 1979)

Africa
by Toto (Toto IV,
Columbia 1982)

Do You Really Want To Hurt Me
by Culture Club (Kissing To Be
Clever, Virgin 1982)

Cry Me A River
written by Athur Hamilton
(Cry Me A River, Julie London,
Ella Fitzgerald, 1953)

Goodbye Cruel World
by Pink Floyd (The Wall,
Harvest, Columbia 1979)

Goodbye Blue Sky
by Pink Floyd (The Wall,
Harvest, Columbia 1979)

Hey You
by Pink Floyd (The Wall,
Harvest, Columbia 1979)

Mexican Radio
by Wall of Voodoo (Call of the
West, IRS Records 1982)

Stir It Up
by Bob Marley (Catch A Fire,
Tuff Gong Island 1973)

Is There Anybody Out There
by Pink Floyd (The Wall,
Harvest, Columbia 1979)

Vera
by Pink Floyd (The Wall,
Harvest, Columbia 1979)

In The Flesh
by Pink Floyd (The Wall,
Harvest, Columbia 1979)

Don't Leave Me Now
by Pink Floyd (The Wall,
Harvest, Columbia 1979)

„*Never Far Enough*" als Dank an meine Leserinnen und Leser

Mit dem QR-Code können Sie den Song zum Buch kostenlos herunterladen.

Melodie und Gitarre: Thomas Langwald
Percussion: Christoph Krämer
Sound: Karsten Langwald
Text und Gesang: Gabi Dallas

Never Far Enough

Early morning
My rucksack is packed
I have to move on
And I don't even wanna say goodbye
Slip out of the house
Close the door quietly
To not wake up the friends
Walk down the highway
My thumb in the wind
To feel free

Wherever I go
And whatever I do
How many miles I'll hike
Or oceans I'll cross

It's cold out here
The wind blows roughly
A bitter taste in my mouth
But I swallow down this bite of loneliness
I've got that beat in my chest
Bittersweet melody
My symphony
'cause my heart demands
To hold my thumb in the wind
To be free

Wherever I go ...

I know it's never
Never far enough
For me it's never
Never far enough
...

Die Autorin

Im Alter von 21 Jahren brach Gabi Dallas ihr Philosophie- und Germanistikstudium ab und begann eine zehnjährige Odyssee. Mit gefährlicher Lust am Abenteuer und ohne Angst vorm Risiko bereiste sie Kontinente und Weltmeere, um Antworten auf die großen Fragen des Lebens zu suchen. Unterwegs schlug sie sich mit Gelegenheitsjobs, Kunst und Straßenmusik durch und gründete in den karibischen West Indies, wo ihre handgemalten T-Shirts Kultstatus erlangten, eine Familie mit einem Rastafari. Heute lebt die gebürtige Sauerländerin und Mutter zweier erwachsener Kinder wieder in Deutschland und ist glücklich neu verheiratet. Ihre Erwerbstätigkeit als Marketingfachfrau hat sie für das Schreiben und für die Musik an den Nagel gehängt. Gabi Dallas' neuestes Abenteuer „Nie weit genug" ist der erste Roman der Autorin.

16444063R00226

Printed in Poland
by Amazon Fulfillment
Poland Sp. z o.o., Wrocław